天色既白 逆着来来往往
的人流
少年们衣袖翻飞
像是在奔赴一场热烈的
盛宴

图书在版编目（CIP）数据

一剑星河渡 / 公主不回家著. -- 南京 ：江苏凤凰文艺出版社, 2025. 4. -- ISBN 978-7-5594-9435-1

Ⅰ．I247.5

中国国家版本馆CIP数据核字第2025WOD673号

一剑星河渡

公主不回家 著

责任编辑	王昕宁
特约编辑	孙一民
装帧设计	木南君
责任印制	杨 丹
特约监制	杨 琴
出版发行	江苏凤凰文艺出版社
	南京市中央路165号，邮编：210009
网　址	http://www.jswenyi.com
印　刷	三河市兴博印务有限公司
开　本	880毫米×1230毫米　1/32　插页8
印　张	9.5
字　数	204千字
版　次	2025年4月第1版
印　次	2025年4月第1次印刷
书　号	ISBN 978-7-5594-9435-1
定　价	49.80元

江苏凤凰文艺版图书凡印刷、装订错误，可向出版社调换，联系电话025-83280257

你们的第一来救你们了！

第拾壹章 遁地符	第拾章 山河图	第玖章 底牌	第捌章 天道祝福	第柒章 馈赠	第陆章 脱困
280	259	206	164	131	107

目录

第壹章　脱离　　001

第贰章　亲传弟子　　018

第叁章　幸运　　039

第肆章　剑骨　　062

第伍章　法器　　080

春草初生，枯木逢春，那是叶翘的剑意。

第壹章 脱离

月清宗的人精神都不正常！

这是叶翘来到这个世界第一天就萌生出来的念头，非知名设计师叶翘，因为熬夜赶设计稿被累到晕厥，结果一睁眼就来到了这个充斥刀光剑影的玄苍大陆。

在玄苍大陆上，凡人与仙，妖与魔共存，几大种族的古神缔结契约，建立了结界，尤其禁止仙、妖、魔踏入人族地界，因此各种族得以维持和平共处的局面。

人族中每一个觉醒灵力的人，皆可踏入太虚境，根据灵根属性和等级拜入宗门，以守护苍生、维护人间秩序为己任。宗门以五大宗门为首，分别为：以奇门遁甲、布阵画符为主的月清宗，剑术第一的问剑宗，以炼丹为主的碧水宗，以机关术法和炼器为主的成风宗，以及主符箓与剑道的长明宗。

弟子由于自身灵根的属性和等级不同，在宗门所分配到的修炼资源也不同，在宗门的身份也各有不同，分别为：宗主所收的亲传弟子、长老所教导的内门弟子、跟随长老一起上课的外门弟子,以及打杂的杂役弟子。

这里是遍布刀光剑影的太虚境,叶翘是被月清宗宗主云痕好心从山脚下捡回的一个普通孩子。

月清宗,太虚境五大宗之一,以奇门遁甲、布阵画符为主流的门派,在对战中多以远程构建防御、攻击的阵法为主。

云痕心善,即使叶翘天赋不高,也将她收为弟子。她被捡到时排行老二,还有两个师兄弟,虽然谈不上受到千娇百宠,但在宗门也过得下去。直到师父从凡间带来一个小姑娘,一切都变了。素来公正无私的云痕仙君一次次为了那个毫无灵根的凡间女孩破例,最后甚至要收那女孩为徒,这让年纪尚小的叶翘格外费解。

现在的叶翘却知道原因,这故事的开头简直和她读过的那本叫《全宗门上下都喜欢我》的小说一模一样。书中女主角叫云鹊,是个美丽娇弱、一言不合就红着眼睛哭的"万人迷",和这个直白到令人发指的书名一样,五大宗门的厉害角色像是着了魔般都喜欢她,甚至为她大打出手。

叶翘作为书中的配角,命运随着小师妹云鹊的到来而急转直下,先是在小师妹的衬托下沦为月清宗的边缘人物,仿佛她的存在就是为了给小师妹提供保护,直至最后耗尽心血,被师父一剑穿心。

惨,太惨了。

眼前一幕,让叶翘迅速认清形势——她由于某种未知原因掉入了《全宗门上下都喜欢我》的书中世界,这个宗门的人精神都不正常,全书最惨的角色非"工具人"二师姐叶翘莫属,而她竟然成了这个倒霉的二师姐。

此时的叶翘正跪在殿内冰冷的石板上,云痕仙君强大的威压向她身上倾斜,修为上的压制迫使她不得不低头,恭恭敬敬唤了声"师父"。

云痕淡淡地应了一声:"蜉蝣草带回来了?"

蜉蝣草生于魔渊的崖底,能治疗受损的精神识海。三界无人不知,魔渊底下封印着魔族,进入魔渊者九死一生,甚至有的人直接被吞噬,成为魔族的养料。

叶翘算是比较幸运的,除了手被魔气腐蚀外,并没有出其他事。

"师姐将蜉蝣草带回来了啊！"小师弟苏浊的眼睛弯着。

"有了蜉蝣草，小师妹身上的伤一定能治愈。"大师兄的眼里同样带着笑意，与平日里冷清的模样大相径庭。

小师妹身体弱，没少让他操心，如今有了修复神识的蜉蝣草，想必过几日就能下榻出来走动了。

师尊一向不苟言笑的脸上也浮现出了些许柔和的笑意："去把蜉蝣草交给药阁，炼制好后再送到芙蓉苑。"

一株白色药草从叶翘的芥子空间里被取出，浮在半空，云痕微微抬手它便落入了他的掌心。

从始至终都没人询问过叶翘同不同意，或者说，在他们眼里，她连反对的资格都没有。

叶翘站在底下看着这和谐的一幕，冷不丁地开口："师父，这棵蜉蝣草我何时说过要给小师妹了？"

谁都没想到叶翘会拒绝，苏浊明显愣了几秒钟，动了动嘴唇，勉强解释道："可是，小师妹比你更需要这株灵草……"

在他看来叶翘的天赋平平，想要突破筑基，少不了蜉蝣草的帮助，而且苏浊在听说她要去取灵草时，难免联想到了师父从人间带回来的小师妹。同样年纪不大，一个师妹能活蹦乱跳地去魔渊取灵草，另一个师妹却只能缠绵病榻，他便动了些恻隐之心，将这件事告诉了师父。

"阿鹊的身体娇弱。"云痕对她的态度有些不满，但顿了顿，还是出声解释，"你的身体比她好。蜉蝣草先给云鹊用。等日后宗门大比开启，我让你师兄去远古战场给你再带一株蜉蝣草回来。"

远古战场？且不说蜉蝣草何等罕见，即便是远古战场的秘境中有，百年一次的宗门大比，聚集了多少天骄？云痕拿什么保证师兄就一定能抢到蜉蝣草？

叶翘看了一眼这偏心偏到太平洋的三人，心底冷笑，讽刺地道："所以在你们眼里就是……她弱她有理，我强我该死呗。"

素来乖巧的徒弟突然蹦出这么一句顶撞的话，云痕顿觉受到了冒犯，他眉眼一寒，怒斥："放肆。"

化神期的威压重重朝她肩上倾斜,男人宽袖冷冷一甩,罡风飞了过来,叶翘被压得动弹不得,连躲的资格都没有,狠狠地撞在白柱上。

传闻中九死一生的魔渊没有让她受伤,回到宗门却被师父打成这样。

"天生反骨,不知尊卑。滚去自己洞府思过。"云痕冷冷留下这么一句,挥袖消失在人前。

叶翘擦了擦鼻梁淌下的血,随后,在所有人的注视下,缓缓朝云痕离开的背影比了个中指,这大概是她作为一个不重要的小配角最后的倔强。

"二师姐。"苏浊走到她的身边,微微垂下眼,低声道,"抱歉,日后我会还给你的。"他为因为自己的私心导致二师姐被罚感到有些愧疚。

叶翘擦了擦自己唇边的血,看到他上前,连忙后退,避如蛇蝎地警告道:"别过来。"她想让云鹊的追求者都离她远一点。

少女毫不留情的话让他有些愕然,没想到向来木讷的二师姐能发这么大的脾气。

大师兄有些看不下去,抓住叶翘的手腕,沉声道:"师妹,你能不能别耍小性子?小师妹如今连床都下不来,她比你更需要蜉蝣草。"

叶翘的手上还有伤,被抓得很疼,她抽了口冷气,怀疑大师兄是故意的。她不想受这个罪,抬起另一只手,一拳对准他的脸砸了过去。

翟沉速度很快地躲开,抓着叶翘的手自然而然地放开了。

叶翘捂着受伤的地方:"那你们就能抢我的东西了?合着月清宗能有今天的地位,是靠抢劫。"

翟沉被她怼得一愣:"你怎么这么无理取闹?"

"对。"叶翘敷衍地点头,"我无情无义、无理取闹,你快去找小师妹吧!"要说她之前还对月清宗有几分期待,那么现在她只有一个想法,就是离开。

打定主意后,叶翘迈开腿就跑,看都不看身后的两个人,飞快地将芥子袋打开,直奔司命堂。

此时叶翘竟有些庆幸自己不受重视,她不是亲传弟子,除了每月定时发放的月俸也没有多余资源,想脱离宗门也很简单,只要把这些年在月清宗得到的所有资源还回去,经由司命堂长老同意便可以离开。

004

叶翘资质本就不好，司命堂的大长老听说她要离开宗门自然不会多加阻拦。

"需要我通知宗主一声吗？"大长老难得对她和颜悦色地说了两句，"离开后准备去哪个宗门？需要长老给你点儿灵石吗？毕竟住客栈也需要钱。"

还以为叶翘会沉默，结果她没有犹豫："要。"她甚至伸出手，一脸感动地给他戴高帽子，"真是没想到月清宗还有您这样的好人。"

大长老原本就是客套两句，结果她一顶高帽子压下来，不给也得给了，随即他掏出一个沉甸甸的袋子，说道："里面有一百块中品灵石，拿着走吧。"

叶翘眼睛一亮，真心实意地感谢道："多谢大长老！"

大长老不耐烦地挥了挥手，让她赶紧离开。

从司命堂出来后，叶翘将灵石收入了芥子袋中，却听到身后有人小声骂了句："废物。"

叶翘转头，看了他一眼："你说什么？"

那名男弟子没想到被她听到了，事实上门内对叶翘不满的人太多了。一个天赋平平的弟子，在五大宗当外门弟子都没资格，若不是被宗主捡走，怎么可能做内门弟子？

所以在听说叶翘被宗主惩罚后，不少人幸灾乐祸，他就是其中之一。

面对叶翘的质问，那名男弟子的脸色骤然一白，他支支吾吾了半天："我……"

"废物？"叶翘重复了一遍，感叹道，"你看人真准，要不这个内门弟子给你当吧。"

男弟子愣住了。

"你说得对，我是废物。"叶翘将腰牌丢给这个男弟子，挥挥手道，"做宗门的内门弟子是我高攀不起的，告辞了。"

男弟子看着叶翘把腰牌丢到自己怀里，就这么头也不回地下山了。

云中城位于五大宗门的中央，这种地方不亚于古代的皇城，随便遇到一个人都可能是大宗门的弟子，而且东西都贵得离谱。

"老板，一个包子多少钱？"叶翘吞了吞口水，闻到香味后，不争气地问出声，筑基后才能辟谷，叶翘才炼气三层，距离辟谷还有很长一段时间。

"三块中品灵石。"老板说道。

叶翘迅速冷静了下来："打扰了。"她的芥子袋里一共才一百块中品灵石，不仅要吃饭，还得住客栈，在这个物价贵得离谱的云中城，不出三天恐怕就要花完了。

下山以后这日子一般人真的活不下去啊！太虚境最赚钱的职业非符修和丹修莫属了，月清宗能跻身五大宗，除了符修多，就是凭的雄厚的财力。

叶翘随手拉住了一个散修，询问有没有买狼毫笔和符纸的地方。

"铺子里就有。"对方很是热情，"你是符修吗？"

在太虚境，符修和丹修的地位很高。叶翘摇了摇头："不是。"

她虽然在月清宗修炼，但学的是剑术，从来没画过符，可是她也不能坐吃山空，总要给自己找到一条出路。她曾经是个任劳任怨的打工人，不仅要搞设计还要兼职建模，没想到来到这里依旧逃不过打工的命运。

拜职业所赐，叶翘有着过目不忘的本领，她闭眼回忆，月清宗符箓的画法在脑海中清清楚楚，因为是第一次学着画符，她只能凭借着感觉按照符书上说的，屏气凝神，试探性地将灵力渡入狼毫笔中。笔尖刚触碰到灵纸，神识便传来轻微的刺痛，叶翘凝神，隐约明白了这是画符的第一步。

叶翘回忆着符修们往日画符的模样，没有犹豫，于是繁复的符纹跃然纸上。伴随着轮廓的完成，她手中的动作越来越快，直到最后一笔落下。

灵纸沿着纹路泛起金光。

叶翘目不转睛地盯着瞧了几秒钟，只要符没自己燃烧起来，就是画好了，画符都这么容易的吗？这个念头刚刚出现，下一秒钟她便感觉到鼻间有什么东西流下来了，她低头一摸，一手的血。

叶翘暗想，画符果然不是一般人能干的。因为没有感觉到身体上的不适，想到一贫如洗的自己，她干脆一鼓作气，继续用灵笔在符纸上游走。

在画完第七张后,她再也撑不住,伏在桌子上晕过去了。这是神识透支的后遗症。

叶翘画完就晕,醒来后就咬着牙继续画,勤奋的模样连自己都感动了。果然,贫穷使人努力,这句话是有那么几分道理。

叶翘画了些最低级的符箓、疾风符、昏睡符,她用指尖捏起疾风符,试探性地将它贴在自己身上。

叶翘贴上后,感觉了一下,似乎没什么特别的,她等了片刻,见还是没什么动静,便意识到或许是失败了,她也并不失望,毕竟在记忆里,饶是月清宗的几个亲传弟子也不是第一次画符就成了功,所以失败才是正常的。

叶翘刚准备将疾风符撕下来重新画,结果下一秒步子便不受控制,人就如同离弦的箭矢般飞了出去,将客栈的墙给撞了一个窟窿。她看着落在地上已经失效的疾风符,听着耳边客栈老板怒气冲冲的质问,最终得出了两个结论,一是自己画的符很成功,二是需要赔二十块灵石用来修墙。

等到一切解决之后,叶翘揣着几张画好的符去太虚境最大的黑市售卖。来这个地方交易的人很多,物品的价格有高有低。她定下了一张符十块中品灵石的价格,不贵,甚至称得上廉价,但是她的修为太低了,路过的修士连看都懒得看她一眼。

叶翘眼巴巴地守着摊子半天,发现就连隔壁卖话本的都比她有生意。她想好了要是再没人光顾便收摊,改行去卖话本。

谁知没等到人来买,反而从天而降一个少年砸在了她的摊子上。红衣少年脚下踩着剑,翩然落地,一脚正好踩在叶翘的摊子上,他却毫无察觉。

"这位道友,麻烦挪挪脚。"叶翘语气诚恳地道,"你踩到我的摊子了。"要不是因为打不过,她恨不得抓着他的肩膀大声地质问,你知道我摆个摊多不容易吗?

少年一愣,这才注意到自己刚才好像踩到了什么,他连忙挪开脚,看到被踩塌的摊子,忙道:"不好意思。没伤到你吧?"

"没有。"叶翘义正词严地道,"但是你的行为让我心灵受到了很严重的伤害,也让我的财产遭受了损失。"

少年倒是没想到她会这么说,望着叶翘认真的模样,他不免感到有些不好意思:"那我赔给你点儿灵石行不行?一块上品灵石够吗?"

叶翘欣然收下了他的赔偿,弯腰将地上散落的符箓捡了起来,笑道:"我原谅你了。"一块上品灵石就顶一百块中品灵石了,这是个有钱人啊!她在心里感慨道。

沐重晞连忙跟着她一起捡东西,他看到一小摞符纸,不禁惊讶地问道:"你是符修?"

叶翘含糊地"嗯"了一声,她将符箓捡起来后,发现周围围了不少过来看戏的散修,耳边还有人毫不避讳地议论。

凑热闹的人越来越多,叶翘手里拿着的符箓也被一些散修注意到了。

沐重晞身上亲传弟子的衣袍过于显眼,和他站在一起的叶翘自然而然地也被路人们认为是大宗门的弟子。

散修秉着几分对大宗门的天然信任,上前询问道:"小妹妹,你这里都有什么符啊?"

"昏睡符和疾风符。"叶翘回答道,虽然都是些低级符箓,但对散修来说作用还是很大的。毕竟他们没有宗门的庇护,走南闯北多年,身上多带几张符箓总归没有坏处,只是正规渠道的符箓一张就贵得要命,而一些价格低廉的符箓,又很可能是奸商仿制拿来骗钱的。叶翘沾了沐重晞的光,手里的符箓没几分钟就被抢光了,这也让她更加坚定了要进入一个宗门的想法。

"你就这么走了?"沐重晞问道。

叶翘收好灵石后准备收摊回客栈了,听到沐重晞的话,她不禁感到莫名其妙:"不然呢?"

沐重晞不解道:"你不需要我的补偿了吗?"

叶翘奇怪地问道:"你不是都赔了一块上品灵石了吗?"

沐重晞:"可是你的心灵受伤了。"

叶翘没想到自己随口说的话他还当真了,便问少年:"你叫什么?"

"沐重晞。"少年答道。

叶翘微微一愣，别说，她真的听说过这个名字。《全宗门上下都喜欢我》那本书中那个为了云鹊自毁道心的少年，不就是叫沐重晞吗？叶翘脸上的神色变得复杂了起来，看向他的眼神中不自觉带了一丝怜悯。

少年的眼睛微微睁大，他疑惑地问道："你这眼神是什么意思？"

叶翘也意识到自己怜悯的眼神太过明显了，于是掩饰般地咳了两声，说道："我听他们说，你是长明宗的亲传弟子，那你能不能跟我说一下，你们长明宗外门弟子的待遇怎么样？"

"长明宗？"提起自己的宗门，沐重晞的神色略显复杂，对上叶翘求知若渴的目光，他也只能实话实说，"我们宗门挺穷的，我十岁时刚进入宗门那会儿，天天啃馒头。"

他在家中也是颇受宠爱的小少爷，冷不丁来到一个这么穷的宗门，肯定是不满的："我那时候就觉得我上当受骗了，私底下便叫上二师兄和三师兄准备一起逃出长明宗，后来被宗主看到了，他一直在后面追我们，我们逃跑的时候我连鞋子都跑丢了一只。"

叶翘："敢问你的二师兄和三师兄叫什么？"

沐重晞："薛玙，明玄。"

叶翘沉默片刻，书中那些不得善终的人这下凑齐了，她彻底打消了去长明宗的念头："那问剑宗呢？天下第一宗，他们能不能保证弟子吃好睡好？"

叶翘在见识到云中城惊人的物价后，如今只想找个宗门，当个不起眼的外门弟子，平安地度过一生。

"问剑宗？"沐重晞匪夷所思地看着她，"你在问剑宗还想睡觉？天不亮就要打坐，然后练剑，中午上心法课，晚上还要一对一地进行实战。身在天下第一宗，他们如果不努力就会被别人超越。"

叶翘感叹道："这压力未免太大了一点儿，那成风宗和碧水宗呢？"

沐重晞掰着指头数着："成风宗对长相的要求很苛刻。"他打量着叶翘，"你长得还不错，但是他们只收男弟子，因为他们宗的心法特殊，女弟子不适合。"

叶翘绝望了，干脆问了个最关键的问题："所以哪个宗门能吃饱饭？还能睡觉的？"

提起这个沐重晞就来精神了："那肯定是我们长明宗啊，我们宗的伙食最好了，每顿饭都可以吃五个馒头呢。"

他们门派别的不多，就是馒头多，当年初入宗门的沐重晞就是啃馒头啃得绝望了，才撺掇着二师兄和三师兄一起逃出师门的。

叶翘一拍手，决定了："我就去长明宗。"这不是吃五个馒头的事，主要是她这个人就爱去长明宗这种热闹的宗门，"你们宗什么时候能报名？"

沐重晞抓了抓后脑勺，依稀记得下山时宗主还唉声叹气地说过，今天招收外门弟子，希望能捡到几个好苗子。

"今天，报名好像是截止到今天晚上。"沐重晞的神色有些惊讶，"难道你不知道吗？"

长明宗怎么说都是太虚境五大宗之一，招收外门弟子这么大的事，即使是再孤陋寡闻的散修也应该知道的吧？

叶翘还真不知道，她沉默了几秒钟，问道："所以，现在什么时辰了？"

沐重晞也突然反应过来了，他扯着嗓子大叫一声："还有半个时辰就要结束招收外门弟子了，你再慢就来不及了。"随即他把手里的长剑一抛，长剑在眼前骤然变大，他率先踩了上去，朝叶翘伸出手，"上来。"

叶翘也没矫情，伸出手被他拉上长剑。

长剑悬浮到空中，随后遁入云霄，叶翘顺便体验了一下飞升的感觉，周围的风景根本看不清，速度快得让人发晕。

叶翘有些恐高，生怕自己掉下去，她死死地抓住了沐重晞的头发："啊啊啊……你飞得慢一点，我害怕！"

沐重晞疼得大叫："你别拽我的头发。"

两个人这么一拉扯，剑身都有些不稳，开始乱晃，恰好这个时候有一艘飞舟驶了过来。

长明宗。

"还差半个时辰这次招收外门弟子就结束了。"少年轻轻叹息着，"上

010

哪里去给你找天才啊？赵长老，今年但凡资质好点的，不都去其他宗了吗。"

长明宗百年以来的大比一直在五大宗中倒数第一，资源跟不上，自然收到的弟子也都是些资质平平的，但也没得挑了，十年一次大选，总得换换新鲜血液。

赵长老倒没抱什么希望，只是眼看大比还有一年不到，想来招收外门弟子碰碰运气，万一能找到些天赋出众的呢。

"沐重晞那个臭小子还没回来？"赵长老问道。

少年摇摇头："他又去玩了吧？"

"一天到晚不务正业。"赵长老冷冷地"哼"了一声，就这几个吊儿郎当的亲传弟子，指望他们几个人能拿下明年的宗门大比，还不如指望天上掉下个好苗子来得容易。

眼看天色越来越暗，又迟迟没有来报名的弟子，赵长老挥了挥手，正打算带着这些新招收的外门弟子打道回府时，少年忽然说道："长老，天上好像有什么东西掉下来了。"

赵长老："啊？"他微微一愣，下一秒钟就看到两个人从天而降，还伴随着尖叫声。

失重感让叶翘在快要到达地面时，迅速翻转，然后帅气地落地，沐重晞也在落地的前一秒钟调整好姿势。但两个人落地的动静太大了，将地面砸出了一个大坑。沐重晞缓缓地从坑里站了起来，他沉浸在刚才的情绪里，有些兴奋："天啊！太刺激了，你看到我刚才落地的姿势了吗？"

两个人从坑里爬了出来，一抬头就对上了一位仙风道骨的老者愤怒的双眼。

赵长老望着地面的人形坑，感觉心跳都加快了，他指着两个人的手微微颤抖着，勃然大怒："谁让你们把后山砸个坑的？你知道修补地面多贵吗？"

叶翘迟疑着道："……那我给您把坑填上？"

沐重晞搭着叶翘的肩膀："没关系，一个坑而已。赵长老不是那么小气的人。"

赵长老深吸一口气,不想去看沐重晞,问叶翘:"你是来这里做什么的?"

叶翘诚恳地道:"我想拜入长明宗。"

赵长老:"我看你是在故意气我……"

一众刚报名的外门弟子带着敬畏之色看着叶翘,五大宗,只是外门就有上千新入门的弟子,想要在一千多人里面被内门长老记住何其困难,但叶翘做到了。在进入宗门的第一天,她就以这样一种方式迅速出名,同时也让赵长老记住了她的名字。

旁边一直没说话的少年也不禁莞尔,这是哪里来的活宝?

生怕赵长老被气出个好歹,他收敛了看戏的表情,脸上露出温柔的笑意,轻轻瞥了一眼叶翘:"你叫什么名字?"

"叶翘。"

少年点点头,将她的名字刻入白色的玉佩:"拿好,一个月以后进行天赋测试。"

叶翘道了一声谢,观察了一圈周围的环境后,感叹着道:"你们这里真好看。"

"我叫薛玙。"薛玙觉得她怪有意思的,他微微笑起来,"长明宗亲传弟子之一。"

叶翘微微一愣。

薛玙见她迟迟没有应话,也不在意,他收敛了笑意,瞥了一眼自己的师弟:"你这是从哪里捡来的弟子?"

沐重晞没听出来他的戏谑,挠了挠后脑勺:"在黑市上遇到的,她说想来咱们长明宗,我就带她来了。"

薛玙沉默了几秒钟,看了一眼叶翘,随后在心底传音:"你确定没被人利用?"

沐重晞亲传弟子的衣袍多显眼啊!他虽然也不愿意带着恶意去揣度一个小姑娘,可焉知她不是盯上了沐重晞亲传弟子的身份,利用他这个单纯的师弟?

沐重晞不满地道："你这是自己心理阴暗，把人家也看得和你一样阴暗？"

两个人是私底下传音的，叶翘根本听不到，她回过神来后望着沐重晞，向对方道谢："谢谢你！带我来长明宗。"

叶翘的这番话正好印证了薛玙的想法，他用一种果不其然的表情看着沐重晞。

叶翘确实是来感谢沐重晞的，但她就是个一穷二白的穷光蛋，便也厚着脸皮道："大恩不言谢，那我就不谢了，沐师兄，后会有期。"她说完拔腿就要跑。

沐重晞猛然反应过来，一把抓住叶翘："你不是在黑市赚了点儿钱吗？看在你这么穷的份儿上，赚来的灵石我三你七。"

叶翘的眼睛微微睁大，没想到他竟然连这点儿灵石都贪，她摇摇头："你二我八。"

沐重晞露出同样不可置信的表情："就这么点儿灵石你都贪？"

叶翘正色道："这不是灵石的事情。"

沐重晞的脸色缓了缓，又听叶翘道："这是我的命。"

沐重晞的嘴角狠狠地抽了抽："算了，我不要了。"他还不至于连一点儿灵石都斤斤计较。

换作其他修士早就羞愧万分了，可叶翘全然不在意，说道："哦，那我不给你了，毕竟符纸也挺贵的。"

沐重晞和薛玙两个人完全没料到叶翘会这样回答。

叶翘刚入门就将后山砸了个大坑的壮举太惊人了，导致她领完身份牌后，到了住的院子时受到不少人的注目礼。大家都在打量她，好奇和探究居多。所幸叶翘的脸皮厚，她若无其事地朝他们点点头，然后就进了院子。

院落类似于四合院，每个外门弟子都有单独的住处，叶翘简单地清点了一下自己的灵石，这个时候便有弟子凑了过来问："你认识沐重晞吗？"她和沐重晞从天而降的一幕让人印象太深刻了，让不少人对两个人的关系感到好奇。

叶翘摇摇头:"不熟。就是恰好碰到了。"

那个男弟子了然地点了点头,也是,亲传弟子怎么可能和他们这些外门弟子一起?

"我叫杜淳,是个剑修,你呢?"

"叶翘。"她神色乖巧,言简意赅地道,"是个孤儿。"

杜淳听到她诚实的话愣了一下,他发现这个小姑娘还真的不会聊天,他开始绞尽脑汁地寻找话题,"明日有早课,到时候一起去吗?"

杜淳的性格十分开朗,看样子他应该是人生地不熟,想找个人结伴。

"没问题。"叶翘没有拒绝,有人结伴自然是好的。

"这是长明宗外门弟子的剑诀。"发放剑诀的内门弟子叮嘱道,"虽然只是些基础剑式,但也不可偷懒,会有长老负责检查你们的功课的。"

叶翘昨天晚上画了一夜的符,这会儿的精神有些萎靡。她用力揉了揉脸,翻看着这本名为《清风诀》的剑诀,里面确实是些基础招式,起手势也格外简单。

叶翘观察起周围已经开始挥剑练习的外门弟子们,她的记性好,轻易便看出了问题,他们练的都是基础的剑诀,但每个人挥剑的手势、动作似乎都不太一样。换句话说,就是都不太标准。

叶翘垂眼低头研究《清风诀》,翻看着每一页的剑法,因为全神贯注,她渐渐发现书中的小人仿佛动了起来一般,在她的眼前挥着剑,如游龙戏凤般带着说不出来的凛冽剑意。渐渐地,叶翘整个人仿佛进入了一种玄妙的境界,周围嘈杂的声音渐渐消失,满脑子只剩下剑诀中小人挥舞长剑时的动作、手势,流畅的剑影在眼前晃动,恍惚间划破天光,锐气逼人。她并不清楚这是什么情况,等回过神来后,被告知她已经在原地发呆了一个时辰。

如果有长老在场便会看出,叶翘的这种状态就是许多修士所说的入定。

杜淳走到她的旁边:"学会了没?"

叶翘满脑子都是刚才小人挥舞长剑的一幕,闻言下意识地点点头,

014

紧接着又摇摇头,她感觉是会了的。但又没有试过,叶翘也不敢说自己看了一遍剑诀就学会了。

杜淳虽然不觉得她能只用一下午的工夫就练会《清风诀》,但还是好心地提醒了一句:"我听说这批外门弟子里面有好几个属于大世家的旁支,咱们能低调还是低调些好。"不然到时候盖过了那几个人的风头,在外门绝对不好受。

原本还想挥剑试试成果,听杜淳这么一说,叶翘彻底打消了这个念头:"多谢!"她当然明白太过出风头的结果只有被排挤的份,其实平庸没什么不好的,不上不下的成绩,才是最不惹眼的。她没什么大志气,只想在外门安安稳稳地度日。

一天的课程结束后,叶翘的表现既不突出,也不算最差的。她收起了玄剑,摸了摸饿得咕咕叫的肚子,起身便往食堂走。

长明宗虽然在修炼一事上严苛了些,但其他方面挺人性化的,管吃管住,弟子们平时除了要练剑,根本不需要担心生活上的问题。

叶翘刚一下课,就看到了沐重晞那身张扬的红衣,她眨了眨眼睛,倒也并不惊讶:"是你啊。"

沐重晞兴奋地说道:"走,我带你去逛逛。"再怎么说叶翘也算是他带着进入宗门的,不能就这么丢下不管,所以一听说外门弟子们下课他便凑了过来。

叶翘随意地"嗯"了一声,注意力却不在这上面,她盯着沐重晞腰间挂着的红色的剑,若有所思地问:"这是你的本命剑吗?"

太虚境的剑的材质很特殊,就连叶翘用的最普通的玄剑也重得很,刚才只是挥了十几次的剑,把她的手腕累得差点儿抬不起来,这让叶翘对修士的灵剑产生了几分兴趣。

"嗯。"沐重晞握住剑柄,"它叫朝夕剑,在灵器榜上排第三。是师父送给我的见面礼。"

叶翘:"我能摸一摸吗?"

沐重晞犹犹豫豫地道:"这是我的老婆。"

剑修的伴侣都是剑,说起来叶翘也是剑修,但是她没有本命剑。

叶翘从善如流道："那我能摸摸你的老婆吗？"

沐重晞："你礼貌吗？"

最终叶翘还是摸到了沐重晞的剑。

沐重晞的灵剑入手时叶翘感觉到了沁入骨子的冰冷，仿佛再摸久一点儿，那只手都不是自己的了。叶翘轻轻哈了口气："好凉。"

沐重晞沉吟片刻："我这把剑可是千年寒冰制成的呢，不过，朝夕剑竟然没攻击你？以前有人想碰它，可都被打飞了。"灵剑都是有脾气的，尤其是朝夕剑这样的极品灵剑。

叶翘没多想："说明我讨人喜欢。"

食堂是这些外门弟子常来的地方，叶翘打好饭后就开始专心地吃饭。她不挑食，而且长明宗虽然只有馒头，但味道也还挺不错的。她一口气拿了五个馒头，吃得格外认真。

沐重晞头一次见到这么能吃的人。他犹豫片刻，询问道："你今晚如果不困的话，要和我一起下山逛逛吗？"

叶翘想了想："也行。"正好她昨天晚上画了些符箓，可以拿出去卖掉换灵石。

说起这个来，沐重晞指了指叶翘："原来你是剑修啊？"

叶翘"嗯"了一声，问道："怎么了？有什么问题吗？"

"那你为什么还会画符？"沐重晞觉得疑惑极了，"你是两道双修？"太虚境也并不是没有两道双修，但是这种情况为极少数，毕竟想修炼其中一门已经很难了，更别说双管齐下。

沐重晞认命了，他没有画符的天赋，而且当个剑修没什么不好的。

叶翘答道："没。我就是随便画画，到目前为止也只会画最基础的符箓。"她算不上符修，连正规的符书都没看过，画出来的也是些不入流的低级符箓，而且能成功多半靠的是脑海中的记忆。

沐重晞沉吟片刻："你要是想学画符，不如请教请教明玄？"

"明玄？"她迟疑着说，这个名字听着也耳熟得很，她继续问道，"是八大世家嫡系一脉的那个明玄吗？"

沐重晞点点头："嗯，八大家的嫡系眼高于顶，更别说明玄还是今年

016

亲传弟子里面唯一一个符修。他这人的性格难相处得很，平日里他只和三师兄的关系好，我到时候找机会帮你问问他，看他能不能教教你。"

叶翘是知道明玄的，他是《全宗门上下都喜欢我》中的反派男二号，后来因为无法破境而生出心魔，最终堕入魔道，成了魔族的少主并且对云鹊一见钟情。

叶翘一想到明玄会入魔，沐重晞最后会自毁道心沦为普通人，就觉得有些难受，好端端的天才，怎么就一个个落个不得善终的结局呢？

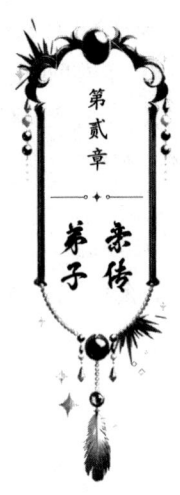

第贰章 亲传弟子

叶翘和沐重晞吃完饭后，两个人分道扬镳。一天下来她总结出来了一套流程，在长明宗做外门弟子平日里只需要按时练剑，其他时间全用来睡觉都不会有人说什么。但是修为不能太差劲，不然到时候被赶出长明宗就得不偿失了，为此她将自己关在房间里整整两个月，研究关于修炼吐纳的心法。

懒人有懒人的修炼方式。太虚境的吐纳心法万变不离其宗，无非是调动灵气在体内运转。于是叶翘尝试用符箓做了一个聚灵阵。作为一个建筑系的设计师，她结合多年工作经验，很快便利用周围的方位布局，让灵气自动汇集流入体内。两个月的时间里，她从炼气三层顺利提升到了炼气五层。

天光破晓，晨曦微亮。

叶翘睁开眼睛后，轻轻吐出一口浊气，还没来得及疏通体内的灵力，就被杜淳兴冲冲地拽到了后山。

杜淳一脸兴奋地说:"明师兄和薛师兄要来从咱们外门弟子里挑选内门弟子,赵长老让我们去后山集合。"

叶翘淡淡地"哦"了一声。

"你这是又睡觉去了?"杜淳看着她这副无精打采的样子,都不知道说些什么好。

短短两个月的时间,整个外门都知道了叶翘的大名。不是因为她天赋多高,有多努力,而是因为她整天睡觉。

"是啊!"叶翘神色怏怏地跟着大伙儿往后山走,挑选内门弟子和她又没什么关系。

长明宗每个月都有一次集体考核,按照过往的经验,叶翘深刻地明白一个道理,世人只会记住第一和倒数第一。她将成绩精准地保持在了中游的水平,就算是选也要从考核成绩前十名的外门弟子里选,她这种几百名开外的外门弟子想都别想。但凑热闹是人的天性,杜淳拉着叶翘拼命地挤到了人前,还热心肠地给她介绍:"前面那个是薛师兄,后面的是明师兄。"

薛玙她之前已经见过了。叶翘的目光落到后面的少年身上,雪色衣衫衬得明玄的眉眼格外俊俏,他手里拿着折扇,有一搭没一搭地轻轻扇着,看上去很是风流。

叶翘问道:"那个就是明玄吗?"

杜淳直勾勾地盯着前面的两个人,崇拜地说:"咱们长明宗的好多女修都想嫁给他。"

叶翘挑了挑眉,笑着道:"那她们可能要失望了。"

"为什么?"杜淳不解地问道。

叶翘随口道:"因为他的心境不稳,说不定哪天他就走火入魔了。"

"别开玩笑了。"明玄师兄的心境不稳?怎么可能?

两个人的声音都不大,但明玄的修为高,所以他还是听到了。原本他的注意力并不在叶翘这边的,哪里想到女孩接下来的那句"心境不稳"让他眯了眯眼睛,看向她的方向。她是怎么知道的?

旁边的薛玙同样听到了她的话,他见状,低声笑了笑:"她就是我前不久和你说的那个外门弟子，是不是挺有意思的？"

明玄偏头，望着叶翘："就是那个把地面砸了个坑的小矮子？"

薛玛无奈地道："不能这样说女孩子，二师兄。"

明玄嗤笑一声："她都诅咒我日后会走火入魔了，我还不能说她是小矮子？"

"不可以。"薛玛摇摇头，他始终觉得女孩子是世界上最可爱的生物，如果他有小师妹的话，他只会将所有的好东西都给对方。

明玄显然就没有对女孩要温柔一点的自觉性，他只是对叶翘为什么会知道自己心境不稳这件事感到几分好奇，故而指向她的方向，偏头问身边的长老："她是修什么道的？"

外门长老闻言看了看："叶翘？"他感到有些疑惑，明玄怎么会注意到这样一个看起来不起眼的弟子，"这个外门弟子是剑修，平日里成绩说差也算不上多差，只是和出色的外门弟子比还差得远，关键是这个丫头成日里练完剑就回自己的院子里睡觉，也不知道怎么就那么困。大道昭昭，仙路漫漫，不努力怎么行？"

这番话，让明玄不禁陷入沉思，他想不通这种不上进的弟子，是怎么知道自己心境不稳这件事的。

"或许只是巧合。"薛玛无奈地摊摊手，觉得他太敏感了些，一个才炼气期的小弟子怎么可能知道这种事？

另一边的叶翘还在琢磨着要不要晚上叫上沐重晞一起下山，她布聚灵阵的符箓用得差不多了，得下山去买点符纸。

薛玛和明玄挑选好这一届的内门弟子后，结伴回到了主峰去向宗主报告。两个人略微躬身："师父。"

秦饭饭来回踱步，看着这两个弟子，神色不明地道："我听说月清宗最近收了个极品水灵根的亲传弟子。"

明玄微微感到诧异："极品水灵根？"

那么这个弟子的天赋确实是极高。

"是啊！"秦饭饭幽幽地抚着胡子，继续说道，"听说是云痕从凡间

带回来的,有极品灵根的人原本就屈指可数,结果还被月清宗先下手为强,给拐走了。

"这几日月清宗的风头不小。"秦饭饭说着,瞪了这几个不争气的弟子几眼,"你们什么时候能给我长长脸?"

薛玙左耳朵进右耳朵出的。

秦饭饭也没指望这几个弟子能做出什么惊天动地的大事情,事实上对于明年的大比,他都已经不抱任何希望了。他们长明宗也不缺天才,毕竟能参加大比的都是宗门内资质最好的一批天骄,但就是年年比不上其他宗门。

这批参赛的亲传弟子也都不是什么省油的灯。

沐重晞和明玄平日里就不怎么对付,还没开始比赛就内讧,等到了赛场上,完全能料到结局是什么了。

周行云更不用说了,作为修为最高的弟子,整日里一副半死不活的模样,仿佛下一秒钟就要离开这个世界了一样。

薛玙算是四个人里面比较正常的一个了。

"今天这么热闹?"沐重晞走了进来,瞥见两个师兄,他挑了挑眉,"师父找我们有什么事情吗?"

看到这个弟子秦饭饭就生气:"你这个不肖弟子就不能少给我惹点事?天天和那个叫叶翘的外门弟子往山下跑,这山下是有谁在啊?"

沐重晞大呼委屈:"那除了叶翘其他人也不陪我玩啊。"他指着薛玙和明玄,"这俩人一天到晚待在一起,不带我玩,周师兄整日不见人影,外门和内门的其他弟子也都忌惮我亲传弟子的身份,只有叶翘肯陪我下山。"

有时候沐重晞都觉得叶翘奇怪得很,不像是太虚境的人,对亲传弟子没有半点的畏惧感,但他就喜欢叶翘那种对谁都无所谓的态度。毕竟交朋友又不是找仆人,他可不希望对方处处礼让自己。

秦饭饭被这一声声质问给噎住了,他干咳了一声,没想到小弟子竟然有这么大的怨气。

"所以我今日找你们来,就是想问问,你们想找师妹还是师弟?"如今距离大比只剩下九个月的时间了,却还迟迟找不到合适的弟子,他想着那不如就来问问这几个徒弟的意思。

"那当然是小师妹,其他宗门都有小师妹,就咱们宗一群臭男人。"沐重晞继续说道,"就连问剑宗那群不解风情的剑修都有小师妹。"

明玄优哉游哉地瞥了他一眼,嘲笑道:"说得就跟你不是剑修一样。"

一直置身事外的薛玙这会儿也提出意见:"不要小师弟,像沐重晞这样的,咱们宗门口的大黄狗都嫌他烦人,一点儿都不可爱。"

想到自己收了四个大男人做徒弟,秦饭饭觉得他的话有些许道理,是该收个女弟子了。

"你们觉得收谁比较好?"他思忖着,"今年外门弟子中倒是有几个天赋不错的,出自几个大族的旁支,内门中倒也有几个有上品灵根的小姑娘。"

沐重晞和薛玙同时脱口而出:"叶翘。"

对上秦饭饭略显诧异的目光,薛玙神色不变,微笑着道:"师父,我觉得她就挺不错的。"不知道为什么,他总有种预感,这个小师妹会让宗门里热闹起来,恰好,他最喜欢热闹了。

明玄皱了皱眉,却也没反对,他对天赋并不怎么在乎,小师妹嘛,在每个宗门都是深受宠爱的,于是他勉强道:"随便你们吧。"

三个人都没什么意见,至于周行云?他的意见并不重要。

秦饭饭皱了皱眉,"你们说的是外门的那个叶翘?"他之所以对叶翘有印象是因为这个丫头天赋不高,没有半点修士的自觉,成天睡觉,还经常撺掇着沐重晞一起下山。

"对。就是那个丫头。"沐重晞觉得百无聊赖,"反正咱们排名一直都是倒数,今年我看也找不到什么天才了,就叶翘就挺好的呀,闹腾,还有意思的。"

秦饭饭沉默了几秒钟,被这个诡异的理由说服了。按理说亲传弟子的名额尤为重要,这关系到日后宗门大比的排名,可事实上他们长明宗百年来每次都是倒数第一,第五个亲传弟子是谁都变得不那么重要了。

不争了,他们长明宗算是彻底放弃了!

已经被盯上的叶翘正准备躺下睡觉,结果被玉简上宗主突如其来的召见给吓得一个翻身从榻上爬了起来。

宗主?

叶翘入宗两个月了,认识的都是些外门弟子和长老。

宗主这种级别的人物怎么会召见自己?她直觉没什么好事,但也只能从榻上爬起来,稀里糊涂地随手穿好衣服,拖着疲惫的身体,赶往宗主住的主峰。

山峰高耸入云,多达九百层石阶,叶翘又不会御剑,只能一步步往上走,她揉着眼睛,边走边想,挺好的,每次拜见宗主的时候都有种皇帝上朝的感觉。

"宗主好!三位师兄好!"叶翘微微躬身,全程不敢抬头,坐在上面的人毫无疑问就是宗主了。

叶翘不知道他老人家大半夜不睡觉叫自己来做什么,她眼观鼻、鼻观心地垂着脑袋,困得眼睛都快睁不开了。

秦饭饭不动声色地打量着她,紧接着微微叹息,传闻说得没错,这个孩子果然不上进。晚上是灵气最浓郁的时候,这么宝贵的时间,她竟然拿去睡觉。

秦饭饭声音温和地问:"你想不想做亲传弟子?"

叶翘不知道自己做错了什么,竟然引起宗主的注意,被选为亲传弟子?

见少女沉默不语,秦饭饭便当她是害羞,微微笑了笑,指了指不远处站着的三个人:"这是你的三位师兄,之前应该都见过的吧?"

叶翘抬头,对上沐重晞的目光。可不,前几天还一起下山玩呢,今天他就成自己的师兄了?

沐重晞朝她眨了眨眼睛,以为她是开心得说不出话了。

在场的除了薛玙看出来了点苗头外,其他谁都没有往叶翘并不愿意做这个亲传弟子上面去想。

"收拾收拾,明日就搬到这边的院子住吧。"秦饭饭嘱咐道。

叶翘深吸了一口气,扯出一抹比哭还难看的笑容:"弟子遵命。"

秦饭饭觉得她是被感动哭了,见此情景欣慰极了,没想到这个小姑娘虽然天赋不高，倒是懂得感恩。

从主峰离开后，躺在榻上露出一脸生无可恋表情的叶翘怎么都想不明白，事情是如何发展到今天这一步的？亲传弟子、内门弟子、外门弟子中，就属亲传弟子的任务最繁重了，除了要参加大比，还要同其他弟子一起上课、训练。据沐重晞所说，还有个内门长老亲自训练他的反应速度，每天他都会在上课时挨打，那时候叶翘虚伪地同情了他几句，没想到现在轮到自己了。

得知叶翘要搬到主峰住的时候，最震惊的莫过于同叶翘认识的那些弟子了。尤其是宁晴，她是长明宗的内门弟子，上品火灵根，十六岁筑基，就算是在大宗门也是个天赋不错的小天才。她原本以为第五个亲传弟子的名额已经十拿九稳了，哪能想到半路上杀出一个外门弟子。对方要是比她优秀也就罢了，偏生宁晴一打听，才知道叶翘不仅天赋差，就连每个月的考核成绩都平庸到极致。就这样的人，凭什么能成为亲传弟子？

杜淳在院子里帮叶翘收拾东西，两个人认识了两个月，相处得不错，乍一听说她要走，他还怪不舍的。

杜淳拍了拍她的肩膀，笑道："你真厉害，不声不响地就成了亲传弟子。"

叶翘却满脸写着不高兴。

杜淳恨铁不成钢地道："笑一笑啊，垮着脸算什么？"

叶翘露出一脸惨笑。

杜淳笑着说："你还是别笑了。"他帮叶翘收拾了一下院子里的东西，叶翘生活拮据得很，除了一把破剑，东西就只有墙上贴的四张不知道是干吗用的符箓了。

叶翘深吸了一口气，打起精神来，她将符箓撕下来，随后叫住了杜淳。

"你等会儿。"她想着自己短时间内应该不会从主峰下来了，毕竟九百多级石阶，光是想想就觉得腿软。对上杜淳不解其意的目光，叶翘埋头从芥子袋里面翻找，她昨天晚上伤心得一晚上没睡着，连夜画了几十张符箓。

"这是聚灵符。"叶翘告诉他具体要贴在哪里，"到时候晚上躺着就能

修炼。"

杜淳狐疑地看着手里几张符箓:"真的假的?"他倒不是不信任叶翘,只是躺着就能修炼,这种好东西真的存在?

叶翘道:"你可以试试。我之前用过的。"简单地收拾好东西后,叶翘便背上包袱准备上路了,结果才出院子,一道雪白的剑光直指她。叶翘淡定地抬头,对上一个少女冷冷的目光。

叶翘叹了口气,试探性地将剑推走:"这位师姐,有话好好说,长明宗禁止随意拔剑。"

宁晴被叶翘淡定的态度气得脸色更冷了,她今日一早打听到了叶翘住处,然后就气势汹汹地杀了过来。

"你凭什么可以做亲传弟子?"宁晴恶狠狠地盯着她,"就凭你和沐师兄关系好?凭什么你一个平时不爱修炼的人能入住主峰,还能和明玄师兄一起修炼?"

叶翘被她那嫉妒的目光盯着,过了半晌才幽幽地吐字:"你根本不知道我有多羡慕你。"

宁晴看着叶翘一副悲从中来的模样不似作假,不解地问道:"你羡慕我什么?羡慕我没有成为亲传弟子?"要不是叶翘难过的表情太真实了,她甚至怀疑叶翘在嘲讽自己。

两个人对峙的工夫,一个青年走到院内:"走了。"语气慵懒,歪着身子,穿着一身灰扑扑的衣袍,丝毫看不出来半点亲传弟子中大弟子的模样。

叶翘收回和宁晴大眼瞪小眼的目光,拿着自己的小包袱,走到青年的身边。

"大师兄?"叶翘试探性地叫了一声。

薛玓、明玄、沐重晞,这三个人她都见过了,也就只有周行云没露过面了。

周行云懒懒地"嗯"了一声,随后不动声色地打量了她一下,伸出手拍了拍女孩竖起来的头发,帮她把它们压了下去。

叶翘疑惑地歪歪头,摸了摸脑袋上又倔强地竖起来的头发。

周行云的眉头微微皱起，他伸出手，又帮她按了回去。

叶翘若有所思地想，她这个大师兄，不会有强迫症吧？

登上主峰后，充沛的灵气瞬间盈满全身，仿佛浑身毛孔都张开了，叶翘微微发出舒服的喟叹，难怪太虚境的修士都挤破脑袋想当上亲传弟子，单是主峰的灵气就浓郁得让她移不开步子了。

周行云将叶翘带到了主峰后，就已经当起了甩手掌柜，把小师妹跟拎小鸡崽一样从剑上拎了下来，走到薛玙面前，丢给对方，说道："接好你的小师妹。"他说话的声音慢吞吞的，转身走时却显得毫不留恋，只因他怕自己再不走，会忍不住一剑将她脑袋上竖起的头发给削掉。

周行云的速度太快了，叶翘有些晕剑，她缓了缓，旋即就被薛玙带着七歪八拐地走到一处幽静的竹林。

叶翘不清楚流程，全程跟在薛玙的后面，时不时地疑惑地问几句："师兄，长明宗收弟子，没有收徒典礼吗？"

薛玙的步子微微一顿："没有。"他大概是觉得这样简单的回答显得自己过于冷漠，于是又补充了一句："我们四个人之前都没有。"

叶翘困惑地问道："其他宗门为何就有呢？"她记得云鹊被月清宗收为亲传弟子时，声势浩大，八方来贺，怎么到他们长明宗，就这般简陋了？

薛玙闻言干咳了一声，以拳抵唇："可能是因为，咱们的经费不够？"

叶翘干巴巴地"哦"了一声，说白了就是穷。

太虚境最赚钱的就是符修、丹修，他们宗的丹修和符修寥寥无几，自然也比不上其他几宗有钱。

薛玙瞥见一副她痛苦的表情，不禁莞尔，一边走一边跟她解释："咱们只有两节课需要上，分别是心法课，还有训练课。两节课都会有长老在旁边教导我们……"薛玙看了一眼叶翘，知道她或许跟不上进度，于是便轻声安抚道，"如果有不会的话，可以去问长老，或者找我。"

一进入竹林，浓郁的灵气铺天盖地地卷席而来，叶翘差点被这些灵气压得喘不过气。她总算明白为什么亲传弟子的修为能超出外门弟子那

么多了。

薛玙瞧出来了她的不舒服,轻轻叹息一声,丢给叶翘一个白玉瓷瓶:"吞下去,这是固灵丹,待会儿或许会舒服很多。"说到底还是她的修为太低了,灵根资质太差,无法吸收太多的灵气。

叶翘接过,微微一怔,虽然她对丹修并不了解,但固灵丹她却是知道的。在那本小说中提到过这种灵丹的用处。修炼讲究一步一个脚印,如果根基不稳,即使境界上去了,和同等境界的人相比也会弱很多。固灵丹能让灵气稳定下来,一些境界不稳,靠天灵地宝把境界堆起来的人,服下固灵丹后都能迅速打好基础。饶是薛玙这样的天才,在长明宗三年内也只炼出了三份固灵丹。现在,竟然还有她的一份吗?

叶翘多少是有些受宠若惊的:"三师兄。"她握紧白玉瓶,唇角抿了抿,在少年疑惑地偏头时,声音清脆地道,"你真好。"

薛玙对上女孩亮晶晶的眼睛,微微一怔,随后笑出声。

真可爱啊!

小师妹果然有礼貌,两个人一前一后走进训练场时,隔得老远都能听到沐重晞的哀号声以及明玄幸灾乐祸的起哄。

叶翘正含着固灵丹,下一秒就看到一个"流星"从半空划过,随后重重地摔到地上。

叶翘惊讶地开口:"速度好快的鸟人。"随后"鸟人"从地上艰难地爬了起来,她这才注意到,那不是什么鸟人,那是沐重晞。

沐重晞龇牙咧嘴地从地上爬起来,气势汹汹地大喊:"明玄,你是不是想打架?"

"我怕你吗?"明玄脸上的笑容没了,手里捏着几张符箓。

气氛都变得剑拔弩张了起来。

叶翘的嘴角抽了抽:"你们私底下都是这样相处的吗?"

薛玙的语气十分冷静,显然他对这种事见怪不怪了:"是啊。等他们打完就好,不必担心。"

叶翘最喜欢凑热闹了,她的眼睛微微发亮,语气十分激动:"真的吗?"她还没见过人打架呢。

薛玙转头，为什么有种小师妹很兴奋的错觉？

叶翘也意识到了自己的神色不对，她立刻换上悲痛万分的表情："真的吗？"

薛玙哭笑不得地看着叶翘，暗想，别以为你换个表情我就看不出来你跃跃欲试的心情。

后来两个人自然是没能如愿地打起来，宗门内禁止拔剑内斗，这是大家心照不宣的事情。但如果没有这条门规的话，沐重晞总觉得他和明玄要死一个。

"别吵了。"薛玙不得已出来打断两个人，"段誉长老一会儿要来了。"

负责训练他们的长老是个胡子拉碴、身高体壮的男人。

"你就是新来的亲传弟子？"段誉拍了拍叶翘的肩头，叶翘被他一巴掌拍得趴在地上了。

段誉微微一惊："这么不抗揍？"

叶翘看着他发达的肌肉，又抬了抬自己的细胳膊细腿，完全不敢吭声。

沐重晞撇了撇嘴："长老，她又不是我，叶翘才第一天来，你对她温柔点。"

叶翘朝他投去感激的眼神，不枉我们认识一场啊！

段誉呵呵一笑："那是当然，我有数，有数。"他打量了叶翘一下，或许是觉得这个弟子确实不抗揍，只能遗憾地开口，"就先试试踏清风吧。"说完往她的怀里丢了一本心法，叶翘下意识地接住。

"这是能提升速度的心法，每个亲传弟子人手一份。你的其他几个师兄都已经融会贯通了，这几日抽空多练练。"段誉看向她，显然也听说了她在外门时的偷懒行为，威胁道，"三天后来抽查你的功课。到时候若是跑得慢，就等着被我踹吧。"

叶翘："……踹？"

怎么个踹法？

很快她就知道了。

因为是刚入门，叶翘在旁边坐着，看沐重晞上课，段誉全程在后面

跟猫逗老鼠一样地追赶他。

沐重晞的速度一慢下来,段誉就会毫不留情地踹他的屁股。

叶翘看到这一幕,下定决心一定认真练习心法。为了免于被连续踹的命运,接下来的三天时间里,她努力记下了段誉出招的大致方式,总是提前一步进行闪躲。而踏清风的好处就在于被踹的时候能躲闪得快一些。

沐重晞显然已经被踹习惯了,他甚至还能一边跑,一边拉叶翘一把。

两个人一前一后,只要谁的速度稍微慢下来谁就要被踹屁股,谁都不想受这种惩罚,都开始玩命地往前跑。

两个人开启了被痛打的修炼生涯。

明玄是符修,就不需要参加训练,他甚至在画符时还有闲心,幸灾乐祸地说上两句,就连叶翘也没少被这个毒舌的二师兄嘲笑。

"小矮子。"他伸出手按住她的脑袋,嫌弃地道,"你怎么长得这么矮?你家里人不是不给你饭吃吗?"

叶翘在心里安慰自己,别人生气我不气,气出病来无人替,他是亲传弟子打不过。训练的两个月时间里面,主峰的灵气浓郁得能将人压趴下,就算是个废柴,修为也提上来了,叶翘很顺利地从炼气五层到达了九层。

今日是心法课,不巧的是给她上课的长老正是几个月前在后山,眼睁睁地看着她和沐重晞将地面砸个大坑的赵长老。或许是因为得罪过对方的原因,每次心法课都要让她上去回答问题,一旦回答不上来,等待叶翘的就是去打扫藏书阁的惩罚,这一次也不例外。

赵长老讲到一半,叶翘就已经开始听不懂了,眼看他又像是要来提问自己,她秉着死道友不死贫道的精神,心急之下,从后面举起手,大声喊:"长老,明玄师兄说这道题他会!"

赵长老这才注意到在后面坐着发呆的少年:"明玄,你既然会,那就由你来为师弟、师妹们演示一遍。"

明玄睁大眼睛,随后望着罪魁祸首,满脸都是愕然之色。

叶翘见明玄站起来了,微微松了口气,露出一抹乖巧的笑容:"你不入地狱谁入地狱?二师兄,你可是长明宗符修一脉的希望,有道是"能者多劳"，你就多劳累劳累吧！"师兄就是用来坑的，她坚信这个道理。

说实在的，心法课委实无聊了些，明玄也没仔细听。反正自打叶翘来了以后，赵长老就盯着她提问，冷不丁地轮到自己，着实让他有些发蒙。他晕头转向地站起来，又晕乎乎地坐下，不出意外，被训斥了一通。

课上到一半，叶翘撑着下巴，有些昏昏欲睡了，她微微低着头，眼皮撑不住开始打架。

突然，明玄的声音轻轻响起："小师妹，下课了。"

半睡半醒的叶翘对"下课了"这三个字十分敏感，她条件反射般噌的一声站了起来，因为动作过大，桌子被推出去了一截。

叶翘下意识地就要拔腿往食堂跑，结果被明玄拽住了。

叶翘有种不好的预感，果不其然，转头发现薛玗他们几个都在老老实实地坐着，哪里下课了？

赵长老蹙眉问道："你站起来干吗？"他又冷笑着道，"怎么？你是对我授课的方式表示不满？所以把桌子踹出去助助兴？"

扰乱课堂这种事的后果可大可小，叶翘被赵长老斥责一顿过后，又被惩罚去打扫藏书阁了，这已经是她这个月里第十次被罚去打扫藏书阁了。

明玄在她坐下后，慢条斯理地笑着道："天理昭昭，报应不爽啊！师妹。"

"还有你！明玄！"赵长老怒气冲冲的声音响起，"这么简单的问题都学不会，你们俩下课一起滚去扫藏书阁。"

明玄脸上的笑容逐渐消失，叶翘原本垮着的脸这会儿也露出笑容了："天道好轮回，苍天饶过谁啊！师兄。"

藏书阁内的书籍成排摆放，一共分为四层，第一层是心法，第二层是丹术，第三层是符箓，第四层是剑诀，围绕空中浮现着的幽蓝色阵法摆放，给人的视觉带来一种震撼感。

玉管事坐在椅子上，瞅了她一眼："又来扫地了？"

自打上了赵长老的心法课后，叶翘被连续惩罚扫了十多天的地，已经有了十分丰富的扫地经验，然而明玄却从没干过这种活，他不想动，叶翘也有一搭没一搭地扫着。

"让一让。"叶翘拿扫帚一扫,恶声恶气地开口。

明玄忍着气,默默地挪开脚。

"我可是长明宗亲传弟子里面唯一的符修。"明玄重申自己的身份,"而且我还是你的二师兄,你难道不知道要尊重师兄吗?"

叶翘用胳膊挂着扫帚,见状有一搭没一搭地鼓掌:"厉害,太厉害了!"语气敷衍至极。

明玄觉得她在嘲讽自己,两个人这会儿谁都不想扫地,都抱着"凭什么他不扫"的想法,这么干耗着。

玉管事见状"哼"了一声:"扫不完不许吃饭。"

时间一分一秒地过去,最终还是明玄顶不住了,他开口道:"我饿了。"他这么一说,叶翘沉默了几秒钟,也后知后觉地道:"我也饿。"

明玄清了清嗓子:"不如,我们扫快点?"

叶翘:"好。"

先前还吵得不可开交的两个人立刻达成共识,拿着扫帚就开始疯狂地扫地,准备着早点完工早点去食堂吃饭。两个人一手拿着两把扫帚,上蹿下跳,一瞬间藏书阁内灰尘飞扬。正在看书的玉管事被扬起的灰尘呛得咳了一声,抬头一看,便见到原本懒懒散散的两个人,如今像是张牙舞爪的大螳螂,在那儿蹦蹦跳跳。

敷衍地打扫完藏书阁后,两个人火速直奔食堂,留下风中凌乱的玉管事一个人无语地丢下书,朝着无人的地方喊了一声:"这个小丫头就是你说的好苗子?"好苗子?他觉得她是饿死鬼投胎还差不多。

段誉从暗处走了出来,显然将两个人刚才的行为尽收眼底。他摸了摸下巴,讪讪地道:"她的记忆力很好。"不是很好,堪称过目不忘。

踏清风这样的心法,饶是天生剑骨的沐重晞学会也花了十多天,结果叶翘短短三天就融会贯通了。

段誉便向赵长老提建议,想着不如让她多扫扫藏书阁,趁机多看看书,不然这样的天赋不就白白浪费了吗!结果这个丫头倒好,扫完地就跑,从没想过多看藏书阁的书一眼。

玉管事"哼"了一声,道:"如果她真的有过目不忘的本事,怎么外门考核回回都这么平庸?"剑修的考核内容无非就是对剑术的掌握和熟悉程度,"如果真的能过目不忘,两个月的时间剑诀她应该都能倒背如流了吧?怎么会成绩这么差?"

这确实是个让人费解的问题。

段誉不说话了,难道真的是他的判断出了问题?

或许那个丫头能在短时间内学会踏清风,只是因为运气好?

两个人赶到食堂的时候已经不剩下什么了,筑基以后就能辟谷,但可能是以前经常吃东西吃习惯的缘故,明玄经常会来食堂蹭饭。

叶翘不挑食,给什么吃什么。她一口气拿了五个馒头,把明玄看得眉头直皱,现在的小姑娘都这么能吃了吗?怎么在他的印象里,内门的几个师妹都是吃两口就饱了的?

吃完晚饭后两个人便结伴往藏书阁赶,天色已经稍稍暗了下来。经过下午叶翘和明玄的共同努力已经扫完了两层,还差两层,打扫干净后就能回去睡觉了。

一想到睡觉,叶翘就充满了动力,她拿起扫帚,冲着旁边的人喊道:"走吧,先扫第三层。"

明玄懒懒散散地将扫帚捡了起来。

第三层堆满了各种符箓书籍,排列得格外整齐。外界传闻,五大宗的藏书阁中包含着太虚境绝大部分的书籍。叶翘拿起一本,随意翻看了一下,问:"这些书都是哪里来的?"

明玄瞥了她手里的书一眼,淡淡地解释道,"据说都是从师祖那一辈慢慢流传下来的,藏书阁里的每本书都是独一无二的孤本。每个宗门的藏书阁都只有亲传弟子进得来,外门弟子和内门弟子想来这里扫地都没资格。"

叶翘看他说得天花乱坠的模样,伸出手,好奇地指了指书中的一页:"那个御火符是做什么的?"看上去还挺值钱的。

明玄皱眉,看了看上面的符纹,疑惑地问道:"你一个剑修问这种事干吗?"

叶翘连眼睛都不眨，张口就道："虽然我是个剑修，但我对符修有种天然的向往，尤其是在听说太虚境竟然有二师兄这样的天才后，我就更感兴趣了。"她的话音刚落，明玄那冷漠的神色都有些维持不下去了，毕竟头一次当师兄，谁会不享受被师妹崇拜的感觉？在叶翘"仰慕"的目光下，他不由得清了清嗓子："那你看好了，我就教一遍。"

明玄找了一根笔，在雪白的宣纸上落笔。他画符的速度不慢，叶翘得亏记性好，不然真的很难从那狂野不拘的符纹里看出来什么名堂。

"这就是御火符。"少年指尖夹着的符箓燃起幽幽的火光，像是变魔术般，温度一瞬间就升高了。

叶翘目不转睛地盯着，感叹道："好神奇！"她还是第一次看到正统的符修是怎么画符的。

"那当然。"明玄得意极了，指尖的灵火不停地晃动，此时的模样像是在极力表演，等待大人夸奖的小孩子。

叶翘果然很捧场："哇！你也太厉害了吧！"

明玄被捧得有些飘飘然："你要是想学，我可以教教你。"

叶翘说的几句话，就把他夸得有些飘飘然了

叶翘道："谢谢师兄！不过应该不需要了。"因为她已经记住了。

叶翘拿起笔，按照他刚才的方式重复了一遍，灵火在纸张上燃起，微弱的火苗颤颤巍巍的，仿佛下一秒钟就会熄灭。

明玄被吓了一跳，没料到她第一次画这种符箓便成功了，他惊慌地阻止："快停下，灵火它是会动的。"

在明玄说完后，叶翘还没来得及高兴自己成功了，就眼睁睁地看着符箓上的灵火骤然甩了出去。

明玄急忙侧身躲过，但他身后的书架就没那么好运了。

灵火燎原般地蹿了起来，叶翘的脸上都被熏黑了一片。在火焰蔓延开的一瞬间，明玄眼疾手快地凝了个大水球，甩了过去，迅速扑灭了灵火。

"叶翘！明玄！"刚刚把火给扑灭，还没来得及松口气，身后便传来了玉管事的怒吼声。

完了。这是两个人此时脑海中唯一的念头。

玉管事火急火燎地赶来，看到眼前的一幕，气血一阵上涌，胡子气得都翘了起来。他吼道："你们俩为什么在藏书阁玩火？还是说你们俩对老夫有什么意见？"玉管事差点儿被气晕过去，一个不靠谱的弟子他也就忍了，结果现在是两个不靠谱的弟子一起犯错误？

明玄心虚地道："没有。"

罪魁祸首更是唯唯诺诺地道："不敢。"

"不敢？"玉管事气笑了："那你还去烧藏书阁？"

火势蔓延也就转瞬间的事，十几本符箓书已经被烧毁了一半，有些被水扑灭后纸张粘在了一起，不用想也知道全废了。看到这一幕，玉管事的心都在滴血。

叶翘也意识到了事情的严重性，在此之前，明玄就再三强调过这些书都是孤本，现在被烧成这样，没把她打个半死都只能算是玉管事的脾气好。到底是良心过不去，她嗫嚅片刻，才问："长老，请问有留影石吗？"既然是孤本，那不可能没有记录下来的东西，万一真出点什么意外不得心疼死嘛！

玉管事气得直掐腰："要留影石又有什么用？"留影石只能看一次，第二次再打开就会彻底报废，而且这玩意儿还贼贵，这谁能看一遍就给记下来啊？

叶翘知道自己惹的祸没有让其他人承担责任的道理，于是试探性地伸出手："要不这样，您将这十几本符箓书的留影石给我，我给您完完整整地抄下来？"

明玄的心情十分复杂，这么仗义的吗？

不对……

全抄下来？

一时间所有人的视线汇聚在叶翘身上。

玉管事气得发红的脸色都缓了片刻，他惊讶地问道："真的？"

叶翘道："是。"

玉管事看着这个女孩十分认真，没有半点平日里嬉皮笑脸、懒散的模样，他原本硬邦邦的语气也不由得松动了几分，突然想起来段誉说这

个丫头似乎有过目不忘的本事。玉管事的声音低了下来:"既然如此,那你就试试吧。"他掏了半天,翻出了十几块留影石,眼睛一瞪,"去禁地抄,抄不完别想出来。"

叶翘立刻答应了一声,跑了。

"还有你。"玉管事知道这件事和明玄绝对脱不开关系,"你们俩一起去,她什么时候抄完,你们什么时候出来。"

以为躲过一劫的明玄悻悻然地跟了过去。

内门弟子甲:"听说你那个小师妹,又闯祸了?"

周行云叹了口气:"叶翘?她怎么了?"

对方挤眉弄眼地道:"把藏书阁给烧了,还是和明玄一起烧的。厉害吧?"

短短一晚上的时间,叶翘和明玄火烧藏书阁的事情传遍了宗门。

先是报名入宗时将后山砸了个大坑,紧接着两个月后,又当上亲传弟子,然后没几个月就和另一个亲传弟子将藏书阁给烧了。周行云陷入了沉思,他们这到底是收了个小师妹,还是捡了个祸害回来?

话分两头。

叶翘和明玄一同来到了禁地。这里是长明宗祖师爷飞升之地,据说遗留了不少的宝物,因此才被列为禁地。在太虚境,机遇和危险从来都是并存的。

叶翘只是想单纯地抄个书,没有不自量力地想去寻宝。

禁地中山灵水秀,沉淀着神秘的古韵,更像是个风景很好的、静谧的修炼之地,灵气浓郁,很适合摆个聚灵阵。两个人来到禁地时,里面已经有人坐着了。

叶翘定睛一看,这不是她亲爱的三师兄吗?

薛玙看到他们进来,很热情地招了招手,身子微微往后一仰:"啊。你们怎么会来这儿?"这可是禁地,通常都是亲传弟子被罚面壁思过的地方,一般人还真进不来。

叶翘:"我把藏书阁给烧了。"

薛玛沉默下来，看向明玄："那他呢？"

叶翘："他和我一起烧的。"

薛玛心想，他的师兄妹们，这是终于疯了？他无语了片刻，声音温柔地道："你和玉管事有仇？"

叶翘摇摇头："没有啊。我就是玩火，不小心把书给烧了。"

薛玛不解，玩火？正常人能在藏书阁玩火吗？

"你是怎么进来的？"明玄有些不解地问薛玛，毕竟薛玛是他们几个人里面为数不多的脾气好的，以前经常被罚关禁地的只有他和沐重晞，现在还多了个叶翘。

薛玛神色平静地道："炼了几颗丹药，让身边的师兄弟吃了，哪承想药效出了问题，把他们毒倒了。"

叶翘心想，真是一群不靠谱的亲传弟子啊！

明玄坐在地上，已经开始催促叶翘："小师妹。快抄吧！等你抄完我才能出去。"

被迫抄书的叶翘把芥子袋里的十几块留影石拿了出来，随后拿出干净的宣纸，神识探入留影石中，闭上眼睛片刻，一页页符箓书被翻开。

叶翘聚精会神地将书上的内容逐字逐句记住，随后提笔就开始抄录。

因为着急赶工，叶翘写字就跟鬼画符一样，狂放潦草的字迹，除了她自己没人能认出来。

薛玛看到这一幕，悄悄地用胳膊肘捅旁边的师兄："小师妹这是在干什么？"

明玄解释道："她把第三层的符书烧坏了十几本，然后为了平息玉管事的愤怒，保证说能将十几本书全部抄下来。"

薛玛微微愣住，全部抄下来，如果真有这种记忆力，那他这个小师妹得是个过目不忘的天才？

叶翘抄得入神，落笔的速度也逐渐加快，她拿出来了当年备战高考时的精神，只要学不死，就往死里学。整整一天时间她都在抄书中度过，那速度快得把旁边两个人看得瞠目结舌。

时间一点一滴地过去,很快到了破晓时分。

一直坐着没动的叶翘抬起头来幽幽地吐出一口气,不知道是不是明玄的错觉,他仿佛看到叶翘嘴里吐出了一只小怨灵。

禁地里的日子一天比一天难熬,明玄这会儿全指望着她抄完书带自己出去,见状立刻给她捏肩:"小师妹,加油!"

半个时辰后,叶翘往地下一躺:"我不干了,根本抄不完。"

叶翘伸出手,摸了摸鼻尖,一手的血,她觉得更痛苦了。

薛玥紧张了起来,连忙给她捶腿:"撑住啊!师妹,我们能不能出去就全靠你了。我这里有补神丹,你多吃儿,好继续抄。"小师妹只要抄完,到时候他说不定也能跟着鸡犬升天,一起从禁地出来。

两天时间记下十几本符书,对于神识的损耗绝对是巨大的,于只要是叶翘觉得头晕,薛玥就会贴心地送上补神丹。

叶翘拿着丹药的手在微微颤抖。

明玄的语气十分殷切:"我相信只要师妹你足够努力,我们就能过上自己想要的生活。"

叶翘深吸一口气,吃完药后爬起来继续抄书。她落笔迅速,满脑子都是各种繁复符箓的画法、作用以及如何在法器上画符纹,经此一遭,她敢说没人比她更懂画符。

因为抄书时需要将符箓的样子画下来,她赶时间,画符的速度极快,每个符都是一笔画成,潇洒又利落。叶翘发现自己的识海似乎变宽了。她的灵根不纯,神识也较弱,之前没画几张符就会晕过去了,而现在她突然发现自己的识海变宽了,即使不吃补神丹,也不会动不动就头疼。难道抄书还有助于淬炼识海容量的?

"你破境了?"正当叶翘思索时,明玄跷着二郎腿的动作顿住。

叶翘这才感受了一下:"好像是的。"

炼气巅峰,距离筑基也就一步之遥。她反应过来,原来不是抄书让识海变宽了,而是因为她破境了,自然而然地,识海也变得宽阔了。

明玄愣住:"现在破境都这么简单了?"炼气后期到炼气巅峰期是个坎儿,不花个三天时间顿悟,很少能这么顺利破境的。

薛玙撑着下巴，仔仔细细地思索着："有没有一种可能，小师妹是靠着参悟符箓破境的？"

丹修靠炼丹破境，符修自然是靠画符来破境。

叶翘在两天时间里一直在疯狂地看符书，这个解释倒也说得过去。

明玄不解地道："可她不是剑修吗？"

薛玙露出若有所思的表情："你可曾听说过，两道双修？"

"这不是只有极少数的人才有的能力吗？"明玄还是觉得不可思议，两道双修都是极少数悟性高的人才能做得到的，据说长明宗的祖师就是剑、丹两道双修，但并不是所有人都是祖师爷这样的人物。

叶翘拍开他的手，制止了两个人的胡思乱想，她说道："或许只是因为这里灵气浓郁的缘故。"也只能这般解释了，不然她还真能剑符双修不成？

第叁章 车运

叶翘抄完所有被火烧坏的书时已经是两天后了，薛玙和明玄跟这件事关系不大，玉管事没有为难他们，挥挥手便让两个人走了，被留下的只有当事人叶翘。

"都抄好了？"玉管事问道。

"抄好了。"她耷拉着脑袋，感觉身体都被掏空了。

玉管事翻开来看了两眼，随后嘴角抽搐着，不得不说叶翘的字简直可以用惨不忍睹来形容。但也没得挑了，他只能改天再找几个写字好看的弟子再抄一遍。他瞥了一眼叶翘："跟我过来。"

叶翘依言跟了过去，玉管事顺着长长的旋转楼梯一路来到第三层，之前被弄乱的符书如今已经摆放整齐，他将缺失的书放到书架上后，又蹲下身子，不知道从哪里翻出来了几本残卷。

泛黄的纸页，看上去显得又脆弱又单薄，玉管事小心翼翼地拿起卷轴，声音低沉地道："帮个忙怎么样？小丫头。"

叶翘机智地没有立刻答应，只是说："什么忙？"这种忙一般人看上去还真帮不了,她可不想揽些没必要的麻烦,有这个工夫倒不如去睡觉。

玉管事被她那谨慎的态度给弄得无语片刻。他算是看明白了,这个小鬼根本就不按套路出牌,其他弟子听到这种事,早就忙不迭地答应了,哪里会问这么多为什么。

"这几卷卷轴是咱们长明宗的祖师爷留下给后辈学习的。"玉管事道,"里面记录了许多上古丹方。"

叶翘听着他滔滔不绝的介绍,似乎还在回忆着当年长明宗的峥嵘岁月,她不得不打断对方:"那么,您找我来是想做什么?平时这个时间,我已经睡着了。"

再次被打断的玉管事不悦地瞪了她一眼:"咱们祖师是整个太虚境为数不多的能做到剑、丹两道双修的,他遗留下来的残卷,随便放出去都是能引起各路修士争夺的,既然你能把留影石里的书卷记下来,那上古残卷应该也不在话下吧?"

临危受命的叶翘觉得眼前一黑,忍不住提醒他:"长老,我是人,不是神。"

上古残卷,她全看完识海不得被榨干?

玉管事沉吟片刻:"……那你的意思是?"

"看书可以,但是得加钱。"她正色道,"毕竟我的睡眠时间很宝贵。"

提到钱,玉管事的脸都黑了,长明宗什么情况她不知道吗?穷得都揭不开锅了,还要钱呢。

"我可以送你一瓶丹药。"想了想,考虑到叶翘这个人有反骨,他也担心她撂担子不干,于是便忍痛开口道。他既是藏书阁的管事还顺道兼任丹峰药阁那边的管事,还是有权利支些宗门的丹药的。

叶翘脸上的笑容一收,挥了挥手:"算了,我选择放弃。"她最不喜欢读书了,当然,如果给钱的话那另说,没有钱,她要一瓶丹药有何用?

"我去睡觉了。"少女说着就要往外走。

"慢着。"眼看她就要离开,玉管事慌了,他急忙追加一句:"再加两瓶。"

叶翘打了个哈欠,神情懒洋洋地道:"算了,有这工夫我还是再睡一

觉吧。"

玉管事咬牙切齿地道:"回来。"显然他已经意识到,不给点值钱的东西,叶翘绝对不可能妥协了。

"只要你把这些古籍一字不差地抄下来。药阁的灵丹随你挑。"这已经是长明宗铁公鸡最大的让步了。

叶翘果断地把脚步一收,露出灿烂的笑容:"成交。"

玉管事莫名有种被欺骗了的错觉。

上古残卷,他们谁也不敢轻易打开,这玩意儿脆弱得很,一旦打开,一盏茶时间便会化为灰烬。

叶翘就没这个顾虑了,她将神识探入,天旋地转之际再次睁开眼,眼前的画面渐渐变得陌生了起来。看周围摆放的陈设,也是藏书阁的模样,但远没有如今华丽。她走近,看到一个老头儿在炼丹。嘴里还不停地絮絮叨叨地念叨着。

"苦艾草,宁幽花……唉!宗里连狗都饿死了,还想着炼丹呢。"他掐腰冷笑两声,"等老头儿子我有钱后就回家喂猪。"

叶翘没想到长明宗的老祖都还挺有想法的。实不相瞒,如果不是条件不允许,她也想回家养猪。

老头儿嘴里虽然嘟囔着,但手中的动作却一刻没停,凝丹,控火,筛选灵植,一气呵成。最后他手中打出繁复的咒印,金灿灿的浮丹印浮空钻入丹炉内。约莫过了一盏茶的工夫,丹炉的盖子被掀开,周围沸腾起白色的热气,躺在丹炉中的丹丸一个个珠圆玉润,喜人得很。

叶翘盘坐在旁边,围观了对方每一步的炼丹过程,又留心记下来咒印的手势,这才迈步离开。看完这一残卷后她觉得脑子嗡嗡的,还有些恶心想吐。

叶翘回过神来,低头发现又流鼻血了,她默默地擦了擦血迹,略微思索一下,提笔就往上抄录丹方,不难记,而且每一次炼丹都有人物演示一遍,就跟看电视一样,可比背书容易多了。

不消片刻,她提高声音道:"写好了,钥匙。"

叶翘伸出手跟他要药阁那边的钥匙,少女这么一遭下来脸色稍微有些发白,但精气神还是极好的。玉管事丢给了她一把钥匙,大概是担心她会晕过去,还良心发现地提醒了句:"逛完你还是早些回去睡觉吧。"

叶翘吃了一颗薛玛给她的补神丹,慢吞吞地挪着步子走出了藏书阁。

睡觉?

不睡了,她要去丹峰。

丹峰里的丹药多得眼花缭乱,叶翘虽然看了不少的残卷,但是她对丹药仍旧是一知半解。不过没关系,她不懂,但是薛玛懂啊,于是叶翘兴冲冲地跑去了薛玛的住处,敲门。

"三师兄。我们去丹峰吧。"少女仰着头,小脸微微有些苍白,鼻尖还残留着血迹,她满不在乎地又擦了鼻子一下。

薛玛看着她跟游魂似的,嘴角抽了抽,问道:"大晚上去丹峰做什么?"

叶翘有些不好意思地眨了眨眼睛:"玉管事给了我药阁的钥匙,说为了感谢我替他抄好了残卷,药阁里的丹药可以随便拿。"

薛玛的眉头高高挑起,铁公鸡拔毛,这可是稀罕事呢。

"没问题。师兄带你去挑。狠狠地宰他一顿。"丹修可是最赚钱的职业,玉管事的好东西绝对不少。

拿到药阁钥匙的师兄妹俩火速赶到药阁后,专挑贵的拿。

打劫完丹峰后,叶翘几乎是满载而归。这可苦了丹峰的峰主了,他眼睁睁地看着这个小丫头和她的三师兄一起,上蹿下跳的,几乎将那些贵的丹药拿走了十分之一。关键是他们俩还是个雁过拔毛的,路过时还薅走了他不少种在药田里的灵植。丹峰峰主心疼得滴血,恨不得一脚就将这两个亲传弟子给踹出去,所幸最后忍住了。

丹峰峰主拼命安慰自己:自家的亲传弟子,未来长明宗的希望,不能踹,不能踹……

薛玛陪她折腾到了晚上,还将小师妹送到了她住的院子里。不知道为什么,一踏入小师妹的院子,总感觉灵气浓郁得有些过分。

薛玛打量着周围的摆设,因为不是符修他也不清楚为什么会有这种情况发生。秉着师兄的职责,他提醒道:"师妹,这里的灵气比其他地方都要浓郁。"非要说的话，和禁地里的灵气浓度比也不差多少。

薛玙只能归因于或许是师妹的运气好，被分到了一处灵气浓郁的院子，他苦口婆心地劝慰："有这等占尽天时地利的住处，师妹应该更加勤勉地修炼才是，距离宗门大比也只剩下半年多的时间了。"

叶翘若有所思地点头："你说得对。"

薛玙欣慰了还没过三秒钟，就看到他亲爱的师妹一脸严肃地道："但晚上也要准时睡觉，保持充足的睡眠有助于身体健康。"然后她安静地躺在床上，双手交叠，"晚安！三师兄。"

过了半晌，看着两眼一闭、表情安详的叶翘，薛玙露出一抹咬牙切齿的笑容："晚安！小师妹。"

翌日一大早，叶翘去食堂吃饭的时候，路上恰好碰到几个丹峰的小师弟。

两个人坐在她对面，正有一搭没一搭地闲聊。

一个人说道："我刚炼好两颗丹药，咱们今天不如下山去偷偷卖掉？"

另一个师弟欣然答应："好啊，两颗丹药卖下来应该能赚个两百块中品灵石，到时候就不用再啃馒头了。"

长明宗不管是外门还是内门的食堂，顿顿都是馒头，是个人就忍不了。

叶翘的心里微微一动："丹修都这么赚钱的吗？"

长明宗有门规，禁止弟子私底下倒卖符箓和丹药，但凡事都有漏洞可钻，没人会天天盯着你的，长老们也都是睁一只眼闭一只眼。

叶翘想到自己昨天搜刮来的战果，难怪丹峰峰主心疼成那样。

两个内门弟子都不认识她，看到她的腰间别着一把玄剑，便当她是哪个内门的剑修。

"是呀！理论上来讲，穷的只有你们剑修，我们丹修一瓶中品的回灵丹可以卖到三百块上品灵石呢。"那个人说着有些不好意思，"不过我们如今修为低，炼不了回灵丹，咱们宗好像只有薛师兄能练。"

穷剑修叶翘的心口仿佛被插了一刀。但如今的她已经不是刚开始的她了，她现在也有不少丹药了，光是上品灵药就搜刮了不少，只是丹峰的丹药肯定不能拿出去卖，毕竟都是稀罕玩意儿。即便要卖也得卖自己炼制的丹药。

叶翘昨天记下了上古丹方，她突发奇想，准备试一试。正统丹修炼丹似乎都要用到丹炉，于是叶翘向两个丹修诚恳地打听了一下丹炉价格。在得知一个稍微好些的丹炉要一万块上品灵石后，她露出一脸不可置信的表情。

叶翘吃过饭后，决定自食其力，她去找食堂阿姨要了一口大铁锅。反正用什么东西不能炼？大铁锅也是锅！

…………

回到院子里，她准备好了大铁锅，摩拳擦掌地画了个御火符，丹修大多是火灵根，自带灵火，但叶翘是雷灵根，这在太虚境还挺少见的，暂时没人摸索出雷灵根的具体好处，便归为了废灵根一类。

叶翘是个半吊子修士，自然也没弄明白，她现在满脑子都是怎么赚钱。

火焰升高，她将从丹峰搜刮来的灵植抛到半空中。然后学着残卷中老者的动作，手指变换，用神识将灵植碾碎、淬炼，最终做到一分不差，糅合打出丹印。九个丹印围着打转，叶翘的神识一收，融合、塑形。在最后调香的环节，她思索了片刻，选了个自己最爱的螺蛳粉味。然而掀开大铁锅后，原本应该炼出九颗丹药的，如今不知道哪个步骤出了问题，变成了一坨黄色的大丹药。

叶翘是见过三师兄炼出来的丹药的，一个个珠圆玉润，莹白饱满。

自己这个怎么看都是不想能吃的样子。难道是因为在大铁锅里炼出来的，它就干脆随便定型了？她若有所思地看着大铁锅中不成样子的丹药，有些忧心这种长相能不能卖出去。

"做人不能太攀比。"叶翘自言自语着，也只能这般安慰自己了，"起码这个能吃……吧？"她从未做过饭，如今第一次炼丹就能炼成功，叶翘忍不住为自己鼓掌，她简直就是个天才。

叶翘炼制的丹药是跟着残卷中长明宗的祖师爷学习的，叫什么淬灵丹，据说能淬炼灵气，须知灵气越纯粹的，对破境更有好处，可想要保持灵气绝对纯净只有一遍遍修炼，炼化，这种丹药能节省很多时间，不用花大把工夫淬炼灵气。

叶翘迫不及待地冲出去想找人试试，她第一个盯上的就是薛玙。四个师兄里，只有薛玙师兄的脾气最好了，叶翘在听说他在丹修课上炼丹后，立刻迫不及待地去找他。

薛玙这个时间正在教导内门的几个师兄妹怎么更好地炼丹，避免失败的可能性。他道："炼丹时最需要保持的便是心平气和，比赛时会有人恶意干预，这个时候我们应该做的就是无视他们。"

"就像我这样。"薛玙说着给他们做示范，全程动作行云流水，有条不紊。

几个师兄妹崇拜地托着腮："三师兄好厉害呀！不愧是亲传弟子！"

叶翘冲进来的时候，薛玙正在炼丹，她对师兄露出一抹乖巧的笑容："师兄！我给你带好东西来了。"她伸出手，将自己炼的丹药从芥子袋里掏了出来。

浓郁的臭味迅速扩散，薛玙炼丹的手微微一顿，没有理会她，继续专心致志地进行着下面的步骤。

叶翘见状没打扰他，捧着自己的大丹药，有些无聊地看着他炼丹。

她发现薛玙的手法和自己不太一样，而且打出来的丹印只有三个。

叶翘还没疑惑为什么两个人的丹印数量会有不同，就听到呕吐声。

"哕……"薛玙捂着嘴，再也维持不住风淡云清的模样了，他颤抖着张嘴问道："小师……哕……"

"你把你那坨丹药，拿远一点。"他轻易不会用"一坨"这个词来形容灵丹，除非它真的很像某个东西。话音刚落，丹炉沸腾了起来，下一秒，"轰"的一声，炸炉了。

薛玙炼丹这么多年，头一次被熏得炸炉，他嘴里缓缓地吐出一口黑烟："小师妹……"

叶翘对他的遭遇同情了三秒钟，然后怜爱地给他压了压炱起来的头发，继续将手里的一大坨丹药凑到他面前，说道："师兄，你要尝尝吗？我觉得应该挺好吃的。"

薛玛幽幽地竖起一根手指头，表示对她的赞扬。然后嘴里继续吐出黑烟："我不吃。"他默默地流泪，"你吃吧！小师妹。"

薛玛已经快被这个小师妹折磨疯了。

"大胆！叶翘！"听到动静的赵长老匆匆赶到后，闻到扑鼻的臭味，瞳孔一震，捂着鼻子，义正词严地大声道，"你竟敢在课堂上煮屎！"他本身就不太待见叶翘这种不务正业的弟子，如今终于让他有机会教育一番了！

"长老，请不要伤害我。"叶翘默默地抱着自己的丹药，好歹是她第一次炼出来的丹药，怎么能用这种不文明的词汇来形容呢？

赵长老被这股奇怪的臭味熏得捂住口鼻，言简意赅地道："滚出去。"

叶翘滚出去之前将自己炼制的一大坨灵丹掰开，分给了薛玛一半："三师兄，记得吃完，到时候给我反馈下。"然后头也不回地跑了。

薛玛看着手里的丹药，捏着鼻子，硬着头皮揪了一小块，吃了一口，扭头"哕"了一声。

"小师弟。你过来。"薛玛深吸了一口气，招了招手，冲着刚踏进课堂的沐重晞，露出和善的微笑，"来。小师妹炼了几颗丹药，我分给你点儿。"

沐重晞："真的假的？小师妹还会炼丹呢？"他觉得对方是在开玩笑吧？这个小师妹不是符、剑双修吗？

沐重晞并不觉得她会炼丹，只当是她在闹着玩，因此没有任何防备心理，吃了一口薛玛递过来的丹药。

一分钟后，他痛苦地弯着腰，想把丹药吐出来，这是什么奇怪的味道！

另一边，叶翘马不停蹄地去找明玄了："二师兄，二师兄，我来给你送东西啦。"

明玄正在研究爆破符的画法，骤然眼前被一坨黄色的东西占据了视线，他被吓了一跳："这是什么玩意儿？"

叶翘："丹药呀。"

明玄听说是丹药，又闻了闻味道，他的第一反应竟然是："薛玛这么

恨我？研究出这种东西来毒害我。"

叶翘沉默了几秒钟："是我炼的。"

明玄尴尬了片刻，努力补救："哦。这样啊……哈哈，我就知道薛玙肯定炼不出来这么大的丹药。"

不只是薛玙，哪个丹修都炼不出来这么大的丹药啊！小师妹是想拿这东西砸死谁吗？

明玄最终还是在小师妹灼灼的目光下，硬着头皮把丹药吃下去了，然后果断吐掉了吃进嘴里的丹药。

将丹药分给几个师兄后，剩下的丹药叶翘没有卖，而是准备先囤起来给自家人用。只是不知道为什么，薛玙在听说她还留着那坨丹药，脸上的笑容都变得有些僵硬了。他想了想，轻声开口："师妹有这份心自然是好的。"

叶翘不知道他内心的呐喊，还当三师兄是感动得说不出话，她笑着道："没关系，为了你们，我也会继续努力变强的。"

薛玙的内心在呐喊：不！你已经很强了，不必再努力了。

没有注意到自家师兄比哭还难看的笑容，叶翘哼着歌回了自己的院子，然后提笔画符。她十几本符书不是白背的。

叶翘撕下了已经旧掉的聚灵符，重新画一张，在主峰浓郁的灵气以及聚灵符的作用下，她已经摸到了筑基的门槛，只需要再给她一些时间，筑基也没那么难。

长明宗的几个内门长老正在开会。段誉沉吟片刻道："叶翘那丫头卡在了炼气期巅峰，我在想，不如让他们几个准备准备，过几日一起去一趟秘境，出去历练一下。云中城有一处秘境开启了，其他四宗应该也会派亲传弟子去历练的，倒不失为一个锻炼的好机会。"

虽然他们长明宗大比是没希望了，可是这一届弟子除了叶翘，天赋都还挺不错的，该去的历练还是要去的。

赵长老拧着眉，想到了叶翘煮了一坨不知道什么东西的玩意儿，默默地点头:"我同意。"赶紧让这个不省心的弟子离开吧。

秦饭饭道:"既然你们都没意见,那就让这几个弟子去吧。"他是觉得这些亲传弟子再不出去历练,长明宗得被他们拆了,这才入门多长时间就敢火烧藏书阁?

秦饭饭有种莫名其妙的预感,他总觉得自打收了这个小徒弟后,明年的宗门大比绝对会很热闹。

玉管事大呼:"宗主英明!"如果不是不允许点火,他恨不得出去放两挂鞭炮庆祝一下。

"小师妹。"薛玙敲开房门,不知道是不是错觉,他总感觉师妹院子里的灵气比前几日更浓郁了。

听到动静的叶翘正疯狂地吸收着灵气,她有种预感,要筑基了,或许就在这几天时间里。听到敲门声,少女微微睁开眼睛:"三师兄?"

薛玙看了她一眼,说道:"收拾收拾,明日去秘境,我们三个带你去历练。"

叶翘没反应过来:"你说什么?"

薛玙:"云中城底下有一处秘境要开了,因为秘境不大,肯定不会有什么大能,很适合你去历练。"

薛玙对小秘境其实没什么兴趣,但这毕竟是小师妹第一次出门历练,他便也跟着陪同了。

叶翘一拍脑袋想起来了,书中曾写到过云中城的小秘境,里面的宝贝可不少呢。

"云中城脚下的秘境,往年都是被问剑宗和月清宗瓜分的。"薛玙轻轻"哼"一声,"不过月清宗那些亲传弟子眼高于顶,应该瞧不上小秘境。"

叶翘心想。

不。

他们瞧得上。

因为云鹊会去,并且会在那里得到不少的灵植。甚至许多快要绝迹的上古灵植那里都有,能不能拿到天材地宝都是靠实力,然而五大宗除

却月清宗以外谁也没去这个小秘境，一些散修不敢得罪大宗门的亲传弟子，最后那些灵植自然而然全落到了云鹊的口袋中。但也不知道是不是因为她引发的蝴蝶效应导致的，长明宗竟然要让他们几个人也去那个小秘境里历练。

叶翘的眼睛都亮了："我们叫上其他几个师兄一起去吧。"

云鹊有师兄她也有，都是亲传弟子，谁比不过谁啊。

第二天一早，四个人简单地收拾了下东西，整装待发，准备下山了。

明玄靠在仙鹤上，朝她挥了挥手："小师妹，这里。"他还顺手丢给了叶翘一身衣服，叶翘摸了摸衣料，入手冰凉，很舒服，她有点蒙："这是咱们长明宗亲传弟子的服饰吗？"

她见三个人穿的都是红色的衣服，整整齐齐的，站在那里像是三只靓丽的火鸡。

沐重晞托着腮，"嗯"了一声道："是千年冰蚕丝，咱们宗虽然穷了点，但对亲传弟子还是很大方的。这种衣服水火不侵的。"

叶翘没穿，她发现长明宗亲传弟子的衣袍都是红色的，穿出去太惹眼了。

"你们快去换身便服。"她郑重其事地道，"越不起眼越好。"

沐重晞莫名其妙地问道："为什么？我们亲传弟子的衣服不好看吗？"

叶翘摇摇头："那倒不是。"主要是坑人的时候穿着亲传弟子的专属衣服，一眼就被看出来是哪个宗的了，这怎么行？她发现长明宗的亲传弟子似乎都有点天真。

最后在叶翘的再三要求下，明玄换了身白色衣服，薛玙穿了身青色衣衫。然后四个人一起坐在仙鹤上，高高兴兴地出发了。

因为有小秘境即将开启的缘故，云中城这几日的人流量多了不少，随处可见散修和小宗门弟子。四个人穿的都是便服，在一群穿着各式各样宗门服饰的人中显得毫不起眼。四人组也乐得清闲，开始逛起了云中城的街市。

明玄东摸摸西看看："我听说市面上最近在流行一种符。"

沐重晞："什么符？"

明玄觉得心痒难耐:"聚灵符,听说躺着就能修炼。要不买回来试试?"

叶翘微微一愣,抓住了跃跃欲试的明玄:"别,那都是骗人的。"

"买回来试试呗,反正也不贵。"

穷人叶翘再次觉得郁闷了,这种符她有一大把,一开始只是想卖点儿符赚钱,结果之后那些修士发现妙用后,一发不可收。要知道五大宗弟子严禁私底下倒卖符箓、丹药的。

叶翘怕被人认出来,到时候再被关到禁地里,只能收手不再继续在黑市卖符箓。结果周围的小贩们发现了商机,一个个开始造假,关键是价格比她当初卖出去的高了十倍不止。

叶翘拦着明玄没让他当冤大头:"我们先找个客栈住下吧,一会儿其他宗的人也来了,我们该没地方住了。"

明玄只能遗憾地收回步子:"那好吧,等回去再买也行。"

四个人来到客栈时,最下面一层楼站满了人,似乎都在围观些什么,喜欢凑热闹的沐重晞拉着叶翘就往人堆里面冲。

散修甲:"是五大宗的亲传弟子。看服饰似乎是月清宗那边的。"

散修乙:"羡慕,那个就是月清宗新收的小师妹吧,果然众星拱月一般的,头一次看到活的亲传弟子。"

…………

叶翘听到人群里的议论声,踮着脚尖看了过去,一眼就看到了云鹊的身影。浅蓝色的服饰上绣着亲传弟子独有的名字,挺惹眼的,她急忙戳了戳看热闹的沐重晞:"看到那个女孩子了吗?"

沐重晞心性纯良,单纯好骗,在书中被云鹊玩弄于股掌之中。叶翘当初看小说时不止一次同情他。

沐重晞下意识地顺着她指的方向看了过去。

蓝色服饰,还是个女的。

怎么了?

叶翘抽出腰间的玄剑,仰着下巴,眉眼清澈,问道:"四师兄,你有没有听说过一句话?"

"什么话?"头一次被叶翘叫师兄,沐重晞感到有点儿蒙。

"剑谱第一页，先斩意中人。"她指着云鹊所在的方向，脸色深沉地道，"乱杀！"

沐重晞觉得小师妹可能是精神失常了，他一把按下叶翘的脑袋："别胡言乱语了，赶紧的，叶翘，再不去客栈，房间都要被抢光了。云中城的客栈还挺会坐地起价的，来得越晚价格越贵。"

叶翘立刻收起剑："什么？那你们还愣着干吗？快往里面冲。"

挤进去后，四个人找了个地方站着，叶翘被护在中间，几个师兄还算贴心，没让她被人挤到。

被众星拱月的云鹊似乎有所察觉般抬眼，直勾勾地看向叶翘的方向，随后微微出神。

叶、叶翘师姐？

不对，在她印象里的叶翘永远都是一副安静、木讷，又不起眼的模样。非要打个比方的话，那时候的叶翘就像一只可怜兮兮的流浪猫，而不是如今张扬明媚的样子，是在月清宗里从未有过的鲜活与灵动，但看对方的长相，又的确是叶翘师姐。

抱着几分试探和说不清道不明的心思，云鹊主动走上前："不知道这位道友是哪宗的小师妹？"

正在和沐重晞讨论今天晚上睡哪种客房比较便宜的叶翘听到声音，抬头，很随意地看了她一眼。该说不说，云鹊不愧是集万千宠爱于一身，长得真漂亮。

然而我变化这么大吗？不认识我了？没关系，正合我意，形同陌路再好不过，叶翘心想。

在云鹊直勾勾的目光下，叶翘神色不变，却刻意变了声线："小门小派，不值一提。"稍显粗哑的声音惹来沐重晞的侧目，却被叶翘一个眼神安抚下去了。

云鹊听出来了她的敷衍，唇角抿了抿，有种莫名的憋屈感。

"你……"云鹊刚开口，就被一个声音打断了。

"小师妹。"身穿浅蓝色服饰的少年轻声道，"走了。"

云鹊只能闭嘴。

待到两个人离开后,明玄若有所思地摸了摸下巴:"那个小姑娘,就是月清宗新收的那个弟子,据说是有极品水灵根的天才吧?"

"对啊,不过她旁边的那个人是谁啊?比你还自命不凡。"沐重晞好奇地道。

明玄的太阳穴一跳,他忍了忍:"是月清宗的首席亲传弟子,和咱们大师兄一个级别的,自然会骄傲一些。"

叶翘心想,别的宗门首席亲传弟子都来了,自己却没叫上大师兄。到时候要是真的因为抢灵植打起来,自己这边不占优势啊。

另一边的月清宗的几个人也在议论:"刚才那四个人,两个金丹,一个半步金丹,剩下一个小姑娘是炼气期。"

云鹊听到师兄的话,嘴唇无意识地抿紧:"这么多金丹弟子。是哪个大宗门的亲传弟子也来了吗?"

金丹啊……那个女孩身边的师兄修为都这么高的吗?都是宗门里的小师妹,云鹊难免也会有些攀比心理。

"诸位道友。"这个时候客栈的老板高声道,"其他房间已经住满,现在只剩下上房了。"

月清宗的众人没什么特别的反应,他们是亲传弟子,自然会住上房的,只有上房才配得上他们的身份。

然而沐重晞却跳起来了,大声道:"一百上品灵石,你们这是哪里的黑店?"

薛玙捂着脸。

向来和他不对付的明玄也用胳膊肘捅他:"闭嘴。"

云鹊旁边的师兄听到这话,率先不屑地嗤笑道:"行了。都别多想了,穷酸成这个样子,还能是什么大宗门的亲传弟子不成?我看指不定是些几百岁才到金丹的散修。"

是啊。哪家的亲传弟子会这么丢人呢?在知道对方没有自己过得好以后,云鹊竟然莫名地松了口气。

秘境开启的一个时辰前,叶翘一行人便前往了入口处,她来时薛玙便提到过，秘境里面都有雾霾，吸入鼻腔中会引起晕眩感，为了避免出现意外，很多人会提前购买好隔绝雾霾的法器。

叶翘问道："那我们有没有法器？"

"没有。"薛玙如实回答道，"长明宗没有器修，没人会炼器，想要的话得去成风宗买，他们的器修多。"

"那就这么进去也不做点防护措施？"这么随意的吗？在叶翘的记忆里，云鹊每次下秘境都带着一堆天灵地宝、法器丹药，怎么轮到他们就这么寒碜？

明玄很是漫不经心地道："你要是能憋气就憋着好了。不能的话拿个东西捂住口鼻，就是如果打架的话，会有些麻烦。"

叶翘闻言开始思考：如果捂住口鼻就可以通行的话，那或许和医生戴口罩防止病毒感染有异曲同工之妙。她这么想着，从芥子袋里翻出来了一块布，用玄剑划拉了几下，最后裁剪成了口罩的形状，再加上个细绳，简直堪称完美。

"戴上。"叶翘多做了十几份，有备无患，丢给了其他三个人。

别说，还挺合适的，就是模样太古怪了些。明玄拿起一个口罩，好奇地追问："小师妹，这是何物？"

叶翘答道："口罩。"

三个人谁也没见过这种东西，只觉得模样古怪得很。叶翘率先戴在脸上，还给他们演示了一番应该怎么使用。方法总比困难多，没有法器可以戴口罩。几个人的神色有些一言难尽，但在小师妹的目光的注视下，他们也不好拂了她的面子。

四个人戴好口罩以后，一路上有不少感到好奇的人朝他们投去打量的目光。

来到秘境入口以后，有底蕴的宗门，譬如月清宗这会儿已经拿出了法器，撑起护盾将人笼罩在里面。

月清宗五个亲传弟子，这次只来了三个——云鹊和那位首席弟子宋寒声，以及一个不算陌生的人——苏浊。

大概是戴着口罩的缘故，苏浊并没有认出她来。似乎察觉到了她探究的目光，苏浊蹙了蹙眉，下意识地挡了挡云鹊。误以为又是一个嫉妒小师妹的女修，他家小师妹长得貌美，看小师妹不顺眼的女修比比皆是，苏浊生怕小师妹会受到什么伤害，神色冷冷地回望了过来。

被他冰冷的眼神一扫，叶翘摸了摸鼻尖，心底轻轻"啧"了一声。

"这位小友。"一个年纪稍长的修士走了过来，"你的脸上戴的是何物？"对四个人的脸上戴的东西感到好奇的不只是他，有人起了个头，剩下的人自然也都跃跃欲试，凑上前来询问。

叶翘心里微微一动，从芥子袋里将之前剩余下来的口罩取了出来，她微微一笑："这是我研制出来的口罩。虽然比不得法器，但在秘境里或许能抵挡些雾霾造成的危害。"她说着话又把声线压低了，师兄们只当是她戴着口罩的缘故，也没理会。

"当真？"说到底，来小秘境的还是小宗门的弟子与散修居多，并不是所有人都像月清宗那样财大气粗，能掏出来法器的，她这么一说，周围的人都来精神了。

叶翘泰然自若地道："如假包换。只要五块下品灵石，你们买不了吃亏，也买不了上当。"

"诸位要来试试吗？"她很是热情。

沐重晞目瞪口呆地看着叶翘当场就开始打起了广告，讷讷地道："小师妹……好厉害。"要是他的话，肯定不好意思当着这么多人的面若无其事地进行推销。

原来还能这样的吗？

薛玙轻咳了一声："小师妹只要涉及灵石，都挺热情的。"

最终赶在秘境开启前，叶翘手里的口罩被一抢而空，幸好她还特意留了一些，以备不时之需。

"我们走吧，秘境开了。"沐重晞打起头阵。踏入秘境后，烟雾缭绕，买了口罩的散修们惊奇地发现，这个口罩果然能隔绝大部分有毒的雾霾，而且效果显著得很。

薛玙神色古怪地摸了摸口罩，他其实是有闭气丹的，原本都准备好如果师妹给的这个东西不好用，他就将丹药分给几个人，现在看来是不

用了。

"你哪儿来的这么多稀奇古怪的点子?"

叶翘头也不回地回答:"前辈的智慧。"

苏浊望见乌泱泱的一群人围着叶翘一伙人,他轻轻地嗤笑着,不屑地道:"这点小便宜都占,可真是丢人。"

云鹊难得认可地点点头,声音婉转地道:"或许是小宗门,没钱吧。那个女孩……倒是可怜。"

明明和自己的年纪差不多大,却要为了点儿灵石这般低声下气的。然而在真的踏入秘境后,月清宗的人的优越感逐渐消失了,他们虽然有法器护身,一直使用法器毫无疑问也是需要消耗灵气的,那些戴了口罩的人却没有一个有中毒的迹象,可见效果是极好的。

就连之前嘲讽的苏浊都有些忍不住:"大师兄,我们不如去跟他们买点儿?"

反正才五块下品灵石,随便从指缝里流出点就够了。

宋寒声心底清楚一直这样耗费灵气肯定是有些吃不消的,他只能屈尊降贵,走到叶翘面前,拦住四个人,问道:"不知道这位道友手里可还有多余的口罩?"

叶翘在心底"哟呵"了一声,倒是没想到月清宗的人会主动过来买东西:"有啊。当然有。"

宋寒声当即就要掏钱,刚想说给他来三个的时候,叶翘便又道:"但是此一时彼一时,那是之前的价格。"

什么?

他的眉眼间带着不耐烦,心里想着果然如此。

小门小派的人逮着点机会就想宰人。

宋寒声问道:"那你的意思是?"

叶翘伸出一根手指头:"一百块上品灵石。"

这下饶是宋寒声都愣住了。

"你!"苏浊怒气冲冲地走上前,"你怕不是在故意针对我们才抬高的价格吧?"与之前的价格相比高了五十倍都不止,说她不是故意的,恐怕没人信。"

叶翘摆弄着手里的口罩,对上他愤怒的目光,耸了耸肩,假惺惺地道:"唉!没办法,谁让我们小门小派的,没钱呢。"

叶翘就是故意的,当初苏浊将蜉蝣草之事告知云痕后,自己费尽心思得来的灵草被夺,这件事她一直没忘。

"想来各位月清宗的亲传弟子,也不缺这点灵石吧!"她着重咬住"亲传弟子"这四个字。叶翘发现一件奇妙的事情,那就是这群大宗门的亲传弟子一个比一个要脸面。那就不要怪她趁机敲诈勒索了,反正她从不在意别人眼光。

苏浊的声音瞬间堵在了喉咙里,不上不下的,把他气得要命。他们月清宗是有钱,但不是有病。

一百块上品灵石买一瓶丹药都够了,要她这个破玩意儿干吗?可说不要的话,周围这么多散修看着,打的可是他们月清宗自己的脸。

宋寒声神色变换的片刻,最终看向苏浊:"把灵石给她。"

大师兄都发话了,苏浊死死地咬着牙,只能认栽,掏钱。

当他拿到单薄的口罩后,他莫名有一种周围人都在看他笑话的错觉。

踏入秘境后人群逐渐分散开了,薛玛是几个人中最有经验,也是最为稳重的那个,他道:"注意脚下,秘境中有许多会动的灵植,有些灵植是具有攻击性的,还有,秘境里的东西不要乱碰,也不要乱跑,免得走散。"

叶翘连忙亦步亦趋地跟紧三个师兄,这种地方要是落单,肯定没什么好事情。

"月清宗的那几个冤大头在干什么呢?"沐重晞扭头看到那几个人还停留在原地,似乎在寻找着什么。在苏浊白白地付了一百块上品灵石后,月清宗的人在他的心里就成功晋升为人傻钱多的冤大头了。

薛玛解释道:"他们应该是在找实力较强的散修,然后跟在他们后面坐收渔翁之利。"

"月清宗那伙人最喜欢捡漏了。"薛玛很早之前去小秘境历练时有幸

跟着大师兄一起和宋寒声等人打过照面。

"我们当时好不容易蹲到清心草，可以拿来炼制清心丹，大师兄前脚刚斩杀了守护兽，结果被宋寒声他们给捡漏了。"说不生气那是假的，可是也没有别的办法，薛玙只能从此暗暗警惕起月清宗的这伙人。

沐重晞吃了一惊："那怎么办？我们要不要离他们远点？"他可不想辛辛苦苦地打半天怪，最后被人捷足先得。

明玄沉吟片刻："我们走快点儿，别被盯上。"

三个人你一言我一语的，聊天内容让叶翘深感不可思议。

"为什么要甩掉他们？"叶翘拽了拽薛玙，直勾勾地看着他，"三师兄，他们以前应该没少这样捡漏吧？你们难道都不想报复回去吗？"

报复？这个词汇薛玙还是头一次听说。他下意识地拉住小师妹，纠正道："我们正道弟子，应该坦坦荡荡，怎么可以做出报复人这种事？"

就连一向脾气不怎么好的明玄也难得认可地点点头："我们又不是魔修。"

叶翘换了个说辞："难道你们不想礼尚往来，还回去吗？"躲是不可能躲的，别人是撞南墙，她是要把南墙砸个窟窿才肯罢休。

薛玙："你想做什么？"

叶翘搓了搓手："三师兄，你有能将修为暂时隐蔽掉的丹药吗？"

隐蔽丹对于修士来讲用处不大，毕竟修为要外露出来才能显示出自己的强大，太虚境的修士一个个都恨不得让所有人都知道自己的修为，又怎么可能会想着隐藏起来？因为没用，在黑市上也卖不出去，因此没有丹修会炼制这种吃力不讨好的丹药。可薛玙就喜欢研究这种稀奇古怪的东西，叶翘这么一说，他略微回忆片刻，还真有，他问道："你要吃隐蔽丹吗？"

叶翘摇摇头："我就不用了，你用。"她一个炼气期的有什么可藏的？把薛玙等人的修为藏起来才是最要紧的，这样就可以去月清宗那里坑蒙拐骗……啊呸，是和月清宗进行友好交流。

薛玙听到这句话，有种不太妙的预感："你又想干吗？"说实在的，他当亲传弟子这么多年，什么大风大雨都见过了，唯独叶翘的出现，叶翘做的很多事让他感到新奇。

叶翘微微一笑:"不干什么,就是想找他们友好地交流交流。"

宋寒声等人盯上了一个金丹修为的散修,他们是符修,没有剑修这么强的战斗力,每次进入小秘境都是盯着一些没有背景的散修来欺负。

"小师妹,放心,有我在,这次一定让你筑基。"他说着,看了一眼云鹊,他对这个小师妹还是很满意的,又漂亮说话又软糯糯的,让人的心都要化了。

宋寒声的眼里带着几分笑意:"到时候我会把天灵地宝送到你的手上。"

云鹊被他看得脸微微一红:"好。"天赋高,家世好,还是首席亲传弟子,这样的人却对她如此特殊,云鹊的心底难免有些飘飘然。

苏浊看着两个人亲密互动,心底有些受伤,却什么也没说。他知道,小师妹一直将自己当哥哥。

两个人正眉来眼去地打得火热,突然不远处响起被刻意压低的声音。

宋寒声立刻将步子放缓了片刻,放了张扩音符,很快,对面传来了动静。

"没想到悟道树的叶子竟然出现在这里,小师妹,我们这里只有你的修为最高,你可一定要将悟道树的叶子带出去。"

叶翘搂着盒子,郑重其事地道:"你放心,我一定会守护好它的。"

悟道树的叶子?

宋寒声的耳朵都竖起来了,悟道树长出来的叶子顾名思义,有一定概率让修士入定,这可是无数大宗门都眼馋的好东西。

苏浊皱着眉,不解地道:"这几个散修的运气竟然这般好吗?"

"会不会有诈?"他多少带了几分警惕心。

宋寒声却不以为意,他将神识放了出去,确认周围没有危险后才开口:"这两个人里面修为最高的就是那个炼气巅峰期的小鬼,他们这样做对他们有什么好处?"

秘境除了极个别的人,剩下的基本全都是戴着白色口罩的,遮住大半张脸,加上有浓雾的掩饰,宋寒声还真没看出来叶翘就是之前坑了他们一块百灵石的罪魁祸首。

云鹊听着,轻轻地抓住苏浊的衣袖,细声细气地道:"小师兄,我们这样做会不会有点不太好?"

女孩小心翼翼的话让苏浊的心微微一软,小师妹还是太善良了些,他不以为意地轻笑一声:"太虚境本就是弱肉强食,没这个实力守住东西,我们只是提前给他们上一课。"他这番荒谬的言论,引来了宋寒声赞赏的目光。是啊!他们只是告诉这几个散修什么叫财不外露,什么叫人间险恶,仅此而已。

"将悟道叶交出来。"苏浊厉声喝道。

叶翘让其他两个师兄先躲了起来,只留下薛玙和自己配合,听到动静后,她与三师兄快速对视了一眼。

叶翘对上苏浊满是冷漠的目光罕见地失神片刻。她和苏浊从小一起长大的,只不过一个人是天赋平平的内门弟子;另一个人则从小天资卓绝,是被寄予厚望的亲传弟子。事实证明,天赋不同注定走不到一起,苏浊不就为了一个认识不久的小师妹,轻易背叛了她吗?

不过苏浊有他的小师妹要护着,叶翘也很喜欢她现在的师兄们。所以,她一定会阻止这几个师兄成为云鹊的裙下臣。压下思绪,叶翘的神色也变得惊恐了起来,少女的声音有些无措:"你们想做什么?"

"小妹妹,把悟道叶给我们吧。"宋寒声慢条斯理地微笑着说道,"不然的话,你应该不想看到你的师兄被我打败吧?"

叶翘的脸色一白:"你、你怎么能这么恶毒?"她的话音刚落,宋寒声指尖捏着的符箓飞了出去,刺眼的金光迸射而出,直直地击中了薛玙的腹部,他吐血倒地,虚弱地说道:"小师妹……不用管我。"

"三师兄。"叶翘的眼睛睁大,声音猛地提高。

看到叶翘的反应,宋寒声满意极了,他倒是没想到自己只是用来威慑的符纸竟然有这么大的威力,一下子就将人给打吐血了。最终他归咎于是这个散修的修为太低了些。

"如果不希望你的师兄继续受苦就将悟道叶交出来。"宋寒声冷漠地道。

僵持了片刻，叶翘不得不将手里的盒子丢了过去，紧接着迅速搀扶起自己的师兄："盒子有布下的禁制，你们放我们离开，我就告诉你怎么破开禁制。"她这一番话，倒是让宋寒声放心了不少。

要是叶翘真的将悟道叶快速丢给自己，他反而担心有诈。宋寒声没有理会她的话，而是先尝试着解了解禁制，然而还是无果。他暗暗地感到惊奇，这个盒子竟然设计得这么精妙，少年勉勉强强地答应："好，我答应放过你们，那破除禁制的方法呢？"

叶翘不假思索，当场给这些人背了一套九九乘法口诀："这个阵法是我们宗门祖传下来的，需要静等七七四十九天，到时候只需要默念我刚才背的法诀，就能打开盒子。"

叶翘振振有词，念出来的法诀也格外流畅，不像是现编出来的，听上去还挺押韵的。

苏浊厉声威胁道："敢骗我们，你们就死定了。"

叶翘一脸凄凄惨惨的表情："怎么会呢？我一个散修，怎么敢骗大宗门的亲传弟子。"

宋寒声对这一遭的收获很是满意，他也懒得再理会这些散修，抱着盒子头也不回地离开了这里。

待到月清宗的人彻底离开后，原本"倒地不起"的薛玙一个鲤鱼打挺跳了起来。隐藏气息，躲在树后面的两个师兄也出来了。

"你们什么时候背着我学会这一招了？"明玄说着都惊叹起来了，三师弟的演技，简直让人震惊啊。这血说吐就吐，半点都不带含糊的。

薛玙擦了擦嘴角的"血迹"，从芥子袋掏出来一颗红色的浆果："之前顺手带来的，没想到还有这个作用。"

沐重晞默默地竖起大拇指，和小师妹出来一趟，他如今满脑子都是：还能这样做？

薛玙被夸得都有些不好意思了，他轻咳了一声："话说，小师妹，你的那个盒子中装的什么？"那个盒子是他平日里装东西的，主要用来储存草药，一到时间就能解开，根本不需要背什么法诀。

"哦。装了一个我啃了一半的大饼进去。"叶翘淡定地说道。

明玄目瞪口呆地道："你带大饼干吗？"谁家进秘境不带法器带大饼的？

叶翘无辜地道："吃呀。我还没筑基，会饿的。别说，咱们长明宗装东西的盒子保存东西的时间还挺长的，一个月后应该不会坏吧？嘿嘿，就是不知道月清宗的哪个幸运儿能拿到我啃了一半的大饼。"

第肆章 剑骨

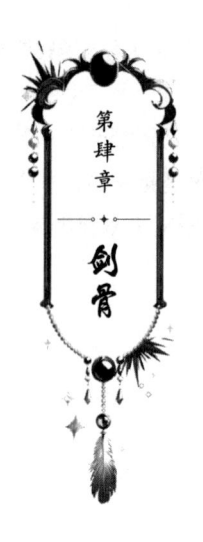

小秘境危险性不高，薛玙曾经来过类似的地方不下二十次，他娴熟地带着师兄妹往里走。灵气越浓的地方好东西就越多，随着靠近目的地，叶翘能感受到灵气在体内乱窜。

"这个秘境里恐怕好东西有不少。"来这里的不止有他们，月清宗的那伙人也在，薛玙担心被人捷足先登。

秘境最中央的位置，一大片灵植吸引了众人视线，碧绿色的叶子，散发着沁人心脾的香气，只是闻到味道就让人感觉到灵台一阵清明。

"是清心草。"薛玙之前有幸蹲到过一株，后来被月清宗的那伙人给抢了。为此他遗憾了很长一段时间，没想到这个地方竟然有这么一大片，他实实在在地兴奋了起来。

叶翘则在内心疯狂地计算，如果将这些草炼制成丹药能卖多少钱。

"快采。不然一会儿该来人了。"薛玙吃了之前被截和的教训，语速飞快地嘱咐道，"尽量保留根部，到时候能移植到丹峰。"

四个人分开行动，叶翘和明玄在另一个区域采摘，她刚蹲下身伸出手想去采，下一秒一道符箓破风而来，眼看就要打中叶翘，明玄眼疾手快地甩出金刚符将攻击格挡了下来。

同一时间，待到符纸轻飘飘地落地后，明玄的脸色冷了下来："爆炸符。"如果不是他的反应快，如果这个符箓落到才炼气期巅峰的小师妹身上，那么她不死也绝对会被炸飞。

宋寒声背着手，毫无歉意地晃了晃指尖的符箓："反应速度不错。"

明玄神色紧张，警惕地盯着他，伸出手将叶翘护在身后，他算是看明白了月清宗这群亲传弟子都不是什么好东西。两个人之间的对峙成功地吸引了附近的散修们。凑热闹是人的天性，原本还没什么人的，这会儿周围已经围了一圈人了。

明玄的脸色黑了。

宋寒声见状毫不客气地布下阵，不允许散修入内。在他看来，既然自己看到了，那这片药田就合该是他们月清宗的，其他人一株都别想带走。

此情此景，让叶翘感叹了一声："还挺护食的。"

明玄嘴角一撇，被她这个比喻逗笑了："可不是嘛？你看他那模样，跟狗一样。"

师兄妹你一言我一语，让宋寒声的脸色黑得能滴出墨汁。

云鹊黛眉微蹙："你们怎么能这样说话？"这几个散修怎么这么没礼貌？她心底多少有些生气。

明玄闲闲地瞥了她一眼，语气古怪地道："我们和你说话了？你就上赶着凑？"

叶翘乐了，二师兄这张嘴是真的欠，但如果不是对着自己人，那听他骂人真挺爽的。

云鹊从小被宠到大，就算是入了仙门也是一帆风顺，从没被人这样下过面子，她面露难堪之色，死死地咬住唇瓣，眼眶红了。

明玄惊呆了："哭了？"他记得自己天天压着小师妹的脑袋，说她是小土豆、小地瓜时，叶翘也只是不声不响地，反手给自己一拳啊。

苏浊心疼坏了，连忙给她擦眼泪，同时不忘警告这两个人："我们乃月清宗亲传弟子。她是我们的小师妹。"他试图让这四个人识趣些。

"哇——亲传弟子?"沐重晞听到动静后迅速赶了过来,刚一到就听到了苏浊的话,他眉梢挑得老高,乐了,"这么厉害吗?"

薛玙抬眼瞥见结界外已经有一群散修在围观议论了。

每个宗门的亲传弟子几乎都被人熟知,只要天赋足够高,太虚境的大部分修士都会对天才感到好奇。云鹊的资质更是万里挑一,有散修认识她不足为奇。只是让薛玙有些不满的是,合着就云鹊是人呗?他们小师妹刚才还被宋寒声偷袭了呢,怎么不见有人打抱不平。他压下那点不虞,不动声色地轻声道:"原来是月清宗的道友们。"

薛玙说着,话锋一转:"不过刚才你一上来就对我们小师妹大打出手,恐怕不合适吧?如果不是二师兄的反应快,我们小师妹就该受伤了。"

宋寒声听着他的话,神色愈发不屑,一个小门派的弟子,他就算伤了又能怎样?他的声音冷了下来:"伤就伤了,且不说没成功,就算成功了,你们还想要我赔礼道歉不成?你们一个小门派,怎么敢?"

周围的散修也跟着点头。

叶翘一看,原来都是月清宗的崇拜者。

宋寒声说完后,不屑一顾地冷笑了一声,随后踏入药田便开始往自己的芥子袋里面装灵植,苏浊见状也迅速加入,开始小心翼翼地移植清心草。

沐重晞看到这一幕气得咬牙切齿,刚想冲进去找他们理论,叶翘抓住了他。

"四师兄。"叶翘的声音幽幽的,不知想到什么,大大的眼睛微微弯成月牙形,看上去分外无辜,"你打得过宋寒声吗?"

沐重晞当即便开口道:"我能打三个宋寒声。"

符修的战斗力可弱了,一旦被近身只有挨揍的份,沐重晞这话倒是毫不夸张。

叶翘的眼睛亮了:"那你能把他打出去吗?"

沐重晞愣住:"这、这不好吧?"

长明宗一向以喜欢扶贫闻名,里面的长老们也都是一个比一个性

格火爆、直白，在沐重晞的认知里，赶走别人自己独占有违正道弟子的理念。

叶翘推着他往里面走："有什么不好的？难不成就看着他们如此肆无忌惮地欺辱我们！"

"靠你了，四师兄。"叶翘把他推了过去，"我知道，四师兄一定可以的，对不对？"

小师妹就这么用那双满是希冀又充满信任的眼神望着他，这让沐重晞最后的犹豫也没了。

"好。"沐重晞点点头，不再犹豫，伸出手抽剑的瞬间灵气爆发了出来，白色的剑影闪过，顷刻间无论是结界外的散修，还是叶翘腰间的玄剑都在同一时间发出战栗，那可是天生剑骨。整个太虚境都屈指可数的剑道天才。

剑气荡开的一瞬间，叶翘承认自己这个素日不着调的师兄此时此刻倒真有了剑仙之姿。

在沐重晞拔剑的前一秒，宋寒声感知到危险，连手里的灵植都没来得及拿，火速后退一步。但还是晚了一步，身上的金刚符被震碎了。

苏浊不可置信掉："碎了？"那可是宋师兄炼制了许久，据说能抵挡金丹期修士的全力一击，结果就这么轻飘飘地碎掉了？只是一道剑气，怎么可能做到！

宋寒声咬了咬牙，可想而知，如果没有这道金刚符，如果那道剑气落在自己身上，自己不被震飞也会受伤。

宋寒声不敢再轻举妄动，忍着怒气，死死地盯着几个人，恨不得将这些让自己丢脸的人生吞活剥了。

"快来，二师兄、三师兄。"叶翘不再管月清宗的人，朝着同样没反应过来的两个师兄高兴地挥手。

明玄看着小师妹和沐重晞已经快速采收起了这里的灵植，他到底良心过不去："我们不给其他人留点吗？"

"为什么要给他们留？"叶翘算是明白为什么长明宗这么多年比赛一直输了，真是天真得可以啊！

既然月清宗的人不讲道理和公平,那他们长明宗的人自然不能任人宰割!

"快点呀二师兄三师兄,不然真的被他们抢走了。"叶翘一番话说出来,薛玙和明玄如醍醐灌顶般清醒过来了。

对啊!凭什么一定要他们忍让?

忍让对他们有好处吗?没有,只会一直被欺负。被叶翘苦口婆心地开导过后的长明宗的人终于开始行动,就这么堂而皇之地霸占了一片药田,把苏浊气得浑身发抖:"你们怎么这么不讲理?"

"我们凭实力抢到的,你们凭什么骂我们?"薛玙扭头,语气温柔,但细听之下还显得格外理直气壮。

清心草这种天材地宝,谁能拿到就是谁的,宋寒声以为已经万无一失了,哪承想遇到这群不长眼的散修。他的脸色阴沉着,半晌不知道感觉到了什么,宋寒声的嘴角勾起一抹幸灾乐祸的笑容,说道:"来了。"

什么来了?

叶翘的脑子没转过弯。

在场的不止宋寒声察觉到了,其他的人也有察觉,沐重晞摸了摸下巴:"妖兽。"

——妖兽?

叶翘偶尔会翻阅一些介绍关于太虚境基本常识的书,里面有提到过妖兽经常出没于人烟稀少的地区,秘境中灵植多的地方也会有妖兽聚集。这么一大片药田,有妖兽出现属实再正常不过了。

"好像数量挺多的。"薛玙的声音很轻,"估计有上百只。"丹修的神识比其他修士要强大,他很容易地就感觉到了有许多妖兽正在不断地往药田的位置靠近。

大概是察觉到了药田被人类修士占据了,第一只赶来的妖兽发出威胁般的嘶吼声,迅速狂奔而来。体型目测有两米高,黄色的外皮,长相跟现代的蝗虫有些相似,单薄的翅膀扇动着,下一秒朝着云鹊的方向飞扑而来。

"啊——"少女发出刺耳的尖叫声，慌乱之际下意识地朝着实力最高的人靠近。

没错儿，云鹊靠近的人是沐重晞。

在秘境里还是剑修最厉害，尤其还是一个金丹期的剑修。

云鹊惊慌地躲在沐重晞的身后，对上少年略显讶异的目光，她红着脸，没有吱声。

沐重晞手中的长剑抛掷到半空，剑气如虹，势如破竹般刺入蝗虫的脑袋中。刺啦一声，长剑没入皮肉的声音响起，一击毙命，妖兽直直地摔在地上。

云鹊轻轻吐了口气，轻声道："谢谢！"

沐重晞看了她一眼，他对月清宗的人没什么好感，懒懒地道："不谢，本来就不是想救你。"

"你的力气大得跟牛一样。"少年嘀咕着道，"我师妹都被你挤到后面了。"

云鹊从小因为长相漂亮受到了许多优待，头一次碰到男人对自己不假辞色，少女的眼眶不由得一红，明明不想哭，但还是控制不住："对、对不起！我不是故意的。"

沐重晞呆滞了几秒钟，在云鹊打算再次说话时，他拉着叶翘就飞快地往后退，太吓人了，现在的女修都这么吓人了吗？一言不合就开始哭，沐重晞不懂，但是大为震惊。

云鹊在眼眶里打转的眼泪仿佛都凝固住了，她一时间竟不知该做些什么。

"师妹。"苏浊看出了刚才少女面对妖兽时的胆怯，轻轻地叹息了一声，"别怕，你不用去找那些剑修保护你。"

"宋师兄很厉害的，而且我画了几张金刚符，那些妖兽根本没办法靠近你。"

云鹊听着他絮絮叨叨的话，非但没有感觉到安慰，反而觉得苏浊在拐弯抹角地嘲讽她胆子小，看到一只妖兽就这么害怕。她本身就因为自己是从凡间来的而感到自卑，当初面对叶翘时，更是感觉到了命运的不公平。同样是凡间来的,叶翘却能好运气地被月清宗的宗主捡到,从小就顺水顺风。耳边是苏浊喋喋不休的话,云鹊死死地咬住嘴唇,脸红了,这次纯粹是被恼的,她的声音猛地提高:"闭嘴!"

软糯的声音骤然变得有些刺耳,苏浊愣住,神色有些迷惘:"……小、小师妹?你怎么了?"

云鹊意识到了自己的情绪不对劲,她很快把理智拉了回来,勉强笑了笑:"没、没事儿。对不起!刚才心情有些不好。"

另一边的叶翘见四师兄一副对云鹊避之唯恐不及的模样,她心底还挺高兴的,起码他没有像小说里那样爱上云鹊,这是好事情啊。

"四师兄。"她碰了碰他的胳膊,"你看到云鹊哭有什么感觉没有?"

小说里不止一次提到云鹊哭起来的姿态多么楚楚动人,引得无数男人心生怜爱。

沐重晞神色严肃地点点头:"感觉到了。"

叶翘的心里咯噔了一下:"感觉到什么了?"

沐重晞一脸深沉地得出结论:"她想讹我。"他还没说什么呢,云鹊就不停地哭,除了讹钱,沐重晞暂时想不出来还有什么理由。

叶翘轻轻拍了拍他的肩膀,诚恳地道:"四师兄,请继续保持你的这个想法。"

两个人谈话时,数百只妖兽已经悄然将他们围成了一圈,是一群灵智未开的低级妖兽,杀起来倒是快,只是数量有些多。如果这些妖兽的修为再高些,眼前的一幕就是能让无数修士闻风丧胆的妖兽潮。

沐重晞刚想出手解决掉这些妖兽,下一秒被薛玙拦下了,他解释道:"你还记得这次宗主是让谁下山历练的吗?"

秦饭饭的本意是想支走这群喜欢惹祸的弟子,同时也有让叶翘这个小丫头出去见见世面、锻炼一下胆量的想法。

沐重晞颇为不放心地抓紧又松开剑鞘:"可是小师妹才第一次下山……"按照他的想法让小师妹杀一两只妖兽练练胆子就足够了,而不是让她只身面对上百只妖兽。

薛玙没有动，微微露出笑容："怕不怕？"这句话是对着叶翘讲的。

叶翘道："还好吧。"她打量着周围渐渐聚拢的巨型蝗虫，虽然不害怕，但感到挺恶心的。

考虑到叶翘迄今为止也只会些基础剑式，怕她遇到什么危险，沐重晞忧心忡忡地打算先帮她消灭一部分妖兽。这样做既能锻炼叶翘的胆量，也不会发生太大的危险。

"小师妹，我来教你一招。"沐重晞的声音清朗，朝她眨了眨眼睛，"瞧好了。"

"这是《清风诀》的第一式。"伴随着声音落下，他手中的朝夕剑出鞘，雪白的剑影以一种肉眼难以捕捉的速度从眼前划过，无数道剑气顷刻间化为利刃。耳畔只余飒飒风声擦过，下一秒钟狰狞的妖兽脑袋一起被斩断，滚落在地面，掀起一阵尘土。

后面站着的叶翘看到这一幕，眼睛微微睁大，努力捕捉着沐重晞出剑时的手势，将这一招暗暗地记下，准备以后有机会使用。

"那是什么剑法？"旁边的苏浊都看呆了。好快的速度，好盛的剑意。惊讶的不止他，宋寒声同样眉头紧锁。

"如果我没看错的话……"他死死地盯着这一幕，"那有点像是长明宗的剑意。"

五大宗之一的长明宗？

苏浊的神色带着愕然："怎么可能？你看错了吧？宋师兄。"

那些散修怎么可能是长明宗的人？

云鹊同样感到几分不可思议，她说不清自己是什么心思，只是下意识地想否认这个可能性："是呀！之前她不是说过吗？他们是小门小派，怎么可能是长明宗的弟子呢？"

宋寒声的神色微寒："我倒是希望自己看错了。但那确实是长明宗的剑意。"

剑气如风，如刀，速度快到难以捕捉。如果只是群散修，就算打不过也能拼资源，可谁会想到这几个土匪竟然是长明宗正儿八经的亲传弟子呢？

与此同时，叶翘也已经和那群妖兽打了个照面，她的脑海中不断地回忆着四师兄挥出那一剑时的气势如虹，脚下踏清风的速度加快，飞快地躲避着飞扑过来的蝗虫。实在躲不过，被抓到后，叶翘的神色不变，手腕带动剑柄当即斩下，身子往下一滚。蝗虫咆哮了一声，口器张大要将她吞入腹中。

叶翘用力一蹬从地上起来，却还是被翅膀扫到打飞在地上，眼看妖兽就要再次扑过来了，手中的玄剑朝着它扑来的方向顺势划过。柔和的剑风落在妖兽身上宛如锋利的刀刃，没入坚硬的皮肉。妖兽张着大嘴发出一声哀鸣，挣扎得愈发剧烈。

叶翘将剑尖狠狠地戳入它柔软的腹部，怕它不死，还用力捣了两下。一遍遍不厌其烦地厮杀，不停地调整错误的姿势，连她自己都没意识到手中剑逐渐变快、变轻，如风般顷刻间没入妖兽群中，被刺中腹部的巨大的黄色巨兽倒在地上血流如注。

叶翘累得弯着腰喘着气，浑身有一种酣畅淋漓之感，虽然达不到沐重晞一剑斩杀数十个妖兽的威力，但也已把剑式学了个七八分像。

薛玙看到这一幕都暗暗觉得诧异，他难得夸了句：" 适应得不错，算上在外门的时间，小师妹入宗的时间也还不到半年。几个月的时间，能将《清风诀》的第一式用得七八分像，小师妹在剑道上的天赋似乎不输于你呢。"让薛玙想不通的是，如果真的能参透《清风诀》的第一式，那小师妹为什么在外门时的成绩次次在中等徘徊？

沐重晞则陷入了沉思当中。过了良久他艰涩地开口说："可问题是……小师妹还没来得及学习《清风诀》的第一式啊。"这两个月的时间里，段长老只让叶翘学了踏清风打基础，《清风诀》的第一式剑诀根本没来得及教。

《清风诀》的基础剑式，当初叶翘看了一遍就学会了，只是怕被人注意到，测试时一直都是随便应付一下，没机会完整地进行练习。

宋寒声望着叶翘不停地在妖兽群里穿梭的身影，眸色微微一沉，自

打知道这伙人是长明宗的亲传弟子以后,他就不得不重视起这几个人了,日后大比他们会是月清宗的对手。尤其是那个和妖兽厮杀的女孩,他看人很准,对方的天赋绝对不差。正所谓知己知彼,百战不殆,宋寒声的脸皮够厚,仿佛之前产生的摩擦并不存在一般,他走到明玄面前,拐弯抹角地想打探消息,他问道:"你们长明宗这是从哪里找来的弟子?是个剑修吧?"

明玄对他的厚脸皮感到震惊,老实说,长明宗和月清宗之间并不熟悉,尤其是刚才他还偷袭了自己小师妹。明玄嘴角一撇,刚想骂宋寒声两句,被薛玥拉住了。

薛玥微微一笑:"比不得你们的小师妹天赋高。"他的声音慢吞吞的,"叶翘是我们从外门捡来的小师妹。和极品灵根的人比不得,顶多也就记忆好一点。"薛玥低头状若认真地沉吟片刻,"也就是过目不忘的程度吧。"

苏浊蒙了。

叶、叶翘……

是巧合吗?同名吗?

苏浊隐约察觉到不对,说起来,那个女孩的声音和二师姐还真的有些相似。二师姐下山以后就彻底杳无音信了,而且以二师姐的天赋,顶多在小门派里当个内门弟子,苏浊从始至终就没往叶翘的身上去想。但如今,好像容不得他不相信了。哪里会有这么多巧合,声音一样,名字一样,还都是剑修?

云鹊的瞳孔微微一颤,她也被这个消息震惊得有些措手不及。她是见过叶翘的脸的,确实是二师姐……

云鹊的声音有些微弱,她抿了抿嘴唇,不死心般地试探道:"那叶翘师姐,也是长明宗的亲传弟子吗?"

"不然你觉得谁都能让我们叫小师妹的?"明玄的语气十分惊讶,随后望向云鹊那一闪而过的,像是带着不甘心的目光,他扑哧一声笑了,"不会吧,不会吧,你不会真的觉得亲传弟子是什么了不起的身份吧?"

云鹊确实是这么认为的,或者说,她完全没办法接受一个处处不如

第肆章 —✦— 剑骨　　071

自己的人，一朝变得和自己一样，都成了亲传弟子。她的眼神有些闪躲："明玄师兄何必如此咄咄逼人，我只是问一问而已。"

明玄似笑非笑地摊了摊手："你要是这么想，那我也没办法。"

这番话，引起了轩然大波。

结界外蹲下来开始看戏的散修们听到这些话都愣住了，议论道："长明宗的亲传弟子？这些大宗是疯了吗？一个个往小秘境凑。"

散修甲："沐重晞等四个亲传弟子我知道，但这个小师妹是从哪里冒出来的？"

散修乙："新收的吧，不声不响的这么低调，我也是现在才知道长明宗也收弟子了，可是长明宗不是一直以和善的老好人的形象闻名吗？怎么会干出霸占药田这种事……"

有在长明宗地界修行的散修举手道："该说不说长明宗今年这位新来的小师妹还挺厉害的。"

叶翘的剑法或许还有些青涩，流转的剑气又纯正又浓郁，并不输沐重晞刚才的一剑。

"这有什么了不起的？"有散修同样不屑地表示，"如果是云鹊师妹上，肯定也行。"

抱着这个念头的不只是外面的散修，宋寒声也是这样想的。

宋寒声并不认识叶翘，他只是被对方给气得肚子疼，也就过目不忘吧？他被薛玙刺激得不轻，谁还没个天赋异禀的小师妹了？

宋寒声拉住云鹊，声音低沉地道："小师妹，你也快一起去，这是个历练的好机会。"他补充道，"不会有危险的，那些妖兽的修为很低。"

"宋师兄，我不去……我害怕。"云鹊死死地抓住宋寒声的衣袖，她摇着头，眼睛再次红了，"它们太恶心了。"

宋寒声快急死了，没看到长明宗的那个小师妹收获了多少赞美，长明宗的声望都有提升的趋势。这个时候再不出去展示一番，外面的散修们肯定会嘲笑月清宗的弟子。

苏浊见状连忙为她说好话："宋师兄，小师妹还年幼。"

"十六岁还年幼？"宋寒声忍无可忍地道，"她还是孩子吗？"

两个人争执之时，外面刚才还为月清宗说话的修士默默地闭嘴了。

叶翘那边也已经到了精疲力竭的程度，妖兽同样被消灭得七七八八。她瘫坐在地上，喘着气不想动弹。

好累。

叶翘体内之前不断躁动的灵气这次一次性全部耗尽了，感觉到累的同时她也久违地感觉到了舒畅。她擦了擦汗，能感受到似乎有什么温暖的东西在体内滋养着自己。热乎乎的，让她舒服、惬意得都有些昏昏欲睡。

三个师兄知道她累坏了，因此没有打扰她，而是聚在一起议论。

"你刚才说，小师妹并没有学过《清风诀》的第一式对不对？"

沐重晞连忙点头："对啊，难道她在我不知道的时候，偷偷跟段长老学习过？"不然也解释不通她怎么会的。

明玄的眉头微微一挑："有没有一种可能，小师妹是根据你那一剑模仿出来的。"

沐重晞问道："什么？"

"你难道没注意吗？一开始小师妹挥剑时还很生涩，像是蹒跚学步的初学者。后来一遍遍地调整练习，才逐渐学会怎么正确握剑，怎么更好地运用剑诀上的剑式。"这一幕就像是当初在藏书阁中，明玄只是给她演示了一遍御火符的画法，她就能够照葫芦画瓢，完完整整地画出来。

"可、可是我当初学了两个月啊。"沐重晞的眼睛微微睁大，说话都有些磕巴。

《清风诀》的第一式他整整学了两个月，还为此被段长老夸赞天赋异禀，可是小师妹呢？连一天都没有学过啊。

"别忘了薛师兄说过，她过目不忘的。"经历了藏书阁一遭，明玄的接受能力比沐重晞好很多，他甚至还有闲心给对方科普，"你可能不知道吧？小师妹两天时间能默写十几本符书。"

沐重晞之前是说过让叶翘瞧好了，本意只是想要个帅，打死他都没想到,她真的看了一遍就学会了啊。

明玄察觉到自己又无意中给小师弟插了一刀,也顾不得两个人之前的恩怨了,还努力尝试着安慰他:"虽然可能你在记忆上面比不上小师妹,但你在悟性上……"他的话说到一半,其他两个人也感受到了什么,一起转头愕然地看向叶翘的方向。

突破了?

明玄的神色更是不加掩饰地震惊:"……但你在悟性上可能也比不上。"

这破境的速度,她是完全没有瓶颈期吗?听到这话的沐重晞咬牙切齿地道:"我谢谢你!你可真会安慰人。"

三个人静静地守着,等叶翘平息,将修为稳定在了筑基。妖兽袭来之前他们就将所有的清心草给收入了芥子袋中,谁也没料到这次历练能有这么大的收获。等叶翘筑基后,她能感觉到识海又扩大了一倍不止,还没来得及感受一下识海扩大后的好处,忽然一道粉色的身影出现在自己面前。

叶翘调息结束后刚一睁开眼睛,骤然对上云鹊的大脸,她"哇"了一声:"鬼啊!"

云鹊的神色微僵,她刚想抓住叶翘的衣袖,却被弹开了。

薛玙不动声色地挡在叶翘前面,他没有说话,在听到叶翘的尖叫声后,他就觉得月清宗的这个小师妹有毛病。

云鹊被弹开后,咬了咬嘴唇,到底还是不甘心,她苦苦地哀求着:"能将清心草给我一棵吗?二师姐,你应该知道的,对不对?我天生灵根残缺。如今还缺一棵灵植入药。"

苏浊看到心爱的女人如此卑躬屈膝,他心疼不已:"是啊!二师姐,你都有这么多了,送给我小师妹一棵灵草又能如何?"

叶翘都没来得及回话,明玄的唇角一翘,就开始反击了:"谁是你们的二师姐啊,这是我们的小师妹。"

明玄的下巴微微一抬,脸上带着轻蔑的表情,一副"尔等歪瓜裂枣,我欲眼不见为净"的模样,把那苏浊气得仰倒。

"恭喜筑基，小师妹。"薛玙没有理会这场闹剧，他将固灵丹丢给她，"我们该回去了。"

同时也在暗暗地心想，以后要少跟月清宗这些不正常的亲传弟子打交道为好。尤其是那个叫云鹊的亲传弟子。

"你们别得意得太早。"宋寒声的眉眼阴沉，见四个人这么不给自己面子，他冷冷地开始放狠话，"我们大比走着瞧。"

四个人谁都没回头。

明玄："啧。"

沐重晞："呸。"

薛玙："哦。"

叶翘："谁理你啊？"

宋寒声的脸色逐渐扭曲起来。苏浊看着叶翘离开的背影，心情难以言喻。

"她和薛玙师兄的关系很好吧？"云鹊站在那里，忽然轻轻地开口。不知道为什么，看到薛玙他们几个维护叶翘的一幕，她心底很不舒服。就仿佛冥冥之中……本该属于自己的东西，被叶翘抢走了一样。

"八大家中薛家的嫡子，据说薛师兄会炼制一些能让人快速突破的丹药。"云鹊小声说道。

修仙一路讲究脚踏实地，靠丹药筑基虽然快，但反噬很重，说白点儿就是个花架子，同等境界下，被人一剑就能打飞。

苏浊迟疑了几秒钟："你是说，二师姐是靠丹药将修为提上去的？"

叶翘他们三个是一起长大的，从小二师姐的性格最为老实，但从魔渊回来后，她就变了。

苏浊说不出来是什么滋味，只是隐隐有些埋怨她，不就是蜉蝣草吗？竟然会为此生气下山。

"是啊。"云鹊勉强笑了笑，"毕竟……二师姐当初在炼气三层卡了这么多年，怎么可能才几个月时间就筑基了呢？"

要说比苏浊更震惊的那当数云鹊。那个木讷又没有存在感的二师姐，怎么可能是眼前的人？不仅比自己筑基得早，而且还成了身份完全不低于自己的亲传弟子，这简直比杀了云鹊都让她感到难受。

回宗门的路上并不算太平，因为叶翘刚筑基，对御剑还不太熟练，路上栽了几次，浑身都摔得灰扑扑的，她拍了拍衣服站了起来，继续尝试。在沐重晞一遍遍的指导下叶翘才算勉强掌握了平衡，至少不会东倒西歪的了。

"小师妹，你是不是认识月清宗的那几个亲传弟子？"再三犹豫下，薛玙还是轻声问了出来，云鹊当时一口一个"二师姐"，也不像是认错人的样子。

"嗯，对。"叶翘神色如常，倒是觉得没什么不能说的，"我是个孤儿，从小被月清宗的宗主捡回家，在那里当过几年的内门弟子。"顿了顿，她耸了耸肩，又笑了笑，"后来天赋太差，狗都嫌我是废物，再加上辛辛苦苦采到的草药被师父夺走，送给了月清宗新收的那个小师妹，我就一气之下就下山了。"

薛玙听得多少有些不是滋味，他们几个人从小都是天之骄子，父母虽然严苛些，但平日里对他们也是极好的，而小师妹才多大？十五岁的年纪，在月清宗不受重视也就罢了，辛辛苦苦采来的草药还被抢走。

叶翘说得轻描淡写，但旁人不难窥见里面的心酸。

薛玙暗暗下定决心，以后一定多炼丹，努力投喂小师妹。月清宗养不好，他们长明宗来养。

明玄的指尖微微动了动，他颇为不自在地安慰了她两句："以后他们再敢欺负你，你报我的名字。"犹豫了几秒钟，他又改口，"算了，你报大师兄的名字吧，他比较厉害。"

"对对对。"沐重晞生怕她为此伤心，暗戳戳地道，"来我们长明宗做亲传弟子多好，等到大比的时候，一定给他们好看。"

三个师兄为了安慰她受伤的心灵，絮絮叨叨地安慰了她一路，叶翘扑哧一声笑出声，心里觉得暖洋洋的。

回到长明宗后，他们简单跟秦饭饭汇报了一下这次历练的情况。在得知叶翘已经筑基时，原本差点睡着的宗主打了一个激灵跳了起来。

"筑基了？"他用力拍了拍叶翘的肩膀，发出欣慰的笑声，"哈哈，我就说你这个丫头肯定行。"全然已经忘记了当初将这几个亲传弟子赶下山是为了让宗门清净上几日。

赵长老轻轻咳了两声，也被这个消息给震惊了一下。

叶翘？

那个经常不务正业，喜欢搞些歪门邪道的丫头？

"几日突破筑基的？"赵长老望向四个人中最为稳重的薛玬。

薛玬伸出一根手指头。

赵长老："十日？"

薛玬："一天。"他沉吟片刻，"准确来讲，小师妹当时突破花的时间一天都不到。"

这下赵长老还有秦饭饭，都沉默了。

秦饭饭控制住自己的表情，一天就筑基了？

两个人对视一眼，同时意识到了问题的所在，赵长老的脸色变得严肃起来："你们几个先出去，我和宗主有事要聊。"

叶翘无可无不可地点点头，正好她也想回自己的院子休息。

等几个人彻底离开后，秦饭饭跳了起来，紧张兮兮地道："一天就筑基了，老赵啊。这几个小家伙没有唬我吧？"他们长明宗还能有一天就筑基的弟子？这合理吗？

赵长老的眉头紧锁："薛玬你还放心不过？那个孩子撒谎又没有好处。我只是想不通，这丫头真的只是中品灵根？她吸收灵气的速度并不慢，甚至感觉有时候比她的几个师兄修炼的速度都快。"

"怎么可能？"秦饭饭矢口否认，"她那几个师兄可都是极品单灵根。"

"所以才觉得她很奇怪。"赵长老背着手，百思不得其解。测试石按理说应该不会出问题的，但叶翘的天赋，也绝对不可能这么低，起码是个上品。

秦饭饭挥了挥手："罢了，等以后去问剑宗参加大比时，让叶翘去问剑宗的剑窟测一测。那里的测试石绝对不可能再出错了。"

第肆章 —◆— 剑骨

回到长明宗的几天时间里，或许是因为历练一趟大家都累坏了，谁也没空作妖，这让几个内门长老深感欣慰。事实上风平浪静的主要原因还是这几日叶翘将自己关到了房间里，时不时会到薛玛那里找他要一些材料，她在研究一种东西，想尝试一下能不能成功。

叶翘自己折腾了得有十多天的工夫，翻阅了大量藏书阁的典籍终于收集齐了自己想要的东西，彼时她正拿着大铁锅和一堆器修们才用得到的材料，坐在后山的平地上，往里面不停地添东西。

"小师妹！"就在这时，沐重晞风风火火地冲了过来，"成风宗的长老来咱们宗门啦，师父叫我们今天安分点，别给他添麻烦。"

叶翘连眉头都没动一下，茫然地"哦"了一声："成风宗？就是你说的那个全是男人的宗门？"

沐重晞郑重其事地点点头："没错。"

"他们的长老来我们这里做什么？"叶翘不懂。

沐重晞随意地坐了下来："这不是距离大比只剩下半年了嘛，各宗不得来探查一下其他宗门亲传弟子的实力吗？谁都想拿个好名次，知己知彼百战百胜。"

"咦？"沐重晞将脑袋凑了过来，看着大铁锅里面的东西，问道："这是什么东西？怎么味道这么奇怪？"

叶翘推开他："我在做东西。它叫轰天雷。"

沐重晞有些茫然："那你什么时候能做好？"他又继续道，"等会儿师父会带着成风宗的长老参观咱们宗内上下。万一惹出什么乱子来，就不妙了。"

沐重晞吞了吞口水，望着大铁锅里面的东西，总觉得这玩意儿……不像是什么正常人会搞出来的东西。

轰天雷是什么最新型的法器吗？

叶翘毫不在意地"嗯"了一声："放心好了，这就是个小玩意儿。"她可是从各大典籍中翻阅了许久才找到类似于火药的石头和其他能代替的材料。

"四师兄。"叶翘露出乖巧的笑容，声音清澈，"你瞧着就是了。"

沐重晞看到她这么笑就觉得有些不妙,不知道为什么,他每次和小师妹在一起,都有种不太妙的预感呢。

叶翘席地而坐,低头摆弄了大约半个时辰,终于大功告成。她拍了拍沾满灰尘的衣袖,从地上站起来,舒了口气。

"四师兄。你瞧好了。"她大喊一声,随后将手里的轰天雷往不远处直直地抛了过去。

第伍章 法器

仿佛平地惊雷，发出一声巨响，旋即掀起滚滚尘土，轰天雷的威力很大，地面竟然多出来个坑。

沐重晞骇得后退一步，惊叹着道："好厉害的轰天雷。"他发现这个小师妹稀奇古怪的东西不是一般的多，就譬如这个轰天雷，威力竟然不弱于金丹期修士的一击，好厉害的法器！

"我来，让我来试试。"见识到轰天雷的威力后，他有模有样拿起了一个轰天雷，"小师妹，看着点。"

沐重晞兴奋地道："我绝对扔得比你要远。"

叶翘看着他抡起胳膊，用力甩了两圈，然后往前面使劲儿地抛过去，确实挺远的，目测有十米。

轰天雷落下，发出一声爆炸的闷响，秦饭饭的河东狮吼随之从不远处响起："是谁敢偷袭老夫？"

叶翘和沐重晞对视一眼，不约而同地升起一个念头：完蛋了。

"快跑。"两个人在逃跑这方面默契得很，拔腿就溜，头也不回，毕竟谁都不想再被关到禁地了。

秦饭饭这会儿正带着成风宗的孙长老参观宗门上下，说到底对方来这里的目的几个人都心知肚明，不就是想借此试探一下对家宗门的实力嘛。距离上次大比已经过了百年，长明宗虽然每次都稳居倒数，足足千年都不曾变过，但成风宗不知道从哪里得来的消息，听说长明宗今年的亲传弟子实力都挺不错，再三考虑后他们决定派人亲自过来探查一番。

孙长老和秦饭饭寒暄了几句，一路上一边逛一边说着虚伪的应酬的话语。

"听说今年这一届贵宗的新弟子资质都不错。"孙长老微微笑着。

秦饭饭回给他一个假笑："过誉了。我们长明宗今年最多是重在参与。"

孙长老掩着略显嘲弄的神色，觉得自己是多虑了。

长明宗什么实力谁还没点儿数？但凡他们今年有一个能打的，秦饭饭都不会说得这般模棱两可。两个人聊着聊着，走到了后山，这是剑修们练剑的地方。才迈开一步，下一秒钟一个奇怪的东西落在脚下。

秦饭饭刚准备说点什么，脚下的东西先是冒出了白色的烟雾，随后炸了，真正意义上地炸了。

秦饭饭修为高，没怎么受伤，但轰天雷的威力并不小，只见平坦的地面上竟然出现了一个坑，他的第一反应就是有人想谋害自己，因此他当即愤怒地吼道："是谁敢偷袭老夫？"

周围静悄悄的，无人回答，这个时候两个罪魁祸首已经跑得没影了。

成风宗的长老也被这声吼叫吓了一跳，回过神来，他指着地面上轰天雷炸出来的坑问道："这是什么法器？"他的声音有些哆嗦。

秦饭饭也不知道该如何回答，但看到孙长老一脸震惊的模样后，他原本的愤怒之色平静了下来，他还是头一次在其他宗门面前找到点儿面子。别以为他不知道，因为常年倒数的缘故，这几个老匹夫私底下嘲笑过他好几次。

秦饭饭轻轻咳了一声，高深莫测地抚了抚胡须，一边状若不经意地道："啊？哎，这只是我们宗那几个不成器的亲传弟子弄来的一点小玩意儿。不值钱。"

不值钱？

小玩意儿？

什么小玩意威力这么大的？

成风宗长老的表情逐渐从一开始的漫不经心，变得严肃，甚至隐约掺杂了几分敬畏之色。孙长老不好打破砂锅问到底，只得勉强地跟着附和着说了两句。一天下来，孙长老都显得有些心不在焉，终于从长明宗出来以后，他忙不迭地跑到外面掏出玉简。

"长明宗今年，恐怖如斯！"孙长老颤抖着手给自家宗主发去了消息。

叶翘与沐重晞一起离开后山后，还在琢磨着能不能把暴雨梨花针给弄出来，至于要把里面的针换成什么，叶翘目前为止没有想好，但不妨碍她先画出草图来。

作为一个设计师她的动手能力还是很强的。

画好了设计图后，叶翘转头就对沐重晞发出了诚恳的邀请："我们一起下山吗？"

叶翘到底不是器修，对炼器一窍不通，轰天雷她能凭借着记忆和书籍寻找材料，可像暴雨梨花针这种需要复杂制作工艺的武器她最先想到的还是找专业的器修。

沐重晞愣了片刻，犹犹豫豫："我们明天还有课。"

叶翘颇为淡定，她露出酒窝，掷地有声地道："那就翘掉。"

沐重晞的眼睛一亮："好主意！"他不想上课很久了，之前段誉的课上只有他一个剑修，一旦翘课就会被罚关禁地。现在不一样了，现在多了个小师妹陪自己，到时候被罚也不是一个人。

两个人都是急性子，说走就走，决定了之后便一起愉快地往山下跑去。云中城各种商铺都有，只不过因为是在五宗脚下，物价只有一个字能概括，那就是"贵"。

来到专门卖法器的铺子后，叶翘迫不及待地将自己的设计稿递了过去。

"这个能做吗？"铺子里没多少人进来，毕竟散修可没那么多闲情买

法器防身，大宗门的又瞧不上铺子里的东西，导致里面只有老板在优哉游哉地吞云吐雾。看到叶翘递过来的东西，店铺老板拿着烟斗的手一顿，随后坐了起来，细细地打量着她递过来的草图，心里暗暗惊奇："这是何物？形状为何如此古怪？"不像剑，也不像其他武器，他从业这么多年，闻所未闻。

叶翘含蓄地道："它叫暴雨梨花针，这个外形和结构大体可以做出来吗？内部最好能多存放些东西。"

老板对此还挺感兴趣的，他点点头："可以，不过价格嘛……做下来目测总共要三百块上品灵石。"

还挺贵。

于是叶翘开始发挥了自己的三寸不烂之舌和他讲价，过程虽然漫长，但结果还是圆满的，她最终以一百块上品灵石的价格谈好了。

沐重晞都惊呆了，他每次下山买东西一直都是老板说多少钱，他给多少钱的，原来还能砍价的吗？

叶翘仿佛看出了他心底所想的："当然可以这样。如果你不缺灵石的话，也可以不砍价。"

沐重晞是不怎么缺灵石的，但想到自己明明可以给得更少一点，他就感到一阵莫名的不高兴。

"走吧。"叶翘问，"你有要采购的东西吗？先买完再回去。"

沐重晞怏怏不乐地道："算了。今天先不买了。"

"为什么？"叶翘不解道。

沐重晞捂着胸口："一想到多给出去的那些灵石就心痛。"

叶翘理解他那不甘的心情，要是自己白白地送出去这么多灵石，她的心情只会更糟糕："那我们先回宗门，正巧我还画了几张符，需要有人试验一下。"叶翘之前没经验，画完后还拿自己做试验，直到把客栈的墙撞了个窟窿后。如今她已变得谨慎了不少，痛定思痛，决定不伤害自己了，毕竟人为什么和自己过不去呢？她准备祸害其他人了。

沐重晞挠了挠头，天真地问："那你画的符多吗？"

"不多。"叶翘可怜巴巴地看着他，"就几张而已。"她着重强调"几张"

和"而已"这两个词。

于是秉着爱护师妹的想法,沐重晞相信了她的谎言。接下来两个人在后山待了整整三天,谁都没去上课,轮流试验叶翘画出来的那些五花八门的符箓。

沐重晞发现,师妹的嘴,骗人的鬼!

"来来来,四师兄,这是最后一张了。"叶翘笑眯眯地拿出来了最后一张符箓,"放心,这次绝对不会让你难受了,它叫哈哈符。顶多会让你笑一笑,你看你都变成苦瓜脸了。"

沐重晞陪着她熬了三个通宵,他脸色苍白,一副被摧残了的可怜模样,幽幽地吐出一口气:"好吧。"说实在的,小师妹画的符箓还都挺有意思的,如果不是拿自己试验的话就更好了。

征得对方的同意后,叶翘立刻迫不及待地将哈哈符丢到沐重晞身上。有时候符不一定要威力强,能把人笑到影响发挥也是一种另类的干扰方式。

沐重晞一开始还没什么反应,依旧是那副生无可恋的模样,然而很快,少年仰起头发出了一阵阵反派角色的猖狂笑声:"哈哈哈——"

沐重晞的笑声把路过的其他弟子都给吓了一跳,他们险些以为沐师兄走火入魔了。

终于稍微停顿了片刻,正当叶翘以为这就结束的时候,沐重晞抑扬顿挫的笑声再次响起:"哈、哈、哈!"

叶翘赶紧将粘在沐重晞身上的符箓给撕了下来:"看上去效果不错。"

沐重晞笑了半天,脸都僵了。停下来后,他甩了甩脑袋,往地上一瘫,幽幽地发出声音:"何止,刚才那个声音。我差点以为自己走火入魔了。"

"你们符修画的符都这么别出心裁吗?"沐重晞这几天陪着小师妹试验各种五花八门的符箓,都快忘了叶翘是个剑修的事实了,哪个宗门的剑修能画这么多种符箓?

叶翘连眼皮都没抬,"别污蔑我,我可是个正儿八经的剑修,画符只是业余爱好。"要知道当初在月清宗这种遍地符修的宗门我也是选择做剑修。

沐重晞想到她那些符箓的威力,干笑了两声。

业余？

谁家业余爱好的效果这么好的？

"你这符箓还没画完？"沐重晞一只手支着下巴，凑过去看着叶翘在符纸上勾勾画画。

叶翘捏起手里废掉的符箓："又废了一张。"

沐重晞目睹了她一遍遍失败，思索片刻，给出建议："不如你去问问明玄？"

"我再试试。如果再失败下去就找二师兄问问。"虽然多半会被明玄怀疑自己是不是受到了刺激，好好的剑修不当去学画符。

"你是在月清宗学的画符吗？"沐重晞问道。

叶翘扭头看向他，想了想："嗯。"当初她确实是靠着记忆中月清宗的符修们画符时的画面跟着学会的。

"月清宗被太虚境的人称为正统符修们的归属地。"沐重晞缓缓地道，"所以除了月清宗之外的符修，都不被人重视。"

叶翘还是头一次听到这种说法，仔细想想，大宗门里的歧视、攀比确实不少，记忆里的月清宗就是如此，亲传弟子瞧不起内门弟子，内门弟子瞧不起外门弟子，外门弟子瞧不起杂役弟子，而杂役弟子则看不起小宗门的人和散修。

沐重晞的目光转移到叶翘手里拿着的笔上面，随后他重重地叹了口气："还有，小师妹，我听二师兄提到过，画符想提高质量的话，最好用好一点的狼毫笔。"

叶翘一愣："哦，但其他笔挺贵的，我也不是符修，就凑合着用吧。"她很随意地道。

沐重晞看着叶翘那支已经用分叉的毛笔，嘴角抽了抽，才意识到，自己的小师妹，还真不是一般的抠门。

"我这儿有一支没用过的狼毫笔。"沐重晞在芥子袋翻找了一下，很快拿出来了一支泛着紫色微光的笔，上面刻着特殊的符纹，拿在手里沉甸甸的。

"应该属于中品法器的范畴。"沐重晞大概是第一次送人东西,他挠了挠头,"到时候再给你找个好一点的。"他不是符修,这支狼毫笔还是从黑市上淘来的。

叶翘没有矫情,当即就收下了。事实证明,东西贵有贵的好处,用这支笔画符时没有任何滞停,繁复的符纹在纸上形成金色的咒印,伴随着画符速度的加快,很快收笔,一气呵成。浅金色的光缓缓亮起,代表着符没有废掉。

叶翘微微悬着的心放了下来。然而下一秒符箓迸射出耀眼的光芒,符箓下角浮现出黑色的小字,像是某种特殊的标志,又像是远古时期才有的文字。

叶翘摩挲着符箓下角出现的古怪的古代文字:"这是什么?"

金光出现的片刻,整个长明宗的长老不约而同地仰头看向了那道光芒落下的方向。

——"天道祝福。"

秦饭饭站起身,因为有天道庇护,根本感觉不到金光在哪里落下的,他望着天空,眸底掠过几分深思。是明玄那孩子得到的祝福?还是薛玙?不止他们,这次动静大到就连其他几个宗门的宗主都被惊动了。

一时间各大宗门的人众说纷纭,都按捺不住地想去长明宗一探究竟。

"天道祝福。"沐重晞喃喃地重复了一遍,神色渐渐变得严肃了起来,"你还真是符修?"他很快改口,目光灼灼地道,"原来你真的可以做到剑符双修啊。"沐重晞从没见过真正意义上两道双修的,他只听说过他们长明宗的祖师当年是这种惊才绝艳的人物,没想到有朝一日,自家小师妹也能做到。

叶翘并不知道这意味着什么:"所以,四师兄,什么是天道祝福?有什么特殊的用处吗?"比起天道祝福,叶翘更关心的是这个东西能带给她什么好处。

沐重晞若有所思地道:"特殊的用处?被天道祝福过代表受到了天道的认可,以后你卖出去的符箓,价格起码要翻五倍不止。"

叶翘的眼睛亮了，世上竟有这种好事？

"而且据我所知，就连月清宗那几个自诩是正统符修的亲传弟子，都没有一个人被天道祝福。过不了多久应该就会传出咱们宗有人得到天道祝福的消息，到时候他们的脸怕是都要变黑。"沐重晞越说越得意，嘴角上扬，仿佛已经看到未来打他们脸的场面了，他扭头望向自家师妹，"对了，叶翘，你画的是什么符？"

叶翘在四师兄期待的目光下，犹犹豫豫地道："爬行符。"

沐重晞听到这个名字就有一种不祥的预感，他继续问道："有什么具体的作用吗？"

叶翘的声音越来越小："被贴上这个符箓的人会像动物一样在地上爬行。"

沐重晞沉默下来了，过了半晌，他才硬生生地憋出一句话："不愧是你啊！小师妹。连被天道祝福都这么不走寻常路。"

叶翘捧着自己画的符，也很忧伤。早知道会被天道祝福，她就画个正常点的符箓了。这几天叶翘沉迷于倒腾自己脑子里那些奇葩的东西，没工夫上课，沐重晞也陪着她一起逃课，这让其他两位师兄总觉得自己错过了点什么事情。

"你们俩这几天背着我们偷偷地在干什么？"明玄推开房门，眼里带着狐疑之色。

叶翘收好自己的符箓，看到人后，热情地挥了挥手："二师兄，三师兄，晚上好！"

薛玥微笑着点点头，一把拉住四师弟："小师妹，晚上好！我是来找小师弟的。"

沐重晞："啊？"他莫名有种不祥的预感。

薛玥道："我这儿有刚炼好的一些丹药，正缺人试药。"他说着，将手搭在沐重晞的肩膀上，微微一笑，"来吧。师弟。"

有话好好说啊！三师兄。他对于上次薛玥将几个内门弟子毒倒被罚关禁地的事情记得清清楚楚，听到这话，觉得后背一凉，拔腿就跑。

叶翘见状将符箓收好，也跟着跑了出去。

"天道祝福。是谁弄出来的这么大动静？"周行云敛眸陷入沉思，小师弟？还是说……他那个新来的小师妹？

秦饭饭道："不清楚，等会儿把那几个弟子叫来问问就知道了，说起来，他们已经翘课好几天了。"他有些忧心忡忡的。

周行云的神色微微一愣："他们逃课了？"

秦饭饭说起这个来就生气，敲了敲桌面，咬牙切齿地道："不仅逃课了，还是在叶翘的带领下集体逃课的。"

"我去看看他们。"周行云在自家师父痛心疾首的目光下，还是无奈地开了这个口。他觉得，自己如果再不去管管，或许自己这些师弟、师妹能把天都捅破了。

其实在叶翘来之前，明玄等三个人就喜欢凑在一起。薛玙研究各种丹药，明玄作为一个符修肯定不能拿来试药，那就只能用小师弟了。沐重晞现在看到薛玙就觉得牙痒痒，他踩着剑就往天上飞，准备甩掉这两个人。

薛玙在后面像是电视剧中不怀好意的反派一般，微微一笑："尽情逃吧，你是逃不出去的。"

明玄同样怜悯地道："你今天就是喊破喉咙都不会有人来救你。认命吧！小师弟。"

叶翘踩着脚下的玄剑，在后面追着大喊道："别跑啊！四师兄，我们不会伤害你的。"

叶翘的剑上站着两个师兄，一起追赶，薛玙不忘大喊："四师弟！我这次绝对不会让你不舒服的。"

四个人的速度奇快，到过之地，寸草不生。

沐重晞在前面狂奔，明玄等三个人在后面追。

看到这一幕的周行云觉得自从小师妹来了后，长明宗就没怎么消停过。连周行云这种人都出来了。

大师兄默默地仰头看着在天上飞来飞去的师弟、师妹们，饶是他这种常年不喜形于色的人，嘴角都不由得一抽。他抬手一挥，罡风飞了过去，打到叶翘的剑上。

薛玙第一个潇洒地单膝落地,还没等他摆好帅气的姿势,沐重晞被罡风的余波冲击到,从剑上狼狈地掉了下来,薛玙下意识地眼疾手快地去接住他。最终,两个人来了个深情对望。

"你们在干什么?"清冷的声音响起。周行云连衣袖都不带动一下的,就这么平静地看着他们。

薛玙平日里最怵的就是这个大师兄了,一抬头就看到了大师兄正用一种奇异的目光看着自己。

薛玙松开手,声音努力维持着冷静:"……大师兄,你听我解释。"

叶翘和明玄的表情也僵住了,她还怕被打,赶紧踩着玄剑下来,咽了咽口水:"……大师兄,你听我们狡辩。事情不是你想的那样。"

周行云冷静了片刻。

四个人整整齐齐地站成一排,谁都不敢出声,周行云眸色冷冷的,慢条斯理地准备开始算账:"我听说,你们四个人这几天都没上课?"

明玄下意识地辩解:"没啊。您听谁说的?一定有人想要污蔑我们。"

沐重晞急忙附和道:"没错。"

周行云冷冷地一笑,两个人立刻安静了。

叶翘第一次知道什么叫大师兄带来的压迫感,她敏锐地觉得今天不做点什么,或许四个人就要一起被关禁地了。她的脑子飞快地运转,急忙抢在周行云要说话前打断了对方:"大师兄,你觉得今年太虚境的第一宗会花落谁家?"

周行云皱着眉头,虽然不懂她为何有此一问,但还是答道:"千年以来,成风宗和问剑宗在第一宗的位置上轮流更换,今年论实力,这两宗不相上下。"

"所以今年第一宗的位置落到谁的头上犹未可知呢。"叶翘露出一抹笑容,视线和周行云对上,"那如果大师兄努力一点,我们能成为太虚境第一宗吗?"

少女的眼睛亮晶晶的,仿佛只要周行云点头,下一秒钟叶翘就要让他去拳打问剑宗,脚踩成风宗了。他额头上的青筋跳起,努力保持着心平气和，拼命告诉自己要冷静、淡定："不能。"这两个字像是从牙缝里面挤出来的。

叶翘立马换了副嘴脸："大师兄，你太让我失望了。"

周行云竟然一时间跟不上小师妹的思维方式。

沐重晞看着难得愣住的大师兄，立刻也明白了什么叫先发制人："是啊！大师兄，你连带领我们长明宗成为太虚境第一宗都做不到，真是太让我们失望了。"

明玄也笑了，察觉到两个人的意图，他漫不经心地跟了一句："是啊！简直太让我们失望了。"

叶翘趁着这会儿大师兄有点蒙，率先拉住离自己最近的明玄，拔腿就跑。

两个人火速撤退后，沐重晞也一把拽起慢半拍的薛玙，瞬间四个人逃之夭夭。

周行云反应过来后，不禁感叹道：这和叶翘如出一辙的逃跑方式，大家是都跟小师妹学坏了吗？

禁地里可以说是除了主峰外灵气最浓郁的地方，因此不仅能用来惩罚犯错的亲传弟子，还有助于修炼。被困在禁地里的四个人郁闷得想挠墙。

薛玙和明玄倒也还好，依两个人的性格是能静下来的，符修和丹修在太虚境本来就稀少，他们自然要加倍努力才对得起宗门的期望，但叶翘和沐重晞两个剑修就有些耐不住寂寞了。

叶翘盘腿坐在地上："长老们应该不至于没事天天盯着我们吧？我们能偷偷出去吗？"

明玄被叶翘抓着衣袖，他瞥了她一眼："可以。不过要想瞒着长老们，得用传送符出去才行。"

叶翘的眼睛一转，打蛇随棍上："那师兄有传送符吗？"

明玄扬着下巴："当然。我们明家可是太虚境首屈一指的符修世家。"

叶翘很配合地"哇"了一声："二师兄好厉害啊！"

明玄对上叶翘崇拜的目光，他清了清嗓子，觉得受用极了，想也不想，

抽出仅有的传送符丢给她:"我就这两张,你们到时候看情况用。"

叶翘的眼睛一亮,她立刻接了过来,美滋滋地夸赞:"我就知道二师兄最棒了。"

明玄得意地扬了扬眉,不过,他总感觉小师妹这番话耳熟得很。

一旁打坐的薛玙睁开眼睛,多半也知道这个师弟还有师妹是那种唯恐天下不乱的人,让他们安分下来,恐怕比让太虚境毁灭都困难。他叹了口气,不放心地在一旁叮嘱道:"你们俩出去的话也别惹事情,情况不对立刻撕碎符箓跑路。如果遇到什么机缘,能抢就抢,打不过也别贪,日后参加大比有的是大秘境要进入,到时候我们五个人一起安全系数高些,你们想要什么我们可以帮你们拿。"

薛玙叮嘱了半天,叶翘跟小鸡啄米似的点头,笑眯眯地道:"放心吧!三师兄,我们都是老实人,这次下山绝对不惹事。"

说完叶翘低头将芥子袋里的淬灵丹拿了出来,这是她之前炼制剩下来的,"这个灵丹可以帮助你们吸收得快一些。"既然两个师兄打算修炼,她肯定是能帮就帮的,淬灵丹能帮助人快速净化体内有杂质的灵气,吸收灵气时吃一颗效果极佳。

闻到熟悉的味道,明玄的脸当场就绿了,时隔几个月,他依旧忘不掉这个丹药的味道。

叶翘并不知道几个师兄对自己炼制的丹药味道的抗拒,她匆匆将淬灵丹放下后,与沐重晞对视一眼,毫不犹豫地撕碎了传送符,离开了禁地。

经过上次叶翘给他丹药的事,薛玙这次有了一定的心理准备,他晃了晃瓶子,仔仔细细地闻了闻味道,惊讶地发现小师妹说的好像都是真的:"这个丹药储存的灵气很浓,难不成小师妹还真的会炼丹?"

当时叶翘让他吃丹药的时候,薛玙只当她是闹着玩的,而且味道太独特,他吃了一口就吐了,哪里知道里面的灵气是这么纯粹。

明玄闻言,默默地打了个寒战,薛玙本身就对丹药有一种痴迷的态度,叶翘也算不上多正常,炼个丹跟制造毒药一样。这两个人要是凑一块儿炼丹,那他和沐重晞往后的日子还能过吗?

"呃……说不定这颗丹药是从碧水宗买来的呢。"明玄的声音干巴巴的,"我听师父说,过几个月大秘境就要开了,碧水宗的亲传弟子最近下山了。可能是师妹和师弟下山正好碰到了,买了几颗丹药回来呢。"

薛玙的眼睛一眨:"这样吗?"

明玄疯狂地点头:"是啊,两道双修的人,咱们太虚境一根手指头都数得过来。小师妹还是个孩子呢!"

薛玙想了想,觉得也对,他有些遗憾,还以为以后能和小师妹一起研究丹方呢。毕竟一个人真的太无聊了些。

叶翘手里有不少的丹药都委托给了云中城一家名叫四季堂的丹药店,掌柜这会儿正滔滔不绝地给两个看上去很有钱的女修推销丹药:"仙子,你别看它长得丑,但它心灵美啊。"

对方眼睛睁大,抱着胳膊,气笑了:"你确定?"

这玩意儿能用心灵美来形容?

"真的啊!这位仙子,有道是不能以貌取人,丹药也是同理啊。"掌柜苦口婆心地劝道,这些日子找自己合作的丹修这么多,他其实一开始也没看上这些看起来怪异的丹药。可谁让价格比其他丹修的定价便宜呢,除了模样难看了些以外,关键是吃起来竟然不比大宗门炼制出来的丹药差。

掌柜笑眯眯地继续推销道:"不是我吹牛。这丹药其实和碧水宗炼制的丹药比也不差什么了。"

原本还对这种丑东西没什么兴趣的二人步子微微一顿:"比碧水宗也不差什么?"

女修当场笑出声:"你知道你在说什么吗?"

"真当碧水宗的丹药是什么不三不四野路子的人炼出来的丹药能比的吗?"她一开口就是冷嘲热讽,旁边的女修制止了她,不赞同地轻声道:"淼淼,慎言。"

名叫淼淼的女孩嘟了嘟嘴,不服气地嘟囔着:"本来就是嘛……这么丑。"

女修黛眉微蹙,倒出一颗黄褐色的丹药,捏碎了:"你看。里面的灵气很浓。品质倒是也不错,只是形状为何如此奇怪?"

谁家丹修炼丹能炼得这么丑的?而且价格还低到可怕,不怕到时候

丹药市场大降价吗？身为丹修最多的宗门的弟子，这是她们绝对不想看到的一幕。

淼淼细细地感受了一下空中弥漫的灵气，原本不满的声音渐渐降低，眼睛微微睁大："啊！这个炼丹的人怎么回事啊？他是不清楚丹药定价，还是怎么回事儿？"

一颗丹药只要十块中品灵石。

疯了吧？

"或许是因为外形太丑，价格高了卖不出去？"女修露出若有所思的表情，毕竟炼丹成本其实很低的，高的是人工费。

"又或者是对方并不图赚钱，只是想造福散修？"淼淼的声音十分软糯，"我听师父说今年大秘境提前开了。近日来此聚集的修士很多。"

女修赞同地点了点头："这种深藏不露的散修自然也有的，或许被咱们给碰见了吧。"

撕碎符箓后，落地的位置是在云中城的中心一个地方，人来人往，都是路过的散修，叶翘松了口气，据说传送符这玩意儿是随机传送的，好在没有被传到什么奇奇怪怪的地方去。

万一被传送到妖兽肚子里，又或者谁家的坟头，多吓人啊！

沐重晞留意到叶翘腰间挂着的玄剑，忍不住劝道："小师妹啊，你应该去剑窟选个本命剑。剑窟就在问剑宗那儿，到时候大比时，你只要拿下剑修的排行榜前十，就有资格进问剑宗的剑窟。他们那里连上古灵剑都有呢。"

"算了吧，我的玄剑挺好的。"叶翘默默地道，坏了还能换新的，重点是不需要进总榜前十。

反正不管谁努力，让叶翘主动努力都是不可能的。正所谓有人的地方就有江湖，吃饭的地方永远都是消息的最佳来源地，于是二人组果断决定先去吃东西。楼上的包厢已经坐满了，只剩下楼下还空着几桌，叶翘点了两碗面，不忘踢了踢沐重晞提醒："到时候付钱。"

沐重晞回答得很爽快："没问题。"

等待的工夫，外面浩浩荡荡地进来一批人，叶翘注意到对方身穿的服饰都是统一的，腰间还都挂着佩剑，像是某个宗门的弟子。

为首的男人脸拉得很长，跟马脸一样，他扫了周围一圈，忽然叫了一声："哟，这不是长明宗的吗？"

叶翘愣了愣，差点以为是在说自己和沐重晞，结果是另一桌的两个人站了起来。对方没穿宗门弟子的服饰，要不是这个马脸开腔，叶翘还真不知道这两个人也是长明宗的。

沐重晞摸了摸下巴："如果没看错的话，那应该是问剑宗的内门弟子。"

问剑宗？叶翘眨眨眼睛："传闻中今年有望成为第一宗的问剑宗？"

沐重晞点了点头，周围人的目光都聚集到了不远处的几个人身上。

马脸男人好像和另外两个长明宗弟子有什么恩怨，气氛变得有些剑拔弩张。

长明宗弟子的声音提高："宋建，你别太过分。这是云中城，禁止拔剑。"

那个叫宋建的男人笑起来："急什么？我还没干什么呢。之前我不是说过吗？你们长明宗的人在我这儿就是群垃圾。以后看到我们，绕道走，听明白没？"他用一只手轻轻拍了拍对方的脸，极具侮辱性。

眼看那长明宗的弟子连眼睛红了，宋建笑得更得意："怎么？我说错了吗？"

沐重晞咬了咬牙，按捺住动手的冲动，他深吸一口气，云中城有规定禁止斗殴、拔剑，他只能拼命地冷静下来。

叶翘端起眼前的清汤面，垂下眼，语气不明地道："四师兄，问剑宗的人都这么嚣张的吗？"她还是头一次看到这种嚣张的人。

沐重晞"嗯"了一声，语气里带着厌恶："他们宗是太虚境第一宗，瞧不起咱们好久了。而且我们宗和他们有仇，每次出门碰到都会起冲突。上一次百年大比，问剑宗第一，月清宗第二，成风宗第三，碧水宗第四。咱们第五。"

"碧水宗的亲传弟子大多为女子和丹修，并不擅长打斗，所以第四的名次也不低了。"何况碧水宗有钱，丹修多。没人愿意得罪他们，不然到时候进了碧水宗的黑名单，受伤后可真就是求救无门了。

叶翘:"也就是说,咱们长明宗是最后一名。"

沐重晞:"……是这样,意思没错。"但这小师妹不要这么直接说出来啊!

那边的纷争还在继续,叶翘若无其事地又吃了几口面,然后端起碗来,问:"四师兄,你吃饱没?"

清汤面其实没什么好吃的,沐重晞点点头,不懂她问这个做什么:"怎么了,小师妹?"他的话音刚落,就看到叶翘径直走到了宋建面前。

"你就是宋建?"她微微一笑。

宋建突然被打断,扭头恶狠狠地道:"干吗?"

叶翘反手将碗扣在他的脸上:"不孝子,怎么和你爹说话呢?"

动作一气呵成,半点不带犹豫的,叶翘扭头朝沐重晞大喊:"快跑!"

二人组已经在长明宗都被追赶出经验来了,跑起来动如脱兔,一会儿工夫就蹿没影儿了。

只留下宋建在风中凌乱,他的下巴滴滴答答地落着面汤,头上挂着几根没吃完的面条,模样显得又狼狈又可笑。

叶翘踏清风一运,头也不回,她倒是不担心对方会追上来,那几个内门弟子修为最高的也才筑基,沐重晞一个人就能解决,何况云中城不允许打架。

回忆着对方的样子,叶翘笑得眉眼弯弯,心情好多了:"从他进门的那一刻,我早就想这么干了。"

"小师妹。"沐重晞追了上来,踩着朝夕剑,顺道朝她竖起大拇指,深深地吸气,"你这真的是太厉害了!"其实他看问剑宗的人不顺眼很久了,一直谨记着长老的教诲,从来都是忍气吞声,不敢惹事,叶翘这干净利落的举动让他觉得太过瘾了。

饭是吃不成了,好在沐重晞这个师兄还算靠谱,提前打探到了妖兽林中有妖兽躁动的异象。通常来讲,妖兽躁动伴随着的一定是有什么秘宝现世,两个人当即就选择前往妖兽林去看看。

叶翘不记得原著中是否讲到过妖兽林有什么机缘,毕竟大机缘全都是属于云鹊的,云鹊不在,那只能证明算不上什么好东西。不过这也并不妨碍这对耐不住寂寞的师兄妹跑去凑热闹。

事实上,以为有什么大机缘的不止他俩,许多散修也都来了。在太虚境,散修属于没门派,单打独斗的人群,没有背景,也没有师父,这就意味着死在外面都没人管,通常属于最好欺负的一类人。

因为知道没什么大机缘,叶翘也就不紧不慢地和师兄时不时地看看路边的风景,妖兽林外围基本没什么危险,越往里走越安静,时不时路过几只修为低的妖兽,她也顺势练手一并解决掉了。有了第一次历练,叶翘杀妖兽便显得得心应手多了。

"感觉没什么难度嘛。"沐重晞有些兴致不高。

剑修基本上都喜欢打斗,当然,叶翘除外,她是能打就打,打不过就跑。

长明宗除了大师兄,要么修为比他低,要么是手艺人,丹修、符修之类的,根本没有能和他打起来的,沐重晞深感高手的人生寂寞如雪。

"啊啊啊……"约莫慢悠悠地走了半个时辰的工夫,逐渐到了妖兽林最中心的位置,突然听到了一声哀号声。

叶翘看到一个少年惊慌失措地跌跌撞撞地往前跑着,后面跟了只大鸟。

是的,大鸟。

约莫三尺长,火红色的赤羽,和凤凰有些类似,金瞳冰冷,散发着凶兽残忍的目光,细长的嘴一下子就能将人啄穿。

那少年虽然狼狈了些,但好像没受什么伤,显然也是有几分本事的。

少年看到人时眼睛一亮,结果发现两个人的修为时,那眼里的光又灭了,他大叫道:"快跑!兄弟们!这玩意儿它会啄人!"

叶翘没想到他还挺热心肠的,鞋都被追得跑丢一只了,还不忘提醒别人呢。

赤鸟又发现两只猎物时,明显兴奋了起来,发出一声刺耳的叫声,俯身朝两个人冲了过来。

沐重晞率先拔剑,寒光凛冽,泛着冷意,与赤鸟尖锐的喙相撞,刺

耳的碰撞声响起。他的手臂麻了一下，他后退半步，神色微凝："金丹中期。"

太虚境一境之差，天壤之别。

叶翘也略微惊讶了一下。

沐重晞到现在也才金丹初期。

毫不夸张地讲，一个金丹中期能打两个金丹初期。

或许是发现了沐重晞较为难缠，赤鸟转头对准了那个少年。

对方欲哭无泪："救命啊！救救我！"

最好的解决办法就是两个人撕碎传送符逃跑，但现下再不帮忙的话，那个少年就要被那只赤鸟给啄个对穿了。

电光石火之际，叶翘想也不想，凝起灵力捡起一块石头朝它的头部狠狠地掷了过去。她的力道很大，赤鸟的脑袋被砸得偏了一下，顷刻间被激怒了。

境界越低智商就越低，金丹中期修为的妖兽，智商大概相当于七八岁的孩子，况且鸟类易怒。果然如她所料，刚才那块石头成功地将赤鸟激怒，它转身就朝着叶翘冲了过去。

叶翘也不和它打，拔腿就跑。

一个筑基和金丹赛跑，几乎不用想都知道结局是怎么样的。

"小心！"眼看就要被追上了，段横刀大声提醒。

沐重晞的反应最迅速，他飞快地拔剑朝着赤鸟后方斩出一抹剑气，直接就把赤鸟竖起来的那根长长的飘逸的羽毛给削掉了一半。

少年呆滞地看着赤鸟愤怒地转过身来追击沐重晞，追了没几步，叶翘就从后面拿石头砸它。赤鸟再次转身去追叶翘，沐重晞再次拔剑偷袭它。

两个人一来一回，智商不高的赤鸟被耍得团团转，这两个卑鄙的人类！

少年目瞪口呆，逐渐陷入沉思中。

趁着两个人牵制住了赤鸟，下方的少年看准时机将手中的金色绳索朝着叶翘的方向抛了过去，声音提高："兄弟，接着。"

叶翘接住那捆金色的细绳，几乎在拿到手的瞬间她就知道怎么用了，这大概就是传说中的价格不菲的捆妖绳。她没有犹豫，快速捞起绳子朝着赤鸟的方向砸了过去。赤鸟愤怒地点着脑袋，下意识地伸长脖子咬住绳子。

叶翘的嘴角微微咧开弧度，她伸出手拽了拽。

赤鸟更加笃定这个人类是想拿回这根绳子，于是它咬得更紧了。

叶翘心里简直乐开花了，正愁不知道用什么法子困住一只金丹中期的妖兽呢，没想到它自投罗网。她伸出手，迅速将绳索缠在它细长的喙上，捆妖索几乎在拴住东西的瞬间就牢牢地收紧。

赤鸟反应过来自己的嘴巴被捆住时已经迟了。它愤怒地想发出刺耳的声音，但因为嘴巴被拴住，气得只能在原地疯狂地蹦跶，陷入无能为力的愤怒中。

"这种妖兽基本上嘴废了它也废了。"少年眼看战局稳定了下来，才努力控制住打战的腿，努力装出一副冷静的高手模样。

叶翘瞥了他一眼："先把你的腿捋直再说话吧。"

少年尴尬地看着自己颤抖的腿，嘴硬地道了句："我就是个器修，打架这种事不都应该是你们剑修的活吗？"

"我以前在宗里可是被护着的，就算出门也有一群人保护我……"他刚喋喋不休地说了几句，结果一扭头，发现这两个人已经蹲下来好奇地打量起赤鸟了。

"啊，这就是传说中的赤鸟啊。"沐重晞好奇地踢了踢它。

得到的是赤鸟绿豆大的眼睛的怒视。

叶翘伸出手薅住它羽毛，满意地道，"我听说它的毛可以做防御法器。多数器修做防御法衣的时候会用到这种材料。"

"你怎么知道？"沐重晞问道。

叶翘："从书上看的。"事实证明杂书看多了还是有用的。

沐重晞的眼睛顿时亮了："那我们卖给成风宗的人应该能卖不少钱吧？"

叶翘抓住疯狂挣扎的大鸟，想了想，还是摇摇头："先不卖。"

"我们可以先把它薅秃，等它的羽毛长出来以后，我们再薅，这样我

们不是有用不完的羽毛了?"

沐重晞朝她竖起大拇指:"师妹,不愧是你。"

少年听得一愣一愣的:他怎么没想到呢?

段横刀作为成风宗的亲传弟子,从来都是抓到什么用什么,还真没想过养着妖兽,等它们的羽毛、犄角长出来再继续收割的。原来,还可以养着妖兽收取材料吗?

"那我们先拴着它?"说是这么说,可怎么将这只赤鸟带回宗门还是个难题,况且绳子也不是他们的,是刚才那个小兄弟的。

少年见状愣了愣,大方地道:"那这个捆妖绳就送给你们了,我不缺法器的。"他对上两个人的目光,略显羞涩地笑了笑,"我是个器修,本来到妖兽林就是想找炼器材料来着,谁知道赶上这种事情。"

"一般来讲赤鸟这种级别的妖兽,只会出现在最内围。"少年挠了挠后脑勺,有些想不通,"今天倒是奇怪,竟然会跑出来。"

其实沐重晞二人不出手他也能逃跑,只是会浪费些灵器而已,不管怎么说,少年还是挺感激这两个人的:"你们也是听说妖兽林疑似有秘宝降世,打算前来探查的吗?"

叶翘点了点头。

他见状问道:"一起吗?我叫段横刀。"

"好啊。"叶翘当即友好地朝他笑眯眯地道,"我叫叶翘。"

"沐重晞。"

于是三个人的临时小队就这么组成了。

"我们可以取个名。"沐重晞摸了摸下巴,"好歹也是头一次和人组队。要不就叫,三剑客?"

段横刀:"这个名字……"就在叶翘以为他要说点什么的时候,少年眼睛亮了,激动地道,"这个名字,好啊!"

三剑客就三剑客吧,叶翘觉得不出意外的话他们这支队伍一会儿就得解散了。内围的妖兽肉眼可见地减少,一路上都没碰到什么危险,估计许多修士都在内围守着,想看看有什么秘宝搅的妖兽林的妖兽出现异动。他们三个人来到的这里时候,局势还有些许紧张,目前为止,现场分成了两拨人,一拨是以一位金丹散修为首的队伍,另一拨的话……

"宋寒声……"这不是老熟人了吗?

"嗯,是月清宗的那群人。"叶翘懒得去想对方叫什么名字了。

宋寒声原本正不耐烦地和那群肮脏的散修对峙着,这会儿冷不丁地听到叶翘的声音,他的表情都变得阴恻恻了起来,看向叶翘的方向,神色冷得很。他是奉师父的命令赶来查看情况的,不出意外,妖兽林的这次异动,是有灵器现世,但灵器现世绝对由金丹以上的大妖兽守护着。

宋寒声当即选择用阴损的法子,布阵时将这些散修和那只大妖兽困在一起,准备用他们当诱饵,牵制住妖兽,他则带领着师弟师妹们前去拿灵器。这本来是个万无一失的法子,哪承想长明宗的人竟然过来了。

"叶翘。"宋寒声眯了眯眼睛,"你们是一起来送死的?"

"正巧。"他微微一笑,"我还需要你们这群废物来铺路。"多来几个也好,可以帮他多牵制一会儿妖兽,至于他们会不会死?那关他什么事呢。太虚境本来就是弱肉强食的。

段横刀打了个冷战,凑到叶翘的耳边,小声道:"他们是月清宗的亲传弟子。"

"你怎么认识的他?"

据段横刀所知,宋寒声这人极其小心眼。

"以前坑过他一把。"

散修中有不少人都受伤了,许多人选择不再往里走,明眼人都看得出来,月清宗那群亲传弟子就是拿他们当诱饵铺路呢。或许是之前打斗声传来的动静太大,地面出现了轻微的震动,随后一声咆哮传来,一只漆黑的妖兽迈开蹄子冲了出来,强大的威压引起不少人的不适。

沐重晞蹙了蹙眉,金丹后期的妖兽。

疯了吧?

这还不到最里边呢。

宋寒声看到那只妖兽,眸光一凝,当即毫不犹豫地将手里的符箓朝着妖兽拍去,显然他选择激怒这只妖兽以此来拦住叶翘等人。这次的灵器,他要定了。

宋寒声极其阴险，他使用了一张魔化符箓。一般来讲，妖兽的修为越高，智商越高，这种符箓可以让那些有智商的妖兽失去理智，开始无差别地攻击距离它最近的人。贴完符箓后他就布下防御阵选择撤退。

叶翘等人最先被妖兽锁定，她躲闪不及，被妖兽长长的带有倒刺的尾巴打到，摔在地上。尖锐的刺扎进肉里面，叶翘翻身站了起来，下一秒眼前一黑，只见那只妖兽竟然张开巨口朝她吞了过来。

沐重晞试图冲进去拽住她，结果就是两个人一起掉了进去。

这只妖兽是一只犀兽，犀兽的嘴像是河马的嘴巴一样大，也幸亏这玩意吃东西不咀嚼，不然可能他们俩在掉下去的瞬间就死了。掉入鲸鱼的肚子里是什么滋味叶翘不知道，但掉入妖兽肚子里的感觉绝对不好受。妖兽肚子里面的味道非常难闻，腐臭味呛鼻得很，她摔下去的时候调整了一下姿势，没有摔个狗吃屎。

沐重晞掉下来后被妖兽肚子里的味道给熏吐了，他突然觉得，师妹炼制的那个屎一样的丹药都不那么难吃了。果然幸福都是对比出来的。

沐重晞捏着鼻子，瓮声瓮气地道："那个妖兽起码金丹后期。"

"金丹后期这种的大妖兽不都是只有大秘境中，或者最内围才会出现的吗？怎么会在这里？"两个人在妖兽的肚子里面面相觑，正当他们面对这种情况不知所措的时候，天上又下来一个人。她抬头看到是段横刀。

"你们说下一个掉进来的人会是谁？"反正暂时也没什么危险，三个人开始讨论起来了。

叶翘双手合十，一脸诚恳地道："希望是宋寒声。"

沐重晞学着她的模样，双手合十，也同样开始诅咒："希望是宋寒声。"

段横刀暗叹：好生恶毒的两个人！然而事实上，他也希望是宋寒声。或许是三个人的信念感太强了，几分钟后，听到动静，叶翘等人快速闪开，就这么眼睁睁地看着宋寒声掉下来。

宋寒声被臭得脸庞扭曲了一瞬间，他的脸色苍白，一副奄奄一息的模样。关键是他还没缓过来，一抬头就看到那个该死的叶翘，朝他友好地挥了挥手："嗨。"

"嗨。"沐重晞见状也伸长脖子，朝他挥了挥手。

段横刀看到两个人的胆子这么大,他也鼓起勇气,朝着宋寒声"嗨"了一声。

宋寒声脸色惨白,被臭气熏得差点将胆汁吐出来,结果这三个人一个比一个能气人,一个个还跟他打起招呼来了。

"叶、翘。"宋寒声咬着牙吐出这两个字,恨不得将这个人千刀万剐了。

"你吓唬谁呢?"叶翘这会儿可不怕他,"你在外面打不过我师兄,都在妖兽的肚子里了,还嚣张呢?"她指了指周围的两个人,"你是不是看不清局势啊?我们三个一人给你一拳,你也只能憋着。"

三个打一个会怎么样还用想吗?

宋寒声决定先按兵不动,毕竟他们人数上占优势。

目前来看是没什么危险的,但那也只是因为有修为撑着,不然只是胃酸的腐蚀就已经够他们喝一壶了,如果不抓紧时间出去,很有可能就要死在这只妖兽的肚子里了。

"你们的灵气有没有被封?"沐重晞发现自己的灵力竟然用不了,他尝试着催动了一下,结果发现灵力仿佛被什么给禁锢住了一样,根本使不出来。闻言,三个人也试探着催动丹田内的灵气,结果发现之前储存在里面的灵气竟然都如同一潭死水般不听使唤。

"怎么回事?"段横刀大骇。

宋寒声的脸色十分难看,神色隐晦:"这只妖兽的肚子里有什么东西封住了我们的灵力。"不然怎么可能无缘无故地出现这种情况。

"我们分头找找,将那个东西找出来。"四人果断地散开,寻找将他们灵气封印的罪魁祸首,联想到妖兽的暴动,以及传出有灵器现世的消息,不排除那个灵器就在妖兽的肚子里。

宋寒声这么一想,愈发急切地开始四处寻找,可不能让他们得手。

妖兽的肚子大得过分,被它吞掉的修士和妖兽残骸到处都是,还有些未能完全消化,场面一度让这几个从未接触过这些的亲传弟子的脸色难看极了。

叶翘倒是还好些,她毕竟不是真的十五岁的小姑娘。在周围搜寻了

一圈也没发现有什么特殊的东西，约莫过了半个时辰，没有灵力护体，几个人都逐渐感觉到了明显的不适。

妖兽的消化能力是极强的，所有人都毫不怀疑，再拖延下去，等到明天早上他们也会变得像这些残骸一样。

宋寒声肉眼可见地变得焦躁起来："我们就这么坐以待毙下去吗？"

"要死你们去死，我不可能陪着你们一起。"他的声音十分冷漠，"我可是宋家的继承人，月清宗的首席大弟子，而你们……"他稍稍一顿，冷笑着道，"不过是些民间来的，只是天赋好些被收为亲传弟子而已。"

沐重晞的天赋绝佳是没错，可他也是民间出来的。身为八大家的嫡系继承人，宋寒声最瞧不起的就是民间出身的了。

段横刀他也略有耳闻，不过是个小世家出来的器修，因为是少见的极品火灵根才被破例收为亲传弟子。

至于叶翘？宋寒声从始至终都没用正眼瞧过对方。

段横刀："虽然但是，尊贵的宋家继承人，现在不是我们想不想死的问题，不找到出去的办法，咱们谁都没办法活着出去。"

叶翘听到宋寒声说话就烦，嘴角一撇："你说得对。一想到以后你们都会死。我就原谅了所有人。"她说话的声音十分诚恳。

宋寒声陷入沉默，他不知道是长教训了还是怎么的，在发现说不过叶翘后，他气得不再说话了。

叶翘又找了一圈，宋寒声不知道是放弃挣扎了还是累了，总之，全程都不掺和。她优哉游哉地没有半点儿着急的意思，不是因为想去死，而是因为她有办法出去。现在这样纯粹是因为她觉得这里有什么东西吸引着自己不停靠近。

虽说在太虚境遇到这种特殊情况，要么是机缘，要么绝对不是什么好事情，叶翘却没有感到半点害怕，甚至还铆足劲想将那个玩意儿给揪出来。机缘和危险是伴随着的，巧的是她并不害怕危险。叶翘发现距离越近，步子越不受控制，一步步地朝一个地方靠近，直至完全看到了那个东西的全貌。那是一根漆黑色的棍子，不知道怎么被狠狠地插入妖兽的皮肉间，只是立在那里，有一种让人情不自禁地想要靠近的魔力。

第伍章—◆—法蕴　　103

叶翘想，难怪那只妖兽会变得暴躁，肉被一根黑色的棍子刺穿，那么疼，它不暴躁谁暴躁？她没有犹豫，伸出手把棍子拿了起来。难得的是，很容易就拔了下来，入手触感微凉，沉甸甸的，除此之外好像并没有看出有什么独到之处。

叶翘露出若有所思的表情，所以它会是造成妖兽林中的妖兽暴躁的罪魁祸首吗？

正当她神游天际时，沐重晞发现小师妹许久未动，迟疑地轻轻推了推她："叶翘？"

"啊。"叶翘回过神来，"师兄？"

作为一个合格的器修，段横刀第一时间注意到了她手里多出来的东西："哎，叶翘，你手里拿着的是什么？"

叶翘回过神来，轻轻晃了晃："哦，这是我刚找到的法器。"

段横刀："……呃，这么随便的吗？"随便捡来个棍子就能当法器？

叶翘却不觉得有什么，她已经开始兴致勃勃地和沐重晞讨论这根棍子叫什么名字了。

"俗话说，君子不夺人所好。"叶翘沉吟许久，举起手里的棍子，"它就叫夺笋吧！"说完随手就给别在了腰间。

段横刀："这个名字和君子不夺人所好有什么联系吗？"他不懂，胡言乱语也该有个度吧。

沐重晞虽然不懂这个名字有什么意义，但他的脸色也挺一言难尽的："这名字不好吧，师妹？"

人家都是什么朝夕剑剑主、明月剑剑主，结果叶翘呢？夺笋剑剑主？这听起来像话吗？说出去都嫌丢人。哦，不，这还不算剑，这是个棍子。

眼看这三个人还聊起来了，宋寒声急得团团转，他脸色惨白，气急败坏地道："你们是疯了吧，一点儿都不着急？我们得从这里逃出去，不然第二天可能会化为一摊血水。"竟然还有心情聊天，他们当妖兽的肚子里是什么旅游度假的地方吗？

沐重晞回过神来，毫无歉意地耸了耸肩："但这里不能动用灵力，怎么从妖兽的肚子里出去呢？"

难道要他们用手挖吗？

段横刀也有些不知所措："用剑一点点剖开吗？那也要好几天的时间。"

"我们到时候早化成血水了。"宋寒声在旁边冷嘲热讽地道。

叶翘的神情一直是几人中最淡定的，她的状态良好，这让宋寒声不禁怀疑她是否知道出去的方法。

"你是不是知道点什么？"宋寒声立刻毫不客气地质问道，想让她赶紧将自己救出去。

叶翘微微一笑："你猜。"

宋寒声气得仰倒，却也愈发确定叶翘有办法，宋寒声不是蠢人，他立刻就明白了这个女人是想和自己谈条件。

"你想要什么？"宋寒声着急地道，"灵石？还是其他东西？"他提前警告她，"我们月清宗的符箓是不可能送给你的。"

沐重晞翻了个白眼，不屑地道："谁稀罕你们的符箓？"他的小师妹可是被天道祝福过的人，缺符箓吗？

沐重晞本来是挺害怕的，可是看见叶翘这么淡定，忽然就想起来了之前师妹搞来的那些奇奇怪怪的东西，或许，师妹还真的就有办法，既然如此，他也就冷静下来了。

而段横刀倒不是因为信任这几个人，而是他觉得着急也没用，索性就跟着一起淡定下来了。

这就让宋寒声愈发显得焦躁，他认为所有人都心照不宣地知道出去的法子，唯独不告诉他。

叶翘："我不要符箓。"

"那你想要什么？"宋寒声问道。

叶翘："一万块上品灵石，还有你们月清宗内门心法和符书。"

每个宗门的符箓各不相同，长明宗的符箓书和月清宗的符箓书上的符箓画法不同，长明宗的符箓以进攻为主，月清宗的符箓以防守阵法为主，叶翘的记忆里也有，只是很零碎，她想看看月清宗内门真正的符书长什么样。

听到叶翘提出来的条件，宋寒声松了口气，旋即忍不住在心底嘲笑她愚蠢。

要月清宗内门的符箓书？

想拿回去给明玄学？她知不知道一个人一开始学的什么符就注定只能往那方面继续走下去，学其他宗门的符只会让他走火入魔。但是，宋寒声可不会好心提醒她什么，当即便答应了下来："可以，我现在就能给你。但你要救我出去。"

宋寒声是个利落的人，将芥子袋里的灵石数清后丢给了叶翘，顺道连心法也一同丢了过去。饶是他这种大宗门出身的人对一万块上品灵石的损失也觉得有点心痛，害怕被人看出来自己的内心在滴血，他只能阴恻恻地看着叶翘。

"好嘞。"一夜暴富的滋味很不错，叶翘看到芥子袋里面整整齐齐的灵石，内心只有一个想法，符修真有钱。

"不过你先等会儿。"叶翘道，"我数一数够不够数。"

叶翘用神识大致扫了下，确认没有遗漏后，才好心情地朝着宋寒声微微一笑："多谢！"

宋寒声面无表情地看着她，内心都开始盘算等他出去，该怎么弄死这个可恶的家伙了。

不知道为什么，这个人虽然可恶得很，但她说出能救他们出去这种话时，宋寒声还真的就鬼使神差地信了。

叶翘摸到衣袖里的轰天雷，朝着几个人高喊了一声："都让开。"

在灵力不能用的情况下，叶翘会怎么做？那当然是选择用物理打败魔法！

第陆章 脱困

一声平地惊雷，轰天雷炸开的瞬间，正在横冲直撞的妖兽似乎察觉到了疼痛，疯狂地在地上翻滚着，胃里一阵翻江倒海的感觉。

妖兽肚子里的几个人被晃得七荤八素。

宋寒声和段横刀的眼睛稍微睁大，他们从没见过杀伤力这么大的东西。

——这是长明宗的秘密法器吗？

这是两个人共同的念头。

叶翘毫不犹豫地又扔出三颗轰天雷，接连不断的爆炸声传出来，妖兽挣扎得也愈发剧烈。轰天雷的威力不亚于金丹期的修士的一击，胃部或许是浑身如钢铁般的妖兽最脆弱的部位。

三颗轰天雷同时爆炸，妖兽的肚子就被炸了个窟窿出来。

"快跑。"段横刀说完，几个人便迅速冲了出去。

外面围了不少月清宗的弟子，他们的大师兄被吞进去了，其他弟子都急得团团转，给长老们发去消息后，云鹊便赶紧带着人前来帮忙了。

看到人出来后，她顿时高兴极了："大师兄。"

云鹄担忧地望着宋寒声："你没事吧？"浅蓝色的衣袍衬得女孩如弱柳扶风一般，显得清丽脱俗，一个神色冷峻的少年贴心地站在云鹄身后，以一种保护的姿态挡住了探究的视线。两个人郎才女貌，般配得很。

"问剑宗的人？"宋寒声的脸色缓了缓，他注意到了对方的服饰。

问剑宗的人穿的衣袍以白色为主。

云鹄连忙解释道："是叶师兄看我孤身一个人，便和我顺路一起来的。叶师兄超级厉害的。"她的眉眼弯弯，"我一路过来全靠叶师兄。"

宋寒声的神色有些不虞，他朝对方微微颔首："多谢你照顾我们小师妹了。"他又说道，"阿鹄，过来。"

云鹄心底是不大乐意的，看出来了宋寒声是想让自己远离叶师兄，但跟着一群符修在这种危机四伏的地方她怎么可能放心？当初她躲沐重晞后面也是迫不得已啊，危险的时候谁不下意识地找剑修寻求庇护？好不容易找到一个问剑宗的剑修护着自己，结果宋寒声竟然想让她过去，这怎么可能！

云鹄不说话，无声地拒绝了他。

被驳了面子的宋寒声咬了咬牙，他从没觉得这个师妹这么没眼力见儿过。哪个宗门的亲传弟子会胆小到主动跑其他宗门的队伍里寻求庇护的？她不要面子，他们月清宗还要呢。

沐重晞："天啊！是叶清寒。"

少年清冷如玉，一身黑色劲装，手中持剑，眉眼淡漠。可不就是问剑宗的首席弟子叶清寒吗？

叶翘略微感到吃惊："他就是叶清寒？"

那部小说里有很多男性角色，但一开始并没有交代哪位是男主，当初她看小说时押过师尊、师兄，结果万万没想到，男主竟然是那个一路开挂的叶清寒。"是他没错了。"沐重晞笃定地道，"我也是剑修，对叶清寒肯定了解，他也是天生金骨。十五岁就结丹。十八岁金丹后期。"

"当然……"看见叶翘一脸吃惊，生怕自家师妹也成为叶清寒的崇拜者，沐重晞赶紧道，"咱们的大师兄也不差，当年可是能和他并称双绝的。"

这倒是原著里未曾提过的。

大师兄……原来曾经能和男主比肩吗?

在叶翘的印象中,那个为人死板又冷漠的大师兄,原来这么厉害吗?

站在旁边的宋建突然注意到了叶翘,他的眼睛睁大:"是你们!"

"大师兄,就是这两个贼人将面扣在我的脸上。"

叶翘看戏看得正高兴,突然被宋建一嗓子给吸引了注意力。

云鹊皱眉,看向叶翘的方向,声音娇软,有些疑惑地道:"二师姐?"

都脱宗这么久了还叫自己二师姐,是想挑拨离间吗?还是在反反复复地试图提醒她,在月清宗的时候两个人之间的差距?

叶翘懒得搭理她,声音压低:"宋建是来找咱们寻仇来了?"

宋建确实是想着有仇报仇,盯着扣了自己一脸面的罪魁祸首,他脸上的表情扭曲着,想也不想就下令:"围住他们,别让那几个人跑了。"

宋寒声同样想起了被叶翘坑走的灵石,也冲身后的几个内门弟子道:"你们也去帮忙。"

眼看两拨人默契地围了过来,段横刀后退两步,急忙大喊:"等等!我和他们不是一路的。要打先打他们。"

沐重晞眨眨眼睛:"啊哟,这么无情的吗?好歹我们还在一个肚子里待过。"

这话怎么听着这么容易让人误会呢?

叶翘当机立断,拉着师兄想要逃跑,结果沐重晞不想走,他的手落在腰间的剑上,眉眼冷冷地道:"我能一剑……"

叶翘拉住他:"你别说了。"真打起来,他们人数不占优势,何况叶清寒还没出手,他要是出手,他们很难全身而退,打架解决不了问题。

沐重晞被叶翘不由分说地拉着就跑,忍不住发出感慨:"我算是明白了,长老让我们学踏清风,就是为了防止我们出门在外被人打死。"他之前都是生死看淡,不服就上的,自打小师妹来了后,不是逃跑,就是在逃跑的路上。

"啊!你们原来不是散修啊?"段横刀诧异地道,"我还以为你们是哪个散修出门历练的来着。"

"别聊天了。"叶翘大喊,"他们追上来了。"

追杀他们的不止有剑修,还有符修。

符修虽然不适合打架,但最让人头疼的却是那些让人防不胜防的阵法,巧的是几个人中没有一个懂阵法的。长明宗只有符箓,没有关于阵法的记载,叶翘一边被追着跑,一边想着,等回去要好好看看宋寒声给的符书,研究一下怎么用符箓布阵。

叶清寒是不屑参与这些内门之间的恩怨的,因此叶翘倒是不担心对方会插手。

眼看问剑宗的那些人追个没完,叶翘扭头,趁其不注意,把手里的符箓扔了出去。

叶翘这会儿就是符箓多,一把就撒了出去,宛如天女散花般。因为符箓的数量实在是太多了,那些人躲都没办法躲。

宋建被一张符箓糊在脸上,他刚伸出手想撕下来,下一秒便察觉到自己的四肢逐渐开始不听指挥了。很快,他抽搐了两下,不受控制地趴在地上,开始模仿蛇类,歪歪扭扭地打转,同时还一抖一抖的。

段横刀扭头看到这一幕,惊呆了,他感叹着道:"这是什么情况?邪神入侵太虚境了?"

被贴上爬行符的人,整整齐齐地穿着白色内门弟子的服饰在地上开始爬啊爬,一拱一拱的,像是虫子似的,越爬越快。

逐渐有散修注意到了这边的动静,他们上前查看时,不约而同地被眼前的情景吓得呆住。只见一群问剑宗弟子,以宋建为首,开始在地上诡异地爬行。

"这、这是问剑宗的?"要不是看到他们都穿着问剑宗的衣袍,他们差点以为是哪只虫子和蛇妖进化成人了。

宋建被一群人围观,指指点点的,他脸上臊得慌,非常惊慌地爬走了。

叶翘停下逃跑的步伐,偏过头不忘小声对四师兄说:"你看,我就说不能天天穿着宗门的服饰招摇过市吧?"

叶翘的好戏没看多久，不远处就传来轻微的动静，地面颤动的一幕极其熟悉，段横刀的脸色微微一变："有妖兽过来了，目测有十几只。"话音刚落，一阵地动山摇，十几只妖兽迈开蹄子朝他们的方向狂奔而来，目标还很明确，就是冲着叶翘的方向来的。她反应很快，踩在剑上就溜。虽然不清楚妖兽为什么追自己，但这种情况下赶紧跑就对了。

身后的沐重晞和段横刀见此情景也赶紧跟了上来。

"这些妖兽疯了吧？"段横刀踩在沐重晞的剑上回头望了一眼，发现这些妖兽就像是狗闻到了肉骨头，死死地黏着不放，恨不得从他们的身上撕下一块肉来。

叶翘回头看着那些穷追不舍的妖兽，忽然想起来了，这次妖兽林发生暴乱的原因还尚且不明。她目前有了猜测，伸出手将腰间的夺笋给拿了起来，朝着那群妖兽轻轻一晃。下一秒它们追得更疯狂了。

叶翘："懂了。"合着不是在追她，而是在追她手里的棍子？

"你拿着的这到底是啥东西？这么邪乎。"段横刀同样注意到了她的举动，嘴里喃喃着道，"灵器榜前十应该没有这个形状的灵器吧？"

叶翘点点头："感觉应该挺值钱的。不然不会有这么多妖兽一起追我。"她有些感慨。"长这么大，从没被人这么坚定地追求过。"

捉来的赤鸟被他们拴到了一棵树上，还贴了隐身符，短时间内应该没人会注意到它，叶翘想着等回去后再带走。那群妖兽的修为不高，甩掉它们也容易，等回头看不到那些妖兽的影子后，沐重晞才将段横刀从剑上给放了下来。

段横刀略微松了口气后，朝着叶翘拱了拱手，露出一个热情的笑容："多谢你们帮忙，我就先回去了，我师兄他们这会儿应该已经到云中城了。我得赶紧去找他们会合。"

"你们是为了几个月后大秘境的事情来的？"沐重晞挠了挠头，他虽然不知道段横刀是什么身份，但估摸他此次前来多半和大秘境的事情有关。

云中城的大秘境百年开启一次，里面有许多上古时期的灵植和宝物，每次大秘境开启都会掀起一阵腥风血雨。大秘境的机遇毕竟有限，为了抢夺宝物大打出手的人数不胜数。

"是啊,几个月后有大秘境开启。"段横刀认真地道,"听师兄说寻宝兽现世了,到时候去碰碰运气。万一能契约个灵兽呢?说起来,你们是哪个宗门的啊?我是成风宗的亲传弟子,有时间来成风宗找我玩啊。"段横刀兴奋极了。

沐重晞多少对他的身份有几分猜测了,因此没感到惊讶,只是言简意赅地道:"长明宗。"

"内门弟子?"段横刀说完又打量着沐重晞,很快就自己否定了,"不对,金丹期的话只能是亲传弟子。"十几岁金丹,散修绝对达不到这种高度。

沐重晞点点头,拉住叶翘:"这是我的小师妹,我们俩一起出来历练的。"

段横刀惊讶于两个人的身份,听到是亲传弟子后,他的神色多少有些微妙,月清宗的人为达目的不择手段他是能理解的,毕竟千年以来阴损的招数月清宗用得数不胜数,可长明宗……那个以老好人闻名的宗门,今天可算是让他长见识了。

"那我们就此别过吧。"叶翘朝他挥了挥手,声音热情地道,"大比见。"

段横刀的嘴角抽了抽:"好。"虽然大比时他并不太想碰到叶翘,因为他总有种预感,今年大比的局势可能会变得天翻地覆。

"你们有没有感觉到不对劲的地方?"段横刀原本打算借助飞行法器离开这个地方,还没迈开步子就察觉到了异样。器修对神识的把控格外敏感,一点风吹草动他都能感觉到。沐重晞不明所以地问道:"哪里有不对劲的地方?"

叶翘听他这么说,也将神识扩散:"周围似乎有屏障。"她虽然去秘境的次数不多,但好歹也跟着师兄们去过一趟小秘境,这个情况很像是秘境的屏障。

"是大秘境。"段横刀的手脚有些发冷,"我们似乎闯进了大秘境开启的地方。"

秘境像是活的一样,是自己出现的,一旦出现如同领域一样笼罩在

周围,他们站在这里就相当于已经迈入了秘境,再想出去只能等几个月后秘境自动消失。

"但不是都说几个月后大秘境才会开启吗?"沐重晞感到抓狂了,"怎么提前开了?"

大秘境和小秘境的差别就在于,小秘境他们凭金丹的修为可以随便逛,而大秘境都要有长老们的护送才敢进来。现在他们三个人,两个金丹,一个筑基,在大秘境里能活着走出去吗?

叶翘看着沮丧的两个人,顿了顿,安慰道:"没事,你们想啊,还有月清宗和问剑宗的陪着我们呢,我们好歹也不是唯一的倒霉蛋。"

这么一说,确实是让人的心情好一点。大秘境的突然开启打了所有人一个措手不及,月清宗的人是最先发现不对劲的,但想跑出去时已经迟了。谁都无法打破屏障,只能被困在原地不知所措。

叶翘第一时间察觉到有人过来后,当即选择按兵不动,躲在树上观望。同时,她也不忘朝下面的两个人招呼:"快上来,我有预感,会有戏看。"

段横刀暗想:三个亲传弟子猥琐地蹲在树上看戏,这像话吗?那边沐重晞已经上树了,他犹豫了片刻,也选择蹲在树上一起看戏。

过来的是月清宗和问剑宗这两伙人,宋建他们被贴了爬行符,现在已经恢复了正常。大概是怕丢人,宋建难得没有穿着内门弟子的衣服招摇过市,而是换了身普通的衣物。

现在的局面是两边的人在对峙,不知道为什么,宋寒声和叶清寒对上了,两个人都是宗门里的天之骄子,首席弟子,谁也不让谁。

宋寒声拉住云鹊的胳膊,语速很快:"师妹,你跟着这个没有脑子的剑修在大秘境里会有危险的。"

说话间,叶清寒已经拔出剑来,眉眼间全是冷意:"想死吗?"

叶翘觉得惊叹,不愧是问剑宗第一人,说话都张狂成这样。

宋寒声皮笑肉不笑地道:"有本事你就试试。真当你们问剑宗天下无敌了不成?"

大秘境开启,本来两宗一起联手是最好的选择,可一路上问剑宗那些人趾高气扬的，宋寒声那傲慢的脾气哪里能忍？于是，两宗联盟就破裂了。

叶翘就喜欢看热闹，真的让他们顺利地联手，自己和师兄不得被追得满秘境乱窜。

云鹊被夹在中间左右为难，她忍不住低声道："大师兄……叶师兄不是那个意思，他只是想要保护我。"

宋寒声被气得想吐血，他们的脸面都要丢光了，小师妹还胳膊肘往外拐？

"云鹊好像彻底得罪自家大师兄了。"叶翘饶有兴致地想着。

要知道，云鹊这个偏心的举动，估计能把宋寒声气得半死。

另一边的云鹊已经做出了选择，大秘境里面这么危险，她当然是要跟着叶清寒才有安全感。一群符修关键时刻还得要人保护，哪里有剑修厉害？她躲在叶清寒的身后，不敢去看自家师兄的脸色，声音软软地低声道："我跟叶师兄一起吧，大师兄不用担心我，我会照顾好自己的。"

月清宗弟子的心情别提多复杂了。自家师妹跑其他宗门的队伍里这种举动说好听点儿是不谙世事，说难听点儿就是没脑子，还吃里爬外。

叶翘看戏看够了，也欣赏到了宋寒声铁青的脸色，她拍拍手："我们走吧。"

"去哪儿啊？"段横刀睁大眼睛。

叶翘："去寻宝啊。你不是想找寻宝兽吗？去碰碰运气呗。"她其实知道寻宝兽，书中提到过这个小东西可是云鹊的灵宠，其他人想都别想，虽然寻宝兽和他们无缘，但大秘境又不止有寻宝兽一个灵兽。看出来了段横刀的犹豫，叶翘说出一句经典的话，"反正来都来了，就一起去寻宝吧。"

段横刀："玩儿……谁会到大秘境这么危险的地方去玩啊？"碰到这种情况原地不动等待秘境消散才是最安全的选择，段横刀作为一个攻击力不强的器修，从小都是尽量退让，绝对不给师兄们添麻烦的那种人。

现在冷不丁地被人邀请一起加入，段横刀有些犹豫的同时，心底竟然还诡异地有种跃跃欲试的感觉，就好像跟着叶翘，是件让人值得信任

的事情一样。可是明明对方也才筑基啊。

段横刀没有迟疑多久，看着叶翘眼睛，深吸一口气："那好吧。"算了，豁出去了，反正自己一个人留在原地也很危险，运气不好死在秘境里也算他倒霉。

大秘境是突然出现的，在此之前没人做过关于这个秘境的攻略，里面有什么危险谁也不清楚，跟着叶翘走到一半，段横刀就为自己之前的冲动感到几分后悔了。他怎么就脑袋一热，答应跟着叶翘出来寻宝了呢？且不说能不能寻到机缘，就他们这个队伍，两个金丹一个筑基，遇到大妖兽恐怕很难打得过。现在后悔也没用，只能硬着头皮往里走。秘境第一天的环境还算正常，越往后越古怪。天色暗了下来，几个人打算休息一晚，明天再行动。

叶翘抽空将月清宗的心法和符箓书研究了一番。符箓万变不离其宗，阵法符本身画起来没多大难度，想要成功主要靠的是对对方位精准的把控以及画符娴熟的程度，除了阵法符外，还有破阵符，五花八门的。难怪符修稀少，就这些东西学完，神识都被透支得差不多了。

叶翘的手指模仿着月清宗的阵法符，似乎也没什么难度，她干脆就地引气，一边翻看符书，一边开始模仿月清宗的阵法符。有四师兄给的狼毫笔在手，失败的概率减少了好几成，旁边的段横刀和沐重晞睡得死死的，她怕遇到危险，只能一边画符，一边留意着周围的动静。

很快手边的符箓越画越多，叶翘擦了擦手心里因为攥笔力道太大生出的冷汗："醒醒。"她提醒道，"有人过来了。"

段横刀迷迷糊糊地睁开眼睛："谁？"

叶翘："不清楚。"刚才她画符的时候就觉察到了，因为距离远，她才没叫醒两个人。

"你隔着这么远就知道有人来了？"段横刀挠了挠头，觉得奇怪。按理说神识最强的应该是符修、丹修，还有器修才对嘛。因为都是群法师，需要用神识来炼器、融丹、画符，所以他们的识海淬炼得很宽，对危险的感知也更敏锐。识海的宽度也和修为有关，他都金丹期了，叶翘才筑基，怎么可能比自己的识海还要宽。

段横刀还没想出个所以然，叶翘晃了晃手里拿着的一小叠符箓，抿着嘴笑起来。

沐重晞看着叶翘脸上的笑意，不由得打了个寒战。

叶翘刚画完符箓还缺人试验，结果这么快就有人撞上来了，她这回也终于不用折腾自己人了。

"你们要玩贴符游戏吗？"叶翘潇洒地挥了下手里的符箓，"我这儿还有很多，到时候谁来贴谁。"

段横刀还从没见过有人舍得用这么多符箓做试验的，按理说一般符修一天顶多画五六张符，再多的话识海会透支。长明宗就一个符修，因此这些符箓他理所当然地以为是明玄画的。

"你的师兄还挺疼你。"段横刀不禁感慨道。

叶翘："你们要不要？"她虽然没理解段横刀话里的意思，但也不影响她分发符纸。

"要，要，要。"两个人飞快地拿了过来，有符箓谁会不要呢？符箓也珍贵啊，一般都在符修手里捏着，他们还是头一次摸到符箓。

段横刀左看看右看看，稀罕极了："哇，这么多符箓，明玄应该画了很长时间吧？话说这些符箓有什么功效？"

叶翘闻言知道段横刀应该是误会了什么，但她也没解释，误会去吧，大比的时候他们还是对手呢，这么早暴露自己会画符只会增添不必要的麻烦。

"基本上都是阵法符，还有几张是有攻击性的符箓，随便用。我还有很多。"叶翘显得很大方，段横刀见状十分羡慕，他也想要个会画符的师兄，这样自己出门的时候打不过还能丢符箓，砸都能把那些人砸死。

三个人正围在一起研究手里的符箓，身后传来一个陌生男人的声音："你们是哪个宗门的弟子？"

叶翘扭头，被那伙人身穿的绿色宗服给震惊到了。她稍稍后退两步，捏紧符箓，没有回答，而是先不动声色地试探："不知道道友是哪个宗门的？"

对方的态度狂妄得很："玄云宗。"

叶翘完全没听说过。

段横刀微微吃了一惊，凑到她的耳边，小声道："啊！我知道，是个挺大的门派，虽然和咱们五宗没法比，但在太虚境也算是小有名气，他们宗门以杀证道，说是名门正派，但我觉得他们以后和魔修肯定有话题聊。"

"你们磨磨蹭蹭的干什么呢？把你们手里的宝物交出来。"为首的男人不怀好意地抬了抬下巴，"不然就别怪我顺手杀几个人来喂一喂我的剑了。"

段横刀眉头一皱，对这个门派的行为尤为厌恶，他刚想报上自己所在门派的名字，却被叶翘制止了，开玩笑。这种时候怎么能报自己的宗派？

叶翘没有理会他，手里的符箓往他的脸上飞去。

爆炸符迅速点燃，嘭的一声迎面把男人头发炸得竖了起来。趁着他没反应过来，她又丢了几个符箓过去，沐重晞也开始学着她的动作把符箓往那些人的脸上甩，即便打不死也能消耗一下他们的法力。接连不断的符箓砸出去，对方饶是修为已经达到金丹也有些顶不住，哇的一声吐了一口血。

"师兄。"旁边身穿同款绿色宗服的弟子赶紧将男人搀扶住，眼里闪过几分恨意，"他们是月清宗的吧？"那个少女穿的是常服，看不出来是哪个宗门的，但能拿出这么多符箓，绝对不是散修，恐怕不是小宗门的。

沐重晞没有用剑，而是一起用符箓，这就给人造成了一种三个人都是符修的错觉。

"这么多符师，难道是月清宗的那伙人？"大宗门里培养的符修基本上都在月清宗。长明宗倒是也有一位符修，可长明宗每一届亲传弟子都是出了名的老好人，正直又愚蠢。不可能是长明宗的人。而月清宗可是出了名的为了获得资源不择手段，那个弟子瞬间觉得自己看透真相了。一定是月清宗那群阴险的亲传弟子！

段横刀看着两个人丢符丢得这么快乐，立刻也加入了丢符箓的阵营。他手里拿的是禁锢符，有着金丹修为的加持，同境界下，男人还受着伤，根本躲不过去。符箓飞射而去，金色的符纹一闪而过，形成阵法，将人禁锢在原地。

男人脸部扭曲，冷笑了一声："月清宗的亲传弟子，是吧？行，我记住你们了。"

段横刀丢出去的禁锢符还挺管用，当初宋寒声就是用这个阵法将散修们禁锢到一个区域的，现在几个人都暂时出不来。叶翘算了算时间，符箓大概还能撑五分钟，届时他们就出来了。

叶翘怕他们出来揍自己，扭头喊道："愣着干吗？继续砸啊。"她画了一堆稀奇古怪的符箓没地方试验，这不就是送上门的测试对象吗？

段横刀逐渐发现了丢符箓的快乐，叶翘给他的符箓里面什么符都有，什么哈哈符、爬行符、昏睡符、臭气符……他忍不住打了个寒战，好可怕的长明宗啊！明玄不好好当个正经的符修，怎么还往歪门邪道方面发展了？万一日后大比时碰上长明宗的人，光是被这些符箓折磨，都够他们喝一壶的了。

叶翘用符箓拖延了一会儿时间，很快就等到了月清宗的人，三拨人猝不及防地狭路相逢。

宋寒声立刻就注意到了叶翘，新仇旧恨加起来，他立刻准备找她算账，阴恻恻地吐出两个字："叶翘。"

叶翘的眼睛骤然一亮，她热情地朝他挥了挥手，大喊："宋师兄，快来救我们。"她指着玄云宗的人，一脸狗仗人势的模样，"他们几个野鸡宗门的，竟然还妄想挑衅我们月清宗，简直不知死活。"

宋寒声愣了一下，被嘲讽的玄云宗的弟子当即勃然大怒，拎起剑就往宋寒声的方向冲了过去。

符修不擅长近身战，宋寒声迅速撤开一段安全的距离，他不蠢，立刻就明白了叶翘是想祸水东引："你别听他们胡说，他们分明是长明宗和成风宗的弟子，我和她根本不熟。"

玄云宗的弟子明显不相信："不熟？你糊弄谁呢？刚才不还一上来就

叫她的名字吗?"

"师兄,别听他啰唆,我们一起上,给他们点颜色瞧瞧。"有弟子不耐烦地抽出剑来。剑修的脾气一般都很火爆,再加上叶翘也在一旁疯狂地挑衅,"是啊!宋师兄,你怎么能这样呢?我们可是月清宗的内门弟子,你这样做让我们太伤心了。"

"闭嘴!"宋寒声快气疯了,"你们看不出来他们是两个剑修一个器修吗?我们月清宗可没有器修,亲传弟子中也只有一个剑修!"

叶翘的声音猛地扬起,盖过了他的话:"什么?你竟敢骂他们瞎了?大师兄,就算你是月清宗的首席大弟子也不能这样说话啊!"

玄云宗的人一听更加恼火,他最恨那些大宗门的人了,一个个自命不凡的。

"别让他们跑了。我倒要看看,区区一群符修到底有什么可嚣张的?"他狞笑着拎起剑加入了战场。

宋寒声心中暗骂一声蠢货,当即也懒得和这些人浪费口舌,手里捏住符箓,一瞬间战斗就爆发了。

叶翘在旁边浑水摸鱼,玩得不亦乐乎。她谁都不打,就在周围溜达,时不时地踹这个一脚,踢那个一下。被暗算的两个宗门的人都以为是对方的人动的手,顿时战况愈发激烈,隐约都有打急眼的架势了。等将水搅得更乱以后,叶翘朝着两个人招了招手,就这么迅速逃走了。

用玄云宗那伙人绊住了月清宗的人的脚步,这也就意味着短时间内不会有人来找他们麻烦了。

大秘境里随处可见妖兽,等级还都不低,三个人走了没多久,湿漉漉的泥土洞里便钻出来了几只红白相间的老鼠。比起普通的老鼠,秘境里的妖兽足足有一只狗大小,牙齿尖锐,异化的模样怪恶心人的。或许是嗅到了猎物的味道,老鼠眼里泛着红光,像是下一秒就能扑上来。

叶翘摸了摸胳膊,从小到大,她最讨厌的就是老鼠了。

"小心。"段横刀的神色变得严肃起来,"那是白毛火鼠,它们的牙齿带毒,虽然修为不高,但数量很多,极其难缠。"毕竟老鼠这种生物下崽都是一窝一窝地下，数量多是能理解的。他的话音刚落，几只白毛火鼠龇着牙扑了过来，沐重晞挥剑斩落几只，下一秒又扑过来两只。

段横刀有防御的法器，但也架不住这么多老鼠的攻击，他觉得头皮发麻。

叶翘一剑击退十几只，可这玩意儿还真的跟杀不完似的，前仆后继，她一边躲闪，一边注意到每个洞口似乎只有一只老鼠出来，而且每个洞口出来老鼠的顺序都是有规律的。这样一个接一个就能防止被修士们开大招团灭，还挺聪明的。

"有锤子吗？"叶翘问段横刀。

"有。"器修什么武器都有，他迅速翻出来三个锤子，给两个人分去。

顺道用防御法器抵挡住了白毛火鼠这一波的攻击，望着外面的老鼠，段横刀止不住地打寒战，这要打到什么时候啊？正当他暗暗地感到绝望的时候，叶翘突然问道："打过地鼠吗？"

看着众人一脸迷惑的表情，叶翘解释道："等解决完外面的，趁着它们还没出来，我们在它们的洞边守着。听我的指挥。"她指着不远处的三个坑，"四师兄，你去那三个坑边守着，段横刀，你去另一边。"

叶翘这会儿已经掌握了老鼠出洞的规律，提前让人在它们出来的洞口守着，保证一锤一个准儿。

段横刀还是有些害怕："真的吗？你别骗我。"万一叶翘记错顺序，他被那玩意儿啃个正着怎么办？

沐重晞催促他："放心，我师妹可是过目不忘的，这点事情对她来讲小意思。"他是完完全全地信任叶翘的，丝毫没有想过如果失败会怎么样。

段横刀的胆子向来都小，但看到沐重晞笃定的眼神，他也只好点点头："好吧。"反正跟着长明宗的这两个人来都来了，不相信叶翘还能怎么着？三个人解决完外面围着的老鼠，迅速按照叶翘所说的守在洞口开始了"打地鼠"。几只白毛火鼠从洞中钻出来，龇牙咧嘴地就要往他们的身上扑，谁知下一秒脑袋就被大铁锤砸个正着，它们晕头转向地晃了晃脑袋，随后趴地上，不动了。

一人守三个洞，打起来发出嘭嘭嘭的声音，极其顺手，不消片刻，洞口的老鼠被砸得全晕死了过去。

段横刀拎着大锤嘭嘭地砸了半个小时，最后累得手腕都酸了，瘫坐在地上喘了口气："这些东西可以拿来炼器。卖出去也挺值钱的。"毕竟是大秘境才会出现的妖兽，价格低不到哪里去。

叶翘看着脚边比狗都大的老鼠，顿了顿，毫不嫌弃地往芥子袋里装，她虽然不炼器，但可以留着卖钱嘛。

段横刀看着她的举动，既感到佩服又有些不解：她是怎么做到在打架的同时，还能分神观察周围环境的？而且最让人震惊的是，她竟然能记住白毛火鼠出现的规律和顺序。

段横刀忍不住想往自家宗门挖人："叶翘，我真的觉得你适合当个器修。"

沐重晞不满极了："喂！那可是我们宗的小师妹！"

眼看两个人吵着吵着快打起来了，叶翘打了个安静的手势："你们听到动静了吗？"

"什么？"

叶翘将神识放了出去，仔仔细细地观察着周围，很快就从一个树桩下发现了一只窝在那里的红色火鸡，她的眼睛一亮："嘘。"

——有肉吃了！

那只火鸡胆子似乎很大，看了叶翘半天。

而叶翘同样盯着它，却只想要抓住它烤了吃。似乎察觉到了她那浓浓的恶意，火鸡惊恐地扑扇了下翅膀，因为飞不起来，它还试图跟叶翘绕着大树转圈儿。

"……真挺聪明的。"可惜没用，叶翘一把就将它牢牢地抓住，露出一抹得意笑容，"想去哪儿啊？"

火鸡用力扑腾了两下，都没能摆脱她的束缚，沐重晞看到小师妹手里抓着的东西，挑了挑眉："红色的鸟？好小哦。"

叶翘吞了吞口水："是有点小，不过烤来吃应该没问题吧？"

火鸡大怒，开始挣扎了起来。

段横刀仔仔细细地打量了一番,他出门历练的次数多,论理见识总比这两个人广。沉吟片刻,他道:"它应该不是普通的鸡,而是一只妖兽。"

火鸡骄傲地扬着脑袋,等待着叶翘的夸赞。

没想到她更加震惊了:"妖兽?谁家妖兽长这样啊?"

火鸡气得伸长脖子,趁她不备开始用力啄她的手。别说,力气还挺大,叶翘的指尖被啄出一滴血,她的眉头蹙了一下:"你看,这不就是鸡吗?"话音刚落,一道红光闪过,契约达成了。

火鸡大怒,它一开始可没打算找她达成契约。虽然它是来找主人,可它看上的主人应该是个穿着浅蓝色衣服的女孩,极品水灵根,天赋极佳,而且还身负大气运。结果一时不察,被这个狡猾的人类逮个正着,这就算了,还被她契约了,简直就是奇耻大辱!它气得扑到她的腿上,抱住叶翘开始啄她。

叶翘也觉得很崩溃,她疯狂地甩腿,试图让它离自己远点:"啊!放开我啊!丑东西。"

显然这一人一兽彼此都挺嫌弃的,或者说,目前谁都瞧不起谁。

段横刀被这个诡异的发展震惊到了,他算是什么大风大浪都见过的,唯独没想到还能有这一出。他伸出手将那只火鸡给扒拉下来:"你们俩已经契约了。除非其中一人死亡,不然是没办法解除契约的。"话说回来,每个修士选契约兽都是慎之又慎,哪里有她这般戏剧性和随意的……

叶翘深吸一口气,快快不乐地垂着脑袋:"它能飞吗?"其他人的契约兽是什么麒麟寻宝兽之类的,多帅啊!为什么她的契约兽是只火鸡啊?

段横刀:"怕是不能。"

叶翘不怀好意地揣掇着:"它胖成这样,咱们不如把它红烧了吧?你们说是红烧鸡翅好吃,还是叫花鸡好吃?"

段横刀听着她的描述,也忍不住吞了吞口水:"红烧吧,我喜欢咸的……"啊!不对,他怎么也被带偏了。

"不行啊!叶翘。"段横刀道,"我感觉它应该不是火鸡,而且一个幼崽现在还没什么肉,再说你们俩现在算是一体的。它死了,你也要被反噬。"

叶翘原本就是嘴上说说，倒没有真的准备红烧了这只火鸡。她叹了口气："算了。先养养看吧。"果然人各有命，叶翘记得云鹊骑的可是青鸾，青色凤鸟，仙气飘飘的。她呢？人家赶路的时候，都十分帅气，她在后面骑着一只飞不起来的笨火鸡？

"都说笨鸟先飞，要不你飞一个给我看看？"她拿树枝戳它，她已经很穷了，为什么还要塞给她个吞金兽。

火鸡也生气了，这个没有同情心的人类！那么多修士想契约它都没这个机会，结果她竟然还想跑！

沐重晞伸出手将火鸡抓了起来。看着师妹整个人都蔫了下来，他忍着笑意，尝试安慰对方："这还是只幼兽呢，妖兽的成长速度很慢，需要天灵地宝去喂养，说不定它长大了就好看了呢。"

叶翘一听还要花钱，立即站起来："算了，我还是想想怎么把它塞回去回炉重造吧！"

段横刀一听这话，当即从芥子袋取出来了一小盒，说道："这是我之前攒下来的，本来想用作炼器，你拿这个喂给它试试。"

叶翘打开盒子以后，被扑面而来的热气给吓了一跳："这是什么？"

"火系晶石。"段横刀解释道，"可以拿来炼器，也能给妖兽吃。"

叶翘微微挑了挑眉，她知道这个东西。原著中的大秘境不知道为什么提前出现了，云鹊在秘境中契约了寻宝兽，在寻宝兽的带领下找到了火系晶矿，与问剑宗的人平分。而在叶清寒的纵容和授意下，她几乎拿了一半的矿石。这种稀少的火系晶矿让后期的云鹊拿出来收买了不少的人心，导致太虚境几乎人人都称颂月清宗小师妹又善良又大方。

"火系晶石一般都在极热地带。"段横刀拿了一颗火系晶石喂给那只火鸡，"如果运气好碰到，那绝对是烧高香了。"

叶翘摸了摸这只火鸡："我大概知道哪里有。"

"哪里？"沐重晞顿时来精神了。

"一会儿带你们去。"叶翘说完低头和这只火鸡大眼瞪小眼了半天，试探地开口，"我给你取个名儿吧。火鸡这个名字，你觉得怎么样？"

它一听,立刻开始疯狂地啄她。

叶翘只能换个名字,她打量了它半天,突发奇想:"既然你是只火鸡,那不如就叫啃德鸡吧。"不知道是不是错觉,叶翘总觉得这只火鸡可以听懂人话。她面不改色地继续忽悠道:"这个名字在我们那里,都是极其霸气的人才可以拥有的,一般人可是连取这个名字的资格都没有。"

或许是叶翘说得情真意切,火鸡听后,若有所思地点了点头,算是接受啃德鸡这个名字了,它要做最霸气的火鸡!啊呸!它才不是火鸡。

原本的三个人,在半路上捡了只妖兽。啃德鸡的体型小,蹦跶到叶翘的肩膀上,红色的绒毛软乎乎的,脑袋一缩窝在那里显得十分乖巧。

"小师妹,你真的知道火系晶矿在哪儿?"路上沐重晞一边逗着啃德鸡,一边将信将疑地问道。

叶翘点点头,看着两个人慢悠悠的动作,干脆将段横刀拽上了剑:"你们这速度,到了地方矿石也早被别人挖光了,快点走啦。"她一边催促着,一边催动踏清风,提高速度往目的地赶去。

大秘境会提前几个月到来,那么难保云鹊也会提前得到寻宝兽,万一被抢先,她找谁去哭?火系晶石诞生于极热地带,大秘境的环境永远是个谜,前一秒还晴空万里,下一秒就下起了雨,还不是普通的雨水,类似于酸雨,具有一定腐蚀性,落在肌肤上有种被灼伤的疼痛感。

段横刀想了想:"我有防御法器,不过需要消耗些灵力支撑,你们要一起来用吗?"

叶翘算了算路程,果断地拒绝了,万一灵力耗尽,遇到仇人怎么办?

沐重晞也拒绝了,换作以前,他肯定不会觉得自己出门历练还会遇到仇人,可现在他也有此担心了。自打和小师妹在一起行动后,她无时无刻不在与人结仇,五大宗门她已经得罪了两个,真是绝了。

"那怎么办?"段横刀摸了摸被烧伤的手,却见叶翘不紧不慢地从芥子空间里拿出了两口大锅。

"这是什么?"段横刀神情呆滞地问道。

"锅啊。"叶翘言简意赅地道,"顶着。平时炼丹用的。"

段横刀愣住:"炼丹用锅?"

叶翘:"没钱。理解一下。"

段横刀:"行吧。"他忍不住想,难道继明玄疯魔以后,薛玙也开始另辟蹊径用大锅炼丹了吗?因为叶翘没说是谁用大锅炼丹,再加上长明宗就一个丹修,段横刀再次被误导了。

段横刀顶着个大锅,发现还挺好用的,起码不用耗费灵气,虽然看上去是显得精神不正常了些,但也无所谓了。这里又没什么外人,而且叶翘稀奇古怪的东西是真的多,这让他不禁诚恳地道:"希望大比的时候,你能对我们成风宗手下留情。"

叶翘连头也没回,语气十分无辜:"我一个小小筑基期的修士,能对你们有什么威胁?"

段横刀咕咕着道:"难说。"

长明宗一直不怎么被外界看好,大家都觉得今年的第一不是问剑宗就是成风宗,月清宗和碧水宗还有可能和他们争一争。唯独长明宗,每次都是最后一名。他其实也不怎么将这个常年倒数的宗门看在眼里,可他们这个新收的小师妹……实在不按常理出牌,简直让人防不胜防。

酸雨停下后,前面隐约出现了一条巨蛇,段横刀用力咬了咬舌尖,很快意识到这是幻觉。秘境里常常出现这种能迷惑人心智的幻象,心性不坚定的人很容易在幻象里面迷失自己。叶翘也察觉到了除了自己,其他两个人都晕乎乎地站在原地不动了,她从芥子袋里掏了半天,随后打开瓷瓶里的丹药。

清新的香气从瓶口传出,让人感到一阵清明。段横刀揉了揉眼睛,从幻觉中回过神:"清心丹?"

叶翘点点头,分给了两个人。

段横刀眨眨眼睛:"你怎么有这么多丹药?"

叶翘含蓄地道:"三师兄给的。"薛玙炼好丹药后也塞给她一堆,现在她别的不多,就是清心丹最多。这种丹药能够避免人陷入幻境中,简直就是出门历练必备。

在叶翘的不懈努力之下,三个人很快找到了火系晶矿。比起段横刀盒子里装的晶石,这里的矿石更明亮、更灼热,源源不断地吸取着周围的热量,红色的火山上镶嵌着的晶石将近上百颗,叶翘肩上的啃德鸡闻到火系晶矿的气味,顿时来劲儿了,扑腾着翅膀就要往晶石上扑。

沉睡着的花豹骤然睁开眼睛,察觉到了有人靠近,它下意识地龇牙,刚准备蹿出去给不速之客一个教训时,忽然发现出现的动物是一只连羽毛都没长出来的幼鸟,此时正抱着块晶石疯狂地啃食。

花豹龇牙,蠢蠢欲动地想要将猎物吞入腹中。忽然,啃德鸡歪头看了它一眼。只一眼,花豹不受控制地匍匐在地,巨大的身子微微战栗着,全程一动不动,任由这几个人类采走了晶石。

完全不知道发生了什么的三个人还沉浸在采矿的喜悦中。沐重晞有了之前几次的经验,这次也不磨叽,一上来就开始采矿。几个人将这一地带的火系晶石一扫而空,半点都不带给其他人留的。

最后,晶石被啃德鸡吞了三分之一左右,剩下的晶石被沐重晞和段横刀给平分了,这种晶矿附近按理说该有妖兽守着才对。然而不知道为什么,这里的守护兽根本没有露面,采矿的过程顺利得不可思议。路上,叶翘一边喂啃德鸡,一边神色复杂地望着自己的这只火鸡,说道:"它是不是太能吃了些?"

沐重晞满不在乎地道:"能吃是福。"

叶翘想想也是,不过……看它吃得这么快乐,她差点郁闷死,这谁养得起啊?她一路上一边走一边喂啃德鸡,很快就被一伙人给盯上了。

被困在秘境里面出不来的散修比比皆是,叶翘察觉到大多是筑基期的散修便没再管。哪承想一直鬼鬼祟祟地跟着他们的人竟然主动跳了出来,并且一开口就是质问的语气。

"是你们拿走了我的晶石!"对方态度坚定,显然已经目睹了全过程。他的身后还站着几个人,看修为不出意料都是散修。

"你的晶石?写你的名字了吗?"叶翘弯了弯眼睛,态度很是散漫。

"那些晶石是我们先发现的。"他大怒,"你们简直欺人太甚。"因为那只花豹起码有金丹的修为,他没敢轻举妄动,跑去叫人了,哪承想回来以后什么都不剩了。再看到叶翘这么漫不经心的态度,男人瞬间怒从心头起,赤手空拳地就想给她个教训。

叶翘顺势低头躲过，拧住他的胳膊，反手将人利落地摔在地上，微微一笑："你说什么？我没听清。"开玩笑，同等境界下，她要是再打不过对方，对得起段誉长老每节课对她无情的摔打的训练吗？

对上叶翘笑眯眯的目光，被撂倒在地的男人愣了很久。直到身上清晰的痛楚传来，他才意识到，自己竟然被一个看似柔弱的符修打败了！不是说符修最不擅长近身战的吗？

叶翘没有给他反应的机会，利落地一脚将他踹了回去，唇角微翘，当即神色嚣张地告诉他们："我可是月清宗的亲传弟子，你们不服的话有本事去找我们的大师兄理论啊。"

"难道说，她就是月清宗新收的那个云鹊！"其中一个散修喊道。

叶翘差点笑出声，她其实是想嫁祸给宋寒声的，可谁让月清宗的亲传弟子里面就云鹊一个小师妹呢，那也就只能顺水推舟了不是？

那名散修义愤填膺地痛斥道："我就知道是月清宗的弟子。"

"大胆！"叶翘装模作样地蹙眉，露出一副被激怒的模样，"你竟敢侮辱我的宗门？"说着，她拿起一个阵法符丢了过去。禁锢符没什么杀伤力，顶多将他们困在原地几分钟，然而在她丢出符箓后，下面的散修们立刻炸开锅了。

"好啊，果然是月清宗的弟子！除了他们谁还会这么卑鄙？我可是看到了，那分明就是月清宗的符箓。"

本来阵法符就大多出自月清宗之手，何况阵法结成后出现的烫金的特殊纹路分明就是月清宗独有的标识，有见识广的散修立刻就认出来了。这彻底证实了她月清宗亲传弟子的身份。

顶着云鹊身份的叶翘毫不客气地将晶石收入囊中，施施然地便跑路了。

段横刀跟着叶翘全程只有感叹的份，遇事不决，嫁祸仇人，这套流程可算是让叶翘给玩明白了。

另一边。

刚摆脱玄云宗那群人的宋寒声，忍不住开口骂了一声："那群疯子可真难缠。"

"是啊。"身后的弟子连连点头,"要不是大师兄的手段多,咱们一时半会儿还真出不来。还有那个叶翘,简直有毛病,我们又没得罪她。"

说起叶翘,宋寒声倒是隐约听说过这个女人之前是他们月清宗的内门弟子,后来不知道受了什么刺激,连夜叛出了宗门。

月清宗内对叶翘离开的说法不一,宋寒声始终认为是因为长明宗朝她抛出了橄榄枝,承诺她了亲传弟子的位置,这个女人才会忘恩负义,罔顾师父的养育之恩选择叛宗。不然宋寒声想不通,好端端的叶翘为什么会选择下山?

宋寒声的语气很冷:"一个白眼狼而已,下次见面我绝对不会放过她。"话音刚落,一群不知道从哪里冒出来的散修就将他们的去路封死,问道:"你们是月清宗的?"

略显熟悉的话,让宋寒声没反应过来,他扬了扬下巴,对这些散修的语气十分不耐烦:"是又怎么样?"玄云宗也就罢了,好歹在太虚境还算有点名气,这群散修莫不是还想挑衅他们不成?

"那就没问题了。"那群散修的眼睛亮了起来,他们仿佛饿狼看到肉一般,朝宋寒声等人扑了过去,"我们找的就是月清宗弟子。"

月清宗的人因为云鹊又惨遭了一顿围殴,宋寒声估算了一下两边的实力,随后原地结阵,将那群散修拦截在外。

"快把晶石交出来。"外面的散修仍然在叫嚣,"云鹊,有本事你拿出晶石,有本事你打开结界啊。"

"让云鹊把晶石交出来!"

宋寒声的额头冒着冷汗,他在心底都要骂脏话了:"云鹊到底拿了他们什么?"

秘境里杀人夺宝这种事并不罕见,宋寒声也是赞成这种行为的,可并不代表他乐意被围殴啊!云鹊就不能聪明些吗?做了什么非得闹得尽人皆知。

在书中,宋寒声对云鹊是有爱慕之心的,然而在叶翘的干扰下,他那点爱慕还没发芽就被狠狠地掐死在摇篮里了。

宋寒声这会儿别说爱慕了，他恨不得拉着云鹊让丹修给她看看脑子。

话分两头，莫名其妙地背了黑锅的云鹊正和问剑宗的弟子们一起前往目的地。

原本走得好好的，云鹊刚坐下来，就意外地被一只小妖兽缠上了。小妖兽黄色羽毛，两个耳朵，尾巴翘起显得格外可爱。

云鹊十分喜爱这个可爱的小妖兽，当即不顾叶清寒的阻拦，和这只小妖兽签订了契约。

叶清寒多少有些无奈："云师妹，如果只是个普通的妖兽，那你这个契约相当于签来一只吉祥物。"他很喜欢这个又天真又温柔的女孩，但有时候对方的天真也会让人感到头疼。

云鹊满不在乎地道："没关系啊！师兄，我签的是主仆契约，到时候如果没用的话，杀掉就好了。"这句话让小妖兽的眼睛都瞪圆了，它似乎没料到这个世界上竟然有如此恶毒的人类。

叶清寒无奈地揉了揉她脑袋，什么都没说。

寻宝兽顿时蔫了，它就知道，人类没有一个好东西。

寻宝兽害怕这个人类真的将自己当成普通妖兽杀掉，急忙用牙齿咬住云鹊的衣服，示意对方跟自己过来，还叫了两声，表示自己很有用。

云鹊眼眸微动，当即跟了过去。上在这只小妖兽的带领下，她在秘境中意外地找到不少罕见的灵植、灵果，签订契约以后主仆间的意识是相通的。

寻宝兽扬着脑袋，表示它知道一个地方藏着火系晶矿。

云鹊靠着这只小妖兽，拿到了许多好东西，闻言眼睛一亮，毫不犹豫地把这个消息告诉了身后问剑宗的众人。原本问剑宗的其他弟子对于大师兄要带这么一个累赘也颇有意见，等到云鹊的灵兽一路上找到不少好东西后，他们也就渐渐接纳了对方，听说可以找到火系晶石，所有人都来精神了。

"那还等什么？云师妹，快让你的灵兽带路吧。"

短短几个小时的时间里，他们对她从不屑搭理变成了一口一个"云师妹"。

云鹊的眼睛弯着,她对于众人的追捧很是受用,点着头,软绵绵地道:"没问题。"

一行人紧赶慢赶,总算到达了寻宝兽带领他们来到的目的地,然而他们来晚一步,等到达矿石所在地的时候,已经什么都没有了。

场面安静了片刻,云鹊看着空荡荡的矿山,想起来之前她信誓旦旦的话,她的脸上因为感到羞耻有些发烫。她不自觉地掐着手里的寻宝兽,因为太过震惊,导致没能控制好手中的力道:"矿石呢?"少女尖锐的指甲刺入小妖兽的皮肉里,让它发出尖叫,彻底忍无可忍地张嘴咬住云鹊的手,跑了。此情此景,如果被叶翘看到,她恐怕会当场阴阳怪气地说一句"你的寻宝兽不要你喽"。

第柒章 馈赠

"啊。叶翘,你把那个小家伙带回来了?"沐重晞出去探路,回来后就看到一个毛茸茸的黄色小家伙蹲在自家师妹的旁边。他的嘴角抽搐了一下,他感到颇为诧异,别说,这个小妖兽长得还挺可爱的,黄色的绒毛,不仔细看的话像是一团球。

旁边的啃德鸡已经炸毛了,疯狂地追着黄色的小兽用嘴啄,显然它对于这个外来兽的到来格外不满。

"这个应该是寻宝兽吧?"正坐着看灵器书的段横刀出声,一眼就认出来了这只灵兽的身份,"好像还被人契约了。"

叶翘闻言挑眉,那应该是被云鹊给契约了,毕竟小说里寻宝兽就是为云鹊准备的。 她拎起它来,百无聊赖地道:"小家伙,你是迷路了?还是说自己跑出来的?"刚才她睡觉睡得好好的,突然有一只小妖兽往她的怀里钻,还试图悄悄地靠近她腰间挂着的夺笋。迷路的概率不大,很有可能是它自己跑出来的。

"快走吧。"叶翘戳了一下这个可爱的小家伙,她可没有帮人养灵兽的爱好。

寻宝兽委屈巴巴地动了动耳朵,任凭叶翘怎么戳都不肯离开,它才不要回去,刚契约的主人是个神经病,这让未经世事的小妖兽感到惶恐极了。

叶翘看到它的反应,不禁沉思起来,难道它真和云鹊闹掰了?

叶翘并不知道是自己引起的蝴蝶效应造成的这一切,因为她抢先一步开采了矿石,云鹊恼怒之下直接没控制住脾气,将寻宝兽给掐跑了。

沐重晞托着腮,若有所思地猜测着道:"目前看来,它应该不想走。等找到它的主人再送回去吧。而且,这可是寻宝兽啊。跟着它岂不是就能全程在后面捡东西了?想想就开心。"这么说着,他来精神了,一把捧起寻宝兽,"来来来,睡什么睡?我们寻宝去喽。"

叶翘打了个哈欠,看着四师兄跃跃欲试的模样,摸了摸下巴,她记得……沐重晞以前挺单纯的一个正道弟子啊,是个采集个灵植还犹犹豫豫的,考虑要不要给其他人留点的单纯少年。现在都已经毫无心理负担了吗?

叶翘对这个改变很满意,她弯腰捞起啃德鸡,跟上了沐重晞的步伐。

沐重晞看起来还挺喜欢寻宝兽的,喂了几颗晶石给它,寻宝兽立刻高高兴兴地露出肚皮给他们摸,带领着他们将秘境中能找到的宝物全挖出来了,其中包括但不限于灵植、能增加修为的果子以及一些金丹期的妖兽骨。这小东西简直就是个大宝贝嘛!

段横刀乐死了,他就缺炼器的材料,抱着寻宝兽亲了好几下。

另一边的云鹊已经快找疯了,她作为寻宝兽的主人是能循着对方的气息找到它的,可是也不知道它是不是跟着其他人跑了,满秘境乱跑,前脚刚找到气味遗留的信息,下一秒它就又出现在其他地方了。

叶清寒看着云鹊着急的模样,抿了抿嘴唇,扭头也让身边的师弟们帮忙一起找。

剑修的速度还是快的。很快,宋建便找到了叶翘等人的影子。他高声道:"云鹊师妹,你看那只黄色的妖兽是你的寻宝兽吗?"

云鹊立刻让叶清寒带自己赶了过去。或许是叶翘腰间挂着黑色棍子

的原因,这根棍子对妖兽的吸引力就仿佛猫薄荷对猫的一般,寻宝兽疯狂地往她的身上蹭,露出一脸陶醉的表情。

啃德鸡在原地急得团团转,恨不得一巴掌扇飞这只争宠的小妖兽,这是它的契约者啊!

于是,云鹊赶来时看到的就是自己的妖兽往叶翘身上蹭的一幕,她的脸色微变:"二师姐。"

段横刀抬头,神色诧异地道:"你认识她?"

叶翘听到熟悉的声音,这会儿眼皮子都懒得抬了:"不熟,她天天跟有啥毛病一样追着我叫二师姐,当然,"她沉思片刻,"我们之间确实有点私人恩怨。"

两个人若无其事地聊天,被无视的云鹊微微攥紧手里的玄剑,提高声音道:"二师姐,请你将我的寻宝兽还给我。"她认定了是叶翘察觉到了寻宝兽的能力,想要据为己有。开玩笑,谁会不想要只寻宝兽呢?可以说,来大秘境的一多半人都是冲着寻宝兽来的。

"我的"这两个字云鹊咬得很重,像是在提醒叶翘什么。

叶翘懒洋洋地笑着:"行啊。"她歪头,伸出腿百无聊赖地甩啊甩,"皮卡丘,快放开我。"

态度要多气人有多气人欠。

寻宝兽死死地扒拉着她——不放,不放,不放。

场面一度有些不受控制。

云鹊看到自己的灵兽抱着其他人不放手的模样,她脸上的表情也渐渐变得有些扭曲了,厉声道:"回来!"

寻宝兽装没听到,这种时候装没听见就对了。

叶翘叹着气道:"你看,不是我不想让它回去的哦,是它自己不肯走。"

云鹊的脸色沉了下来。但谁也不能指责叶翘半句,毕竟确实是寻宝兽自己主动黏上去的,谄媚的样子简直没眼看。

"哦,对了。"叶翘像是突然想到点什么,在一群人警惕的目光下缓缓地拿出账单,对着云鹊丢下铿锵有力的两个字,"还钱。"

云鹊的眼睛微微睁大,看着叶翘手里写着的东西,她呆住了:"这是什么？"

叶翘："账单。"她随意地指着这个小东西，"我师兄刚才喂了五颗晶石，就按照市场价给你们算吧，五万块上品灵石，不多吧？"

虽说晶石这玩意儿在太虚境属于不可再生资源，可这也未免太狮子大开口了些吧？

叶翘无所谓地道："不给我的话，你们的寻宝兽我就先扣下了。"

云鹊立刻想起来了寻宝兽带着他们过去时已经被人挖光了的晶石，她将两件事联系到一块儿后，咬牙切齿地质问出声："那些晶石是你拿的？"

"啊！对。"叶翘笑眯眯地道，"就是我们。"

云鹊被噎住片刻，求助般地看向叶清寒。

叶翘毫不犹豫地接过叶清寒丢来的芥子袋。

问剑宗的其他弟子则是怒气冲冲地看向云鹊，她的灵兽吃的晶石，凭什么要大师兄来还啊？五万块上品灵石，饶是对问剑宗来讲也并不是一个小数字。

"你们长明宗是穷疯了吗？"宋建冷嘲热讽地道。

叶翘惊讶地看着他："你怎么知道？"

宋建被气得差点晕厥，这都是群什么人啊？说得这么理直气壮。

叶翘才不管问剑宗的人心情怎么样，她直接当着他们的面开始数钱了，一个都不能少，她认认真真数钱的模样让人十分气愤。

叶清寒忍不住蹙眉，声音清冷地道："你们长明宗的人，过分了吧？"

当着被坑钱人的面数钱，杀人诛心也不过如此。

"怎么会？"叶翘不怕他，她在数完灵石后，诚恳地对问剑宗的人微笑着道，"我还要感谢来自问剑宗的馈赠呢。"

"感谢问剑宗的馈赠。"沐重晞观察着叶清寒黑下来的脸，生怕自家师妹被打，赶紧拉住她跟着说了句，没办法，他是真的怕叶清寒当场拔剑。

段横刀是不敢惹这群剑修的，但叶翘怎么也算是他的朋友了，他鼓足勇气，附和了一句："嗯，感谢问剑宗的馈赠。"

得了，这是真的有气没处撒了。

成风宗掺和什么呢？

要是只有一个叶翘，他们指定要给她一个教训，可她身边的沐重晞的实力不弱，那是天生剑骨，整个太虚境屈指可数的剑道天才！当初问剑宗宗主也曾想把沐重晞收为弟子，只是不知道长明宗给他灌了什么迷魂汤，宗门都这么穷了沐重晞还死活不走。况且现在段横刀也出声了，这就代表段横刀是站在叶翘这边的。成风宗和长明宗向来护短，为了个叶翘得罪两个宗门，明显得不偿失。

"你不会就是记恨我之前嘲笑长明宗才动手的吧？"宋建颇为不服气，本来长明宗就是常年倒数，还不让人提了吗？他冷笑着道，"有本事你今年就拿个第一。"

"行。"叶翘回答道，"你们等着。"

宋建愣了片刻后，没忍住，扑哧一声笑出声："你凭什么这么自信？"

一个筑基期的宗门弟子敢口出狂言，在场的问剑宗的弟子都被逗乐了。

云鹊的唇角都不由得翘了一下，她有些同情她的不知所谓："师姐，这种话还是不要当着这么多人的面讲得好。"免得被人嘲笑不知天高地厚。

不同于其他人嘲笑的心理，段横刀甚至琢磨起日后大比碰上的话应该怎么对付叶翘了，其他人不将叶翘放在眼里，但他总有种对方能将大比搅得天翻地覆的错觉。

沐重晞诧异地抬眼，对上叶翘的目光，他微微攥紧手里的剑，也笑嘻嘻地开口道："你们问我们为什么这么自信？"

少年拔剑出鞘，一瞬间，除了叶清寒手里的剑没动以外，问剑宗弟子腰间的长剑瞬间发出阵阵战栗。

沐重晞的声音清朗："都是天生剑骨，你说我们为什么自信？"

太虚境有两个剑道天才，一个叶清寒，一个沐重晞，只是沐重晞年纪小，在修为上被压一头。单论天赋，谁比谁更高，还不一定呢！问剑宗原本还在嘲笑的内门弟子们渐渐噤声了。

沐重晞与叶翘站在一起，大大咧咧地往旁边一靠，他发现跟叶翘相处久了后，人都变得越发自信了！曾经的他对上其他宗的天之骄子总是习惯性地想着忍让，觉得有些自卑。

现在——剑道第一人？跟我比还差点实力。

问剑宗的众人虽然生气，但确实无力反驳。毕竟沐重晞十六岁就结了金丹的实力便足以让绝大多数人闭嘴，连宋建这种习惯性挑刺的人都没办法反驳，没看到他拔剑出鞘时自己的本命剑都不争气地颤抖了吗？

沐重晞这一招，彻底把他们的嘴给堵上了。

叶清寒的眉眼十分冷淡："那就大比见。"他意味深长地看着两个人："期待各位在比赛时的表现。"话虽如此，但还是不难听出来话里的傲慢和挑衅。

叶翘抬眼和他的视线不偏不倚地对上，没带半点怕的，笑眯眯地道："大比见。"

与云鹊的温柔不同，十五岁的少女眉眼清冷冷的，没有半点怯意。

注意到叶清寒的目光落到了叶翘身上，云鹊忽然有些不是滋味地垂下眼，小声道："二师姐，我和师父都很想你，你什么时候跟我们回宗啊？"

"二师姐？"宋建看了看两个人，"你们认识？"

云鹊是月清宗的吧？这两宗的亲传弟子怎么会认识？

云鹊一脸天真地道："师姐是师父从小捡回来养大的呀，后来不知道出了什么事，二师姐赌气离宗了。"

正所谓百善孝为先，一日为师终身为父，这话放太虚境也是管用的。背弃将自己从小养大的师父，跑去其他宗门，这不是白眼狼是什么？当即所有人都用一种谴责的表情看着叶翘。

下一秒，剑影闪过，云鹊脸上的表情僵住了。她被剑气扫过，不受控制地后退两步撞倒在地上，喉间涌上血腥气，即便叶清寒的动作已经很快地卸掉了绝大部分剑气，可云鹊还是被骇了一跳，坐在地上，裙摆染上泥泞，显得狼狈不堪。

罪魁祸首沐重晞大大咧咧地盯着她，露出一抹灿烂的笑容："云师妹啊，欺负我小师妹可是不行的，你不服气的话就让你们月清宗的高手和我打一架。"谁家的师妹还不是个宝了！

那一剑太突如其来，加上没有杀意，导致即使是叶清寒都没能第一时间反应过来。少年将云鹊扶起来，眼里掠过几分寒意，但叶清寒到底

是有脑子的,现在他和云鹊也不过处于有些好感的阶段,这点朦胧的好感还不值得他与长明宗拔剑相向。

云鹊看着无动于衷的叶清寒,终于再也控制不住,哭出了声。

沐重晞捂着耳朵:"又来了。"

云鹊哭得梨花带雨,饶是心冷如问剑宗的人都忍不住想上前安慰几句了,毕竟美人落泪这一幕实在罕见。眼看没自己什么事了,叶翘干脆席地而坐,和段横刀一起研究手里的棍子。

三人组凑在一起嘀嘀咕咕半天也没看出来个所以然。

"云鹊那只寻宝兽这么喜欢这根棍子,这根棍子绝对有古怪。"段横刀露出若有所思的表情,"完全看不出来是什么材质做出来的,我猜那只寻宝兽可能也是寻着这个棍子的味道来的。我先帮你刻上个封印咒吧,万一真的招来什么大妖兽就惨了。"

叶翘诚恳地道了一声谢,难怪成风宗有钱,这种全能的器修谁会不喜欢呢?

天色暗了下来,段横刀鼓捣着,在棍子上加符纹,沐重晞选择打坐修炼,各自都有事情做。叶翘算了算时间:"秘境最长是多少天来着?"

"大秘境的话时间短点,五天吧。"

"那岂不是明天就要结束了?"她眨眨眼睛,"哎。我还觉得挺高兴的。"

段横刀哭笑不得,暗想那可不吗?你确实是挺快乐的,只有月清宗受到了伤害。大家都是来寻宝的,结果宋寒声一群人啥也没干就被拉了一堆仇恨值,关键他还不知道是谁干的。不过跟着叶翘也确实找到不少宝贝,只需要在后面全程捡漏就好,唉……他们宗怎么就没有个这样的师妹呢!

段横刀动手能力很强,花了一个多小时就将封印咒文了上去,叶翘打量着手里的棍子,她不是器修,自然摸不出来有什么不一样的。

段横刀耐心地解释:"时间太紧了,这是临时的封印咒,你要是想解开,用灵力抹掉就行。"

叶翘打量着手里的棍子,表示明白了。

"你们为什么下山啊？"长夜漫漫，两个人有一搭没一搭地开始聊天。

叶翘叹着气道："因为禁地里面太无聊了，我们跟二师兄要了传送符偷偷溜下山的。"

溜、溜出去的？作为一个乖宝宝，段横刀目瞪口呆，还能偷偷溜出来吗？

叶翘摆弄着手里的夺笋，看出了他的震惊之色，笑眯眯地道："是啊！不过希望大师兄没发现我们俩偷跑出来吧。"

次日一早，秘境即将关闭，所有修士聚集在一起寻找出口。熟人还挺多的，以宋寒声为首的月清宗弟子们不知道经历了什么，宗服变得破破烂烂，全然不复刚进来时的光鲜亮丽。

叶翘猜测，他们想必是遭遇了一群散修的追杀，才变成了这个样子的。

宋寒声一眼就看到了叶翘，但他现在没工夫找她算账，而是直勾勾地盯着云鹊。他那叫一个生气啊，下了次秘境什么都没得到也就算了，还平白被一群散修追着问将晶石藏哪儿去了。

宋寒声十分生气，他怎么知道云鹊把晶石藏哪去了？他那个小师妹有主意得很，一直屁颠屁颠地跟在问剑宗的人后面，那群散修一直追着他们月清宗的人打什么？有本事去打云鹊啊。想是这样想，他忍耐着即将爆发的脾气，拉住云鹊："小师妹，你拿到火系晶石了？"

云鹊一愣，火系晶石？

"没有呀。"她一脸茫然的表情，那些晶石不是被叶翘拿走了吗，问她做什么？

宋寒声却以为她在装傻，想要私吞晶石，于是心底更生气了。正当他还想接着质问时，秘境出口开启了。云鹊觉得宋寒声实在莫名其妙，不想理会他，转头拉着叶清寒的手，眼眸微弯："大师兄，我们走吧。"

"我有秘境的地图，知道哪条路最安全。"秘境出口出现的地方不定，需要修士自己去探寻，云鹊说得信誓旦旦，她也确实手握地图。

但叶翘是拿着剧本的人啊。小说里云鹊指的路确实没错，可一行人死伤也挺惨重的，他们碰到了元婴期的大妖兽，一些没实力自保的散修全葬身妖兽腹部了。虽然云鹊的收获也挺大——在与一群人合力斩杀元

婴期妖兽后她拿到了不少的灵果，但也因为如此，她触发了周围的结界，导致所有人被困在里面，叫天天不应叫地地不灵。

如今，叶翘眼看这群散修就要跟着云鹊他们走了，还是多嘴问了一句："有没有人跟着我们走？"她这番话颇有些不自量力的意思了。

一群修士看着她，眼神明明白白地写着：一个筑基期的修士？跟着你干吗？

云鹊同样深吸一口气，似乎被弄得无奈了："师姐，你不要闹了，我是有地图的。"

叶翘沉默了片刻："我劝告你们，真的别去。"跟云鹊走一条路，或许他们死不了，但一些无足轻重的普通修士一定会被连累。

宋建嗤笑道："巧的是我这种人就是属于，别人不让我做什，我就偏要做的类型。"

然而宋建这近乎挑衅的话没有给叶翘带来半点波澜，她甚至有心情反问："别人不让你做什么，你就偏要做？"

"那我是不是可以理解为，"叶翘露出若有所思的表情，"我不让你去死，你就偏要去死？"说完，她又重复了一遍刚才的话，见剩下的所有人都坚定地选择跟着云鹊一起走，便也没再继续做无用功，对身后的两个好友说，"那我们走吧。"

阻止不了想找死的人，那就不阻止了。当然也有见叶翘的语气太严肃被吓到，犹豫片刻，选择跟着他们走的，但这也只是少数散修，大部分修士还是觉得跟着问剑宗弟子有安全感。

起先段横刀都有些信不过叶翘，全程紧张兮兮的，生怕路上遇到什么大妖兽将自己开膛破肚，结果到最后他发现自己纯粹想多了，别说妖兽了，连一只鸟都没见着。顺利得不得了。

段横刀一把抓住叶翘："你不会是那种学命理的修士吧？"

叶翘眨眨眼睛："当然不是，我胡说的。"

等把身后那群散修带出去后，叶翘顺利地收获了一行人感激的目光。

段横刀看到出口后，眼睛都亮了："我们快出去吧。"

能从大秘境顺利出来，还拿到不少好东西，段横刀对此行已经很满足了。叶翘没跟着他出去,而是折身准备原路返回。

"你要去做什么?"见此情景,段横刀吓得打了一个激灵,赶紧抓住她的手,"秘境不到两个时辰就要关闭了,你去干吗?"

叶翘装模作样地叹气:"我去抓几只妖兽来。"

段横刀不明白,如果他没记错,大秘境的妖兽修为最低也是筑基中期吧?她一个筑基前期的修士要去抓妖兽?确定不是被妖兽抓吗?

"你认真的?"段横刀不可置信地问道。

叶翘点点头。

段横刀都不知道叶翘哪里来的自信,可以说出抓妖兽这种话的,他咬了咬牙:"算了。我陪你一起。"相处了这么多天,总不能真的不管她吧!

沐重晞看着要去找死的小师妹,捂着脑袋,开始觉得头疼,但自家小师妹还能怎么办?宠着呗。

三人组再次原路返回,段横刀一路上已经开始逐渐习惯听叶翘指挥了,因此他问:"我们这是要去哪儿抓妖兽?"

叶翘只回答了一句:"别急,我们先去看个热闹。"

谁的热闹?

很快两个人就解惑了,原来是去看月清宗和问剑宗的热闹去了。

走了另一条路的云鹊等人被困在了结界中,距离秘境关闭没多少时间了,所有人着急得团团转。他们可不想被困死在秘境里面。

叶翘见状,不紧不慢地往结界里面丢了个传音符。结界内的人出不去,但结界外的人可以进去,叶翘为了防止自己脚滑进到结界里,特意离他们远一点用传音符交流。

宋寒声伸出手抓住传音符,听到声音后,他愣住:"叶翘?你没死?"

叶翘:"你才死了呢。"她不紧不慢地走了出来,和结界里被困的众人笑眯眯地打了个招呼,"嗨。"传音符里的声音清晰地传遍整个结界。

沐重晞:"嗨"

段横刀在所有人的注视下,不得不跟着一起:"嗨。"

听到熟悉的"嗨",宋寒声开始头疼了起来。

眼看宋寒声张嘴就要骂人,叶翘不给他这个机会,利落地切断了传音符。

沐重晞:"呃?你不听听?"

"不听。"叶翘格外冷静地道,"我的自尊心太强了,听不得他接下来骂我的话。"

沐重晞都隐隐开始有点担心宋寒声会不会被气疯。

切断传音符后,宋寒声骂得更激烈了,可惜隔着一个结界谁也听不出来他骂的是什么。等对方差不多没力气骂人后,叶翘不紧不慢地丢了个传音符过去。

这次宋寒声学聪明了,他没拿传音符,将它抛给了宋建。

宋建如拿到什么烫手的山芋一般,把传音符丢给了大师兄。

叶清寒下意识地也不想和叶翘交流,转过头想丢给其他人时,发现已经没有人让他丢了。

没办法,叶清寒只能接过传音符。

"嗨。"叶翘热情地跟他打了声招呼,她开门见山地问道,"你们想出去吗?"

"你有法子出去?"刚才憋了一肚子气的宋寒声对着传音符冷笑着问道。

散修们彻底忍无可忍地怒骂:"关你们什么事?要不是因为你的师妹乱带路,我们又怎么会死这么多人?"他们跟着云鹊走的这条路,结果那些大宗门的弟子倒是没有一个人出事,散修却死了好几个,最后好东西都被云鹊拿走了,他们还要因为云鹊触发了结界被困其中。

云鹊脸色一白,往叶清寒的怀里缩了缩,道歉:"对不起!"

可惜没人在乎她的道歉,这会儿所有人都想出去。

在结界外面的叶翘托着腮,笑眯眯地道:"要不这样,你们谁的灵石给得多,我就想办法放谁出来。"

刚刚被坑了灵石的宋寒声和叶清寒的脸色都不约而同地黑了下来。

段横刀佩服得五体投地:"你就真的不怕大比的时候被这两个宗门合伙针对啊。"

叶翘理直气壮地道："可是，得罪都得罪了，肯定是要得罪死啊。"

对于叶翘刚才那个诚恳的建议，没有一个人赞同她，叶清寒甚至当场选择抽出剑，劈向结界，结果反噬而来两倍剑气让他的嘴角泛着血痕。

"叶、叶师兄。"云鹊搀扶着叶清寒，慌乱无措的嘴唇抿紧，眼里的泪吧嗒一下落了下来，"你没事吧？"

叶清寒摇摇头，不死心地再度拔剑劈向结界，这一次他弯腰吐了口血，脸色又白了几分。

云鹊立刻拿出绢帕给他擦拭血迹，两个人含情脉脉的对视，让气氛都变得旖旎、暧昧了起来，当然他们之间的气氛并未感染结界内快急疯了的散修们。

其实叶清寒是有能力打开结界的，但不代表他不会受伤。在秘境还有两个时辰就要关闭的前提下，所有人都着急疯了，宋寒声再也冷静不下来："叶翘，我知道你有法子。我们这么多人，你不可能做到见死不救吧？长明宗的长老们就是这样教导你们的吗？"

都这个时候了，宋寒声都不忘威胁她，叶翘索性盘腿坐在结界外，微笑着道："你们出不去我能有什么办法？"

宋寒声问道："你们长明宗的那个法器呢？"他亲眼看着她用那个东西将妖兽的肚子炸开的，想必打开这个结界也不成问题吧？

叶翘摸了摸下巴："没了，全用了。"而且轰天雷再怎么说都是物理伤害，对结界这样的法术造成的效果真不怎么大。

叶翘的话让宋寒声感到心如死灰。他不死心，从芥子袋掏出来了许多符箓试图往结界上砸去，打算试试看能不能把结界砸碎，结果无一例外全被反噬回来了。

看着叶翘气定神闲的模样，叶清寒选择和她进行交涉，问道："你想要多少灵石？"

叶翘不动声色地抓着手里缩成一团的啃德鸡："你觉得你们问剑宗的人的命值多少钱？"

叶清寒缓缓地吐了口浊气："十万块上品灵石。"

叶翘没说话，笑眯眯地盯着他，语气拉长："原来尊贵的问剑宗亲传

弟子只值十万块上品灵石？"

哪怕是叶清寒那万年不变的冷漠神色都因为她的话改变了一下，世界上怎么会有这种人？"适可而止"这四个字叶翘知道怎么写吗？

显然叶翘并不知道，她甚至开始搞起来了竞价："月清宗还有出价更高的吗？"她等了半天，见没人回答后，又拉长语气道，"原来尊贵的月清宗的亲传弟子也不值十万块上品灵石啊！"

相比之下，符修还是更有钱些的，眼看时间一点一滴地过去了，宋寒声最终按捺不住，开口道："十五万块上品灵石，再多我也没有了。"他咬牙切齿地说，恨不得时间倒流，离云鹄远远的。要不是云鹄坚持走这条路，怎么会遇到元婴期的大妖兽？要不是云鹄贪图灵果，又怎么会触碰到周围的结界？

叶翘适可而止地拍了拍手，从芥子袋里不慌不忙地拿出来了一张白纸："要立个字据吗？"

宋寒声憋着一口气，看着叶翘将字据从结界外传送了过来，他只能按下手印。

叶清寒沉默不语，跟他一起按下了手印。

宋寒声竟然诡异地觉得心理平衡了，这大概就是一种"原来不是我一个人这么倒霉"的想法，让他痛苦的心情缓解了不少。

一口气得罪了两宗的亲传弟子，叶翘却没有丝毫心虚的模样，施施然地站起来："那我们走吧。"

"干吗去哪里？"段横刀差点以为她是在耍那些人玩的了。

没想到叶翘理直气壮地道："抓妖兽啊，我一开始不就是这样说的吗？"

她怎么还记着这种事啊！沐重晞总觉得小师妹和所有人的想法都不一样！在大秘境不都是争取活下去等秘境消散，安安全全地回宗门吗？这种时候谁会闲得没事去妖兽的老窝探险啊。事实证明，叶翘会，而且，还真的被她顺利找到了两个大妖兽藏身的地点。

两只妖兽的修为都是金丹期，沐重晞虽然能打过，但记着叶翘的嘱咐，他按捺住了动手的冲动，全程看着叶翘的一举一动，打算一有危险就及时出手。

只见叶翘鬼鬼祟祟地蹲下身来，在两只妖兽睡着的时候，抓起石头朝它们狠狠地砸了过去。

偷袭完，叶翘转身就跑，远离了妖兽锐利的爪子。

两只妖兽愤怒的咆哮叫出声，叶翘却犹觉不够，逃跑的过程中不停地招惹路边的妖兽，正在原地等候的段横刀看到狂奔而来的叶翘，心底生出几分不好的预感，问道："叶翘？"

叶翘连头也不回："快跑。"

段横刀下意识地跟她一起跑，他没敢回头看，因为后面传来的动静已经很吓人了，仿佛有什么恐怖的存在，让人头皮发麻："为什么要跑？"他忍不住问道。

叶翘冷静地回应他："我的身后跟了两只金丹期的妖兽、六只筑基后期的妖兽、八只筑基中期的妖兽。"

段横刀要不是因为时机不对，都想抓住叶翘的衣服狂吼为什么了。他狂奔到一半，发现沐重晞和叶翘两个人已经跑到自己前面了。

段横刀忍不住吼道："你们长明宗的秘诀就是谁跑得快，谁就可以成为亲传弟子是吧？"

三个人一路往结界出口的方向跑，在一只金丹期妖兽扑上来的瞬间，叶翘猛地冲进了云鹊他们所在的结界里面。结界是允许活人进入的，但妖兽就不在被允许的范围内了。

一群被拦在外面的妖兽开始狂怒，疯狂地往结界的屏障上面冲，冲击结界的声音听得人头皮发麻。

"你们干了什么？"结界内的宋寒声看到冲进来的叶翘，吼道，"你把那群妖兽都引过来了？"

只见两只金丹期的妖兽疯狂地拍着爪子往结界上撞，一波波的进攻，很难不让人怀疑叶翘究竟做了什么事情。

叶翘耸了耸肩："没干什么。你们等它们将结界消耗得差不多，再出手吧。"

"逃、逃出来了。"被追了一路的段横刀没回过神，还有些恍惚。他觉得跟着叶翘的这段时间，比他出门历练一年都刺激。

叶清寒看着结界外面围着的妖兽，猜到了她的意图："你是想利用这些妖兽来打破结界？"

也不是不可以。

只是……正常人不都是应该想怎么靠自己的努力打碎结界的吗？

"你这般投机取巧，"叶清寒眉眼冷淡，用一种难以理解的目光盯着她，"日后会栽跟头的。"

"等之后你们遇到此种状况，当然可以按照自己的行事作风来解决问题，但现在听我的。"叶翘回应了他一句。

叶清寒不说话了，眉眼冷淡，只觉得她冥顽不灵，没有云鹊正直。

叶翘见状，多半猜出来了他又开始在心底拿自己和云鹊比较了，她懒得和叶清寒继续争辩，扭头问段横刀："你有捕捉妖兽的那种网吗？"

段横刀："有。"

叶翘松了口气，笑眯眯地朝他勾了勾唇角："那你捉过鱼吗？"

出门在外，段横刀什么法器都有，他将金色捕兽网拿了出来，挠了挠头，不解地问道："捉鱼？"

叶翘看他的样子就知道这又是一位只知道修炼的亲传弟子，索性换了个方式问道："你的准头怎么样？"

段横刀："挺好的。"这倒不是吹牛，作为合格的器修，他们时刻都需要将法器丢给作战时有需要的修士，所以准头这方面，他绝对不差。

"那我就放心了。"叶翘喃喃了一声。

一群妖兽疯狂地往结界上面扑着，原本厚重的结界在妖兽一次次的攻击下，威力都减弱了几分，此时正以肉眼可见的速度变单薄。

"要碎了。"沐重晞低声提醒。

屏障无声地碎开的瞬间，所有修士几乎都以离弦箭般的速度往外面冲。开玩笑，还有一个时辰不到秘境就要关闭了，跑不出去的话就等着被关在结界里面出不来吧。

叶翘也开始逃跑，她的踏清风没白学，身后追着一连串妖兽，天上跑的，地上爬的，场面显得格外壮观。

因为得罪妖兽的是叶翘，段横刀只要不和她在一起就很安全，他立刻跟在后面勤勤恳恳地开始撒网。

一群妖兽在攻击结界时消耗掉了大部分力气，又被叶翘跟遛狗似的到处遛着，段横刀不费吹灰之力一抓一个准，怎么说呢，他总算明白叶翘的那句"抓妖兽"是什么意思了。

段横刀喃喃着道："原来是这样。"叶翘这都是算好的？故意惹怒妖兽，让它们破开结界，不仅赚了一笔灵石，还顺道将精疲力竭的妖兽一网打尽？但是叶翘是怎么知道这里会有结界的？

以正常人的思维逻辑的话……

不、不对。他就不能用常人的角度去理解叶翘。正常人谁会没事去招惹一群睡着的妖兽，出门历练还不忘狠狠地得罪一下其他两宗的亲传弟子啊。三个人配合得极好，在秘境关闭前费力地将妖兽全部带了出来。几乎是在大秘境消失的瞬间，周围古怪的屏障也消失得一干二净。

"妖兽骨给你留着。"考虑到段横刀需要炼器，叶翘主动开口道。

段横刀挠了挠头："那内丹你们收着吧。"

这一趟秘境之行的收获非常大，光是炼器的材料都足够他用很久的了。三个人迅速"分赃"结束，叶翘却总觉得她似乎忘了点什么："对了。"

"我的火鸡呢！"

结界不允许妖兽入内，那么啃德鸡跑到哪儿去了？她这一声不可谓不大，沐重晞四处看了看，最终从叶翘的头顶上找到了啃德鸡。别说，这个小家伙还挺会找地方，窝在了叶翘头上，甚至还隐隐约约有絮窝的打算。

叶翘一把将啃德鸡拽了下来，对着它指指点点地道："不许在我头上絮窝。"

啃德鸡装没听到。

行吧。这群妖兽都听得懂人话是吧？

"我们走吧！"叶翘平息了一下心情，突发奇想，"话说那只赤鸟不是还被拴在树上吗？"

"嗯，对。"沐重晞费解地望着她，"你不是打算把它带回宗门吗？"

叶翘拉着他："我们来体验体验骑着鸟飞的感觉吧！"

于是，在叶翘的怂恿之下，两个人找到了被捆妖绳拴在树下的赤鸟。

段横刀对叶翘天马行空的想法多少有点习惯了，无奈地道："那，就此别过？咱们大比见。"

叶翘正在研究要怎么坐着鸟飞起来，这会儿头也不抬对他回了句："大比见。"

叶翘和沐重晞一同消失了五天，不出意料的话，秦饭饭和大师兄应该已经知道他们私自下山的事情了。

"驾。"叶翘研究了片刻，干脆坐在赤鸟身上，喊了一声，"快跑！"

沐重晞也迟疑地坐在上面，他总觉得这个代步工具不靠谱了些……

赤鸟被两个人类欺压就已经够悲惨的了，结果这两个人还要把自己当成拉车的，在飞上天的瞬间，它开始故意左摇右晃。

叶翘死死地抓住它不松手，然而在即将到达长明宗地界时，赤鸟晃得更猛了，她想抓都抓不住。在被甩下来的那一刻，叶翘唯一的念头只有"骑鸟果然不行啊"！

两人一兽从天上摔下去的前一刻，赵长老正在与其他宗门的亲传弟子进行友好的交谈。

碧水宗的几位亲传弟子这几天来到云中城，听说是为了参加大秘境开启的事情而来，但不久前大秘境提前打开，所有人都被堵在门外，她们只能觉得十分遗憾，刚好云中城与长明宗的地界挨得近，便打算顺道拜访拜访长明宗。

薛玙和明玄被从禁地里面放了出来，此时正有一搭没一搭地陪着那两个碧水宗的亲传弟子聊天，就在这时，天上忽然掉下来了什么东西。

嘭的一声，地上溅起灰尘。随后在一群人茫然的目光下，叶翘若无其事地从地上爬起来："嗨。二师兄，三师兄。"

沐重晞久违地感受到了尴尬的感觉，他垂低着脑袋，全程不敢吱声，生怕被赵长老逮住一顿猛锤。

赵长老阴恻恻地一笑："回来了啊。"

"赵长老。"两个人若无其事从地上站了起来，顺道暗搓搓地蹭了一脚将他们甩下来的赤鸟。

碧水宗的两个亲传弟子都是女孩子，一个叫淼淼，另一个叫思妙言。

"师姐。"淼淼努了努嘴，小声说道，"我感觉这个宗的亲传弟子看起来都不太正常呢。"

思妙言难得认可地点了点头，饶是她也从没见过这么奇葩的亲传弟子，谁家剑修好端端的不御剑，而是坐着个鸟在天上乱飞的？

赵长老的面容扭曲了一瞬间，不用看都知道其他宗的人那古怪的眼神是在想什么，他忍着滔天的怒火，背着手压下骂人的心情，努力挤出一抹"和蔼可亲"的笑容："你们来得正好。这两个是碧水宗的亲传弟子，你们几个就一起陪她们转一转吧。"

对于两个碧水宗的亲传弟子到访的最好的解决方式就是把她们丢给自家的亲传弟子，赵长老很乐意做这个甩手掌柜。

叶翘见状，眼观鼻、鼻观心，应了一声好，她已经在计划着等这两个碧水宗的亲传弟子离开后，应该怎么逃过赵长老的河东狮吼了。

赵长老离开后，在场的众人都松了口气。

思妙言则是不动声色，悄然打量了叶翘好几眼，她来之前便听说了长明宗新收了一位师妹，据说是从外门被收为亲传弟子的，自古以来五宗挑选亲传弟子找的都是资质最好的。可这个女孩资质平平，看上去也没什么特殊的地方，也不知道长明宗此举是不是另有安排。

"你们可算回来了。"明玄叼着一根狗尾巴草，双手交叠在后脑勺处，"再不回来，师父都要急得亲自下山抓你们了。"

薛玙也认可地点点头："五天时间，你们这般模样……"他打量着师弟师妹。穿着常服，但也不知道去哪里逛了一圈回来，衣服都有些磨损，尤其是叶翘，看上去像是蔫了的小白菜。

薛玙摸了摸下巴，慢悠悠地道："你们是从外面流浪回来了？"

"格局大一点儿。有没有可能是我们捡垃圾回来了。"叶翘说着还特意指了指不远处的赤鸟。

薛玙沉默片刻，诡异地觉得她说得有点道理。

"薛师兄。"在他们旁若无人地聊天时，淼淼不合时宜地探头过了，

"问你们个问题,云中城最近是不是流行一种丹药?"

"喏。"她将手里奇奇怪怪的丹药递给薛玢,努了努嘴,"就是这种的。"

薛玢接过来,盯着她手心里的丹药看了片刻。

黄色的丹药散发着淡淡的香气,但和常见的珠圆玉润的丹药比起来,它的外形很奇怪。薛玢不理解这么丑的丹药,是怎么在云中城里流行起来的呢?

明玄觉得有些眼熟:"我感觉在哪里见过。"

这么丑的丹药,也就小师妹能炼出来了吧?

"哪里?"淼淼的眼睛一亮,她还真的挺想知道是哪位神人把丹药炼得这么丑,却还能完整地保留药效的,这得对神识和灵植的使用把控到多么精确的地步啊!

明玄干笑两声:"我师妹之前炼着玩的时候弄过一坨类似的。"

被点名的叶翘扭过头,也注意到了淼淼手里拿着的丹药,她摸了摸下巴,这倒是自己没想到的。要知道去历练前,这些丹药因为长得丑可是说什么都卖不出去啊,结果才几天时间,竟然都变成流行丹药了?

"她?"淼淼微微一愣,盯着叶翘,她一个剑修竟然有做丹修的梦想吗?

叶翘落落大方地任由她看,末了朝薛玢道了一声:"三师兄,我先去藏书阁了。"

早就不想陪人聊天的明玄也赶紧跟着说了一句:"我也去!"

两个人当即一起逃之夭夭了。

薛玢无奈地笑了一下。

淼淼看到这一幕,难免艳羡:"你们之间的气氛还挺好的。"并不是所有宗门的亲传弟子都能好好相处的,都是天之骄子,宗门的未来,就没少明争暗斗,互相比较。简单来说就是谁都瞧不上谁,她和师姐算是为数不多的能和谐相处的,但这也是因为思妙言的脾气很好,不然也很难相处融洽。

"那倒也没有。"沐重晞摸了摸脸,有些不好意思。

叶翘来之前,他们几个都很少结伴,偶尔一起也都是为了下山历练。

能有现在的团结，完全是因为叶翘做了他们之间的磨合剂。

俗话说，人的悲喜并不相通，叶翘一回来还没坐下来喘口气，就被藏书阁里的玉管事叫去帮忙抄书。刚回来就被压榨，叶翘忍不住叹气，她来藏书阁的目的其实是想将宋寒声给的心法和符书仔细研究一下，顺道对比下长明宗的符箓，试试看能不能改良。结果却被玉管事逮个正着。

比起叶翘的忙碌，明玄就显得怡然自得了，他随意找了本符书有一搭没一搭地翻看着。

"长老。"叶翘想起来了自己之前神识透支的感觉，本着不懂就问的态度，她开口道："符修第一次画符会流鼻血吗？"

"会。"玉管事回答得很干脆，抬起眼瞥了明玄一眼，补充了一句，"当然，极个别的人就不会。"

叶翘是属于第一次画符就晕倒的那种，她摸了摸鼻尖，虚心地请教："那都有谁不会这样呢？"当时晕乎乎的感觉她到现在都记得。

"你二师兄就不会，他七岁就会画符，十岁被送到咱们宗，神识透支这种事在他身上就不存在。"玉管事瞥了她一眼，意有所指，"你可以理解为，这是天才们的天赋。"

二师兄在符道天赋上确实没的说，叶翘垂眼，一字一句悲愤地道："此生最恨天才。"末了，她还补充："最恨的是我竟然不是天才。"

换作其他人就算再嫉妒都不会说出来，结果这个丫头倒好，说得还理直气壮。被莫名冠上"天才"称呼的明玄也多少有些哭笑不得，催促道："快抄吧，一会儿食堂要开饭了。"

一听说要开饭，叶翘手里的动作立刻加快了几分。之前被玉管事扣在藏书阁抄书，到现在她已经很娴熟了。残卷里记载了许多上古时期的丹方，抄录这么久，叶翘已经可以倒背如流了。等抄完书，临走前她还不忘将符书一起带走研究。

两个人来得有些晚，食堂里的饭菜基本上都吃得差不多了。明玄对着食堂里的几筐馒头唉声叹气地道："咱们宗什么时候伙食能好一点？"

叶翘都已经吃习惯了，她是半点不挑食的，但下山久了再吃这些没

滋味的食物确实有些受不了。

"不知道。"她道,"不行的话,下次下山我给你们带回来点儿?"

明玄摇摇头:"现在你们应该出不去了。"

大比在即,四师弟和小师妹这时不时失踪,秦饭饭非常生气,这次恐怕说什么都不会再让他们溜出去了。

"往好的地方想的话。"明玄顿了顿,"参加大比时咱们可以去碧水宗,他们宗的伙食好得很,菜里面有好多肉呢。"

然而,叶翘和明玄彼此对视一眼,非但没被安慰到,反而觉得更饿了。

这一刻,人的悲喜是相通的。

赵长老在甩掉那群弟子后,马不停蹄地找到了在睡觉的秦饭饭,他"哼"了一声:"你那个新收的小徒弟和沐重晞回来了。"

秦饭饭:"问出来是谁撺掇着他们下山了?"

关禁地关得好好的,这两个人竟然有胆子偷偷溜下山,赵长老不用想都知道是谁怂恿的,他冷笑三声:"除了叶翘那个不省心的弟子还有谁?毕竟在叶翘来之前,沐重晞即使再叛逆也不会像现在一样偷溜出宗门。"

秦饭饭对此已经习惯了,摆了摆手,显得格外大度:"人不轻狂枉少年,那群孩子这会儿正是闹腾的年纪,你和叶翘那孩子置什么气?"

赵长老扶额:"我的意思是说,这两个人天天胡闹,你觉得像话吗?"

秦饭饭这次倒是没什么意见,若有所思地点头:"你说得也没错,那群孩子,是该管一管了。"他打算找叶翘来谈谈心,于是大半夜的秦饭饭拢了拢袖口,用玉简给叶翘发去了消息,让她来主峰一趟。

叶翘收到消息后顺手将啃德鸡往头上一丢,施施然地去了主峰。

"……小翘啊。"秦饭饭清了清嗓子,正打算装模作样地训斥这个小徒弟两句,让她安分些,谁料在叶翘进来的前一秒,他就差点儿当场晕倒。只见小徒弟穿着素色衣衫,看上去吊儿郎当的,头上还顶着个……火、火鸡?

秦饭饭欲言又止:"小翘,你头上那个,是何物?"

叶翘"啊"了一声,戳了戳头顶上的啃德鸡,百无聊赖地道:"啊!这是我的契约兽。"

"师父。"她叫了秦饭饭一声,接着问道,"你知道这是什么妖兽吗?"

"这……"秦饭饭闻言沉吟片刻,起身翻了翻《异兽录》,结果也并未发现书上有相似的妖兽或幼崽记载。他诡异地沉默片刻,目光不自觉地落到少女头顶上的火鸡身上,语气复杂:"小翘啊,你不会真的契约了个火鸡吧?"试问谁家契约个火鸡当契约兽的啊?不过,抓个火鸡当契约兽,确实也像是他这个小徒弟能干出来的事情。

"火鸡?"叶翘在听师父说这只妖兽确实是只火鸡后,也接受现实了,她甚至有心情伸出手晃了晃它,"师父,它可不是普通的火鸡。"

秦饭饭露出愿闻其详的模样:"哦?"难道还是什么神兽不成?

叶翘一本正经地道:"它可是啃德鸡。"

——啃德鸡又是什么鸡?

秦饭饭生怕在小徒弟面前暴露自己没见识的事实,虽然心底有些疑惑,但也没好意思问出来。在叶翘的目光下,他怕被对方看出来自己没见识,干脆选择转移话题:"小翘啊。"他望着她,"我问你,今年大比的剑修榜有没有信心进前十?"

不止五宗的亲传弟子,天南海北的剑修都会前来参赛,这不亚于是和太虚境所有同龄有天赋的剑修争前十的名额。

面对这个突如其来话题,叶翘当场来了一句:"没信心!"

这次轮到秦饭饭被噎住了。

叶翘只在众人的口中听说过所谓的宗门大比,还真没有见过是什么样子的,连规则都不太清楚。她想了想,问道:"师父,大比是只有五宗的亲传弟子们参加吗?"

"嗯。"秦饭饭开口道,"到时候会将你们一同送入同一处大秘境,每个人揣着观影石,负责让场外的长老和修士们看到大秘境里面的场景。"

叶翘的眼睛惊讶地睁大,她重复了一句:"是实时播放吗?"

"是啊。"秦饭饭点点头,对这套流程已经格外熟悉了,"届时你们所有人的一举一动都在太虚境修士的关注下。"

"小翘呀……"他顿了顿,望着吊儿郎当的叶翘,鬼使神差地叮嘱了一句,"到时候你可别给我搞出什么事情。"不知道为什么,有叶翘在的

地方，秦饭饭总觉得这一届亲传弟子们未来的日子会格外热闹。

叶翘对他的质疑表示很无辜，眉眼清澈："我可是好孩子，怎么会搞事情呢？"

秦饭饭失笑，挥了挥手，不耐烦地将这个不老实的弟子赶走了。

长明宗的修行很随意，灵气管够，唯独在灵石方面抠抠搜搜的。但是没关系，月清宗和问剑宗现在是她的大客户。叶翘都已经想好大比的时候怎么管他们要钱了。

与此同时，在长明宗待了两天下山后的思妙言犹豫了一下，轻轻握紧手里的丹药，还是抵不过心底的好奇。她甩开了淼淼，一路小跑着去药阁，喘着气找到了当初将丹药卖给自己的老板，语气诚恳地道："老先生，我是碧水宗弟子。"为了引起对方重视，思妙言将身份给暴露了出来，无比认真地道，"我希望能见一见炼丹的那位修士，可以吗？"

药阁老板支支吾吾半天，却没有松口，开玩笑，那可是碧水宗弟子，不答应才有鬼。可现在也不是他想不想，而是他也联系不上那位炼丹的大师啊！对方自打几天前把好几瓶形状奇怪的丹药交给自己转卖后，就彻底杳无音信了，他纵使答应又有什么用？

然而药阁老板的这个举动落到思妙言的眼里，那就是高人都是神出鬼没的，联系不上才是正常的。思妙言甚至已经在猜测对方是不是什么化神期的大能。

此时的思妙言并不知道自己一心想找的大师，不是不想联系药阁的老板，而是正在被段长老打。不只是叶翘在被打，还有沐重晞。

大比在即，他们几乎没有空余的工夫出门，叶翘和沐重晞作为剑修理所当然地被段誉盯着进行修炼，指点他们打斗的技巧。在沐重晞被段长老轻飘飘地踹飞后，叶翘微微舔了舔嘴唇，聚精会神地盯着段誉的动作。

事实证明，能成为长老是有原因的，她都没看清楚对方是怎么出手的便被扣住胳膊，以同样的方式给踹了出去。叶翘这次被打飞后反应速度明显快了不少，迅速翻身腾空稳住身形，或许是抱着打不过就跑的侥幸心理，脚下踏清风一运，头也不回转身就跑。

段誉的第一招还真的就落空了,他气笑了,"你给我回来。"

叶翘大声嚷着:"不。我过去你就会揍我。"她很有自知之明,警惕地看着段长老,现在过去指定又是一顿暴打。

段誉一挑眉,第一次遇到这种打不过就跑的情况。

"但是速度快没用。"段誉在她下一步的落脚点提前截住叶翘,第二脚毫不留情地踹在她小腹处。

叶翘躲闪不及,直接撞飞了出去,下一秒从半空被踹了下去。

段誉凛冽的拳风紧跟而至。身体的本能让她迅速做出反应,一个鲤鱼打挺跳了起来。同时后撤,试图拉开距离。然而段誉根本不给她这个机会。叶翘刚迈开腿,紧接着膝盖处一痛,膝盖被打得骤然一弯,冷不丁地狼狈地摔了个大马趴。

叶翘觉得浑身都疼,趴在地上,彻底放弃挣扎了。

"这就放弃了?这就是你的极限了?"段誉还试图用语言激起叶翘的斗志。

叶翘选择放弃:"长老,你打我吧。"跑又跑不过,正面只有被锤的份儿,还能咋办?而且不知为何,她总觉得段誉今天就是特地来揍自己的。

两个人僵持了几分钟,沐重晞突然喊了一句:"开饭了。"

叶翘的眼睛一亮,训练了这么久她都快饿死了。

下一秒就听段誉不留情面的声音响起:"攻击到我才能去吃饭。"

叶翘的动作一顿,她迅速翻身,诚恳地说道:"长老,趴了这么一会儿,我突然觉得我又有力气了。你看我还有机会吗?"

段誉上下扫了一眼这个害群之马,乐呵呵地道:"是想去吃东西?"

叶翘害羞地点了点头。

下一刻,不等段誉动手,叶翘便主动后退拉开一定的距离,她被打飞两次后便已经清楚段长老根本不讲武德,一言不合就动手。

段誉称赞了一声:"反应挺快。"

叶翘知道他准备开始揍自己了,一个箭步,配合着踏清风,拳头握紧,一个闪身出现在了段誉的身后,一拳朝他的后脑勺袭去。

段誉转头一手握住她的拳头，用力往下一扯，同时空出来的手狠狠地挥向她的腹部，却不承想这个叶翘跟滑不留手的泥鳅一样，身子用力一拧，旋身从他的臂弯下蹿了过去。使用踏清风拉开距离，她顺手摸到腰间的夺笋，仔仔细细地回忆着《清风诀》的第一式，动作迅速果断，剑法如影如刀，朝他稳稳地斩出。白色的剑风速度太快，段誉反应不及时，还真被叶翘给蹭到了。

"清风诀。"段誉认出来了她用的是什么剑诀，眼里带着诧异之色，他不记得自己教过她《清风诀》的第一式。

叶翘迫不及待地想冲去食堂了："我算通关了吧，长老？"

段誉神色复杂地点了点头，毫不夸张地说，叶翘是他见过模仿能力最强的一个弟子，但凡他使出来的剑式，她看一遍过后，都能模仿个七七八八。

"可惜时间太紧了。"像叶清寒那种天之骄子，都是自小在宗门里长大。十几年的时间，怎么用剑早就刻在骨子里了。

前来观战的秦饭饭很淡定："平安就好。"大秘境中的不确定因素太多了，即便遇到危险，各宗都会出动救人，可是也存在不确定因素。

段誉叹息着道：《清风诀》的第一式，她已经学会了。"而且在问叶翘是怎么学会的时候，那个丫头的反应太气人了。

"就是看着四师兄运用的时候学会的啊。"段誉还能说什么？他只能继续更用力地训练他这两个弟子，争取让他们在大比时不被欺负得太惨。这就导致每次训练回来被教训的两个人都显得灰头土脸的。

薛玛看着凄凄惨惨戚戚的二人组，都不禁扶额，同时无比庆幸自己只是个丹修，不然天天被打怎生受得了？

他们俩过得水深火热，明玄这几日也把自己关在院子里面没出门。按照之前明玄的脾气，他绝对会来看他们俩被打的热闹，但这几天安得就有些过分。

叶翘问起来时却被告知，明玄在画符，画了三天了。

叶翘被打的时候，明玄在画符；叶翘睡觉的时候，明玄在画符；叶翘吃饭的时候，明玄还在画符。

叶翘站在明玄院子门口犹豫了片刻，在考虑要不要邀请明玄一起去吃饭。敲开门，明玄看到叶翘："小师妹？"

"二师兄。"她看着满地的符箓，当初第一次画符的后遗症让她看到这么多符箓就觉得头疼，这么多，是画了多久啊！

"怎么？"明玄笑了一下，"你也是来劝我歇歇的？"

叶翘倒是尊重每个人的努力，她摇摇头："不是。但是二师兄，现在离大比还有一个多月，没必要这么赶吧？"

明玄沉默了片刻，望着师妹不解的目光，最终选择如实道来："我想突破金丹。"

"啊？"叶翘蒙了片刻，"这么急着突破吗？"

明玄顿了顿，用力揉了揉她脑袋，笑道："哎，你可以理解为天才的压力？"

这是拿玉管事的话调侃自己呢？叶翘拍开他趁机揉自己脑袋的手，不解地问："为什么？"

明玄微微正色道："天赋好确实让人羡慕，但压力也挺大的。我家是八大家符修一脉的嫡传弟子哦。你应该一早就知道的，在没来之前，长明宗的四个亲传弟子中，我是修炼最快的。"他笑了笑，"十五岁筑基巅峰，但从那以后，就再也没突破过。家族嫌我不努力，连父亲也经常传信，唉声叹气的。"他顿了顿，"还有其他四个宗门的人的嘲讽。"让明玄无时无刻不在受着刺激和煎熬。

叶翘的到来确实让他的心态变得好了些，但一想到即将到来的大比，想到要面对其他四宗的明嘲暗讽，他就感到有些累。

明玄知道自己的心境有问题，却又不知道该怎么办。

叶翘微微愣住，露出笑容："好啊。"她悟了。所以后来明玄之所以会入魔，原来是被那些流言蜚语刺激的，如果是这样的话，叶翘有法子了。正所谓大道至简，无欲则刚。知错就改，不行就换条路走，只要她足够强大，谁敢对她指指点点？

"二师兄。"她发出邀请，"你考虑来和我一起修炼吗？"

"啊？"叶翘的话题转移得太快，导致明玄一时间没能跟上她的思路。

叶翘看着明玄有点儿蒙的模样，朝他神秘地一笑："等大比的时候你就知道了。"

明玄微微一怔，看着她自信的模样，过了半晌无奈地笑了一声："好吧。那我先睡一觉。以后再说。"他都卡在筑基期巅峰这么多年了，确实也不是一时半会儿就能突破的。

安慰完明玄，叶翘松了口气，回了自己的住处，拿起大锅开始准备大比时用得到的丹药。

熟能生巧，残卷看了这么多本，虽然并不是专业的丹修，起码也能算个业余的丹修，她打算炼点补灵丹。一开始因为初次尝试，叶翘失败了几回，后来就逐渐娴熟起来了。第一次凝出了九个丹印，叶翘这次想试试能不能凝出更多的丹印。

叶翘迅速打出丹印，金色的纹路围绕着她打转，须臾她再次变换了手势，紧接着第十个丹印颤巍巍地蹦了出来，比起前九个丹印它显得微弱很多。叶翘的神识传来刺痛，她没管，冷静地继续进行着手里的动作。伴随着时间的流逝，丹印渐渐凝固了起来。

叶翘轻轻地吐出一口气，掀开大锅。十个奇形怪状的丹药静静地躺在锅中，颜色和长相还是一如既往的不成形的样子。她这次没打算卖出去，而是准备用瓶子装好，以备不时之需。装好丹药后，神识消耗过度的结果便是叶翘的鼻子又流出了鲜血，她擦干净后晕乎乎地睡了一觉。

大比在即，五个宗门都忙着训练亲传弟子，难得没有人来打扰。除了周行云，他们四个谁也没逃得掉，必须去上课。

"我听说月清宗新收的那个小弟子，突破金丹了。"段誉淡淡地道。

秦饭饭摸了摸胡子，也在同一时间得到了消息，感慨万分："是啊！那丫头十六岁就结成了金丹，这天赋比起其他亲传弟子，有过之而无不及。真不知道云痕哪里来的运气，能从凡间带回来这种资质上佳的弟子。"

段誉眯了眯睛眼，对此也是不置可否。在连续"锤"了一个多月后，段誉长老终于放过了他的两个弟子，大比的前天晚上，甚至还给他们几个人放了个假，允许他们玩一天，次日启程前往浮生城参加比赛。

难得放假，叶翘马不停蹄地下山，把自己之前委托老板做好的暴雨梨花针给拿了回来，形状比她设计得更加特殊。

沐重晞迫不及待地想试试，但鉴于之前他扔了一个轰天雷炸到了宗主的行为，叶翘没敢让他尝试。

叶翘跟他解释道："这个东西可以存放符箓，类似于一种暗器。"当初给设计图的时候，老板一直在惊叹这种暗器内部设计的巧妙。

叶翘当场给他演示了一遍，符箓存放在里面不仅发出去的时候速度快，并且可以连续发射好几次。符修们丢符都有一个空当，可以让人躲闪，但叶翘手里的这个暗器可以连续发射几次，反应慢的躲都来不及躲。

沐重晞沉默片刻，开口道："做剑修真是委屈你了。"有这种脑子不去当个器修可惜了。

叶翘耸耸肩："这和我可没关系。"只能说借鉴了前辈们的智慧。试用完了手里的暗器，叶翘将它收好放到芥子袋里。主峰大殿里其他几个师兄都聚集到了一起，不知道在看什么，连平日里深居简出的大师兄都现身了。

"在干什么？"叶翘很自然地探头瞅了瞅。

薛玛手里拿着个玉简，晃了晃："你们来得正好，我们正在看八卦。"

八卦？谁的？

薛玛将玉简塞给她，示意她自己看。

叶翘低头摆弄着手里的玉简，这种智能的玉简只有有钱的修士才能买到。玉简上的内容五花八门的，最热门和议论最高的还是关于五宗大比的推测。

帖子一：下注了下注了，今年大比花落谁家。

帖子二：哎呀！我这里有问剑宗叶清寒的内裤，有人要吗？出价一百块上品灵石。

帖子三：听说隔壁长明宗和月清宗对上了？

各种八卦层出不穷，叶翘的瞳孔巨震："叶清寒的个人信息这么值钱吗？"

明玄摸了摸下巴："好像是哦。"

薛玛想不通："你们这么关注这些八卦信息干吗？"

"这你就不懂了吧？"叶翘振振有词地道，"这些八卦信息有些固然是假的，但如果十条八条都说了同一个信息，那这条信息的真实性就有了五成的可能性，这也是我们收集对手信息的其中一个来源。"

沐重晞默默地给她竖起大拇指。

周行云原本不打算参与他们之间的对话，饶是如此还是被叶翘的话给震惊到了。他垂眼，忍不住笑了一声。总算知道当初沐重晞为什么非要让叶翘这种资质一般的人当这个亲传弟子了。

五个人聚在一起，气氛不错，明天就要集体出发前往浮生城与其他四宗会合，除了叶翘谁都没有困意，叶翘打了个哈欠，干脆趴在桌子上睡一觉。

明玄一夜没睡，见她醒过来，顶着个黑眼圈，将一套红色宗服塞到了她的怀里，说道："来，师妹，快一起换上，不然等会儿出发就来不及了。"

"换什么？"她有些蒙。

"宗服。"明玄难得话多了起来，"大比的时候整个太虚境都在看我们，肯定要弄个宗服啊。"

叶翘一睁开眼就看到了三个师兄热情地围着自己，她诚恳地提问："这就是你们穿得像一只小龙虾的理由？"

"这叫英俊。"沐重晞高兴地拉着叶翘，"相信我，比起其他宗门的宗服晦气的颜色，咱们的宗服绝对能独领风骚。"

这次叶翘倒是没有否认，红色显眼啊，在一群身穿素色宗服的人里面绝对可以脱颖而出。

"大师兄换不换？"她抱着衣服，看向五个人里面唯一没换宗服的周行云。

"大师兄？"明玄愣了愣，望向假寐的周行云时有些许迟疑，试问他们几个谁敢让周行云跟着他们一起换衣服啊。

周行云平日里十分冷漠，很多弟子看到他都是绕道走，连薛玙这种好脾气的都不敢往他跟前凑。

"换上吧，换上。"叶翘对周行云没什么敬畏感，她连叶清寒都敢当面坑呢，她当即挥挥手，"大师兄，和我们一起穿宗服吧。"

周行云被叶翘拦在那里,面对小师妹的殷切期望,轻声拒绝:"不了。"

"大师兄。"沐重晞凑过来,"满足一下我们的愿望吧。"

明玄也跟着点点头:"就差你了。"

四个人可怜巴巴的模样还挺整齐的,周行云神色复杂,迫于无奈,只能拿着衣服去换了。

红色这种张扬的颜色一般人压不住,可长明宗亲传弟子的颜值都挺高,五个人站在那里就是一道亮丽的风景线。

周行云却低头扯了扯衣摆,幽幽地吐出两个字:"难看。"

宗服上面有道纹路没有对齐,这让周行云这位完美主义者想拔剑把这身衣服给砍了。

沐重晞立刻道:"没关系,再难看的宗服都无法掩盖大师兄的帅气。"

周行云差点被师弟师妹们逗笑。

浮生城是问剑宗的地盘,太虚境大比不成文的规矩便是谁第一,去谁的地盘进行汇合,而一百年前夺得第一的就是问剑宗。长明宗前往的不只有亲传弟子,段誉、赵长老和秦饭饭也陪着他们一起去了。

五个人一大早就被叫到了后山,前来围观、凑热闹的弟子有不少,都是想一睹亲传弟子们的风采。

黑压压的一群弟子叽叽喳喳地在议论谁更帅,叶翘还从里面看到了熟人,是她第一天入宗时遇到的杜淳。他见叶翘看过来了,当即热情地朝她挥了挥手:"叶翘,好久不见。"

叶翘打了个哈欠,勉强让自己看上去有精神一点,她回了一句:"好久不见。"

"做亲传弟子的感觉怎么样?"杜淳搓了搓手,八卦地道,"过瘾吗?"

叶翘歪了歪头:"还行。要说起来的话,还是当外门弟子好。"她是真心实意地这么认为的,起码在外门没人会时时刻刻盯着自己训练啊,而现在不是在挨打,就是在要挨打的路上。

在一群内外门弟子羡慕、嫉妒的目光下,叶翘神色泰然自若地跟上了大部队。太虚境有钱的修士出行都是用飞舟,一次性可以承载上千人,没钱的修士只能御剑了。她来太虚境这么久,连飞舟长什么样都没见过。

明玄踮着脚尖望了望:"按照路程应该下午就能到问剑宗。"

明玄毫无疑问是个有钱人,他对飞舟没什么新鲜感,对此感到好奇的只有叶翘。

登上飞舟后,叶翘贴在屏障处看外面的景色,其他几个人懒懒散散地窝在自己的位置上睡觉,还挺有在现代坐飞机的感觉的。

秦饭饭将每个人的玉牌交给对方,往里面注入灵力,玉牌亮起来后,沉声嘱咐:"这个腰牌代表了你们的身份,问剑宗管事来安排住处的时候将这个给他们看一下就好。"

叶翘接过了属于自己的玉牌,随手挂在了腰间。和明玄猜测的差不多,一直到下午才赶到目的地。比起云中城的热闹繁荣,浮生城则更安静,商贩都没见到,街道两旁几乎全是店铺,叶翘都没敢乱看。

云中城里卖的东西她都买不起,更别说第一宗门脚下的商铺。

"要逛一逛吗?"看出了叶翘的好奇,明玄很善解人意地开口,"我出钱。"

符修都是有钱人,叶翘的眼睛一亮:"好啊。"

明玄见状笑了一下,带着他们进了一家店铺。

今天下午才到达目的地的不止他们,其他三宗的人也在同一时间下了飞舟,明玄暂时不太想面对那些人,拉着师妹逛一逛店铺也挺好的。

店铺里面卖的东西都是些常规法器和丹药,叶翘看了两眼就没什么兴趣了,主要还是价格贵,让她彻底没有买东西的欲望了。即使明玄说了他买单,但在叶翘看来很多东西明显不值这个价。她虽然不会炼器,但炼丹还是懂一点的,商铺里面都是些低级灵丹,一颗就要五十块上品灵石,怎么不去抢呢?

薛玛解释道:"因为丹修太少了,所以一颗丹药就能被炒得很高,搞得现在除了大世家和大宗门的人,其他修士很难买到。"

叶翘算是明白为什么自己炼制的那些丑陋的丹药能流行起来了,因为她卖得便宜,数量还多。她盘算着等自己有钱了也一定要买个丹炉,大锅炼出来的丹药虽然和丹炉差不多,但因为外形千奇百怪,也只能往低了卖。

几个人逛完了商铺，趁着天色没有暗下来，回到了问剑宗安排的住处。是那种大家一起住的院落，或许是怕五宗的人遇到打起来，问剑宗的管事贴心地将他们每个宗门的住处都给分开了。但说是分开，其实也就隔了一堵墙。

"月清宗被安排到了咱们隔壁。"打探了一下其他几宗的安排，沐重晞随手将玉牌一丢，"也不知道那个管事怎么想的，我感觉是想搞乱。"要说仇家，问剑宗和长明宗两宗也是积怨已久，就等着大比时碰面了，叶清寒不喜欢挑事，可不代表问剑宗的其他四个亲传弟子是好脾气的。

叶翘等人刚从外面逛完回来，就被几个不认识的人拦住了。

白色宗服上面绣着祥云，腰间别着把剑，好像披麻戴孝似的打扮，薛玛的心底有了猜测："问剑宗的？"

"哎呀。"楚行之笑了一下，"这不是长明宗的亲传弟子嘛。怎么沦落到步行来我们问剑宗了？你们是连飞舟都坐不起了吗？"极具挑衅和侮辱的意味，和当初的宋建如出一辙地欠揍。

明玄的脸色一变："你——"

他刚上前一步，楚行之就微笑着道："啊！我看看。这不是明玄吗？"

"这么多年没见。"楚行之故意顿了顿，"还没突破金丹呢？长明宗有你这样的亲传弟子简直就是耻辱啊！真不知道连金丹都没有突破的废物，有什么资格参加大比？啧啧啧！"

叶翘看着明玄逐渐沉默下来，她算是明白二师兄当初为什么会对大比产生焦虑，以至于后面直接走火入魔了。

沐重晞气得差点当场拔剑和他一决高下了，周行云还算冷静地拦住他："大比开始前禁止斗殴。"

周行云一改往日的沉默，提醒道："先别动手，现在还没进秘境。"

叶翘意外地读懂了大师兄的言下之意。所以，进了秘境就可以动手了吗？

楚行之确实是故意的，他在故意激怒这群人，反正长明宗的弟子都是群没脑子的蠢货。在大比前激怒他们，让沐重晞动手违反规定，可以提前扣除他们的比赛积分。眼看着长明宗的人敢怒不敢言的模样，楚行之勾唇,刚想继续嘲讽他们两声,下一秒就顿住了。

只见听到动静的叶翘从大师兄身后探头,看到楚行之和他身后的其他亲传弟子,她当即友好地朝他们笑了下:"嗨。"

熟知叶翘脾气的沐重晞下意识地开始觉得头疼了,以他对叶翘的了解,她这个"嗨"一出来,保准没什么好事。

楚行之愣了片刻,不屑地道:"你就是那个新收的筑基初期的师妹吧?"他说话毫不客气,"一个筑基初期和一个筑基巅峰,哈。两个废物还想来参加大比。"

"啊!对。"叶翘点头附和着道,"你说得对。"

楚行之莫名地一愣:"你在嘲讽我?"

叶翘:"没有呀。我在赞同你啊,你说得都对,有什么问题吗?"

是啊!确实没问题,因为叶翘也确实是在赞同他。可楚行之不知为何总觉得自己刚才的话像是一拳打在棉花上似的,轻飘飘的,能噎死个人。

楚行之忍了忍那股子莫名其妙的憋屈感,最终选择继续刺激对方:"知道自己是废物就好。三年都没破金丹,万年倒数第一,还有脸参赛,我都替你脸红。"

"没错儿。"明玄从善如流地道,"我就是个废物。"

楚行之一哽,被明玄这突如其来的话打了个措手不及。

明玄轻飘飘地看了他一眼,气定神闲地道:"我们长明宗就是群废物啊!怎么办?不行你就把我们抓起来呗。"

楚行之的眼睛都睁大了些。

明玄学着叶翘平时气人的模样,微微摊手:"那怎么办?我们就是倒数第一,我们乐意。我们不争了,有问题吗?"

你嘲讽,任你嘲讽,我自岿然不动。

看着楚行之被噎得说不出来话的憋屈表情,明玄的唇角微勾,他彻底明白小师妹的快乐了。

第捌章 天道祝福

楚行之被气得当即撸起袖子想和明玄打一架，他这边刚摸到剑，叶翘便一弯眉，语气浮夸地率先惊呼了起来。

"快来看，问剑宗的人打人了。"

楚行之被她这一招先发制人弄得手里的剑拔也不是，不拔也不是，就这么尴尬地僵在那里。

"你……"他愤怒地刚开口，旁边的薛玙便一脸低落地接了话："没关系，强大的问剑宗，想殴打我们这些弱者是很正常的事情。"

楚行之差点破口大骂。

弱者？五宗的亲传弟子，能参加大比的基本上实力都是不相上下的那种，长明宗如果不是倒数第一，也不至于被嘲得这么惨，他们要是弱者，那其他亲传弟子也别活了。

薛玙的这番话把楚行之气得仰倒。

沐重晞的眼睛一转，他捂着胸口，语气柔弱地道："是啊！师妹。你初来乍到的不懂，强大如问剑宗，他们只是看不起我们每个人而已，没事儿，这么多年了，我们都已经习惯了。"

你们长明宗的这群人演戏演过了吧！楚行之眼睛都瞪圆了。

"沐重晞。"他咬着牙，一字一句地道，"你有本事就和我打一架。"谁瞧不起他们了？还有沐重晞，以前沐重晞不是脾气最暴躁的那个吗？楚行之不知道这群人是经历了什么才变成这样的，他快气疯了。旁边的师弟、师妹见状急忙拉住他："二师兄，冷静冷静。大比开始前，不允许拔剑打斗的。"

小师妹隐晦地提醒："到时候会被关禁地，扣除比赛积分的。"

楚行之拼命地让自己冷静下来了。

"别生气。"小师弟也急忙开口，"和他们这些废物有什么可说的？到时候咱们进秘境再动手也不迟。"

楚行之抿了抿嘴唇，气愤地看了他们几眼："等着。我一定不会放过你们。"

"嗯，你说得对。你说得真有道理。"叶翘也不恼，笑眯眯地点着头，随后道，"那我们睡觉了。"

刚喋喋不休地嘲讽了一大堆，问剑宗弟子被她气得一口气不上不下的，差点儿没被当场气死。

把问剑宗的人气得七窍生烟以后，叶翘怕被打，立刻离开了现场。

走的时候沐重晞差点儿蹦起来，他兴奋地手舞足蹈："哈哈哈……可惜当时没有其他人看到楚行之的脸色，都绿了。我当时应该拿留影石记录下来的。"他们下山历练和问剑宗遇到过很多次，发生摩擦在所难免，每次打嘴架就没赢过，结果叶翘把楚行之气得有苦说不出。

有些不明所以的吃瓜群众对此议论纷纷。

"瞧不起其他四宗，啧啧啧，谁给他的胆子？"

有时候群众的力量是无穷的，谣言传多了，假的自然就能传成真的。

一晚上时间，伴随着事情的发酵，楚行之扬言要在大比时脚踩其他四宗的消息就这么传了出去。本来只是两个宗门之间的摩擦，结果被这么一传，立刻变成了五宗之间的问题。

"问剑宗都这么狂妄了吗？"思妙言的声音带着几分不解，"虽然今年他们获胜的希望确实很大，可这并不代表其他四宗是吃素的吧？"

问剑宗的长老听说了这件事后，立刻冷着脸赶来训斥了楚行之一顿："还没比赛就瞧不起其他宗门的亲传弟子，谁教给你的这些？"

楚行之张了张嘴："这不是比赛前常规的互相嘲讽吗？"

长老的恼怒之色更浓了："那你也不能将其他四宗的脸面往脚下踩啊。不说其他，就长明宗的周行云，就是咱们宗的叶清寒也只能和他算是五五开。大比还没开始，就传出这种树敌的话，你是没有脑子吗？"

楚行之觉得更冤枉了，他只是在嘲讽长明宗啊。

"大比之前你就老老实实地待在这里，别出去给咱们宗丢脸。"长老拉下脸，沉声斥责。

楚行之被劈头盖脸地一顿骂，更生气了，不明白好端端的，事情是怎么发展成现在这个样子的。

有点头脑的人则迅速调查起了谣言的起因，最终成风宗的大师兄调查清楚了，他若有所思轻声笑了一声："哎呀，感觉今年的大比，会很有意思呢。"大比还没开始就这么热闹了，开始以后那岂不是更精彩。

"叶翘？"段横刀正在埋头研究手里的法器，他画图的动作一顿，听到熟悉的名字，眼睛都亮了起来。

"你认识她？"大师兄眯了眯眼睛。

"当然。"段横刀比了个手势，"不仅如此，严格意义上，我还很期待她的到来。"

"一个中品灵根，才筑基初期的小鬼？"他敲了敲师弟的脑袋，嗤笑着道，"期待她的到来倒不如期待今年月清宗那个小姑娘能带给我们什么惊喜呢。"短短一个多月的时间就到达金丹，那个云鹊显然不简单啊！

大师兄嫌弃地道："你是出去历练一趟，脑袋摔坏了不成？"竟然会期待一个筑基？

段横刀不满地拍开大师兄的手："才不是，她很厉害的。"

段横刀到现在都忘不了叶翘的处事风格，他一脸严肃地给自家大师兄打预防针："总之，我们到时候进入秘境得小心她。"

大师兄拍了拍他的脑袋，无奈地叹气，更加坚信了小师弟还是历练

经验太少。

一晚上的鸡飞狗跳过后,五个宗门的人都到齐了,或许是经历了被恶意传播谣言,问剑宗的亲传弟子安分了下来。休整了三天之后,就是集体前往要进入的秘境了。之前隔着墙,除了问剑宗的人,大家基本上不出门,谁也没碰到,可汇合后必不可免地与月清宗的人碰头了。

宋寒声走在最前面,他还没上飞舟,路过叶翘时恶意满满地道:"叶翘……"

叶翘后退半步,警惕道:"干吗?比赛还没开始呢,你就想和我套近乎了?"

宋寒声:"谁想和你套近乎啊?"

"二师姐。"熟悉的声音响起,这次轮到叶翘胃疼了。说实话,在她想气人的时候,没人能让她无语。

熟悉的"二师姐"再次被云鹊叫出声,但这次她身边还有三个护花使者。不得不说云鹊在月清宗不一是一般有魅力,除了和自己有些渊源的苏浊、翟沉外,竟然还有个男人以一种保护姿态陪在她身边。

"叶翘师妹。"翟沉看到真的是她,心情复杂了起来。两人算起来已经半年多没见过面了,上次还是因为一株蜉蝣草的事情,对方便一气之下下山了。只是让他没有想到的是,叶翘竟然能进长明宗,还混到了亲传弟子的身份!怎么看都有些不可思议。

"哇。"明玄声音猛地提高,双手环胸,仗着身高优势,挡住了叶翘,直直对上翟沉的目光,"你们自己没有师妹吗?干吗用这么恶心的眼神看我们师妹?"

翟沉脸色一冷:"明玄,别以为你是明家人我就怕你。"

明玄有恃无恐:"那就秘境里走着瞧呗,现在麻烦离我师妹远点,谢谢。"

"叶翘。"一直没有说话的苏浊开口了。他盯了叶翘半晌,许是终于接受了一起长大的师姐加入长明宗这件事,声音冷了下来,抿唇道:"希望你以后不会后悔这个决定。进秘境以后,我不会再手下留情的。"

叶翘闻言毫不留情地扑哧地笑出声,搞得跟之前他有多在乎自己一样,但凡他有一点良心,也不会将自己费尽心思拿来的草药用来讨好云鹊。她对苏浊的话咧唇,笑起来,回应了他一个不友好的手势。

周行云蹙了蹙眉,不懂她这个手势是什么意思,他在旁边听了半天,总算是明白小师妹和月清宗之间到底有什么恩恩怨怨了,但他一直没插话,毕竟师妹自己的事情,也该交给她自己解决。如果解决不好,他再动手也不迟。

不止周行云不理解叶翘的举动,其他三人也不约而同陷入沉思,这难道是什么特殊的施法的手势吗?

不行,输人不输阵,他们做师兄的也要给小师妹面子。于是,长明宗的五人就这么朝他们齐齐比了个不友好的手势。

月清宗众人不明白手势的意思,但不知道为什么,他们感觉自己被羞辱了。

"你们什么意思?侮辱我们?"苏浊以前见过叶翘做这个手势,当时是对着师父这样做的,他总觉得这不是什么好寓意。

"啊。"叶翘一脸诚恳与真切,"怎么会呢,这是我们长明宗新型的施法手势呀。"

几个人对峙的过程中,大家都能看出来长明宗的人对这个小师妹的维护。云鹊之前还一直在安慰自己,或许沐重晞他们几个只是在照顾叶翘的面子而已。毕竟太虚境等级分明,天才从来不屑于和天赋平庸的修士待在一起,亲传弟子之间也会有矛盾,如果师父知道的话……会不会后悔当初将蜉蝣草给自己?

云鹊突然一怔,为自己刚才的想法感到几分好笑。她和叶翘是不一样的,师父怎么可能会后悔?明明自己才是那个天纵奇才不是吗?自从突破金丹后,不管是外界还是宗门内对她的评价,都是用"天资卓绝"这四个字来形容。就连之前对自己不满的宋寒声在她突破金丹后,都带了几分欣慰之色。所以,师父又怎么可能会感到后悔呢?

飞舟的速度很快,不到一天就来到了秘境开启前的地方。和现代几乎差不多,吃住都是主办方出钱,所有的开销都由问剑宗承担,而宗门大比必不可少的就是下注了。在打听完浮生城最大的赌场在哪里后,沐

重晞果断地道:"走,我们也去。"他大咧咧地拽着他们就往赌场的方向跑,地下赌场人来人往的,有许多修士来下注,他们甚至还在路上碰到了五大宗门的几个亲传弟子。

"押谁?想好没有?"

在对方诧异的目光下,叶翘将五万块上品灵石全部丢给对方:"这些灵石全押长明宗。"

赌场的人掂量了几下,意外地发现都是上品灵石,他压下喜色,点点头:"好。"

"你最近发达了?"薛玙被她这个豪爽的动作震惊得眼睛微眯。

叶翘含蓄地微笑:"没有啦,这是宋寒声给的。"之前她和宋寒声在妖兽腹中的时候做的交易,说起来现在他还欠自己十几万的灵石没还呢。现在她拿五万灵石出来并不算困难。

薛玙心想,你到底在我们不知道的地方坑了多少人啊?

沐重晞也很爽快:"我这里有二十万块上品灵石,全押长明宗。"

明玄见状叹了口气:"得了。"

师弟、师妹都这么果断,他也没再犹豫,将三十万块上品灵石丢给赌场的老板:"喏,全押长明宗。"

薛玙见状也押了三十万块上品灵石:"还有。这是大师兄的。"他掏出来一个袋子,"里面有十五万块上品灵石。"

几个人里面最有钱的就是他和明玄了,但饶是如,此三十万块上品灵石对他们而言也不是个小数目。

薛玙为此语重心长地道:"今年的宗门大比,赢了咱们高高兴兴地回宗过年,输了就顶峰相见吧。"

叶翘道:"为了一百万。"

四个人对视一眼:"为了一百万。"

"既然如此,那就来聊聊我们未来的计划。"叶翘说道,"第一,脚踩问剑宗,拳打成风宗。第二,拿下大比第一名。"

薛玙愣了几秒钟,脸上浮现出若有所思的神色:"问剑宗都是群剑修,解决起来不太容易。"

明玄慢吞吞地插话:"打起来的时候可以先干掉叶清寒。"

"月清宗也比较麻烦。"沐重晞表示认可,月清宗的符师就有四个,时不时地跳出来给你甩出一个符箓,像是甩不掉的狗皮膏药,让人觉得恶心极了。

在场的几个同样过来押注的散修们听到之后心里暗暗觉得好笑,打起来的时候先干掉问剑宗?你们这是何等的自信啊?关键是其他几个人竟然没有一点怀疑,甚至已经兴致勃勃地计划起先解决掉哪个宗门的人了,几个人你一言我一语,仿佛已经脚踩问剑宗,拿下大比第一了。

回到住宿的地方,周行云正懒洋洋地靠在门框上:"回来了?"

叶翘"嗯"了一声。

周行云没有问他们四个人又去做什么,他漫不经心地开口:"明天前往秘境开启的地方,第一场比赛,是虚无秘境。"他简单地讲了一下规则,"猎杀妖兽数量最多的获胜。先是团队战,之后是个人战。个人战看实力,团队战那就是看配合和各自的本事了。"说完,周行云懒懒地打了个哈欠,说实话,他对大比没什么兴趣,甚至想早点被淘汰,好回去睡觉。

叶翘垂下眼,露出若有所思的表情。

猎杀妖兽吗?

沐重晞以为她在担心会像之前一样遇到满秘境乱窜的情况,便解释道:"我们进入大秘境后会有地图,不会像之前那样毫无头绪。"好歹都是太虚境新一届的天之骄子,大比归大比,安全方面肯定是要有保障的,真的出事五宗谁都担不起责任。

叶翘点点头,算是明白了。

"那,晚安?"想了想她说,"明天见。"

四个人互相道了晚安后,纷纷回了自己的住处。

次日一大早。伴随着秘境开启的时间,数万人的观众席上的修士们的声音愈发疯狂,但这些都和叶翘等人无关,因为,他们迟到了。

"天啊!迟到了!迟到了!"沐重晞急得差点跳起来。

叶翘扶额,她只能和沐重晞一起踩着剑,带着两个师兄全速赶往现

场，路上因为速度太快险些将人撞飞，最终总算是在大比开始前赶到了。匆匆赶到的叶翘听到这般响亮的动静，忍不住偏头凑近薛玙："你们还有崇拜者呢？"

"什么？"薛玙不太理解。

叶翘想了想："就是喜欢你们的人。"

薛玙诧异地望向她："那当然，每个宗门的亲传弟子基本上都是被修士们所熟知的，有喜欢我们的人这很正常。"

"月清宗的那个小姑娘势头挺猛的。修炼时间不过半年，就达到金丹，这种天赋……"长老席上，几个人坐在一起，成风宗的长老隐晦地开口，"比起叶清寒有过之而无不及。"不出意外的话，对方大概是今年势头最猛的黑马了。

"是啊，但是既然第一场比赛是猎杀妖兽，那主要得防备着问剑宗的那些人。"

有时候人的悲喜并不相通，成风宗的长老在谈论今年比赛各大门派弟子的情况，长明宗那边气氛却截然不同。

赵长老着急得想蹦起来，等了半天都不见自己的另外四个亲传弟子"叶翘他们不会是睡过头了吧？"

秦饭饭脸上的表情也僵硬了片刻："你们没人去叫他们起床吗？"

"他们之前除了叶翘都起得比鸡还早啊，有的直接整晚不睡觉。这拼命的劲头还需要派人去叫他们吗？"赵长老义愤填膺地说。

秦饭饭扶额："……你都说了，那是以前。"

就在两个人着急地准备回去看看的时候，有人大喊了一声："快看！长明宗的弟子们到了。"

因为赶得太急了，叶翘没刹住脚下的剑，直接将明玄给甩了出去。

沐重晞也没刹住车，从剑上栽倒了下去。

不远处碧水宗亲传弟子的席位上，淼淼看到熟悉的一幕，此刻脑子里就一个念头：为什么你们长明宗每次都不能好好地走路？

本来就迟到了，这会儿全场观众的目光都集中在还没到的长明宗的亲传弟子身上，姗姗来迟的四个人可谓是万众瞩目。

观众席上的修士们齐刷刷地盯着他们看。

"他们为什么都盯着咱们看?"叶翘头一次被这么多人一起看着,有种自己受万众瞩目的错觉。

沐重晞道:"或许是看我们长得帅?"

周行云默默地注视着他们,听到这番话,深吸了一口气,素来平静的心久违地掀起波澜,他忍无可忍地道:"笨蛋,你们走错了!那边是月清宗的座位!"

沉默,是今晚的康桥。

秦饭饭捂着脸,都不敢看其他宗门那群老头儿子的目光,行了,丢脸丢到宗门大比上去了。

赵长老的太阳穴跳了跳,他当即怒火中烧,没控制住脾气,拍案而起:"叶翘!"

叶翘望着天。

赵长老将矛头对准另一个弟子:"沐重晞!"

沐重晞立刻学着叶翘的样子开始望天。

不就是走错了地方吗?

这有什么?

观众席的修士愣住了:"那几个走错道的是长明宗的?"

"这一届长明宗这么有意思的吗?"在他们的印象中,长明宗可是五宗里面最没有存在感的了,哪怕是聊天大家基本上都不会聊这个宗门。但就今日的情形来看,他们估摸,以后千年都不会再出现比这还让人印象深刻的一幕了。

薛玙从没经历过如此尴尬的遭遇,他垂着头,不太敢面对其他修士异样的目光。

相比之下,叶翘就显得格外无所谓了,她若无其事地拍了拍衣服,朝那些打量自己的观众挥了挥手,露出笑容。

"明人不说暗话,我就喜欢这种大大咧咧的。"

"我也是,就冲她从地上爬起来,还能若无其事地朝我们挥手,一看就是脸皮厚的,长明宗不就缺这种人才吗?"

旁边的人深以为然地点点头，说到底他们还是觉得五大宗门里面，长明宗太老实了，其他宗门能为了资源大打出手，他们却会给没有拿到的人留一份。

"听说今年他们那个小师妹，是个才中品灵根的筑基。"

"啊？"有人愣了片刻，"他们是输疯了？"

不管是长明宗一向不怎么靠谱，还是另有安排，无疑都代表着今年长明宗还是会倒数第一。知道归知道，可不妨碍长明宗的亲传弟子都长得好看啊。

五个人身穿的红色宗服明艳极了，金丝琨边勾勒着祥云，比其他几个宗门的素色宗服都要瞩目。

尤其在叶翘的带领下，原本还感到不自在，甚至有些尴尬的其他三个人，也逐渐走出了自信的步伐。

楚行之在他们路过时刚想嘲讽两声，结果叶翘看都不看他一眼，就这么路过了。他嘴角的弧度一冷，扭头看到明玄，他再次想开口说点什么，却不料明玄同样目不斜视地走过。

楚行之彻底笑不出来了，在心里发誓，等进了秘境，他一定要长明宗这群人好看！

"叶翘！"成风宗那边席位上的段横刀朝她微笑着，挥了挥手，小声打招呼。

叶翘听到动静，偏头瞧了过去，只见他身着金灿灿的宗服，一瞬间她觉得自己身上火红色的宗服看起来十分顺眼了。

"老实点。"大师兄狠狠地拍了一下段横刀的脑袋，他想不通这个小师弟出去历练一趟，是怎么和长明宗的人混得这么熟的。一个筑基期的弟子，可以说是整个大比最不起眼的存在了。

段横刀捂着脑袋，郁闷地嘟囔了三个字："你不懂。"

伴随着虚无秘境的开启，他们一行人在所有修士们紧张、激动的目送下进入秘境。

第一场大比正式拉开帷幕——

所有人的位置都是随机投放的，叶翘的运气还算可以，没有落单，她是和薛玥一起落到同一个地点的。进来后的感觉就是冷，秘境里的时间是晚上。薛玥第一时间探出神识查看了周围的情况。在发现没有什么危险后，两个人决定坐下来。叶翘头上顶着个毛茸茸的小鸡崽，露出沉思状。

秘境里面的地形复杂极了，稍有不慎就会遇到什么危险，所以为了防止出事，两个人一致决定先停留在原地比较好。

场外看到分组的段誉的眉头紧锁。

"叶翘和薛玥一起，那个丫头也才筑基初期，怎么看都不可能保护得了薛玥。"

明玄他们几个也分别落到了不同的地点，对于其他三个人，秦饭饭倒不怎么担心，都是金丹期，在秘境是有自保能力的。可薛玥那个孩子就是个丹修，一旦遇到一个剑修只有被淘汰出局的份儿。严格意义上，丹修比符修还要弱小一些，他们只能给队友提供丹药，打斗时没有优势。

显然薛玥也是知道这点的，他打量着周围的环境，轻声开口："我们还是尽快找到大师兄他们汇合吧。"

夜间的妖兽尤为多，有薛玥外放着神识，根本不用自己操心，因为天气冷，叶翘干脆把烤好的啃德鸡团成一团来暖手。

无视了对方愤怒的叫声，叶翘把夺笋当作木棍使用，拨弄着草丛，优哉游哉地走在前面开道。

每个人的怀里都揣着一块留影石，为的就是给外界观众反馈秘境里的情况，某种意义上而言，跟直播似的，画面一旦错过就没有了。因此在大比的时候，基本上大半个太虚境的人都盯着留影石投放出来的录像观看，生怕错过什么精彩的场景。有修士看到问剑宗那边的情况后，小声讨论着："楚行之这是要去找长明宗的人算账了吧？"

两宗积怨已久，大比开始前不允许动手，那开始后，当然是有仇报仇、有冤报冤了。

"看样子是的，长明宗那边可就薛玥和一个筑基期的小师妹。两个人这才第一天就要被淘汰了吗？"

"好可惜。"不过也在意料之中。

每次大比长明宗都是最快出局的那个，楚行之的实力不弱，金丹初期，手里的剑也是排行榜前二十的灵器，长明宗也就只有沐重晞和周行云能压制住他，偏生这个时候几个人还被分开了。

叶翘头一次参加大比，对规则还处于一种一知半解的状态，薛玥贴心地跟她解释："主要就是猎杀妖兽，数量最多的一宗获胜。"

"身份牌代表了你个人，如果不慎被人捏碎，那就只能淘汰出局，你手里的玉简上面记录着每个宗的人的排名。"

薛玥拿出玉简给她点出排名，示意道："第一名现在是叶清寒。"

"第二名是成风宗的秦淮。"

"第三名是宋寒声。"

这几个人的速度确实够快的，刚进入秘境就开始行动了。

"这样啊。"叶翘微微拉长声音，表示明白了。

事实上比起其他宗门才一进入秘境就飞快地投入比赛中，长明宗的二人组明显不在状态。

叶翘将身份牌往芥子袋里一丢："反正还有五天时间，那就让他们先猎杀着吧。"

薛玥难得地表示赞同极了："那我们就先在这里先躲着吧。"

听到这两个没志气的弟子的对话，赵长老扶额不语。

明明薛玥以前挺积极一个孩子啊。

观众席上的观众也小声讨论着："没忍住笑了，问剑宗那边刀光剑影、出生入死的，怎么到了长明宗这里画风一变，成了两个老大爷在遛弯啊？"

"虽然这个形容离谱些，但挺对的。"

可不是吗？

叶翘和薛玥两个人一个比一个吊儿郎当的，像是在散步，没有半点儿急迫感。薛玥是真没打算拿什么名次回去，因此半点不急。而叶翘则是知道接下来会发生什么，毕竟在书中写了大比时第一个被淘汰的就是薛玥。

所以说接下来绝对会有人来偷袭他们，毕竟丹修在秘境当中可是最好打败的，没有之一，她得想个办法让三师兄坚持到秘境结束。

"三师兄。"叶翘琢磨了半天，问道，"如果来个金丹期的剑修来打你，你有几成把握不被淘汰？"

薛玙垂眼想了想，最终摊手："我只是个弱小的丹修。"指望丹修会打架，不如指望母猪能上树。倒是不难理解小师妹的顾虑，以往大比最先出局的也都是些丹修，毕竟没有自保能力，被人找到的话就只有淘汰的份儿。

叶翘沉吟片刻，忽然一拍手："对了，三师兄，你有丹炉吗？"

薛玙点点头："有的。"

薛家是丹修世家，他作为嫡系一脉用的丹炉都是上品，他的芥子袋里面起码装了五个各式各样的丹炉。

叶翘只是随口一问，没想到还真有，她顿时就来了兴趣："能让我摸摸不？"

薛玙欣然应允，从芥子袋中掏出一个丹炉拿给她看。巴掌大小，他催动着灵气，很快变大，赤色的丹炉刻着繁复的纹路，一看就很贵。

叶翘立刻伸手摸了摸，随后嘴唇动了动，用一种跃跃欲试的口吻嘟囔了一句："哇……这个东西，应该很沉吧。"

薛玙："啊？"他没跟上叶翘跳跃的思路，下意识地回答，"对，挺沉的。"这么大的丹炉，不缩小的话起码得有一百斤重。

"真的吗？"叶翘见状眼睛一亮，"那可以试试吗？"

试、试试？他更听不懂了："试什么？"

"没什么。"叶翘对上薛玙不解的目光，她微微一笑，只道，"等一会儿，就听我的指挥吧，薛师兄。"

以往进入秘境的时候，因为长明宗几个师兄、师弟都不靠谱得很，薛玙都是全程担任指挥，久而久之也就习惯了。叶翘突然说听她指挥，薛玙想起来了之前小秘境的遭遇，嘴唇动了动，还真鬼使神差地答应下来了。

另一边的楚行之随手灭掉了一只妖兽，对小师妹偏头道："我们先找到长明宗和碧水宗的丹修吧。先把薛玙和明玄的身份牌捏碎，到时候长明宗那几个人就掀不起什么风浪了。"

符修和丹修起的就是法师和奶妈的作用，两个人若都被淘汰，只留下三个剑修能有什么作用？

祝忧点点头："还有那个叶翘。"一个才筑基期的弟子，怎么敢来参加大比？祝忧想不通，这种人要么是走后门，要么就是长明宗的底牌，无论哪一点，都让她坚定了要把对方解决掉的打算。

楚行之随意地点点头："交给我就好。"一个筑基期的弟子，他还不放在眼里。

进入秘境投放地点是固定的，秘境总共就这么大，他一个人踩着剑很快就找到了正在溜达的两个人组。之前被嘲讽，然后又被几个人无视的画面还历历在目，楚行之没有留手，一剑斩过去便是杀招。

薛玙在他靠近时便察觉到了，带着师妹往后退了两步，躲开那一剑。

地面掀起尘土，凛冽的剑气落下重重剑痕，楚行之露出一抹冷笑："周行云和沐重晞都不在吧？"

"那不是废话吗？"叶翘嘲笑他，"他们要是在，轮得到你在这里得意吗？"

楚行之难得没有生气，眯了眯眼睛："都要第一个出局了，还伶牙俐齿的。"第一个被出局的从来都是要被众人嘲笑的，毕竟秘境开启才多久啊。他带着冷笑，知道叶翘会御剑不好抓，而且一个筑基期的弟子，就算淘汰也没什么用，因此他的目标从一开始就是薛玙。

楚行之手里凝着灵力，带着势如破竹的气势，朝着薛玙迅速靠近。

下一秒，薛玙靠着踏清风闪躲开他的一击，扭头再想躲，发现楚行之一脚已经朝他的腹部踹了过来。虽然都是金丹期，可是一个剑修攻击的方法有无数种，薛玙迅速后退，但根本躲不开他连番的追击。

突然叶翘的声音从身后响起："三师兄，你的丹炉呢？"

丹、丹炉？

薛玙愣了片刻。

眼看楚行之露出得逞的笑容就要逼近，叶翘忽然大声道："砸他！"

薛玙看到朝自己飞奔而来的楚行之还有些慌乱，听到叶翘的话，他愣了片刻，出于自我保护的本能将手里的丹炉变大，随后毫不犹豫地拎起丹炉就往楚行之的头上砸去。

一个丹修会突然动手，这是谁都没料到的。

只听嘭的一声，楚行之的脑袋立刻嗡嗡作响。

都是金丹期初期，薛玙这出其不意的一击直接把他打倒在地了。

楚行之倒地不起，吐出一口血，两眼发直地开始怀疑人生，不是说丹修都是很弱小的吗？

场外的人震惊了。就连问剑宗的长老当场都没忍住，直勾勾地看向赵长老，说不出来是惊叹还是什么："你们长明宗的丹修，路子都这么野了吗？"

赵长老尴尬地以拳抵唇，他可是看得一清二楚，刚才分明就是叶翘那个丫头喊了一句"砸他"，薛玙才会动手的。这个丫头！谁教她这么干的啊？

场外的观众见此情景议论道："虽然有点不道德，但理论上可行。"可能是从小生长在各自宗门的缘故，有些弟子即使性格恶劣，也不会走些投机取巧的路子，但显然叶翘不这么认为，这也让他们的热情高涨了起来。

秘境中的叶翘并不知道外界讨论得这么热闹，她看着倒地不起的楚行之，立刻一脚踩在他的肩膀上，露出灿烂的笑容："刚才你说谁会被第一个淘汰来着？来，大声点告诉我们。"

薛玙眼疾手快地将封灵丹喂到他的嘴里。

楚行之这下连挣扎的余地都没有了，他是真的被撞蒙了。丹炉这玩意儿可大可小，以往也没有丹修用丹炉当武器，所有人都被这猝不及防的攻击方式震惊到了。

看着楚行之一副被砸傻的表情，叶翘当即拖着他就往秘境内围走。

楚行之从呆愣中渐渐回过神来，高声嚷道："叶翘，你还不如直接捏碎我的身份牌。"侮辱谁呢？

叶翘无所谓地道："那多没意思啊，你还有用呢。"

"有什么用？"听到自己不会被马上淘汰，楚行之立刻就想再挣扎

一下。

叶翘："出其不意地扑过去把人按住，会吗？"

楚行之神色复杂地说道："我是不会和你同流合污的。"

叶翘有一下没一下地抛着他的身份牌，露出一抹灿烂的笑容："别这样嘛，我们一起去找宋寒声玩玩吧！"

叶翘甚至好心地提醒道："你到时候只需要拖住他一会儿就行。"

楚行之冷笑着道："你做梦，我就是死也不可能听你的话，你以为你是谁？"薛玙就算了，但叶翘区区一个筑基期的修士，怎么敢命令他的？

叶翘也不生气，而是漫不经心地晃了下手里属于楚行之的身份牌："你不乐意？好吧。"她点点头，"那你出去以后，就是今年大比五宗第一个出局的弟子了。"

"第一个哦。"叶翘笑得很灿烂，"你虽然在剑道天赋上不是第一，但起码不该是第一个被淘汰的，对不对？"

成为第一个被淘汰的人，这件事对于一向自许天之骄子的楚行之来说根本无法接受，于是他看向叶翘，说道："我刚才想了想，觉得你说的有点道理。你说吧，怎么合作？"

"你知道宋寒声在哪儿吗？"楚行之灵力被封，这会儿也嚣张不起来了。

叶翘："当然。"她当然知道，有时候连叶翘都挺同情他的，他在那里为了宗门的荣誉出生入死，师妹却跑去谈恋爱了。

宋寒声在看到楚行之靠近时，便无意识地后退一步，护住腰间的身份牌，警惕地望着他："你来这里干吗？"万一打不过，他还有传送符可以逃走，因此宋寒声倒是不担心会被抢身份牌。

楚行之举起手表示没有恶意，按照叶翘说的，他缓缓地道："不干什么，我是来找你合作的。"他镇定地看向宋寒声。反正他的身份牌已经被叶翘拿走了，如果淘汰前能拖一个月清宗的弟子下水也不算亏。

宋寒声不疾不徐地和他对视："理由？"他不认为问剑宗这样眼高于顶的宗门会和他们联手，问剑宗现在排名第一，如果没有太大意外的话，第一是稳了的。这个时候楚行之来找自己，宋寒声很难不怀疑对方的目的。

楚行之被宋寒声锐利的目光盯得心肝一颤，说到底都是涉世未深的亲传弟子，哪里有叶翘的脸皮厚。正当楚行之支支吾吾的不知道说点什么的时候，忽然，他瞥见了不远处蹲在树上偷听的叶翘，楚行之顿时福至心灵："我们合作可以一起找叶翘报仇。"

原本还对联手没什么兴趣的宋寒声闻言抬眸，缓缓地开口："哦？详细说说？"

于是楚行之加把劲，再次喋喋不休地抨击了一番叶翘，着重强调她的可恶行径。

叶翘眼观鼻鼻观心，假装听不懂。

两个人这会儿含着隐蔽丹躲在树后面，啃德鸡应该是因为吃了晶石的缘故，比之前长大了些，柔软的绒毛有些变硬，快要褪掉长出羽毛了。火红色的小兽懒洋洋地窝在叶翘的头顶上，看上去怪打眼的。

沐重晞之前便将当初从秘境拿来的火系晶石都喂给了叶翘的妖兽，反正他用不到，给小师妹也挺好的。因为喂得好，叶翘的这只契约兽肉眼可见地变大了不少，薛玥怕打起来的时候它会碍事，伸出手帮师妹抓住。

借着树枝的遮挡，林中沙沙声拂过，叶翘微微屈膝，借着反弹的力道，上来就袭击了宋寒声。她脚下快、狠、准，直接将反应不及的男人踹倒在地上。宋寒声听到树枝晃动的声音就警惕了起来，他怀里的金刚符挡下了叶翘的攻击，旋即指尖的符篆飞了过来。

叶翘哪里能让他的符篆碰到自己，连忙一个后撤步拉开距离，眼看宋寒声挣脱之际想用传送符逃跑，她当即高声道："楚行之，愣着干吗？"

宋寒声听到这句话，唇角勾起冷笑，刚想嘲讽她几句时，下一秒发现楚行之竟然真的朝着自己扑了过来。他在反应速度方面根本比不上剑修，被楚行之抓住手腕，打落了传送符。为了能拉一个垫背的，楚行之干脆豁出去了，抱住宋寒声的大腿，就把人往地上拽。

惨遭偷袭的宋寒声的瞳仁猛地一颤，他望着楚行之，那眼神仿佛在说，"我把你当兄弟，你和叶翘一起暗算我"？

楚行之这会儿已经彻底站在叶翘这边了，他见宋寒声还想挣扎，立

马大声嚷嚷着道:"再挣扎我就扒你的裤子了啊!"

宋寒声的身子滞住片刻,叶翘趁着这个空当毫不犹豫地扯出他腰间的身份牌,狠狠地捏碎。

真好。

终于拉到一个垫背的了。

楚行之觉得自己也算是死得其所了,到时候大师兄问起来自己为什么会第一天就被淘汰,他完全能自豪地告诉大师兄,他出局前还想方设法使月清宗的首席大弟子也被淘汰了!在宋寒声被淘汰的瞬间,他的身份牌也随之被叶翘捏碎。

在两个人出局的那一刻,秘境里所有亲传弟子们的步子都顿住了,宋寒声和楚行之一起出局了?这怎么可能?

"什么情况?"刚和大师兄碰面的明玄简直无法相信自己的眼睛,第一个出局的竟然会是宋寒声?紧接着就是楚行之,难道是问剑宗和月清宗对上了,然后大打出手?刚见面就捏碎了对方的身份牌?

周行云也没能反应过来,讶异地道:"这么快的吗?"根据以往的经验,最快出局的应该是丹修才对,就算是薛玙出局,两人都不会这么惊讶,怎么会是宋寒声和楚行之呢?

宋寒声从没见过这么做人的,他死死地盯着叶翘,大脑一片空白,大怒:"是你!是你指使的楚行之?"显然这会儿宋寒声被打击得一度有些怀疑人生。

叶翘摊开手:"不。别冤枉我。我们是合伙作案。"

互惠互利这种事,怎么能说是指使呢?她看过前几届宗门大比的留影石,就是无聊的厮杀妖兽,如果恰好碰上就打一架,谁赢谁就继续埋头杀妖兽。最终猎杀妖兽数量最多的人获胜。这让叶翘非常不理解,能搞偷袭谁会正面攻击?有实力正面迎敌叫强大,没实力的叫愚蠢。

望着宋寒声愤怒中透着几分茫然的神色,叶翘很善良地告诉他:"宋师兄,难道没人告诉过你大秘境里团队合作的重要性吗?"

一阵沉默后,宋寒声一口血差点吐出来。谁团队合作会找自己的仇人合作的啊?当初他是看到楚行之和叶翘针锋相对的一幕才放下戒心,全然相信了楚行之是来找自己合作的。他这会儿想弄死叶翘的心都有了,他愤怒了几秒钟,面无表情地问:"楚行之为什么会听你的话?"

叶翘很快回答:"可能是他觉得自己一个人出局太孤单,所以想拉个人一起去淘汰席上作伴?正所谓两个亲传弟子手牵手,淘汰路上不孤独。"

在她的话音落下后,伴随着传送阵的消失,宋寒声首次成为第一个惨遭出局的亲传弟子。

"宋寒声。"有观众高声问他,"第一个出局的感受怎么样?"

宋寒声刚被传送阵送出来,和他一起出来的还有楚行之,比起宋寒声阴恻恻的模样,楚行之就显得高兴多了。别问,问就是把别的宗门的首席弟子拉着陪葬,他的心情好。

月清宗的实力不弱,宋寒声作为首席弟子,但凡给他个合适的位置,他能把一手五行阵玩出花儿来。

前提是,他不被背叛的话——一想到自己出局的原因,宋寒声没忍住,转头一拳朝楚行之的面门砸了过去。

楚行之仰头躲了过去,一副哥俩好的模样:"你打我干吗?是叶翘指使的,我也是被她威胁的。不如这样,等下次进入秘境,咱们合作先干掉叶翘怎么样?"

宋寒声:"滚。"他再相信楚行之,他就是狗。

两个人那点小摩擦自然没躲过眼尖的观众,一群人见状乐不可支。

"唉,以前大比也没发生过这种情况啊!一个惨遭背刺,一个惨遭丹炉砸头。"

"没事儿,没事儿,这才是第一场,接下来还有好几场呢,我们迟早可以找回场子的!"

"笑死我了,楚行之这个笨蛋,没看到人家月清宗的人想打死你吗?"

"师父。"宋寒声抿了抿嘴唇,垂头丧气地走到云痕身边,他确实是大意了。

云痕站起身,盯着留影石中折射出来的画面,有些失神。他想起来叶翘毫不留恋的模样。云痕并不后悔当时做出的决定,一个平平无奇的弟子和一个天赋异禀的弟子，怎么选那还用犹豫吗？只是他没想到叶翘会这么决绝。而现在自己最得意的首席弟子被淘汰，他说不动怒肯定是假的。这相当于在打他们月清宗的脸面。云痕甚至觉得，或许这个弟子是在报复自己之前对她的无视。他坐了回去，平息着情绪，决定等叶翘出来和她好好谈谈。

与此同时，成风宗的几个亲传弟子也在迅速围剿妖兽，收到两个亲传弟子出局的消息时，在场的人都挺不可置信的。

"第一个被淘汰的竟然不是长明宗那个叶翘？"

秦淮虽然不清楚两宗发生了什么，可楚行之是怎么被淘汰的？

剑修在这种秘境不应该是如鱼得水的吗？

他太震惊了，以至于差点分心，被妖兽偷袭。

段横刀不满地道："专心啊！大师兄。"

"谁第一天被淘汰，叶翘都不可能被淘汰的。"他翻了个白眼，笃定地道，"指不定这两个人被淘汰就和叶翘有莫大关系呢。"段横刀永远对叶翘搞破坏的能力深信不疑，长明宗似乎也不打算争这个第一名，既然如此，那叶翘开始搞破坏也不那么让人感到惊讶了，就是不知道她又用了什么缺德的法子，一下子弄走两个金丹期的修士，怪不可思议的。

秦淮利落地收剑："行，随便你怎么想。"他无所谓地道，"反正我们的目标是这次宗门大比的第一。"他们现在唯一的对手就是问剑宗。

"你都这么说了，如果碰到长明宗的也顺手解决了吧。"想了想，秦淮还是没敢托大。

一次两次也就罢了，可能是段横刀的脑子出问题了。但到现在为止，小师弟一直频频提起叶翘的名字，万一真的是个变数怎么办？还是解决掉的好，反正多淘汰几个其他宗门的亲传弟子对他们宗没坏处。

宋寒声出局，云鹊这会儿应该是忙着和叶清寒谈恋爱，导致月清宗排名卡在第三，不上不下的。薛玙查看了一下排名，看到自己宗门标着"五十三"的妖兽数目，他立刻收起了玉简，想要忘掉那丢人的数量。

"老实说，我总觉得那个月清宗的小师妹，破境的速度不太正常。"这句话他很早之前就想说了，半年时间就突破金丹，放眼太虚境都找不到比她离谱的。

"她以前灵根受损。后来应该是被治好了。"叶翘摸了摸下巴。

薛玙沉吟片刻后，毫不客气地道："这种情况，要么是靠大量的丹药，要么是有什么机缘。"

叶翘欲言又止，她觉得说不定有什么妖王、魔尊主动跟对方契约了，毕竟受天道宠爱的云鹊有什么桃花都不足为奇。

两个人为了保险起见，还是决定先找到其他三人会合，不然万一真的遇到叶清寒，他们就全完了。然而他们连夜赶了一天的路，才在秘境中找到了明玄一个人。

叶翘好奇："大师兄和四师兄呢？"

明玄耸了耸肩："沐重晞我从进秘境就没遇到过他，大师兄去杀妖兽了。"

周行云虽然觉得没什么希望，可五十三这个数字让这个强迫症有些受不了，他拎着剑一定要去凑个一百。在秘境里，无论什么时候落单都不是好事情，不过周行云足够强，完全不需要担心这个问题，叶翘放下心来。

"那我们走吧。"三个人一起走好歹安全感增加了不少。明玄这才想起来问正事，他笑眯眯地分享给两个师弟、师妹一个好消息。

"宋寒声和楚行之第一天就被淘汰了。"这两个人没一个好东西，明玄看到两个人被淘汰除了惊讶，更多的还是幸灾乐祸。

叶翘："知道。"她指了指自己，"我干的。"

明玄："啊？"他呆呆地眨了下眼睛，没回过神。

薛玙拍了拍手："各位，有人过来了。"他的神识轻易地探查到了周围陌生的气息，还挺强的，他的声音有些严肃，"两个金丹期的修士。"如果是剑修就糟了。

大秘境里碰到再正常不过了，明玄之前跟着大师兄倒是无所畏惧，可现在小师妹是个筑基期的修士，三师弟是个丹修，唯一一个有点战斗力的大概就是自己了吧？

秦淮看到红色宗服后，便知道出现在这里的是谁了，小师弟的神识探查到这里有人时，他立刻赶过来查看了。没想到这么巧，真的碰到了长明宗的亲传弟子。

秦淮立刻从腰间拔剑出鞘，唇角勾了勾，望向叶翘："你就是我那个不争气的师弟天天挂嘴边的叶翘？"

——看这架势，来者不善啊！

"你们把身份牌给我吧。"叶翘没理会他的废话，将眼睛眯起，在分析了彼此情况后，语速很快，"等一会儿就回来救你们。"

一个筑基初期的修士大言不惭地说会回来救两个金丹期的修士？怎么敢的啊？

"好。"关键是这两个人还真信了。

成风宗的长老看到这一幕却是笑了："难得。"难得有这种彼此信任的亲传弟子，往年说是团队战，可实际上大家分崩离析，都在单打独斗。虽然不知道她为何这么自信，可几个亲传弟子之间的信任确实让人羡慕。

两个人把身份牌交给了叶翘以后，秦淮饶有兴致地勾唇："让一个筑基期的弟子保管身份牌？"是无知，还是这个叶翘真的有什么本事？

叶翘望向他："我应该没得罪过你们吧？"她和段横刀之前在秘境里面相处得还挺好的啊。

"当然没有。但是，为了避免意外发生，你还是出局好一点儿。"说着，秦淮手里的剑已经直指叶翘的面门了。

"我错了。"叶翘果断地认错，她瞥了一眼明玄悄悄结印的手势，当即选择拖延时间，"要不我们再商量商量？"她也会画符，认出来了明玄是在布阵。

没想到二师兄还会布阵呢？叶翘感到有些惊讶。

秦淮露出一抹冷笑："你今天死定了。"他抬手，剑影一分为二，犹如万钧之势朝三个人的方向刺了过来。向来吊儿郎当的明玄神色罕见地严肃起来，他指尖的符箓翻飞，甩出四张符印，金色的光芒从地面升起，形成一道四面枷锁，牢牢地将秦淮困在了原地。

——四方阵。

这种阵法能短暂地控制住对方,比禁锢符复杂,需要一定的时间提前布阵。

秦淮的脸色变黑了,他忘了还有个碍事的符修。

看到被困住的秦淮,叶翘立刻改口:"嘿,我没错。"

秦淮觉得小师弟说得对,这个人果然讨厌!

明玄言简意赅地道:"快走。别调皮了。"

叶翘闻言没有犹豫,一把抓起两个师兄的身份牌就跑。

段横刀看到叶翘,良心挣扎了片刻,但大比期间,对敌方手下留情是不可能的。少年掏出一捆束仙绳,直接朝着叶翘的方向袭去。

金丹对筑基,即使是个器修,速度也是叶翘比不上的,她之前能偷袭到宋寒声完全就是靠乘其不备的法子。细长的绳子宛如灵蛇穿过明玄,直奔叶翘。眼看小师妹就要被抓,薛玛咬牙掏出了丹炉,将其骤然变大,挡住了段横刀的一击。如果没有叶翘,他这辈子都想不到,丹炉的用处能这么大的。能攻能守,真是好用。

在自己的束仙绳捆住一个大丹炉后,段横刀的眼睛成功地突然睁大了。

谁教他这么用丹炉的啊?

这种被围堵的情况下,御剑是御不成了的,剑修需要将剑放下,调整一下姿势再起飞,现在被虎视眈眈的段横刀盯着,哪里有逃跑的机会?眼看秦淮就要破阵而出了,叶翘迅速打量起周围,想找点能借力的东西。

忽然抬头看到半空中飞过的几只妖兽,她的眼睛骤然一亮。她没有犹豫,从芥子袋里找出了前不久段横刀送的捆妖绳。下一秒将细软的绳子抛出,捆妖绳自动缠住了对方的爪子。伴随着大鸟飞得越来越高,叶翘立刻被拽着飞上天了。被拽着飞起来时,她下意识地说了句:"再见了各位,我今晚就去远方了。"

段横刀的脸一黑,他认出来了,那是他送的捆妖绳。这玩意儿确实对妖兽有自动锁定的功能,可不代表能这么用啊?

秦淮眼睁睁地看着叶翘带着身份牌飞走，想去帮忙，但被四方阵给困住了。他不是符师，破阵显然需要一点时间，即使明玄的境界落后一截，他想破除四大符箓中的四方阵也不是那么容易的。

明玄花了好几年，也就绘制了三张四方符，可见其阵法的复杂。

问剑宗的长老喝了一口茶，慢悠悠地笑着道："符修果然不同凡响。"一个符修就能把人困住这么久，难怪这些年月清宗愈发张狂，只可惜宋寒声第一天就被淘汰掉了，不然等他参与混战，叶翘根本连逃跑的机会都没有。

说到底还是第一天就偷袭的行为，给她制造了很好的逃跑时机。

左右现在被困住的不是自己宗门的弟子，问剑宗的长老假惺惺地感叹着："符修稀少也不是没有道理的。"

成风宗的长老的太阳穴跳了跳，他皮笑肉不笑地道："我们宗可没有第一天就出局的弟子。"

问剑宗的长老脸黑了片刻，随后笑眯眯地道："哎呀，没关系，虽然楚行之出局了，那不是还有月清宗的首席弟子陪着吗？"

段横刀拿出法器就想把叶翘打下来，旁边的明玄不给他这个机会，一下扑了过去，把他死死地按在地上。

段横刀躲闪不及，吃了一嘴的灰，叫着要爬起来，薛玙也急忙往上压。

长明宗的几个亲传弟子跟叠罗汉一样，一个压一个。平日里板正的形象全无。比赛一下子从天骄们大比变成了各大宗门亲传弟子在菜市场抢菜。

只需半刻工夫，叶翘就足够爬到鸟背上了，她在空中足尖借力一点，俯身搂住赤鸟的脖子，头也不回地跑了。

"你们可真不要脸。"段横刀眼睁睁地看着叶翘骑着鸟逃之夭夭，他被压得差点喘不过气，硬生生地挤出这么一句指责的话，"以前你们不是这样的！"到底是什么改变了这群要面子的亲传弟子？

明玄朝他弯着眼睛，反问道："要脸能不被淘汰吗？"

显然不可能。

小师妹拿着他们的身份牌逃出去，才能避免他们几个人一起出局的命运。这种行为很冒险,至少千年来很少有亲传弟子会把身份牌主动交给另一个人,万一没保护好身份牌,那就是整个宗门团灭的结局,而小师妹,现在可是他们全宗的希望!

"这一届的亲传弟子……"成风宗的长老看到这混乱的一幕,嘴角抽搐着,中肯地给出评价,"花样都挺多的。"

叶翘骑着赤鸟,速度很快地遁入云霄。这种妖兽大多桀骜不驯,察觉到她的意图后,疯狂地试图把她甩下去。

叶翘有了之前被甩下来的经验,死死地勒住它的脖子以避免再次被摔到地上的命运。饶是如此,也被带得上蹿下跳。等飞到半空,叶翘找了个合适的机会,将长剑抛到半空,一脚踩了上去,调整了一下姿势往上飞。她把腰间的夺笋取了下来,毫不犹豫地抹掉之前的咒印,接着又打开手里的地图。那上面详细地记录着每种类型的妖兽的位置,堪称秘境攻略大全。

叶翘当即踩着脚下的玄剑,往妖兽最多的地方飞了过去,路过妖兽群的时候用夺笋在它们面前一晃,一群妖兽的气息都变得癫狂了起来,纷纷走出巢穴,循着气息找上门来。

叶翘的速度很快,她制造出来的动静过大,正在秘境里面无聊地闲逛的沐重晞看到半空中似乎有个人,身后跟了一连串妖兽。他觉得这一幕有些眼熟,眯了眯眼睛,扭头朝着周行云道:"大师兄,我们去找小师妹吧。"

周行云淡淡地"哦"了一声,他和沐重晞是恰好碰到的,似乎都对这场大比不抱希望,一个比一个态度消极。沐重晞当然知道自己在赌局上押了十五万块上品灵石,但那纯粹是凑个热闹而已。

看到叶翘的影子,沐重晞顿时来精神了,脚下踩着剑,一把就拽着大师兄往上飞。

周行云差点被小师弟给勒死。

"小师妹!"沐重晞高声喊了一嗓子,叶翘也注意到了两个师兄。

"四师兄。"瞅了一下身后穷追不舍的妖兽,叶翘直接一脚将夺笋踢给沐重晞,"接着!"

沐重晞愣了几秒钟,之前已经有了默契,他立刻接住,在快要被妖兽追上之际,又踢给叶翘,两个人将那根棍子踢得有来有回。

从没见过这种大场面的周行云:"嗯?"

场外的观众也不理解!

段誉摸了摸自己胡子拉碴的下巴,看着两个蹿得比兔子还快的弟子,眼里掠过几分笑意:"天下武功,唯快不破。没什么特殊秘诀。"

两个人配合起来真的是无敌,身后一大波妖兽硬是没追上。

周行云看着两个人流畅的传递动作,向来百无聊赖的神色难得染上几分好奇。但两个人谁也没注意到大师兄的动静,叶翘语速飞快地和沐重晞解释了一番自己要去干什么:"二师兄和三师兄被成风宗的人抓住了。"

天色渐亮,破阵而出的秦淮直接冷笑着将长明宗的两个人给捆了。

明玄对此觉得无所谓,扬了扬下巴:"要身份牌没有,你确定要继续和我们耗着吗?我警告你,我们的小师妹一会儿就回来打死你哦!"

薛珏往树上一靠,没有半点作为人质的觉悟,也说道:"打死你哦!"那戏谑的语气都是一个模子刻出来的。

秦淮嗤笑着道:"还挺自信。"指望一个筑基期的修士?她能干什么

段横刀犹豫片刻:"我们要不还是走吧?"反正身份牌也没拿到,留在这里,他总有种不妙的预感。

"不走。"秦淮很果断,"她的师兄在我手里,我不相信她不回来。"但很快他就要后悔这个决定了。

上方一道轻快的声音响起:"二师兄,三师兄,我来救你们啦。"

两个人抬头发现,是小师妹来了。

明玄没想到她的速度这么快,不过……

"她手里拿的是什么?"

薛珏的记忆力不错:"好像是她之前一直别在腰间的烧火棍?"是烧火棍吧,黑黢黢的,不起眼得很。

叶翘看到被捆住的两个师兄，唇角的弧度微微放平，远远地朝着两个师兄眨了一下眼睛，没多逗留。看着刚才围住自己和师兄的成风宗弟子，她的嘴角一勾，猛地就往成风宗的弟子里扎。

秦淮看到她回来后竟然还敢往自己的方向跑，笑了，主动送上门，不杀白不杀。还没等笑出来，下一秒他敏锐地抬头，发现地面颤抖了起来，几只在半空中的飞行类妖兽直直地朝他们所在的地方俯冲了过来。

秦淮当然不把这种低级妖兽放眼里，可紧接着，不知道什么情况，天上飞的，地上跑的，很多妖兽以一种恐怖的速度往他们所在的方向奔来。

"撤退。"秦淮眸光微凝，果断地一声令下，他们成风宗今年都是金丹期修士没错，可是有两个师弟都是器修，除了会炼器根本没有自保能力。

叶翘哪里能让他们跑，脚尖一点，直接追上他们。叶翘在前面跑，沐重晞在后面打掩护，遇到试图扑过来攻击她的妖兽，他反手一个清风剑剑招甩过去，重力之下荡飞好几只。

而一旦妖兽靠近，叶翘完全能做到一心两用，提醒沐重晞，防止他被妖兽偷袭。

周行云见没自己什么事，干脆去帮两个师弟解开了绳子。

碧水宗的长老吹了吹茶盏里的浮叶，感叹着道："你们长明宗，训练得倒是挺不错的。"

按理说才筑基期的叶翘应该是唯一的破绽才对，可事实上似乎并不是这样。不管是她那阴损的法子，还是敢一个人扎进妖兽窝里回来救人的勇气，都是其他亲传弟子不具备的。

"我发现那个丫头似乎神识和普通剑修不太一样。"成风宗的长老隐约看出来了点苗头，望着赵长老继续问道，"你们确定她是剑修吧？"他记得那种神识强度，是只有符修或者丹修才能做到的。

赵长老蹙了蹙眉："你们什么意思？她手里拿的不是剑吗？用的不是长明宗的剑法吗？"

赵长老不高兴了，合着还怀疑他们宗藏拙？

成风宗的长老见他的反应这么大，暗暗心道：太虚境很早之前又不是没有剑符双修的例子，只是极罕见罢了，毕竟一心两用什么的，也太考验脑子和识海了。成风宗的长老虽然怀疑，但见赵长老似乎并不知情的模样，只能暂时将疑窦压在心底，准备再仔细观察观察长明宗的这个弟子。

全然不知道自己被盯上的叶翘正和成风宗玩得很愉快。

秦淮在察觉到情况不对时就想带领着师弟们撤离，结果叶翘竟然开始了穷追不舍。双方的局势一下子逆转了起来。

"你别过来。"秦淮一边跑一边扭头对叶翘说，声音隐隐掺杂着冷意，"不然等下场大比，我是不会放过你的。"他是有防御型法器，可这些法器来之不易，都是用来抵挡各宗的亲传弟子的杀招的。谁会用法器对付妖兽啊？丢不丢人。

叶翘道："没关系啊，等你出局以后可以和宋寒声、楚行之一起来报复我，名字我都帮你们取好了，就叫：复仇者联盟。"她还好心地问了句，"怎么样？好听不？"

场外的宋寒声、楚行之，他们自打出局，就坐在了淘汰席上一起丢人。按理说这个时候这么严肃的大比，他们应该盯着各自宗门的留影石看的，然而可能连他们自己都没发现，他们的目光总是不受控制地往长明宗那边的留影石上瞅，总想看看叶翘还能用些什么不正常的手段。

段横刀的手心里一个类似于弹珠的法器迸发出光芒，筑起一道防护罩。听着耳畔刺耳的声音，他神色微凝："我有法器能困住一部分妖兽，但这里的妖兽数目太多了。"

杀都杀不完。

叶翘是又去捅妖兽窝了吗？

再次看到这个熟悉的做法，段横刀简直泪流满面。之前是他们配合着抓妖兽，可这一次，叶翘是敌对宗门的人，她带着一堆妖兽，毫不犹豫地往他们所在的方向冲了过来，和叶翘做朋友一起坑害月清宗的时候是挺快乐的，可是当叶翘是对手的时候就很苦闷了。

云鹊蹙着眉,看着不远处:"那边,是发生了什么吗?"

叶清寒见状也摇了摇头。

云鹊在秘境里遇到的第一个人就是叶清寒,于是云鹊立刻高兴地抛弃了自己的师兄,跟着问剑宗的亲传弟子一路上捡漏,还杀了几只妖兽。

场外有不少人对她的行为指指点点。

"我如果是月清宗的亲传弟子,我都要被气死了。"

"好惨的宋寒声……第一天就勤勤恳恳地杀了一百多只妖兽,结果出局后一看,自家师妹在和敌对宗门的人风花雪月。"

宋寒声听到底下观众席的话,脸色再次变黑了。

叶翘的神识第一时间就探察到了问剑宗的人就在附近,换作平时她肯定不敢挑衅叶清寒,可现在她的大师兄在,这让她有了充足的底气。她顿时不再犹豫,在问剑宗和成风宗碰头后,叶翘拿着夺笋就往成风宗和问剑宗的人堆里面扎,她身后跟着的妖兽立刻疯了一般朝他们冲了过去。

叶清寒微微一愣,拔剑逼退一波发疯的妖兽,朝着身后的师弟、师妹们声音冷冷地道:"先散开。"他一个人带着师弟、师妹全身而退并不难,可身边还有个云鹊,在一群妖兽的围攻下,云鹊早就被吓得魂不附体了,死死地抱着他的胳膊不放,使他的行动受到了极大限制。

叶清寒完全不明白,怎么会突然出现这么多妖兽?仿佛根本消灭不完一样,妖兽前仆后继,叶清寒虽然想拿下第一,但不代表他一个人打得过这么疯狂的妖兽。

云鹊看向叶翘手里的棍子,不禁瞳仁微颤,猛地想起来了之前自己的寻宝兽往对方的棍子上拼命蹭的模样:"是你。"

"叶师兄,是她干的!"云鹊的声音猛地提高了几分,"是她引来的妖兽。"除了叶翘,也没人能干出这种缺德事了。

叶清寒也意识到了,然而叶翘就像是狗皮膏药似的,对他们穷追不舍。

妖兽追着叶翘跑,叶翘在后面追着一群其他宗门的亲传弟子跑。

秦淮想骂人,关键是叶翘一边追,一边还不忘言语攻击他们:"跑什么啊?不是说要淘汰我们吗?来来来,我身上有三块亲传弟子的身份牌,

不要客气,来打我吧。"

这个时候谁敢往她跟前凑啊。叶翘的青色剑气化成半月形,手腕一转,剑风漾起凛冽的弧度,干净利落地抹了妖兽的脖子。

叶翘看向下方闲得没事干的周行云,抬脚稳稳地朝他踢了过去:"大师兄,接着。"她其实不确定大师兄要不要一起来玩,毕竟……周行云似乎向来严肃得很。

没想到周行云竟然真的乖乖接住了,甚至反应速度比他们俩都快,瞬移过去消失在原地。

叶翘微微一愣。她和四师兄都会踏清风,但无论是自己,还是天生剑骨的沐重晞,也只是跑得比其他人快,她从没见过有人能将踏清风用到极致。

"发什么呆呢?小师妹?"沐重晞用剑替她挡下身后偷袭的妖兽,他现在玩得正兴奋呢。太有意思了。以往在大秘境和其他宗门的亲传弟子狭路相逢,都是他们被追得灰溜溜地逃跑,现在不一样了。

"我决定了。"沐重晞一拍手,跃跃欲试地宣布,"我要玩到秘境结束。"反正长明宗的排名已经垫底了。光脚的不怕穿鞋的,正所谓无欲则刚,遇到危险就捏碎身份牌跑路呗。长明宗无所谓,可是其他宗门做不到啊。

成风宗都已经稳居第二了,努努力也不是不能冲第一,宗门大比的团队赛总共五个秘境,积分赛制,第一有二百积分,第二才一百五。

问剑宗更不用说,他们现在可是稳居第一,只要不是遇到生命危险,怎么都不可能捏碎自己的身份牌的。

底下的明玄一抬头就能看到一群剑修在天上飞来飞去、你追我赶的场面,他再次对叶翘刮目相看。这大概是大比开启千年以来,第一次有人凭借一己之力,逼得两个宗门的亲传弟子抱头鼠窜吧?

正当明玄看得入神时,耳畔传来叶翘的声音:"快去跟在叶清寒的后面捡漏。"

明玄微微一愣:"怎么捡?"

叶翘刚把棍子丢给大师兄,喘了口气,立马开始指点他:"后面,叶清寒后面，补刀会吗？在他快把妖兽打死的时候，你在后面出其不意地抢在他前面把妖兽打死，这样就能记在咱们的猎杀次数上了。"

明玄微微一愣，恍然大悟："我明白了。"

原来还能这样！在经过叶翘的提点后，薛玙和明玄立刻一人贴了一张隐蔽符，悄悄地跟在问剑宗的人后面，叶清寒打伤一个，他们赶紧跑过去补刀。这会儿叶清寒没空儿注意周围的人，根本不知道长明宗的人在后面捡漏儿。

薛玙和明玄在叶翘来长明宗之前关系最好了，两个人经常一起玩，配合起来也有默契。

明玄的指尖捏着符箓，撑起阵法，避免被妖兽偷袭，薛玙更干脆了，他直接拿起手里的丹炉砸，一砸一个准。

明玄看着昔日温柔的薛玙一丹炉打死一只妖兽的模样，诡异地陷入沉默，他和薛玙能玩到一起，主要还是因为薛玙的性格好。同是八大家出身，薛玙没有杀伤力啊，顶多就是练炼丹，不像两个剑修一样暴力。

现在好了，明玄都在考虑以后要不要对薛玙的态度好一点了，万一哪天他一不高兴，朝自己砸丹炉怎么办？

薛玙一把抢飞扑过来的妖兽："发什么呆呢？"

明玄的指尖翻转，炸飞了几只受伤的妖兽，见状唯唯诺诺地摇头："没什么。"

叶翘注意到两个师兄捡漏的动静，在传棍子的时候离他们远一点。

于是问剑宗和成风宗的人被妖兽攻击得更惨了。看着飞来飞去的剑修们，明玄无比轻快地想，让他们打去吧，他们俩就在后头捡漏也挺好的。

玉筒上面，一直排在末尾的长明宗原本毫无波动的数字在大幅度地上涨。

周行云的速度比师弟师妹都快，所以他拿着手里的棍子，专挑问剑宗的队伍里钻，等叶清寒发觉到不对劲，一剑劈过去的时候，周行云早已经跑没影了。

叶清寒的额角跳了跳，面部表情都有些不受控制地扭曲起来。

速度快了不起吗？

还有，周行云跟着那些人凑什么热闹呢！

远在秘境另一头的苏浊看到玉简上面三个宗门猎杀妖兽的数量以肉眼可见的速度在往上涨，还面露疑惑之色："他们从哪里找来的妖兽？"然而更让他惊奇的则是，一直稳居倒数第一的长明宗，竟然隐隐约约有超过他们的架势。

苏浊总觉得这样下去不太妙，可是大师兄不知道什么原因第一天就被淘汰了，小师妹也不见踪影，只有他和其他两个师兄。为了寻找妖兽的巢穴，他们累死累活地跑到地图标记的位置。结果发现妖兽的巢穴里都空荡荡的，仿佛一夜之间，所有妖兽都蒸发了似的。

观众也跟着干着急："笨啊，去找叶翘啊。"

"妖兽都被她给吸引走了。"

"这样下去，总觉得月清宗好危险。"

玉简上的排名以一种恐怖的速度刷新着，截至目前，问剑宗猎杀五千只妖兽，成风宗猎杀三千只妖兽，月清宗猎杀七百只妖兽，碧水宗猎杀六百只妖兽，而一直垫底的长明宗，短短一天内排名竟然接近第二。

碧水宗的运气还行，路上还遇到不少妖兽，这得益于他们没有出局和失踪的弟子，五个人一起在秘境走，全程都很顺利。

淼淼看了看排名，嘟囔了一句："长明宗竟然第二了啊。"

碧水宗是第四名，而月清宗那边却不知道什么情况，竟然成了大比的倒数第一。

伴随着传送阵刺眼的光芒亮起，五天的时间一到，所有的亲传弟子全部被传送了出来。

第一场大比结束后，五个宗门的积分也出来了。

问剑宗二百积分。

长明宗一百五积分。

成风宗一百积分。

碧水宗五十积分。

月清宗零积分。

这个排名让薛玙和明玄都松了口气,捡漏二人组对视一眼,愉快地击掌。人的悲喜并不相通,看到排名后,月清宗的一行人除了云鹊,脸色都不好看,宗门荣誉感还是要有的,倒数第一可是要被嘲笑的。

叶翘路过月清宗时,顿了顿,脚下慢悠悠地开始打着拍子。

月清宗五个人的脸色一起变了。

宋寒声语气森然:"你在嘲讽我们?"

"没有啊。"叶翘若无其事地仰头,"我高兴,庆祝庆祝,不行吗?"

"那他呢?"宋寒声音狠厉地看向明玄。

明玄漫不经心地道:"我也高兴。"

周行云沉默了一下,看着他们言简意赅地道:"高兴。"

眼看宋寒声还想说点什么,立刻有长明宗的粉丝跟着附和:"喂,我们长明宗可是第二啊,高兴一下怎么了?"

"对,什么叫嘲讽?我们的亲传弟子们只是高兴!"

"你们月清宗管天管地还管得了人家高兴吗?"

宋寒声大概终于意识到说不过他们,憋屈地闭嘴了。

拿到第一的叶清寒同样也觉得很憋屈,他冷冷地看着叶翘,见她在微笑,大概是想眼不见为净,扭头朝着师弟师妹们道:"我们走。"

"虽然问剑宗是第一,但我怎么感觉他们还没长明宗的人开心呢?"

"我看叶清寒是自闭了吧?"

排名第二的宗门风头能盖过排名第一的宗门,搁在太虚境也是破天荒头一次。

"这么多年问剑宗因为亲传弟子的实力强,内、外门的弟子都很猖狂,头一次踢到铁板,不自闭才怪。"

"你们押注都押了谁?"

"我押了问剑宗。"

"成风宗。"

"月清宗,符修还是挺强的。"

当即观众席里有人弱弱地道:"既然你们都押了其他宗,那我就去押

长明宗了。"一共一万个席位,能来观战的都是见多识广的世家修士,或者说有本事的散修,再不济也是些太虚境的大小姐、大少爷,换句话说,都不差钱,赌注一个比一个押得高。

本来是没什么人押长明宗的,但经过刚才秘境的比赛,他们忍不住思考,是不是也该跟着押长明宗?

"再看看吧,我还是看好问剑宗?"

"那你们慢慢看,我先去押长明宗,过几天赌局就要结束了。"

周围的议论声不绝于耳,云痕猛地站起来,心头涌上几分微愠,准备等没人的时候找叶翘聊一聊。考虑到这个徒弟在大比上的表现,云痕觉得只要她乖乖地回宗,自己也不是不能原谅她的过错。

不知道云痕在想什么的叶翘趁着没人注意自己,一溜烟地跑回院子睡觉去了。

秦饭饭在他们出来后,刚想找几个徒弟聊聊,结果发现最大的功臣早就跑没影儿了。

"叶翘那个丫头呢?"他疑惑地问道。

沐重晞比较了解她:"睡觉去了吧?她也挺累的。"

五宗弟子各自打道回府后,宋寒声劈头盖脸地对着云鹊就是一顿骂:"你是不是疯了?跟着问剑宗的人走?我们是敌对宗门,懂不懂?但凡叶清寒下得去手,你第一个就被淘汰。"

云鹊被训得有些不知所措:"……对不起。"

"下一场是远古战场。"他声音冷冷地道,"不许再跟着问剑宗的人了,听到没?"

远古战场各种上古阵法遍布,完全就是符修们的天下,宋寒声觉得他们第一场虽然丢人了些,但第二场绝对能找回面子。而且问剑宗没有符修,他们绝对会来找自己合作的。

宋寒声只希望这个师妹不要主动往叶清寒那边凑。

云鹊眼眸微垂,有些委屈地"嗯"了一声,除了长明宗的那几个人,还是头一次有男人对她不假辞色。

宋寒声语气缓了缓,状若不经意地提了句:"那个叶翘,以前在咱们月清宗,有这么不要脸的吗?"如果他们宗以前真有叶翘这号人,以她搞破坏的能力来看,没道理宋寒声到现在才知道她。

云鹊茫然地摇摇头,叶翘在她印象中就是沉默寡言的人,谁知道她下山之后还变了性子。

五宗的亲传弟子目前全部住在问剑宗给安排的院子里面,大概是怕他们打架,没让他们混住,而是一个宗门一个院子。

叶翘睡得迷迷糊糊时,被段誉长老揪了起来,复盘秘境里发生的事情。她作为罪魁祸首,理所应当地被盘问半天。

"你手里的棍子什么情况?"

叶翘勉强睁开眼睛:"捡来的,叫夺笋。不知道什么情况,但对妖兽的吸引力挺大的。"目测是个好东西。

显然段誉也是这么觉得的,他仔仔细细地打量了一番后道:"我一会儿找几个器修,让他们看看认不认识。"顿了顿,面对大功臣,段誉的语气都和蔼了几分,他拍了拍叶翘的肩膀,"还有,干得好。"

叶翘胡乱地点了点头,被段长老拍得胳膊都有些疼。等她一脸痛苦,像是幽魂一样从段长老的院子出来后,四个师兄早就聚在一起开始讨论晚上吃什么了。

"我们去酒楼吧?庆祝庆祝。"

"不要啊。"沐重晞撇嘴,"浮生城的东西都好贵。"

原本以为他们长明宗地界的物价已经很高了,没想到强中更有强中手,问剑宗附近的东西比他们那边的还贵。

"吃一顿至少要一百块上品灵石。"一想到要花这么多灵石他们就不太高兴。

叶翘揉了揉被拍疼的肩膀,扭头看向几个师兄,思索片刻:"既然这样的话,不如去找隔壁的宗门吧。宋寒声还欠我钱呢。"

"到时候我们拿他给的灵石去酒楼。"花从仇人手里抠出来的灵石,这样心里就不会难受了。叶翘之前在秘境里面一直没机会和月清宗的人碰头,现在趁着下一个秘境开启还有一段时间,正好去要债。

正在托着腮的薛玙闻言探头:"他欠你多少?"

叶翘想了想:"十几万块上品灵石吧。"

明玄立刻站起来:"走走走,我们去要债。"这么多灵石,可不能便宜了月清宗。

"大晚上的。"薛玙默默地道,"他们应该听不到吧?"

如果直接找上门会被判定为滋事挑衅,会被扣除比赛积分的。

"那还不简单。"沐重晞翻出来个三个锣鼓,敲了两下,发出沉闷的动静,"用这个。我们就堵在他们院子的门口敲,我不信月清宗的人丢得起这个脸。"

"不太好吧。"薛玙有些犹豫,这样做的话,总觉得他们四个又要集体挨批。

"没事儿。"一直没什么存在感的周行云也慢吞吞地开口了,"我们是第二。"言下之意就是:他们刚替宗门拿下第二,师父不会因为这种事罚他们的。

大师兄都发话了,那就彻底没什么可顾忌的了。

明玄从芥子袋拿出来两张符箓:"我有扩音符。到时候就用这个喊。"

"交给我!我来喊。"沐重晞兴奋极了。

月上柳梢,安安静静的五个宗门的院子突然热闹了起来。

沐重晞打头阵,在那里高声大喊:"月清宗欠钱不还。"

薛玙漫不经心地道:"天打雷劈。"

叶翘:"丧尽天良。"

周行云失笑,怎么一个个还整上成语了?

沐重晞走在前面喊口号,后面几个人跟着一起敲锣打鼓的,动静之大,直接把其他宗门的人给吵醒了。第一场大比刚结束,所有亲传弟子都累得精疲力竭的,回到各自的住处后倒头就睡。原本他们还睡得挺香的,冷不丁被这个声音吓得坐了起来,这个动静,难道是魔尊入侵太虚境了?

听到外面锣鼓喧天的动静,以及几个徒弟熟悉的叫嚷声,秦饭饭抹了把脸，深吸一口气，只觉得刚赚回来的脸面在今天晚上丢干净了，好不容易拿了个第二，你们这群小家伙就不能老实点吗？

五个人制造出来的动静太大了，搞得隔壁宗院子里的灯都齐刷刷地亮了起来，亲传弟子们集体探头出来看戏。

宋寒声这会儿还沉浸在倒数第一的耻辱中睡不着觉，冷不丁地听到敲锣声，不由得虎躯一震。

下一秒，沐重晞气沉丹田的一嗓子："月清宗欠钱不还。"直接让他差点栽地上。

叶翘！他一直都知道长明宗变了，但他没想到，这一伙人都不要脸地敲锣敲到家门口了。宋寒声气得鼻子都歪了，只能赶紧先找师兄弟借钱，让他们赶紧闭嘴，不然照这趋势，第二天玉简论坛上面高高挂起的可能就是月清宗首席弟子欠债不还的消息了。

宋寒声七拼八凑半天才勉强凑够灵石，就在他准备蒙上面给叶翘送过去的时候，云痕出来了。

"师父。"宋寒声的脸都红了，纯粹是被叶翘他们不要脸的行为给气得。

云痕神色复杂地听着外面的动静，叹了口气："把灵石给我，我去找叶翘谈谈。"

有人肯替自己去，宋寒声当然是毫不犹豫地答应啊。以长明宗那几个人的性格，他出去指不定又要被嘲讽一顿，见自家师父似乎一副无知者无畏的模样，宋寒声果断地把灵石给了云痕。

叶翘在看到来人是谁后，语气拉长："哦，云宗主。怎么？是宋寒声不敢出来和我们面对面，所以叫你出面处理了吗？"

云痕蹙了蹙眉，莫名从她那一声"哦"里面听出来了几分嘲讽之意，他冷着脸将芥子袋丢了过来。

明玄伸出手接了过来，面不改色地道："谢了。"果然不要脸才是必杀技，这催债的速度杠杠的。

"走走走，我们去酒楼吃饭。"他施施然地扭头就走。

"我要吃烤鸡。"长明宗弟子们的日子过得太惨了,天天吃馒头,吃得人都要吐了。之前要为大比做准备,也没工夫逛浮生城,现在好不容易有空了,肯定是要吃顿好的。几个人你一言我一语,都将云痕无视了。

"叶翘。"云痕冷不丁地开口,"无视尊长,长明宗就是这样教你的?"

叶翘的步子顿住,想看看他能说出什么话,于是她罕见地没有吭声。

云痕徐徐地道:"只要你愿意认错,离开长明宗,等大比结束,我会考虑给你留一个位置。"

沐重晞摸了摸下巴:"留个位置?亲传弟子?"

云痕差点被气笑,亲传弟子?怎么可能?

亲传弟子都是上品灵根起步的天才,即使叶翘的表现再好,他都不考虑这种事。

薛玙最擅长察言观色,看云痕的表情就懂了,他微笑着道:"贵宗的人不如去睡一觉来得现实?"

"哎,老头儿,我们长明宗虽然穷了点儿。"沐重晞指了指在场的几个人,"但我们可是亲传弟子。懂不懂什么是亲传弟子?换句话说,我们可是未来太虚境的希望。"从五宗大比上就能看出来亲传弟子的重要性,五宗的亲传弟子只有同一辈人中天赋最好的才有资格担任,云痕的脑袋被驴踢了吧?谁会放着亲传弟子不当,去他们月清宗当内门弟子。

明玄的神色也变得似笑非笑起来:"有时候我都羡慕你们宗的自信,你知道吗?由于没突破金丹,我一直很自卑,但现在我发现,自卑也是一种美德。"

叶翘:"我可是你们月清宗永远得不到的弟子。"

在后面跟着偷听的秦饭饭差点上去给这几个弟子竖个大拇指,说得好啊,不要脸的老匹夫,竟敢挖他们宗门的墙脚!无耻!

云痕的脸色被气成了猪肝色,在他快控制不住脾气当场要动手时,秦饭饭努力调整了一下快要笑出来的表情,换上一副悲伤的模样,快步冲了过去,赶在云痕发怒前出声,出声:"云道友。"

"别生气别生气。"秦饭饭一脸歉意,"我那几个不成器的弟子给你添麻烦了,但可能是他们今天拿了第二,太高兴了,你稍微理解一下。"

云痕的心又被扎了一刀,谁不知道就他们宗倒数第一啊。他紧紧地绷着脸,扯出一抹冷笑,只吐出两个阴恻恻的字眼:"是吗?"

"那可不是嘛。"秦饭饭生怕把云痕刺激到,赶紧上前踹了沐重晞一脚,"得亏人家云宗主不和你们斤斤计较,还不快走。"

平白添了一肚子的火气的云痕只能眼睁睁地看着五个人若无其事地走了。他捂着被气得发疼的胸口,严重怀疑这个老头儿子是故意等叶翘等人说得差不多了,在自己忍无可忍想要动手时才不紧不慢地出来。

问剑宗那边还在熬夜商量接下来的计划。

"下一场比赛小心点儿月清宗。"叶清寒想到刚才在留影石里看到的明玄的四方阵,又改口,"还有明玄。"太虚境的符修稀少也就算了,但凡天赋好的还都往月清宗跑,仿佛在那群符修的眼里只有月清宗才是正统符修该去的地方,其他四宗也就只有长明宗有一位。

叶清寒不理解,同为五大宗,他们问剑宗哪里比不上长明宗和月清宗了?明玄那个连秦淮都能困住的阵法实在是厉害!如果没必要,下一场还是不要和符修起冲突。楚行之是所有亲传弟子里面最爱挑衅明玄的人。

之前明玄仗着极品灵根和明家符修的身份,被一群长老所看好,现在这么多年没突破金丹,楚行之肯定是要逮着他嘲讽,然而被大师兄又警告了一番,他也只能按捺住脾气:"我知道了。"

几个人筹划到深夜,突然外面传来一阵敲锣打鼓的声音,热闹极了,剑修的耳力很好,楚行之眨了眨眼睛:"谁啊?"

叶清寒听出来了:"长明宗那几个。"

小师妹不解地问道:"他们是在庆祝得第二?"他们得第一都没这么高调呢。

叶清寒又仔细地听了听,面无表情地道:"没有。他们是在催债。"

还有这样催债的吗?楚行之没忍住笑了:"谁啊?这么倒霉,惹上叶翘。"

叶清寒觉得自己被内涵了,他现在还没把灵石给叶翘呢,叶清寒此时此刻竟然有点庆幸,自己没在比赛前招惹她,不然是不是下一个被敲

锣打鼓找上门的就是自己了？一想到那幅画面，叶清寒的脸色都变了。

下一场的场地是远古战场，阵法层出不穷。为了增强自保能力，明玄被重点拉去做特训了，其他师兄也在努力。明玄懒洋洋地"嗯"了一声："上古战场的地形、环境千变万化，时时刻刻都有踩中阵法的危险，这个时候符修的作用就来了。"他们长明宗就他一个符修，到时候得快点集合才行，万一自己去晚了，他的师兄妹们被困在阵中可怎么办？于是作为下一场比赛是否能赢的关键明玄再次开启了没日没夜地画符的模式。

叶翘为了分担一下他的压力，回到自己的屋子里，将狼毫笔拿了出来，趴在桌前也开始思索画什么符箓好，她因为经常帮着抄书的缘故，对各种符箓的符纹都专门留意过，不如试试四方符吧？

当初秘境里二师兄的四方符太好用了，叶翘坐直身子，回忆了一遍符书上记载的符纹。刚一落笔，她就察觉到四方符比以往画过的符箓都要复杂，每个符文都十分精细，稍有不慎就会毁掉。

连续浪费了五张符纸，叶翘抿了抿嘴唇，整理了一下心情，上门找明玄要了一张四方符，准备先临摹一番试试看。

明玄虽然感到有些疑惑，但也没有多问，直接给她了，只当叶翘是想拿着在下一场大比中防身。他自己其实也没有多少，这种符箓难画得很，他总共就画出来了三张，期间失败了不下千次。因此他十分珍视，谁都不想给，但谁让她是叶翘呢。

叶翘本人没有强迫症，她觉得能学就学，学不会她还会安慰自己，自己又不是专业符师。

又连续失败了十次后，叶翘在冥冥之中终于抓到了点儿四方符起手时那种玄妙的感觉，指尖捏着的狼毫笔流畅勾连住神识，繁复古朴的符纹跃然而上，期间她的手都稳稳的，眼睛都不敢眨一下。

直到画符结束后，叶翘觉得晕乎乎的，眼睛也有些干涩，符箓的一角落下一道烙印，周围被镀了一层金光。

——又是一次天道祝福。

叶翘捻了起来，缓缓地松了口气，她成功了。

正画符画得昏天黑地的明玄看到这么大的动静，直接坐起来："谁？"

厉害了，又是天道祝福。

"薛玛？"正在炼丹的薛玛举起手，以证清白，"别污蔑我。"

明玄站起身，把手指放在下巴处，露出一副沉思的模样："那你不好奇到底是谁搞出来的动静吗？"他之前看到天道祝福就觉得奇怪，但没有明确的位置，只知道长明宗有个弟子被天道祝福了，可现在院子里就他们五个人啊！

明玄还真挺好奇的，于是他拽着薛玛就往大师兄的房间跑。

周行云看着闯进来的两人，歪了歪头，对两个师弟的行为表示疑惑："干什么？"

明玄道："打扰了。"他冷静地关上门，随后拉着薛玛继续往沐重晞所在的院子里窜。

两个人赶来的时机不太巧，他们亲爱的小师弟这会儿正被段长老痛扁。这种画面很常见，长明宗的剑修都是这样过来的。只是往常沐重晞挨揍，叶翘肯定会跟着一起，今天却不知道怎么回事，小师妹消失得无影无踪。

沐重晞被揍得灰头土脸的，剑招都没发出去就被对方一脚给踹飞了，他郁闷极了："长老，能慢点儿不？"给个反应的机会啊。

段誉在一旁踮着脚尖，轻飘飘地说："你的速度太慢，打架的时候谁会等你的剑招准备好了再动手？早就在你起手式刚摆出来时就把你踢飞了。"像天生剑骨这种资质，搁在其他宗门都是要被供起来的，但在长明宗想都不要想。

"这一点你要跟叶翘多学习，要么打个出其不意，要么就藏于暗处，等待给对方致命一击。"段誉长老对上场叶翘的表现满意得不行。

薛玛和明玄见状也虚伪地同情了一下小师弟，然后就赶忙开溜。他们两个只是弱小的符修和丹修罢了。小师弟被排除后，那么现在就只剩下小师妹了。

叶翘正盯着自己画出来的符箓看呢，发现门被嘭的一声撞开，她意

外地抬眼："怎么了？"

一天到晚风风火火的，就不能好好地敲门吗？

明玄和薛玙对视一眼，注意到她的手里拿的是什么之后，皆在对方眼中看到了愕然。最终，还是明玄一脸严肃地开口问道："之前宗门里那个被天道祝福的幸运儿，是你吗，小师妹？"

是的，幸运儿。能得到天道祝福的符师，那都是被大道所认可的，能获得这种特殊的荣誉不是幸运儿是什么？事后秦饭饭也找他们问过，是不是两个人落下的天道祝福？

一般来讲，天道祝福的对象只会是符修或者丹修，在听说不是他们俩后，秦饭饭当即便冷笑了两声，把他们四个人一起关禁地了。师父的原话是说让他们四个都清醒清醒，别一天到晚没事干，有的人能得到天道祝福，而有的亲传弟子竟然还在没事翘课，当时那极具内涵的话当场就让四个人沉默下来了。

叶翘仰头，看着两个师兄严肃的脸色，莫名有些忐忑："是我。"

看她承认得这么果断，两师兄再次对视一眼，不约而同地发出一声意味深长的"哦"，这就是传闻中的剑符双修吗？他们还是头一次看到活的做到的人。

明玄立刻来精神了，边把她往外面拖，边露出一抹热情的笑容："来，我们来谈谈心，小师妹。你还有多少惊喜是我们不知道的？"

第玖章 底牌

叶翘被明玄抓着就往外面走,她一点反应的机会都没有,只能匆匆将四方符收好,毕竟这可是她浪费了好多张符纸才画出来的。

明玄靠着身高的优势,将她牢牢地按住:"告诉我们,你是不是剑符双修?"不得不说,饶是他做了心理准备,但在打开房间门时看到叶翘手里拿着的符箓,还是被吓了一跳。

剑符双修!很早之前太虚境出现过,但那些大能要么飞升,要么陨落了,从此之后这种两道双修的修士就销声匿迹了。

叶翘看着两位师兄一副要三堂会审的模样,挑了挑眉,不懂他们俩在兴奋什么呢。

"如果按照你们说的标准,那我确实是剑符双修。"换作之前,叶翘从不认为自己能两道双修,她一直都当自己属于那种什么都不精通,什么都会两手的典型,但现在连续两个天道祝福都降下来了,她不是谁是?

叶翘从不是那种喜欢否认自己的人,是就是呗,谁还不是个天才了?她承认了以后,明玄笑得更开心了。

叶翘默默地打了个冷战。

薛玙稍微稳重一些，他虽然不是符修，但也了解符修的稀有性："小师妹……"他呢喃着，"我突然就觉得，你才是那个被所有人低估了的天才吧？"这一届宗门大比有不少长老在云鹊身上押宝，谁让她是唯一一个不到一年时间就突破金丹的天才呢。

叶翘的灵根品质太低了，虽谈不上废灵根，但跟遍地极品的灵根比比，和废灵根也没区别了。因此被人所看好的亲传弟子里面，唯独没有叶翘。

薛玙说着，凑近了叶翘一点："小师妹。我觉得你的灵根有问题啊。"按理说测试石很少会出现问题，可能做到剑符双修，识海的宽度绝对要比其他人大，怎么想都不可能是中品灵根啊。

"想这么多干吗？"明玄颇为无所谓，他得意地道，"我宣布，下一场比赛就是我们长明宗的天下了。"

今年他加上叶翘，可是两个符修啊。要知道，以前宗门里面就他一个符修，他不仅要和本家那群嫡系符修比，还要和月清宗的亲传弟子们比，冷不丁有了第二个符修帮自己分担压力，如果不是不允许点火，明玄恨不得放两挂鞭炮去月清宗那儿庆祝庆祝。

"云痕知道你会画符吗？"明玄的眼睛亮晶晶的，闪烁着几分看热闹的光芒。

月清宗自诩符修归属地，太虚境的大部分符修都在他们宗门那里，想来云痕应该是不知道的，不然他要是知道自己亲自赶跑一个符修，那不得后悔死啊。

叶翘摊手："当然不知道。"她是离开月清宗之后才自学的。

"那你一定是在月清宗学习画符十几年，学会后来造福咱们长明宗来了，对不对？"明玄露出一副真相只有一个，而我找到了的表情。

叶翘会来长明宗纯粹是因为这个宗门次次倒数，态度消极，很适合那些不想努力的选手。

叶翘不说话，明玄便自言自语地道："长明宗有你这样的天才我就放心了。"

薛玙不屑地道:"你这个表情,看起来好愚蠢哦。"

明玄施施然地道:"你那是不懂我作为唯一的符修的压力。"

下一场比赛,全宗门将希望都放在他身上了,明玄却觉得他根本扛不起这么重的担子,这样的期待只会逼得他窒息,叶翘的到来让他心底那点不安和阴霾瞬间消散了个干净。

其他宗的亲传弟子们看到这一道刺眼的光也都在众说纷纭。

毕竟那可是两次天道祝福,有点脑子的,譬如成风宗的秦淮已经派人去长明宗的院子打探口风了。

动静闹得太大,其他宗都出动了,叶翘沉吟片刻:"等过一会儿肯定会有人来打探消息,我们可以虚晃一枪,打他们个出其不意。"

"怎么说?"薛玙问道。

"这还不简单。"叶翘欣然道,"放出消息,就说天道祝福是给大师兄的,到时候他们就会对我们放松警惕。"

薛玙到底有点良心:"那大师兄接下来不会被针对吗?"

明玄道:"无所谓,他们打不过大师兄。"到时候进入秘境,完全能想象到他们的表情了。

秦饭饭哪里知道这群不省心的亲传弟子又在偷摸商量些什么?他也看到那道金光了,但既然没有一个弟子主动来坦白,他也就没去问。无所谓,下一场大比的时候就知道这些弟子在搞什么了。只要不做倒数第一,秦饭饭对名次是第一还是第二没什么执念。

长明宗比起其他四宗严谨而规律的日常,就显得宽松很多了,这也就养成了一群放荡不羁的亲传弟子。

另一边,明玄和叶翘两个符修正在屋子里合伙研究下一场比赛该画什么符箓好。

"我这里有降灵符、困地符、隐身符,还有一些辅助类的符箓。"明玄的眼睛轻轻眨了眨,"你呢?"虽然知道叶翘会画符,还是很会画的那种,可明玄从没见过她手里有什么符。

叶翘闻言也沉默了一下,将符箓摊开,给他看:"这个是爬行符,如

果能贴到他们身上,你或许能有幸欣赏到一群亲传弟子就地爬行的模样,到时候我们可以多拿几颗留影石录下来,日后天天观看。还有这个,我给它取了个名字,叫群魔乱舞。"

或许是看二师兄的表情太过奇怪,叶翘也意识到自己的不务正业,她说道:"是我拖符修们的后腿了。"

明玄没见过比叶翘还会偷懒的,既然连四大符箓中的四方符都能轻易地画出来,没事瞎琢磨这些不正常的玩意儿干吗呢?

不过,明玄手痒地道:"如果真能贴上的话,我能欣赏到叶清寒和大师兄手牵手一起跳舞吗?"

叶翘想象了一下那个画面,抽了口气,这么一说,她其实也有点期待了起来。

明玄还不忘给叶翘订了个目标:"三天三夜,画完我们就睡觉。"

"想想我们押在赌场的一百万块上品灵石。"明玄不忘给这个擅长偷懒的小师妹画个大饼,"只要我们能拿到第一,到手就不止一百万了。怎么样?要不要和我一起努力?"

叶翘无神的眼眸渐渐聚光,原本犯困的眼睛都睁圆了些:"好!"

明玄作为一个专业的符师,手里光是上品狼毫笔就有五支新的,在得知叶翘也会画符后,毫不吝啬地将它们推到她面前,说道:"你觉得哪支好用就用哪支。"

叶翘打起精神,挨个都试了试,最后挑了个顺手的。

上品灵器和中品灵器的差距这个时候就显出来了,她之前画几张符箓需要很长时间,使用上品灵器就没有这个顾虑了,拿起来就能画,而且过程很顺畅。她这会儿脑海中其实记下了许多远古的符箓,但都有境界限制,以叶翘的修为目前只能画点简单的。

叶翘下手很稳,画的时候除了收尾时会小心一些,剩下几乎都是一笔成符。

明玄画到一半,留意到小师妹的动静,嘴角都抽了抽:"说真的,你这个画符的速度,被我们本家那群老头儿或者云痕看到,都是要供起来的。"

符修画符的速度越快就代表着天赋越高，神识越强大，叶翘画符的速度太快了，神识仿佛都不需要滞停，几乎是一分钟就能画一个。

明玄正感叹着小师妹画符的速度快，下一秒看到叶翘的鼻尖滴落了一滴血，她愣了愣，格外娴熟地低头擦了擦，然后趴在桌子上缓了一会儿，神识又透支了。

"我不能画得太多，画多就晕。"叶翘叹着气，不晕的话她早就靠着卖符箓发家致富了。

明玄见状有些好奇地戳了戳她："那你这样画完符就晕，不会精力不济吗？"

叶翘趴在桌子上缓了好一会儿才精神过来，在他面前挥了挥手，问道："二师兄，我们现在出去卖符箓吗？"

三天三夜不睡觉画这么多符箓，不卖点儿出去可惜了。

明玄愣了愣："宗门有规定，不让私下倒卖吧？"他不缺灵石，自然也不会想到去什么集市倒买倒卖这种行为。

叶翘无所谓地道："偷偷去的话，没关系的。实在不行被抓到就关我们禁闭呗。"

——就是不知道问剑宗有没有禁地。

明玄闻言也彻底放松了下来。自打小师妹来了后，他们四个如今进禁地就跟回家一样。

浮生城摆摊的几乎没有，全都是商铺，白天还是很繁华的，放眼望去全是些修士们用的小玩意儿，有的商铺竟然还在卖一群亲传弟子的同人话本。叶翘找了个显眼的地方，插了个牌子，和明玄一起眼巴巴地蹲在摊子前开始摆摊了。然而，两个人一起等了好半天，也不见周围的修士停留，这让明玄多少有些郁闷。

"符箓不应该是一张难求的吗？怎么都没人往我们这里走？"

"因为骗子太多。"叶翘感叹着道，"以前我有幸摆摊卖过一次，那时候隔壁卖话本的生意都比我好。"

当时把叶翘羡慕得恨不得当场改行。

明玄沉思片刻,觉得或许是没有展示效果的原因,"不如我们当街给他们表演下爆炸符的威力?"

叶翘冷漠地提醒:"那我下一次见你,可能就是在问剑宗的大牢了。"

正如云中城不许拔剑,浮生城自然也有不许破坏公物的规定。

明玄努了努嘴,正当两个人在寒风中感受着命运的刺骨的寒冷时,不远处的商铺突然开了门,下一秒周围的修士们全挤了进去,一问才知道是月清宗的符箓开售了。

"月清宗的符?"明玄立刻将脑袋凑了过去,"我去看看。"

明玄也挤了进去。他拿起一张符看了几秒钟,随后嫌弃地道:"这画得也不怎么样啊,月清宗的符什么时候这么垃圾了!"

立刻人群里就有人暴怒了。明玄说话口无遮拦的,叶翘戳了戳他,"你以前出门真的没被人套上麻袋打吗?"

明玄嘟哝着道:"怎么会?我可是亲传弟子。"他刚说完,忽然就开窍了,一把冲过去抓起自己摊位上的符箓,扬声道,"我们这个才是正宗月清宗出品的符箓。定价五十块上品灵石一张,先到先得。"

原本散修们都挺生气的,毕竟他们买了这么多,突然被说买了一堆垃圾回去,谁不生气?

听到价格后,有人炸了:"人家亲传弟子都没你们会装。五十块上品灵石?不如干脆去抢劫。"

明玄忍不住"嘿"了一声,说得跟谁还不是个亲传弟子一样。他面不改色地道:"这个就是亲传弟子画出来的符啊。"确实是亲传弟子没错,不过不是月清宗的亲传弟子,而是他们长明宗的。这样一来,他们不仅不用被罚,遇到锅还能甩到月清宗头上。

"我们两个都是月清宗的亲传弟子。"叶翘接话,不忘给二师兄一个孺子可教也的眼神。

有散修讥笑着道:"你说是就是?证据呢?"

明玄当即就找了个低级符箓往一个人身上随手一贴,那个人瞬间窜出去很远。他转头道:"你看,你们买回来的符效果没这个好吧?"

第玖章 — ✦ — 底牌

真的就是当场生效，在场散修们的脸色都变了，显然被戳中了心窝。

叶翘乘胜追击，将手里的符箓拿出来给他们看："除了刚才那个符，还有爆灵符，可以瞬间将灵气调到巅峰，效果能维持半盏茶的工夫。"

"还有这个……"叶翘开始滔滔不绝地推销自己画的符箓，听得周围人一愣一愣的，毕竟都是群半吊子，哪里见过真正的符箓。看过效果不错后，有人对他们的身份差不多信了大半。

"但我记得前几天大比上的月清宗的亲传弟子似乎不长这样啊？"也有人提出了质疑。

叶翘转头朝他热情地笑起来："怎么就不长这样了？你们再仔细想想？那群亲传弟子是不是都长得很好看？"

那个散修回忆了一下，好像是的。

"长得好看的人都差不多。说不定是你记混了。"叶翘说得太过于笃定，那个修士闻言也将信将疑："这样啊。"

手里的符箓被一抢而空，师兄妹俩默契地击掌。

明玄之前手里的灵石全是明家给的，这还是头一次体验到自己赚钱的快乐。

五宗休整了大概半个月的时间，下一场大比开启在即。为了避免这群不省心的亲传弟子再次睡过头，秦饭饭耳提面命半天，让他们早点休息，明天不许再迟到了。

第二天一早他们也确实没有迟到，但也不见得来得有多早，他们来的时候观众席都已经坐满了，不少人翘首以盼，等待着秘境开启。事实上在第一场结束后太虚境玉简上铺天盖地的都是关于秘境中各人表现的讨论，有人在分析亲传弟子们的实力，也有人在批评叶翘投机取巧。除此之外，更多的人对她缺德的行为进行了赞扬。

多数人认为大比就要闹起来才有意思，本来修仙界打打杀杀的日子就足够无聊了，谁愿意看一群亲传弟子比赛还天天杀妖兽？因此他们一到场，原本还有些安静的气氛顿时被推向了巅峰。

"啊！长明宗的来了。"

明玄属于那种风流多情的模样,小姑娘就喜欢这种类型的,有人看到他出来,立刻兴奋地拿花往他身上砸。

薛玙眨眨眼睛:"没办法,下场是符修的主场,可不就让他嘚瑟起来了吗?"话是这么说,可是薛玙这边收到的花也不少啊!

叶翘默默地准备离这群人远一点儿,她可不想沾上一身的花。

"叶浪浪!拿个第一行不行?"就在叶翘躲离人群之时,她听到了属于自己的加油声。叶翘在听到周围的呼喊声后,立马向周围的散修们挥了挥手,笑着大声喊道:"好。"

站在隔壁亲传弟子席位上的宋寒声的额角跳了跳,他当即便忍不住了:"是什么让你这么自信的?"那可是远古战场啊,符修的天下,她凭什么还敢口出狂言?

叶翘看了他一眼,她其实是不怎么想搭理宋寒声的。于是她说了一句"懂的都懂。"

宋寒声满脸疑问:"你什么意思?"

明玄看着对方有点蒙的表情,突然就明白了小师妹胡说八道的妙用。他立刻也不屑地看了宋寒声一眼,扬起下巴:"懂的都懂。"

宋寒声咬咬牙,望向唯一的正常人,薛玙。

"我也没什么话想说。"薛玙看过去,很上道地道,"只能说,懂的人自然懂。"他们的师妹可是自打五宗的大能们飞升后,太虚境第一个做到剑符双修的。管他什么问剑宗、成风宗,他们长明宗才是最厉害的那个,他们都变得自信起来。

沐重晞忍不住戳了戳周行云:"他们几个在打什么哑谜哦?"

"别问了。"周行云沉默了一下,回了小师弟一句,"问就是懂的人都懂。"

"好啊。"沐重晞当即发怒了,"你们四个都孤立我是吧?"

一个个都懂什么意思,就是不告诉他是吧?

场下的观众喃喃着:"说实话,看了这么久的比赛,我真的有点担心长明宗亲传弟子们的精神状态。"长明宗的弟子们之前可一直都是唯唯诺诺、得过且过的模样,怎么现在变成这样了呢?

宋寒声觉得更加匪夷所思了："他们到底在想什么？"

第二个秘境是远古战场。这一场比上一场要不友好得多，四周风沙弥漫，睁开眼后四处都是遗骸，还有些废弃的破铜烂剑，像是古时候的战场，每一个武器上都残留着死气。五宗弟子都是人手一份秘境地图，上面圈出了妖兽会经常出没的地方。或许是考虑到叶翘的投机取巧行为，第二场经过长老们的商议，明令禁止借助外来道具。

"针对我们吧？问剑宗那群人可真不要脸。"听到这个消息，第一个表示不满的就是沐重晞，主办方就是问剑宗的那群长老。

叶翘则耸了耸肩，没什么异议，她也没指望每场都能借助夺笋的帮助，真这样玩，估计一出秘境就得被揍。

第一场那群长老图新鲜还能看个热闹，再不阻止，这样搞下去，大比的平衡都要被打破了。而且，远古战场的危险程度比上一场高多了，薛玙看着一个个亲传弟子都踏入了秘境，他插了句嘴："你和明玄最好分开来。"

两个人都是符修，到时候一人带一个师兄，在秘境里面的存活率就大大提升了。两个人要是正好凑在一起，效果远没有分开的好。说完以后，几个人也相继进入了秘境当中。熟悉的天旋地转让人的脑袋都有些晕，叶翘看清楚周围情况后，脑袋都耷拉下来了，她叫了一声："啊！二师兄，是你啊。"

明玄和叶翘面面相觑："真倒霉。"

两个符修凑在一块，可见其他几个师兄又被投放到其他位置了。

"都怪薛玙那个乌鸦嘴。"明玄扁着嘴，还真让他们俩撞一块去了。

赵长老对此也有点搞不懂："叶翘那个丫头怎么还在嫌弃明玄呢？"有个符修一起结伴不好吗？

秦饭饭纠正他："我看他们俩彼此都挺嫌弃的。"

溢于言表的嫌弃啊。

赵长老点点头："叶翘那孩子的运气其实一直都挺不错的，上一场也没轮到她落单，这一场还和明玄一起落地。"别的不说，和符修待在一起，

安全起码有了保障。

秦饭饭显然也是这样想的。

秘境里,叶翘坐在地上缓了一会儿,明玄打开玉简看了看排名:"目前为止,问剑宗猎杀到两只妖兽了。"

"他们的速度还挺快。"他们刚进来,结果问剑宗的弟子都已经找到妖兽了。

师兄妹俩打起精神来,选择一路往南边走。远古战场的气候有些干燥,地面出现了几道明显的裂痕,还有打斗过的迹象。

"前面有妖兽。"

明玄道:"目测筑基后期。"

叶翘才筑基初期,不过问题也不大,有明玄在后面辅助,她利落地抽剑。饶是有心理准备,看到前方的生物时她还是蹙了蹙眉。

"食人蛛。"八条毛茸茸的腿,眼睛泛着残忍的红光,仿佛下一秒就会扑上来将他们蚕食殆尽。叶翘侧身躲避开蜘蛛腿,与此同时拉近距离,手腕翻转,对准蜘蛛的眼睛刺了进去。她的修为差一大截,第一下虽然没能成功,但给了明玄很好的偷袭机会。

两张符箓分别打在蜘蛛的左右两侧。符箓生效,叶翘找准它出现呆滞的一瞬间,将剑气快速灌入长剑中,狠狠地扎入蜘蛛腹部。在他们两人默契的配合之下,长明宗的猎杀妖兽的数量成功地从零变成了一。

"呀。"明玄看到这个"一"不怀好意地笑了一下,"大师兄可能要焦躁了。"他一定是要凑个百才行呢。没人打破"零"还好,一旦有人打破,周行云会立刻拎着剑到处去斩杀妖兽来凑足数目。

"这才刚进来就遇到了这种筑基后期的妖兽。"叶翘想到刚才的妖兽等级,开口说,"难度比上一场高了很多。"上场不会一上来就让他们遇到妖兽。

明玄:"毕竟是上古战场,遗留下来的妖兽的实力都不弱,这才刚开始呢。"

两个人继续按照地图往前走,路上风平浪静的,也不知道他们运气是好,还是不好,迎面就撞上了成风宗的两个弟子。

叶翘只认出来了一个段横刀,另一个亲传弟子她不怎么熟悉。

明玄打量了两眼,开口道:"那是成风宗的另一个器修,叫沈紫微。"

两个器修,虽然不足为惧,可好歹也是金丹期的修士,明玄只觉得对他们来讲不太妙。显然成风宗的那两个人也暗暗地警惕了起来,不约而同地摸向芥子袋,都准备好掏出法器和他们打一架了。眼看打斗一触即发。

叶翘看着僵持不下的场面,率先抬起手,打破僵局:"先别急着,我们来谈谈合作的事情怎么样?"说着,叶翘朝他们靠近了一步。

段横刀忍不住惊恐地后退一步:"你别过来。你再过来我让我二师兄打你了啊。"

上一个和叶翘谈合作的人的结局是什么样的?他可是和人手牵手坐在淘汰席了,关于上场大比的复盘,段横刀也仔仔细细地看完了,看完后他唯一的念头就是,自己还是太单纯了。大比不是猎杀妖兽吗,怎么还整上阴谋诡计了?

对于叶翘口中的合作,他直接嗤之以鼻,完全不信。

"大家好不容易相聚,别总是打打杀杀的嘛。"叶翘微微一笑,"我们可以联手,到时候先干掉月清宗。"见成风宗的两个器修不为所动,叶翘试图打感情牌,"段师兄,你难道忘了我们三个人一起在肚子里相依为命的日子吗?"

段横刀觉得十分无语!明明是掉妖兽的肚子里去了,别整得好像我们有什么见不得人的关系一样。

叶翘拍拍手,继续讲:"上古战场里面,那群诡计多端的符修最烦人了。月清宗可是足足有四个符修啊,如果我们不联手,那么这场第一绝对是月清宗,你们确定要眼睁睁地看着第一被抢吗?"

成风宗做梦都想拿第一,听到叶翘的话,果不其然,段横刀犹豫了片刻,但想了想,他还是没有放松警惕:"我们凭什么信你?"

叶翘发现这些人看自己就好像是在看什么危险分子一样,她摊手:"我们就一个符修,对你们得第一构不成什么太大的威胁吧?既然如此,联手先解决月清宗这个劲敌不好吗？"这是实话，长明宗是除却碧水宗以外最无害的宗门了，虽然上一场是被他们捡漏了一场，但第二场的危险系数直线上升，就明玄一个符修也构不成太大的威胁。

秘境中当然也有合作，至于对方愿不愿意，就要看你开出来的筹码能不能让对方心动了，而叶翘的话，显然说动了成风宗的两个人。

"那，合作愉快？"段横刀犹豫片刻，主动开口。

叶翘："合作愉快。"既然谈好了合作，下一步就是商量对策了。她拿起手里的地图，摊开来给成风宗的二人看。

"这几处都是妖兽巢穴，如果月清宗想拿第一，肯定是要往这几个地方去的。而如果我们接下来的速度足够快的话，完全能在他们赶到之前，提前埋伏。"叶翘指着地图交接点的位置，"这儿是所有亲传弟子的必经之路。月清宗的人熟知阵法，所以他们肯定会是第一个赶到。到时候我们可以在这里提前等着他们。"

听着叶翘滔滔不绝的话，段横刀的嘴角抽了抽："果然，设置埋伏，淘汰对手，还要看你。"

"这个叶翘！"场外的月清宗长老听着两伙人在商量伏击计划，再也忍不住了，他怒而拍桌而起，"不好好比赛，天天想这些歪门邪道！无耻之尤！"也不怪他的反应这么大，实在是之前从没出现过这种战术，试问谁家的亲传弟子天天搞这些阴谋诡计啊？

"我倒觉得挺好的。"段誉听着叶翘的计划差点儿乐得栽倒在地上，他假惺惺地道，"那群亲传弟子，天骄当习惯了，但凡出门历练遇到些诡计多端的邪修，根本不够玩的。"他义正词严地道，"这样不也挺好的吗？让叶翘锻炼锻炼他们的警惕性。"而且，什么叫歪门邪道？这明明是智取！

接下来叶翘又开始试图让两个器修学会做埋伏用的陷阱。

"等等，我们是正儿八经的器修，不是天天没事做陷阱的小人。"段横刀是真的忍不住了。她知道器修是什么吗？炼器，锻造法器，添加咒印的器修啊，纵横太虚境数千年，谁家正经的器修会去琢磨着怎么做陷阱，暗算别人啊？

"但你们也可以成为狡诈的猎人。"叶翘见他这么死板，忍不住叹了口气。难怪成风宗不行！她开始疯狂地给他提建议，教导他如何成为一个狡猾的捕手而不是猎物。

段横刀还是犹豫着："我觉得……"

"为了第一。"她郑重其事地提醒。

段横刀动摇了，最终点点头："好。"

段横刀妥协得也太快了些吧！

"你之前拿来捆我的绳子呢？"叶翘示意他拿出来，"到时候可以用来拴人。"

旧事重提，段横刀嘴角抽了抽，将束仙绳拿出来了："这根绳子和之前送你的捆妖绳差不多，只要有活人，它会自动捆住对方的。"

叶翘的笑容更热情了："那敢情好啊。"这可是个好东西啊！设陷阱的必备东西之一。

两宗的人暂时展开了合作，叶翘在一旁负责给他们提供思路，两个器修则负责设置陷阱和暗器。

场外的观众对此指指点点。

月清宗的一队顺利得很。他们熟知五行阵法，提前避开了那些危机四伏的阵法，在秘境中可谓是如鱼得水，一路上高歌猛进，排名甩了问剑宗一大截。如果不出意外的话，一直到秘境结束，他们都会这么顺利下去。直到接下来赶路时，宋寒声带领着师弟往左走，下一秒掉坑里了，最重要的是紧接着一张大网劈头落下。宋寒声的反应十分迅速，在被网束缚住的前一秒用符箓跑了出来。

往右走，他又掉坑里了。

又是一张网直直地落了下来，宋寒声赶紧用阵法从网里逃离。

这次，宋寒声终于学聪明了，他捡了块石头丢过去探路，在确认没有大坑以后，才松了口气，带领着师弟继续前进。结果宋寒声一只脚刚踩到地面，藏在树枝底下的束仙绳突然收紧，将他们的脚紧紧捆住，两个人一起头朝下被吊到了树上。

宋寒声蒙了片刻，在脑子缺氧的情况下，他终于意识到了不对劲。

"哟。"身后叶翘又轻快又欠揍的声音响起，她弯下腰，打量着吊起来的两个人，乐不可支地道，"都吊着呢？"

宋寒声的瞳孔巨震，看到她身后的两个成风宗弟子，他差点吐出一口血："又是你们！"他可算明白从天而降的大网是哪里来的了，也不怪他没早早意识到这是陷阱，以前的亲传弟子可都是群体面人，谁会在秘境里没事儿搞暗算、偷袭啊？

段横刀低头，不太敢看宋寒声那不可置信的目光，要知道，他曾经也是个体面人，直到他遇到了叶翘。

叶翘上下打量着两个人，没忍住笑出声。真挺有意思的，宋寒声头朝下和苏浊一起被吊了起来，两个难兄难弟的模样委实好玩极了。

明玄也忍不住嘚瑟地用手戳了戳宋寒声，发出嘲笑："哈哈哈，你也有今天啊，宋寒声！"

月清宗是最瞧不起其他符师的一个宗门了，明玄以前没少被他们嘲笑，这会儿他得意极了。叶翘也跟着凑热闹，于是两个人朝着宋寒声等人发出猖狂的笑。

别说宋寒声了，就连段横刀都听得心慌。

"身份牌呢？"沈紫微是来干正事的，他第一时间翻了两个人的芥子袋，结果找半天都没找到。

显然，宋寒声有了第一场被淘汰的教训后，变聪明了不少，他提前将身份牌藏了起来。

"既然没有身份牌，那就把他们的芥子袋抢了吧。"叶翘伸出手毫不客气地把两人的芥子袋扯下来了，里面装了不少符箓和灵石。提到钱，叶翘永远都格外热情。

明玄抹掉他们芥子袋上的烙印，还从芥子袋里面找到了宋寒声的两条内裤，他颇为嫌弃地蹙了蹙眉。

宋寒声竟然将内裤往芥子袋里装。

"小师妹。"他嫌弃地开口，"我们不要他们的符箓了。"

叶翘看到两条红艳艳的内裤沉默了一下,忍不住开口道:"大哥,今年是你本命年吗?"她不说话还好,一说话宋寒声的脸瞬间红得跟只大虾一样,他怒吼着道:"你看什么看!你们俩给我等着!"都是来比赛的,他装点私人物品怎么了?碍着他们长明宗什么事了?

有观众沉默良久,憋出一句:"这群亲传弟子,挺不一般啊。"在所有人眼里,能担得上亲传弟子的都是些清清冷冷不入世的天之骄子,直到现在,他们严重产生了怀疑,这群不按常理出牌的亲传弟子,真的是他们太虚境的未来?

段横刀看着两个被吊着的月清宗弟子,不知所措地抿了抿嘴唇:"我们现在应该怎么处理他们?"

叶翘头也不回:"先捆着吧,不行的话找个人守着?我看大师兄挺适合的。"

周行云闲得慌啊,找他守着,谁来救人,砍谁。多轻松的工作。当然,这一切的前提是他们能找到周行云。

段横刀犹豫了一下,果断地也跟着溜了。

两队人一拍两散,徒留被吊着的宋寒声和苏浊一起感受秘境中的凄风苦雨。

被宋寒声一阵敲打过后,云鹊在秘境里老实了不少。她修为不弱,天赋也高,再加上符修的身份,才刚进秘境没一会儿就有宗门抛出橄榄枝,要与她合作。思妙言是第一个遇到云鹊的,两个人都是女孩子,再加上云鹊一副智商不高的样子,思妙言很快和对方达成了协议,进行合作。

都看到了上一场宋寒声的教训,所有人都将身份牌提前藏好,不给叶翘半点偷袭的机会。

思妙言道:"你们月清宗要拿第一,这一场我们的要求也不高,第三就行。"

云鹊的声音软软的:"那你想要怎么做?"

"问剑宗那群莽夫不足为惧。问剑宗大概率会找长明宗的符修合作。"思妙言微微一笑,"我们先淘汰长明宗的明玄。"五个宗门里面长

明宗最弱，对第一也构不成任何威胁，叶清寒不可能会找月清宗合作，那唯一的符修只剩下明玄了，只要把明玄淘汰掉，她看问剑宗还能找谁合作。

听到要先解决长明宗的人，云鹊当即答应了，她在月清宗时一直不太瞧得起叶翘，可自打进入秘境之后，所有人都对自己的意见很大。明明她才是那个天才，可最后所有人的注意力都集中在了叶翘身上。

云鹊迫切地想证明自己，对于思妙言的建议毫不犹豫地同意了。抱有这个想法的，不止思妙言，秦淮他们也认为，只要能淘汰明玄，那这局他们就稳了。

观众都忍不住为明玄感到悲哀，毕竟除了问剑宗，其他宗门都不想放过他。

秘境的第一天较为风平浪静，叶翘和明玄两个人配合得很好，一路上很顺利地杀了不少的妖兽。速度也比其他队伍要快。这很快引起了长老们的注意力。

"啊！"成风宗长老的眼睛睁大，"这两个孩子，速度比其他人快哦。"

明显不对劲啊，明玄是怎么做到避开所有遗留的阵法的？一个阵法都不踩，连宋寒声都做不到，但如果是两个符修，就另说了。成风宗长老一直都怀疑，秦饭饭这个老匹夫暗地里藏了一手。

而让秦饭饭感到欣慰的是，这几个亲传弟子还真的开始寻找起了妖兽的巢穴，他们宗的排名一直在升，最后竟然稳定在了第三上面。

"这个位置，碧水宗的人和云鹊也在往这边赶。"

要撞上喽。

思妙言看着迎面的两个人，唇角勾了勾，没想到自己的运气这么好。如果明玄是和沐重晞在一起，她还要掂量掂量自己打不打得过，可面对叶翘就没这个顾虑了。一个筑基期的弟子，还能翻了天不成？

不给两个人半点反应的机会，看到人的后一刻，思妙言轻轻垂眸，吹出悠长的笛声，调子轻快地起伏，显得有些诡谲。

第玖章 — 底牌

叶翘忽然觉得脑海中的神识仿佛被人扯住一般,拉出一条线,疼得她的神色都出现了片刻空白。

明玄燃起张隔音符,但似乎没有什么效果,他的脸色也白了。

"是音攻。"太虚境有的人会用笛子,有的人则只会用剑,能将多种法器融会贯通的修士,都是极少数天才。

明玄的语速飞快:"碧水宗的几个丹修能够平安地走到这里,显然都会别的法器。隔音符挡不住。"承受着神识传来的刺痛,两个人的脸色一个比一个差,没当场晕过去都得益于神识的强大。

"不好意思。"思妙言的声音微冷,话是冲着明玄说的,"你的威胁性太大了。"她不给两个人配合的机会,与云鹊合作,用阵法分割开了战场。

笛声再次响起,配合着层出不穷的杀阵,以两个人这种状态根本撑不住几个回合。

"这群娃娃,打得还挺激烈。"

"叶翘能找成风宗合作,云鹊当然也能找丹修合作,就是没想到思妙言竟然会音攻。"

所以,都藏着两手呢。

"今年的弟子,天赋都挺高。"

"那个云鹊也不错。"

秦饭饭喝了好几口水,拍桌愤怒地道:"不要脸的老匹夫,竟然还藏了个会音攻的丹修。"

碧水宗的宗主老神在在地看了他一眼,不屑地道:"这叫战术,兵不厌诈而已。"

秦饭饭实在不敢看接下来的画面,找了个理由跑了。

碧水宗宗主微笑着,心情愉悦极了:"哎,心理怎么这么脆弱呢?"

"先解决明玄。"思妙言的目标明确极了,叶翘在她的眼里尚且不足为惧。

云鹊当即加快阵法的运转。

寒光凛冽,无数剑影在这一刻全部朝叶翘刺了过来,叶翘本来就疼得脸色苍白,还要应付阵法里烦人的玩意儿,她的心情在这一刻烦

躁极了。

叶翘冷笑一声："好啊，这是你们逼我们的。"她就地一滚，躲开刺过来的剑，面无表情地从芥子袋掏出来了一把唢呐。要债那天准备得太齐全了，但考虑到多少得给月清宗点面子，没吹上唢呐，现在没关系，用得到了。她擦了擦耳边的血迹，朝着明玄的方向喊了一声："二师兄，你的锣鼓呢？拿出来，就对着她敲！"

正在躲避阵法中杀招的明玄见状连忙从芥子袋翻出来了一面锣鼓，倒也不是他抠门，连个锣鼓都要带进秘境，而是那天跟着大部队一起敲锣打鼓地回来后，太困了，往芥子袋一塞，忘拿出来了。

明玄也忍思妙言很久了，神识是最脆弱的部位，承受的伤害过高能把人变成傻子，那时不时传来的冲击，使他的耳边淌下了血迹，让他人都变得暴躁。一听到叶翘的话，明玄那张漂亮的脸上露出一抹狰狞的笑容，对准思妙言的方向，快、狠、准地敲下一槌。

来啊！互相伤害啊！

他就说嘛，自己之前过得这么惨是因为没跟对人。

以前他跟着三师弟他们下秘境，每次都被追得跟狗一样。

如今跟着叶翘果然舒服多了，外面的思妙言听到叶翘的那一嗓子"这是你们逼我们的"时，手指微微一顿，不知为何有一种不妙的预感。

下一秒。

"嘭——"锣鼓的敲击声与唢呐合奏的交响曲接连不断地响起。

锣鼓敲一声，唢呐跟着响一次，还挺有规律的。

两者的声音大到离得不远的亲传弟子们都听到了。

"那边好热闹。"沐重晞双手交叠，咬着狗尾巴草，奇怪地眨了眨眼："这个秘境里有谁在成亲吗？"又是锣鼓喧天又是唢呐声的。

薛玙蹙了蹙眉："我们还是早点找到师妹他们两个吧。"

两个人一个筑基，一个筑基巅峰，真的碰到叶清寒他们，只有被淘汰的份儿，他们不追求第一，被困在阵法里便优哉游哉地慢慢尝试从各个位置突破，最终找出突破口。

沐重晞胡乱地点了点头："知道知道。有叶翘你还不放心吗？有她在，没事儿。"

薛玙的嘴角抽了抽,他就是怕叶翘再搞点什么事啊。

两种响声萦绕在周围,不绝于耳,直击灵魂的冲击感大到让思妙言的瞳仁微微颤抖,吹笛子的动作都出现了停顿,节奏和音调都变了。叶翘找准机会用清风诀灌满玄剑朝着阵法最薄弱的位置砍了过去,阵法在脚下寸寸断裂,化为灰烬。

成风宗的长老蹙了蹙眉:"这么快的速度,她懂阵法?"

叶翘和明玄几乎是同时破阵而出的。明玄也就算了,毕竟是符修,可她一个剑修,竟然也会懂阵法?

有长老解释道:"应该是凑巧了。"

毕竟他们也没看见叶翘观察阵法的布局,就是轻轻巧巧地一剑挥出去,阵法就破了,纯属瞎猫碰上死耗子了。

"你可别讹诈。"赵长老吹胡子瞪眼地道,"说不定是月清宗的阵法太脆了呢。"

"过分了吧?"月清宗长老咬着牙,什么叫阵法太脆了?

成风宗的长老神色复杂,他其实一直都在怀疑长明宗或许藏了点什么。好歹也是五大宗之一,秦饭饭真的会无缘无故让一个才筑基期,灵根平平的弟子成为亲传弟子吗?老实说,刚才那两个人掏出来的玩意儿差点把他们给震惊到。又是锣鼓,又是唢呐的,谁去秘境里面不带法器、丹药,带这种没用的玩意儿,你们长明宗真的还有正常人吗?

如果没有这两种乐器,在思妙言出其不意地和云鹊的连番配合下,别说是一个筑基巅峰的明玄和一个筑基前期的叶翘,就是叶清寒来了都可能要被淘汰。

结果,谁能想到,这谁能想到啊!

打死他们都想不到还有这一出。

"哎,叶翘他们竟然都活下来了?"秦饭饭刚才太害怕了,去上了个厕所,正好以此逃避亲眼看到自家两个弟子被淘汰的场景。

结果刚忐忑地回来就看到两个弟子破阵的场面。原本紧张地站起来

的段誉看到两个人出来后，缓缓地坐了回去，顺道白了秦饭饭一眼："注意用词。"

什么叫活下来了？不知道的还以为他们五宗大比是什么杀人比赛呢。

秦饭饭充耳不闻，一个劲儿地追问："怎么活下来的？"能在音攻的连番轰炸下活下来，是怎么做到的？他猜测，"难不成是周行云那孩子赶来救场了？"

"你……"段誉的神色更微妙了，他犹豫了片刻，用一种无法形容的语气道，"……老秦，哎，你可听闻过唢呐与锣鼓的组合？"

秦饭饭："什么？"什么叫唢呐和锣鼓的组合？这玩意能组合？

"你等结束后，自己回去看留影石吧……"段誉的语气飘忽，"刚才那两个孩子，掏出来了锣鼓和唢呐，刚才的动静，我估摸着整个秘境的亲传弟子都听到了。"

思妙言再冷静也顶不住这两个人一敲一吹的合奏啊，音调一乱，当即被两个人抓到机会，打破了云鹊的阵法。

秦饭饭下意识地坐了回来，听到这番话，眼睛又瞪圆了："她带这些东西干吗？"

段誉："你问我，我问谁去？"鬼知道这些孩子的芥子袋里都装了什么，锣鼓和唢呐竟然都有。不过，想到月清宗那伙人还装了两条内裤，段誉也就释然了。他发现这一届的亲传弟子，多少都有点毛病。

秦饭饭没有这种感受，但对他来讲，两个弟子都活着那是好事情啊，他立马笑得见牙不见眼："叶翘那孩子行啊。"

秦饭饭敢肯定，但凡今天和明玄在一起的不是叶翘，那明玄绝对只有被淘汰的份儿。像叶翘这种类型的弟子大比的时候还真的从没掉过链子，简直让人又爱又恨的。

而破阵而出后的局面就是二对二了。

思妙言深吸一口气，将竖笛收了起来，她暗想，下次进入秘境，她一定带耳塞进来！这两个人刚才一唱一和，打破了她长久以来的常规认知。思妙言决定和他们正面对决，反正明玄必须淘汰，她和云鹊都在金丹期，对付两个筑基期修士，轻而易举。

叶翘估算了一下两方的战斗力："光天化日，朗朗乾坤，你竟然……"下一秒，她的话急转直下，"——跑！"

长明宗的亲传弟子都是逃跑高手，一眨眼的工夫两人就窜出去了二里地，思妙言都傻眼了。

明玄被叶翘拽着跑得飞快，他愣了愣："我们就这么不战而退，逃跑了？"

"什么叫逃跑？"叶翘纠正他错误的用词，"我们这叫撤退。"

第一天长明宗的排名难得没有下降太多，明玄和叶翘两个人配合得不错，再加上两个符修的神识都宽得很，遇到危险，打不过也能逃跑，一时间跟泥鳅似的，抓都抓不到。

秦淮看着不断更替的排名，逐渐也有些心急了。

目前为止的排名是月清宗第一，长明宗第二，问剑宗第三。

"要合作吗？"翟沉主动找上来开口道。

"你们需要符修，而我们需要除掉明玄。"显然长明宗威胁到他们第一的位置了。翟沉不懂，他以前也没觉得明玄这么厉害啊，对方是怎么做到在上古秘境里一个阵法不踩，快要冲上第一的？

"到时候我们月清宗第一，你们成风宗第二，怎么样？"

秦淮换作以前绝不可能同意这种交易，万年老二他们成风宗早就当够了。可照现在的趋势来看，不和月清宗合作，可能这场倒数第一就是他们了。

"好。"权衡片刻后，秦淮答应了下来。

观众对此表示期待。

"凭一己之力让这么多宗门想除掉他，明玄是怎么做到的啊？"

"树大招风呗，快第一了啊。头一次看到长明宗的排名这么高。"

似乎自打那个小师妹入门后，长明宗倒数第一的局面都被改变了，但现在也才第一天，太早下定论容易被打脸，因此谁也不敢说太满。

叶翘和明玄两个人拉了全部仇恨值，在秘境几乎是被所有人追着到

处跑。

明玄忍不住小声道："我跟你说，现在这群人一个个都觉得我天赋异禀，注意力全在我身上。"谁都不知道他们宗其实有两个符修，那些人都理所当然地以为是明玄靠着对阵法高深的理解让长明宗排名这么靠前的。

叶翘："辛苦你了。等你被淘汰，我会带领咱们宗走向胜利的。"

明玄："我谢谢你哦。"话音刚落，一道蛮横的剑气横空劈了过来，两个人快速躲闪开，被秦淮和翟沉堵了个正着。

"受死吧。"秦淮拎起剑朝着明玄飞身而去，叶翘的反应远没有他快，直接将玄剑抛了出去，顷刻间与剑气相撞，在空中爆裂开来。

好凶的剑招！这把剑叶翘用了这么久都有感情了，冷不丁地被人弄断，她心疼了半天："回去让师父再给我一把。"

场外的秦饭饭都气乐了。

"给给给。"别说一把剑，她只要能拿第一，十把玄剑也给。说完，叶翘的神色也敛了敛。

秦淮的剑招接连不断，对方的速度比自己快许多，不止快，剑气所至掠过的寒意，仿佛与手中的剑融为一体。比起自己的吃力，他倒显得游刃有余，境界的压制不是开玩笑的。更何况比起那些七八岁就会用剑的亲传弟子，叶翘这个才学了半年的后来者明显不够看。

翟沉趁着叶翘和秦淮对上的时候朝着明玄追了过去，显然，两个人的目标都是要淘汰掉明玄。

"只要叶翘撑住，别让秦淮腾出手对付明玄，这种情况下，明玄可以一换一。"到底是八大家出身，即使差了一个境界，明玄只靠符箓和心法加持也能和翟沉打个平手，只要叶翘能拖住秦淮。但让一个筑基前期去拖一个金丹期的，怎么看都不太可能。

叶翘擅长躲闪，可在绝对境界的压制下也显得有些力不从心，一连被打中两下，喉咙中都泛着血腥气。她没什么表情地站了起来，脑海中迅速地分析着秦淮出招的顺序。

"这种情况下，一味地躲闪根本没有用。"段誉的神色紧张了起来，他是指导叶翘最久的，这孩子上课似乎永远都是一副学不会就跑的模样，让人恨铁不成钢，但如果将她逼到极限，她也难缠得很。

段誉还记得前不久刺激到她的情景。当时练习到一半，要开饭了，她原本都躺平任自己揍了，结果下一秒还是麻溜地爬起来了。得刺激一下她，让她有点斗志才行。

明玄看着叶翘节节败退的模样也急得要命，但他腾不出手，一旦想赶去帮忙，立刻就会被翟沉给截住。翟沉冷笑着道："都自身难保了，还担心叶翘呢？"

明玄扭头和翟沉对上目光，突然他想到什么，大声喊道："叶翘！"他疯狂地暗示，"为了我们的一百万。"

一百万，所有人都没理解这个一百万是什么意思，但很快他们发现，原本还有些不敌的叶翘听到这番话眼神变了。她竟然没有再选择一味躲闪，一个回旋踢踹到秦淮的左肩，把人踹离了安全范围。

秦淮也没想到她突然变了路数，之前不是还一直在逃跑吗？

叶翘顺手摸起腰间的夺笋，普普通通的棍子带着摧枯拉朽之势，擦着秦淮手中的剑而过。剑影击中手腕处，秦淮差点没拿稳剑。长明宗的剑法以快为主，踏清风和清风诀又被叶翘配合得很好。

秦淮的心微微一沉，他同样发现了叶翘的难缠之处。尤其在对方正面对敌的情况下，他竟然真的没办法迅速解决她。

另一边的战斗也在白热化。两个人阵法互换，距离拉近的时候，几乎是同时钩住对方的芥子袋摸到了对方的身份牌，只要捏碎，那就是同归于尽的结局。

明玄保持着漫不经心的笑容："要不你把我的身份牌给我，我也把你的给你？"

翟沉："好啊，你先给我。"话音刚落，两个人不约而同地捏碎了对方的身份牌。

明玄叹了口气："人与人之间的信任呢？你太让我伤心了。"

翟沉："说得跟你没捏一样。"

尘埃落定后，一直都提着口气的众人纷纷瘫坐下来。秦饭饭道："叶翘那个孩子也尽力了。"能拖住秦淮这么久，挺厉害的了，两个人联手硬要将明玄淘汰，叶翘根本拦不住。

赵长老缓缓地吐出一口浊气："完了。"

彻底完了。

唯一的符修都没了还玩什么呢？

与秦饭饭他们的心情不同，明玄难得感到轻松极了。

淘汰好啊！被淘汰了他就可以开心地看戏了。

在收到明玄和翟沉同时出局的消息时，沐重晞的神色不变，没事儿，反正还有小师妹。巧的是薛玗也是这样想的，周行云看着一个比一个淡定的师弟们，也变得冷静下来了。行吧，你们不急，那我也不急了。于是四个人看着一个比一个淡定，仿佛明玄的出局对他们没有造成任何影响一样。

失去一个符修，后面怎么在秘境里面行走都是个问题，问剑宗没有符修的代价就是一步踩一个阵法，一天的时间什么事情也没干，一直被困在阵法里面。

明玄从秘境出来后，一把推开试图往自己身上扑的小姑娘们。在被问到什么心情时，他悠然地道："没什么特别的心情，真要说的话，就是可惜不能陪着他们在秘境里战斗了。"话说得一本正经。

别以为你说得义正词严，我们就没看出来你一脸轻松的模样。

眼睁睁地看着二师兄被淘汰，叶翘没有别的想法，只有明晃晃的羡慕，要不是就剩下自己一个符修了，她也挺想去淘汰席摸鱼的。

叶清寒看到暗下来的两个名字，蹙了蹙眉。第一天就出局两个符修，这群人都挺能闹腾的，不像他们问剑宗，到现在还被困在阵法里面出不来。

"得找个符修合作，不然这样下去别说第一，前三都保不住。"小师妹手里持剑，语气冷冷地道。

叶清寒抿了抿嘴唇，声音微冷："明玄都出局了。"

月清宗如果想拿第一，不可能和他们合作，毕竟问剑宗对他们而言也是个威胁。

小师妹的语气也烦躁了起来："那些符修也是瞎了眼，全往月清宗凑，其他宗的亲传弟子资源差哪儿了呢？"

叶清寒也变得消沉了下来，但不知为何，他脑海中模糊地闪过了之前在大秘境时叶翘甩符箓的模样。或许，有什么人被他给遗漏了？

"低估你了。"秦淮同样缓缓地开口。他在收到翟沉出局的消息时就意识到，自己被叶翘缠住的时间太久了。明明一个筑基期的弟子，在他的计划中应该很快就能解决的。

"确实。"叶翘没有半点儿被夸奖的受宠若惊，她一脸泰然自若的表情，"人们认为的大比中的天才，一个是我大师兄，一个是叶清寒。而其实还有一个被低估的天才，那就是我。"

场外的长老们直翻白眼：你就吹吧，都这种时候了还不忘吹两句牛，是他们低估了叶翘的厚脸皮。

秦淮的嘴角一冷："等你从我的手里逃出去再说这种话也不迟。"

似乎是老天觉得叶翘被秦淮追着打还不够惨，段横刀和沈紫微也在同一时间赶了过来。

"一二三……"叶翘数了数，一共三个人。

成风宗的三个亲传弟子全到了。

叶翘："你们三个人打我一个，不觉得不道德吗？"

秦淮不可思议地道："跟你需要讲道德？"毕竟她才是最没有道德的那一个吧！

说话间叶翘连续被风刀打中，她稳住身子，伸出手摸了摸芥子袋。一开始她没打算用这些东西的，她怕到时候场面不受控制，会影响到明玄。但现在明玄都走了，叶翘自然没什么可顾虑的了。芥子袋里面有轰天雷，还有被她装了许多奇奇怪怪的符箓的修真版的暴雨梨花针。于是叶翘在所有人的目光下缓缓地掏出来一个……形状怪异的法、法器？

是法器吧？

不止修士们没见过，就连成风宗宗主也没见过这玩意儿，他有点蒙地看向秦饭饭。

秦饭饭一脸不解，他对叶翘的了解没多少，只知道几个亲传弟子都喜欢和她一起玩，没事就逃课下山，至于私底下他们在鼓捣些什么，秦饭饭是真的不知道。

叶翘露出一抹谜之微笑，拿起手里的法器慢悠悠地对准了成风宗众人，来看看是你们的剑快，还是我发射符箓的速度快。她对准三个人就是一顿扫射，全程无差别攻击。见此秦淮手里的剑转动，打飞了她扫射而来的符箓。

好快。

段横刀的心中一惊。

叶翘的法器里面装了哈哈符、爬行符、蘑菇符，什么乱七八糟的符箓都有，就看谁倒霉会被她射中了。在她的一顿扫射下，秦淮第一个中招了。他蹙了蹙眉，没感觉到符箓有什么杀伤力，可下一秒便不受控制地笑了起来。

叶翘也笑了，拔腿就跑。

"哈、哈、哈……别跑。"秦淮一边疯狂地大笑，一边气疯了，拎着剑势必要淘汰叶翘这个变数，偏生人在笑得停不下来的时候是很容易影响发挥的。

"让开。"沈紫微见状，急忙想去追人，却被段横刀一把抱住了大腿。打中他的符有点类似于幻象符，会使人看到什么就把什么当成自己心底最渴望的东西。

段横刀兴奋地抓住他，伸出手去扯沈紫微的裤子："灵器，好大的灵器。"

这让沈紫微的脸色变得扭曲，为了捍卫自己的尊严不得不放弃了追捕叶翘。如果可以，他真想给这个段横刀两巴掌。

估计这场大比结束后，整个太虚境都知道亲传弟子们集体犯病的场面了。

秦淮对叶翘穷追不舍，势如雷霆的剑招砍断不远处的枯木，叶翘依旧毫发无损。她还有闲心扭头查看战局，在确认水够浑后，一溜烟踩着夺笋跑路。没有明玄要保护，她一个人自在得要命。

叶翘手里的这种符虽然不致命，但是她用暗器发射出来的符箓速度又快数量又多，除了沈紫微眼疾手快放出一个防护罩，其他几个人躲闪间全中招了。

此时淘汰席上的翟沉终于忍不住了："你没事画这么变态的符箓干吗？"

明玄沉默了一会儿，无奈地说道："我说那不是我画的你信吗？"

面对秦淮的穷追不舍，叶翘一边跑，一边不时回头给他一下子。秦淮不仅要追上她，还要躲避层出不穷的符箓，他快气疯了，这个叶翘到底有多少符箓？

明玄是疯了吗，天天不睡觉画这种歪门邪道的玩意儿？

叶翘手里的这种符箓市面上并不是没有相关的符书，但在其他符修眼里这种符都属于不入流的玩意儿，既浪费时间，又耗费神识，还没什么杀伤力，哪曾想有朝一日竟然会有人将这种符箓带到了大比里，关键是效果还不错。起码给叶翘争取了逃脱时间。

"哈哈哈……"秦淮面色扭曲，咬牙切齿地道，"拦住她。"他绝对不可能眼睁睁地看着叶翘去和长明宗的其他人会合。

秦淮刚说完，发现两个器修师弟都没什么动静，他扭头就看到沈紫微在紧紧地拽着裤腰带，捍卫自己的尊严呢。

"大师兄，他疯了。"沈紫微欲哭无泪地甩了甩腿，被段横刀抱得死死的。

秦淮在仰头疯狂地笑了好一会儿，终于恢复正常后，伸出手直接撕掉了段横刀身后贴着的符箓。

面对终于恢复正常的两个人，沈紫微才算是松了口气，颤巍巍地拎紧自己裤子，说起正事："我们接下来该怎么办？"现在的排名是月清宗第一，长明宗第二，成风宗第三，而问剑宗的弟子，估计还不知道在哪个阵法里困着呢。

"这一趟也不是完全没有收获，起码明玄淘汰了，那个叶翘……"秦淮顿了顿，"抓不住就先不管她。长明宗的人都像是滑不溜秋的泥鳅，没有在他们身上浪费时间的必要。反正明玄被淘汰了，长明宗也不足为惧，我们这次的重点是月清宗。"

明玄被淘汰了，叶翘终于没人追了，她可以放开了玩了。

叶翘完全不把上古战场当回事，那恍入无人之境的模样把场外的长老们看得一愣一愣的。

"这丫头运气这么好，能避开这么多阵法？"问剑宗长老看向秦饭饭，问道。

秦饭饭立刻解释："运气也是实力的一部分。"

"话是这么说，怎么问剑宗这么倒霉呢？"其中一个长老感叹道。

同样是剑修，结果被困了整整两天时间，把叶清寒逼得差点冲到月清宗的阵营里绑个符修回来给他们带路。

秦饭饭也陷入了片刻沉默。

是啊。

这运气，好得过头了吧？

叶翘对上古战场的熟悉还得益于玉管事的敲打，她每次下山回来不是抄丹书就是抄符书，对于上古时期衍生而来的阵法背都会背了，又怎么可能还会踩到？

进入秘境的第二天，叶翘总算找到了其他师兄会合。她找到他们三个的时候，发现三个师兄都在阵法里面待着，一个躺着睡觉，一个趴着数蚂蚁。

叶翘见状直接迈步走了进去，踢了沐重晞两脚："醒醒。"阵法允许人通过，但想出去就难了。一脚被踹醒的沐重晞揉了揉眼睛，惊讶地道："哎，你活着回来了？"

在这个秘境里面，谁和符修在一起谁倒霉，在明玄被淘汰后，沐重晞都做好两个符修一起被淘汰的准备了。

"话说，明玄怎么被淘汰的？"沐重晞问道。

"遇到秦淮他们了。"叶翘老实地回答，"最后他和翟沉一换一了。"

沐重晞感叹着道:"哦。没想到他还有点用处,带走了个符修。"

场外有长老分析道:"能和金丹期的翟沉同归于尽,明玄的实力也挺强的,如果今年长明宗的两个人都是金丹的话,真的能和其他两宗争一争第一。"

可惜了。

叶翘看着三个不在状态的师兄,从芥子袋掏出来了唢呐,友好地询问:"需要给你们醒醒神吗?"她说着,吹了一声。

吓得周行云差点跳起来。

正在挖土的薛玙打了一个激灵,有气无力地抬头:"自己人,别、别吹。"

沐重晞更是直接跳了起来:"好啊!合着在秘境里敲锣打鼓,还一边吹唢呐的变态是你和明玄!"他就说呢,是谁这么有毛病,合着是叶翘和明玄,那就解释得通了。

沐重晞一只手指着叶翘,叶翘当即拍开他的手:"什么叫变态?我这叫合理运用所有资源,那个思妙言会乐器。"叶翘道,"小心点儿她。"不过短时间内相信思妙言不会往自己这边凑了。

"所以你就用唢呐对付音攻?"沐重晞几乎能想象到思妙言崩溃的表情了,他摸了摸下巴,"我的芥子袋里也有锣鼓呢,还有明玄给的扩音符,到时候我们五个对着她一起敲锣,你觉得怎么样?"

薛玙翻了翻自己的芥子袋:"你们的芥子袋都装了什么啊?"

唢呐和锣鼓都有,不知道的还以为他们要在秘境里面成亲呢。

沐重晞盘腿坐在地上:"我的芥子袋里有大饼,你们吃不?"

"不吃。"薛玙道,"我带了包子。"

"薛家家主知道他们尊贵的嫡系少爷变成了这样吗?"

"应该不知道吧,你看淘汰席上的明玄就知道。"

在两个不靠谱的师兄说话时,叶翘也从芥子袋拿出来了破阵符。她把它往阵法上面一贴,本就薄弱的阵法立时彻底碎了。现在他们长明宗排在第二,努努力的话,这场拿到第一也并非没有希望。

她把前半场的仇恨值全拉到明玄身上了。明玄淘汰后,其他宗门基

本上不会再将他们长明宗放在眼里，都会无比自信地觉得淘汰掉明玄就万无一失了。如今趁着其他宗的几个亲传弟子没反应过来，叶翘决定先下手为强。多杀几个妖兽，就能离第一更近一些。

"明玄进秘境前给你们的破阵符全用完了？"叶翘问。

沐重晞幽幽地指着周行云："你问大师兄啊！他的运气太差了，一直把我们往阵法里面带，这是我们踩到的第三十个阵法了。破阵符也用完了。"眼看出不去，三个人直接放弃了，倒数就倒数吧。

叶翘听得嘴角也抽了抽。他们四个人一起研究了半天地图，最后叶翘一锤敲定，她来带路。路上遇到的难缠妖兽也被叶翘和沐重晞一起动手杀了。她一直没把趁手的剑，之前用的玄剑还断了，只能把夺笋当剑使了。

叶翘看着密密麻麻的小蛇，觉得头皮发麻，凛冽的剑气划过，将青绿色的蛇斩成了两段，结果被砍断的藤蔓蛇蹦跶得更欢了，吐着芯子朝她靠近。她没有迟疑，燃起一张御火符，丢了下去，想试试看能不能把它们全部烧死。结果藤蔓蛇更凶了，还试图蹦起来咬她，被叶翘毫不留情地一下打飞。

"没用啊，叶翘！"沐重晞踩在剑上，摸了摸胳膊，觉得怪瘆人的，"我听说这种蛇，要切得碎一点它才不会继续活下去。"

叶翘闻言蹙了蹙眉，收了夺笋，从芥子袋掏出了一只妖兽尸体。这是她路上杀的，因为可以拿出去跟器修换灵石，便装在了芥子袋里面。叶翘在夺笋上挂了根绳子，用来捆住妖兽的尸体。随后找了个高一点的位置，将妖兽尸体往蛇群里面抛了下去。一瞬间蛇们全部汇集到了一处，争先恐后地冲向妖兽的身体。在它们聚集到一起的瞬间，叶翘用禁锢符将它们全部困住，果断地开口："动手。"

沐重晞两道剑诀砍了下去，触碰到藤蔓蛇身体，藤蔓蛇瞬间断裂。眼看它们还要继续分裂，叶翘也紧跟而至，飞身往妖兽堆里冲："剁碎一点，不然杀不干净。"这种妖兽好杀，就是难缠了点，但挺适合用来练习剑诀的。

叶翘最近一直在尝试《清风诀》的第二式,因此每次遇到妖兽都没把它们一次性杀死,而是先留着练手。

薛玙把炼好的丹药分给师弟、师妹,让他们补充一下灵气,望向在场唯一的闲人:"大师兄,你帮帮忙呗?"

宗门里就叶翘和沐重晞的年纪最小,一个十五岁一个十六岁,结果就他们俩跟勤劳的小蜜蜂一样天天累死累活的。

周行云疑惑地问道:"他们杀得不挺好的?"

师弟师妹配合得很好,显然不是第一次合作了,她指了指底下的妖兽:"而且也没危险,给他们练手正合适。"

《清风诀》的第二式到现在两个笨蛋都没学会,周行云看了都直摇头。他看出来了小师妹是想学第二式,时不时也会开口指点两下。只可惜妖兽的数量太少,眼看叶翘快要有所领悟,那边的藤蔓蛇已经被消灭了。

叶翘的灵气一扫而空,她动了动酸疼的手腕,和沐重晞一起坐在了地上。

看着累死累活,背靠在一起的师弟、师妹,周行云难得良心发现,将地上的妖兽尸体给他们拖了过来。从高到矮一个个摆好,周行云满意地点了点头。一排妖兽看下来,知道的以为是在猎杀妖兽,不知道的还以为是在摆地摊售卖。

叶翘见状,嘴角抽了抽。这大概是大师兄为数不多的关爱?她往嘴里塞了几颗补灵丹,擦了擦手心的汗:"我们走吧,去下一个地方。"

薛玙"嗯"了一声,盯着玉简上的排名,照这样下去的话,和月清宗对上是迟早的事情,他们两宗的排名追得挺紧。或许是明玄和叶翘配合得太好了,导致所有人都认为,长明宗之所以排名这么高全是明玄的功劳。

这会儿明玄没了,其他宗门的几个亲传弟子也不打算再管他们了。只要顺利的话,他们长明宗还真有可能拿到这场大比的第一。

四个人一起结伴而行,结果走着走着,叶翘逐渐意识到了事情的不对劲。

沐重晞被困到了一个不知名的阵法当中,他整个人被拖拽着往阵法

里面驱，下意识地抓住薛玛。

薛玛已经被这些层出不穷的阵法弄烦了，他道："你自己踩到的，别拉我，你安息吧。"说完，薛玛已经跃跃欲试地从芥子袋拿出了一颗丹药，想将沐重晞给放倒在地上。

沐重晞立刻去扯周行云的衣服："大师兄！"

周行云更无情，他拿了把刀子割断衣袍，随后看着整整齐齐的缺口，觉得满意极了。

叶翘差点被给这三个不靠谱的亲传弟子气死，原来是自己误会明玄了，明明二师兄挺正常的一个人啊。叶翘手里的破阵符也没几个了，她拉住沐重晞，发现拉不出来，直接迈开步子，打量了阵法一下，在脑海中回忆了一遍月清宗阵法书上的记载。叶翘决定从外部逐一击破，剑风挥到内壁时有什么东西反弹了回来，她加大挥剑的力道，基本上知道阵眼在哪儿了。

破阵大多要从内部破，但看沐重晞的反应，进了阵法基本上连挥剑的机会都没有，所以叶翘是打算从外部破阵。从外部破阵的难度比内部高了不止一个等级，而且，那可是月清宗的阵。

周行云也道："我去把宋寒声绑过来？"

叶翘："不用。"她学过月清宗的阵法，这还得亏宋寒声大方，月清宗的内门符箓书说给她看就给她看，半点不带犹豫的。话音刚落，伴随着阵法的破裂声，一圈金色光芒将她弹开，沐重晞终于出来了。

破了。

"大胆！"见此一幕，场外的月清宗的长老当场震惊地站了起来，"她竟敢偷学我们月清宗的阵法！"这个阵法，从内部破阵还能说她运气好，可从外部破阵，说她没学过阵法他都不信！

秦饭饭的眼睛也睁大了："哈！"他完全是惊讶的语气，但落到其他几个人的耳朵里，分明就是带着嘲讽和得意。

秦饭饭看着那几位长老不可置信的表情，表面稳如泰山，内心却慌得不行，用同样的声音吼了回去："什么叫你们月清宗的阵法？阵法不就是让人学的吗?"

不是,你们俩,重点是这个吗?重点是这是个符修啊!

成风宗的宗主眯了眯眼睛,心都沉了下来。他就说为什么长明宗这些人一点都不着急,原来是有备而来。

"原来这就是你们长明宗的底牌。"一个符修,一个剑符双修,几个长老都没想到,长明宗这群人竟然这么能憋,这么长时间了,一点儿关于有弟子能做到两道双修的风声没有。

"允许你们留一手,不允许我们宗多个天才吗?"秦饭饭立刻腰杆挺直了,嘴角飞扬,用同样的语气,得意扬扬地回了句,"我们这叫战略。"他一瞬间把叶翘喜欢翘课,天天睡觉,吊儿郎当的这些小毛病给忘得一干二净了。

这有什么的?可能她是累了啊,剑符双修的人很容易感到疲惫。叶翘那叫偷懒吗?她只是累了。秦饭饭在这一刻把所有的理由都帮他亲爱的弟子找好了。

"你们早就知道这件事了?"赵长老戳了戳旁边的段誉,"叶翘那丫头竟然是剑符双修?"之前成风宗那个老头儿天天问他一堆莫名其妙的问题。赵长老当时觉得那个老头儿是不怀好意,合着原来那天都看出了点苗头,过来试探自己来了。

段誉要是知道的话还会天天追着打叶翘吗?符修和丹修在太虚境都挺少的,长明宗这么多年就只有明玄和薛玙,肯定是要护着点的,因此训练课上频频挨打的只有沐重晞和叶翘,不过……段誉心虚地想,叶翘那孩子皮糙肉厚,应该没事的。

叶翘用的就是月清宗起手势,她也不怕被看出来,阵法破碎后,一把将四师兄扯了过来:"接下来你们别乱踩,跟着我走就行。"阵法千变万化,由百年前各宗衍生而来,有些阵法叶翘见都没见过。

外界的修士们也炸开锅了:"这叶翘什么来头?剑符双修?这么多年长明宗深藏不露啊!"

叶翘能以筑基的修为、平平无奇的灵根当上亲传弟子,所有人都以

为长明宗是破罐子破摔了，没想到这个小师妹是真有本事的。

有问剑宗的粉丝见状按捺不住："那我去看看长明宗那边的情况了。兄弟们，若我一去不回，你们记得跟上。"剑符双修啊，太虚境头一个，谁会不想看个新鲜呢？

"肤浅。"有修士痛斥，"不像我，我去看长明宗的情况，不是因为她能两道双修，主要是想看看她还能怎么作死。"

对外界掀起的轩然大波，无知无觉的叶翘还在聊天："你们路上遇到宋寒声没？"她把宋寒声吊的地方还挺显眼的，大家应该都围观了一下吧？

沐重晞兴奋极了："遇到了，我用留影石记录下来了，下次去论坛上看看有没有人收。我用了六块留影石，可以以十块上品灵石的价格卖出去。"

"人家都有留影石，可以在外面自己录下来，为什么要买你的？"以己度人，叶翘觉得应该没人会当这个冤大头吧。

哪承想沐重晞振振有词："我这个是第一视角，近距离靠近宋寒声拍的，他们在场外用留影石看和我手里的这个能一样吗？"

叶翘道："有道理，那收益我们俩平分。"

"凭什么？"沐重晞问道。

叶翘指了指自己："人，是我让段横刀绑的，没有我你能拍到吗？"

沐重晞勉勉强强地开口："好吧。那到时候你四我六。"

两个人简单地分赃完毕，拿着地图一前一后带路。

周行云在得知宋寒声是被叶翘联合成风宗的亲传弟子吊起来的后，微微愣住片刻，觉得这会儿叶翘就算将秘境弄崩，他都不会感到惊讶了，真的。

"碧水宗和月清宗合作了。"薛玥凑过来和她分享得到的消息，"成风宗目前没有要和任何宗门合作的意向。"

那就只剩下问剑宗了，现在问剑宗排第四，这可能是他们大比以来第一次排名这么低了。

叶翘思考片刻："那就和问剑宗合作。正好芥子袋还有点符箓，可以用来和他们谈谈联手的问题。"

薛玥摸了摸胳膊，直觉叶翘又有坏主意。

叶清寒从阵法中出来后，看到第四的排名，脸都黑成了锅底，再次清晰地认识到了符修的重要性。面对长明宗主动找上门来说要合作，他破天荒地没有拒绝，而是问："你们有什么资本能和我们合作？"

"我有二师兄给的符箓，你们挺缺破阵符的吧？"为了证实自己没有撒谎，叶翘利落地将自己画的符箓拿出来在叶清寒脸前晃了晃。

两个人隔着一段距离。

叶清寒眯了眯眼睛，按捺住想抢到手里的冲动，问道："你想做什么？"

"我们来合作吧。"她朝他走近一步，"现在这个情况你也知道，我们长明宗第二，接下来，先干掉月清宗怎么样？我有破阵符，你们被困的话我能帮你们。"

长明宗如果想拿第一，肯定是要先解决月清宗这个麻烦。

叶清寒定定看着她，见叶翘目光不躲不闪，一副气定神闲的模样。他沉吟片刻，最终松了口："可以。我们第二，你们第一。"这话当然是骗她的，他们问剑宗从来只当第一，但需要先稳住叶翘，毕竟她有明玄给的符箓，现在不宜起冲突。等她的符箓用得差不多了，叶清寒再解决他们，卸磨杀驴谁不会。

巧的是，叶翘也是这样想的，各怀鬼胎的两个人短暂地交流了片刻，勉强达成了共识，先解决月清宗。

叶翘仗着大师兄在，叶清寒也不敢偷袭，走在了两队人的前面。

楚之对于合作是最不满意的那个，他一路上气呼呼的，看到叶翘就"哼"一声，扭头看到沐重晞，又"哼"了一声。

薛玥："你是猪吗？"

两宗相遇免不了生出点摩擦，楚行之向来又喜欢仰着头看人，导致合作到一半儿两帮人差点儿打起来。

沐重晞将手放到朝夕剑上："我要一剑劈死他。"

薛玥："冷静点。"

刚说完，楚行之回头，态度恶劣地道："愣着干吗？你们两个废物在嘀咕什么呢？"

薛玙微笑："好了，我这就去毒死他。"

这下换沐重晞拦住他了："冷静啊，薛玙！"

场面很热闹，而且在叶翘的忽悠下，对符修都不了解的剑修们全相信了她是靠着明玄给的符箓才带领着他们两宗人避开所有阵法的。

叶清寒都不禁嘀咕着，明玄都被淘汰了，其影响竟然还这么恐怖，难不成，这就是八大家出身的符修的不同之处？

听着叶翘一路吹嘘，说能走到现在平安无事全靠自己的符箓，关键那群人还都信以为真了，明玄无话可说。

两队人一路往地图上标注的位置走，想要赶在月清宗之前抢先一步杀掉那里的妖兽。托了叶翘的福，问剑宗一伙人难得没有踩到阵法。这让叶清寒更加坚信了明玄的强大。距离目的地越近，天上下起了细雨，带有一定腐蚀性的雨水落在手上有种灼热的感觉，叶翘摸了摸，她之前见到过这种雨。

没想到今天又碰见了。

叶清寒蹙了蹙眉："你们谁有防御型的法器？"

"没有。"问剑宗小师妹回答得很干净利落，"穷。"

成风宗那群黑心器修开出的价格太高了，法器是不可能买的，这辈子都不可能买。

叶翘闻言给出了真挚的建议："不如，你们顶个盆或者锅试试？"她倒是能布阵，但这种法子不仅累，还会暴露自己。

"你从哪里弄出来的？"薛玙掂量了一下她手里的锅，还挺轻。

"食堂借来的。"之前她是想拿来炼丹，但那些丹药不是长得有些奇形怪状嘛，再加上有三师兄这个丹修，用不着她，这个锅就一直闲置了，她预备等有空的时候再拿来炼丹。

"我还有三个盆，你们要吗？"

三个师兄毫不犹豫地道："要。"

叶翘自己一个人顶着锅，三个师兄一人一个盆顶在脑门上，把场外的修士看呆了。

"叶翘这次进入秘境除了正经的东西没带，其他还真都带来了。"

"旁边问剑宗的人都惊呆了。"

叶清寒使劲儿眨了眨眼睛，确保这一幕不是自己的幻觉后，目光迟疑地看了看她手里的大锅，他觉得这种容器太丑了，但不得不说，好像挺好用的。

叶清寒欲言又止，看了半天，最终面无表情看着她问："……你还有锅吗？"

叶翘头也不回："没了。"

叶清寒见状只能闭嘴，靠着轻功在雨中前行，比起问剑宗这般的凄风苦雨，长明宗的人就显得轻松多了。

三个人还有一搭没一搭地聊起天，没有半点紧张感。

"月清宗也在撑着阵法往风兽巢穴赶。"场外的几个内门长老见状心底泛起嘀咕，说实在的，这一路耗费灵力的效果，还不如学习叶翘在头上顶个锅呢。遇到腐蚀性雨水普通油纸伞挡不住，但锅可以啊。雨水噼里啪啦地落到四个人的头顶上，怪有节奏感的。

距离风兽的位置越近，越能感受到周围风沙的强劲。等到雨水渐渐停了下来，叶翘把锅收好后，两队人站成了一排。

"月清宗的人快到了。"叶清寒眯了眯眼睛。

"我去解决他们宗的剑修。"他望向周行云，"你和我一起的话，速度更快一点。"

月清宗四个符修，一个金丹期剑修，叶清寒虽然一个人对付得了，可他想速战速决。

周行云和叶清寒都属于年少成名，对于两个人之间实力的猜测也只是外界大体给出的预估，事实上叶清寒从没和周行云交手过，迄今为止，谁也从没见过周行云手中的剑出鞘。

周行云装傻，一脸茫然地道："你在说什么？我听不懂。"

叶清寒深吸了口气，声音冷淡地道："我们合作，你们长明宗总要

拿出点诚意来吧。"他们这么多剑修，联起手打月清宗四个符修不是很简单吗？

叶翘看着叶清寒一脸只想赢的模样，摸了摸下巴，现在的叶清寒一心只想干掉月清宗，根本没考虑过，四个符修中还有云鹊的吗？

在书中问剑宗一路上顺水顺风的，第二场大比云鹊也陪着叶清寒一起努力。现在或许是月清宗第一场被她搅得倒数的缘故，气得宋寒声对着云鹊破口大骂，一顿教育，导致云鹊没有像原著中那样与叶清寒待在一起。

周行云听说他要诚意，立刻将叶翘推了过去："我们长明宗的诚意都在这儿了。"剑符双修呢，小师妹现在就是长明宗最大的诚意。

叶清寒的额角却突了突，他认为周行云是在羞辱自己。

眼看叶清寒要被气得暴走了，叶翘赶紧上前安抚他："别生气，我们帮，帮还不成吗？我们长明宗你还信不过吗？我们都是群老实人。"

叶清寒这才脸色好看一点儿，算他们几个人有点眼色。

薛玛闻言仗着身高的优势，将她的脑袋一压，两个人齐刷刷地转身，偷偷摸摸地低声商量："真的帮问剑宗？你信不信，等解决完月清宗，叶清寒下一个对付的就是我们长明宗？"

叶翘："没事，毕竟我们也不是什么好人。"

宋寒声的身份牌不知道被他自己藏在哪儿了，叶翘觉得多半是放在月清宗唯一的剑修身上，因此对于先打月清宗剑修这件事，她没有任何的异议。

身着红、白宗服的两伙人各站成了一排。

宋寒声见状蹙了蹙眉，意识到不太妙："这两宗竟然还能联手？"

问剑宗不是从来不屑和弱小宗门联手吗？

秘境合作都属于一带一的模式，成风宗单打独斗，而月清宗和碧水宗达成了交易。他们保护碧水宗，碧水宗则负责提供给他们丹药。布阵很费灵气的，没有丹修补给，他们撑不了太久。

"叶清寒是想靠明玄留下来的符箓在秘境里顺利点吧？一群没脑子的剑修，不知道一天到晚狂个什么劲儿。"苏浊"哼"了一声，不屑极了。

"苏浊这话说的，没脑子的人不久前还把你们吊起来了呢。"

叶翘：说谁没脑子呢？

"不对，不对，叶翘是两道双修，严格意义上和没脑子的剑修确实不一样。"

最终观众下定结论：这个苏浊恐怕是从没挨过来自叶翘的毒打。

"其实如果当初叶翘留在月清宗的话，那月清宗就是两个剑修，五个符修了哦，毕竟叶翘一个顶俩呢。"

是啊！谁会不想要一个两道双修的弟子呢？但凡天赋高一点，完全能一个顶两个。云痕顶着周围若有若无的幸灾乐祸的目光，心中也后悔了。毕竟只是一棵灵草而已，为了这种小事放走一个弟子确实得不偿失，但他要面子，因此也只是强撑着轻声道："中品灵根而已。就算是两道双修，最后也只是个半吊子。"

赵长老微微笑着道："你们那几个极品灵根的，上场不还是倒数第一？灵根再高也不影响你们倒数。"

长老们明嘲暗讽，场内的亲传弟子们也很热闹。

宋寒声与叶清寒碰面的瞬间，就感到了一丝不妙，不过他也不慌，在上古战场他们符修有场地优势，明玄被淘汰后，现在秘境是他们月清宗的天下了。

叶清寒不和他废话，拎起剑就是打。于是，寒光四起，阵法接踵而至。强大的灵力波动、两道金丹的威压让叶翘都有些不适，她的动作滞了一瞬。周行云见此，释放出威压将她覆盖。身上骤然一轻，叶翘抬头朝周行云笑了一下，悄然后退一步，借着几个师兄的身高藏住了自己。几乎在两拨人打起来的瞬间，她的指尖掐诀，月清宗的阵法转动了起来，禁锢阵从脚下无声地散开，将长明宗的几个人一起关在了阵法里面。

"如果我没看错，这个阵法是叶翘自己布的吧？"

"你没看错，她从一到场就开始悄悄地布阵了。"

这叫什么？我困住我自己？

宋寒声看到被困住的长明宗的四个人，也愣了愣，他没有将叶翘等

人困进去啊？他狐疑地看了一眼小师弟，难不成是苏浊丢的禁锢阵？

因为阵法图案确实是他们月清宗的阵法，因此宋寒声和几个师弟师妹谁也没怀疑过什么，只当是对方将阵法提前布下了。

罪魁祸首叶翘站在阵法里，望着打起来的两拨人，声音猛地提高："我们出不去了。怎么办啊，谁来救救我们？"见这群人打得投入，根本没人理会自己，叶翘一收表情，迅速观察了下外面的战局，利落地盘腿坐下，"好了，咱们让他们先打一会儿吧。"

谁也不知道叶翘会破阵，他们都以为长明宗的人暂时出不来了，两拨人打起来时也毫无顾虑了。

飞沙走石，五行阵法，叶翘合计：等他们消耗得差不多了，她再打破阵去把他们都淘汰掉。

翟沉看着这一幕，不知道是恐惧还是敬畏地嘟囔了一句："阴险……"

叶翘坐在阵里面看了好半天的戏，最终得出结论，叶清寒不太行啊，竟然被宋寒声给打得连靠近的机会都没有。两宗人目前都挂了彩，属于谁也奈何不了谁的情况。宋寒声布阵快，叶清寒更干脆，直接以剑破阵。这种法子过于耗费灵气，但眼看秘境还有两天就要结束，他也顾不了这么多了。不淘汰月清宗，垫底的就是他们问剑宗。

"符修还是厉害啊。"薛玛将脑袋凑了过去，"我决定以后对明玄态度好点儿。"他们几个人就这么坐着看戏。

沐重晞掏出来一把瓜子："吃吗？"

三个人纷纷接了过来，毫无心理负担地开始嗑瓜子。

"这是禁锢阵。"叶翘道，"月清宗阵法的一种，没什么杀伤力，能存留的时间很短。等阵法破了我们再去帮叶清寒。"现在要他们长明宗出力是不可能的，冤大头只能是问剑宗的那五个人。

宋寒声看着毫无动静的长明宗的人也觉得奇怪，禁锢阵是个弱阵啊，如果想出来，也不是不能破阵出来，难不成是他们的阵法太强大了？

宋寒声没细想，毕竟拦住长明宗那几个也行，不然他们四个对付两个宗门的亲传弟子也吃力得很。

两宗人打得昏天黑地，叶翘将手里的瓜子嗑完后，看着消失的禁锢阵，拍拍手："我们走。"先不管后面怎么样，但现在必须把月清宗淘汰。

伴随着禁锢阵的消失，宋寒声第一时间注意到了叶翘，没办法，这个人存在感太强了。尤其是被偷袭的阴影还在，导致他总是会习惯性地分神多留意叶翘一下。

周行云叹了口气，慢悠悠地截住宋寒声的去路，同时偏头看向叶翘："你和沐重晞去解决其他两个。"

宋寒声盯着周行云手中的剑，久违地感受到了压迫感，他的神色微微一变。

"我认真了。"周行云将剑一收，转头就跑，声音淡淡的，"骗你的。"

宋寒声的脸不受控制地扭曲了一下，人立刻追了过去。

宋寒声知道周行云难缠，甚至他可能打不过，刚才只是存了些试探对方的意思，结果周行云直接不战而退。

周行云闪得快，宋寒声跟得也紧，让场外的修士大为震惊。

"不懂就问，这两个亲传弟子玩什么呢？"

"我期待很久他们俩碰面打一架了。"

能做首席弟子，宋寒声在阵法方面的造诣不比其他人低，他在合适的地方，甚至能与叶清寒打个平手，结果周行云根本不和他打。

叶翘与苏浊打了个照面，心照不宣，谁都没有废话。

苏浊的指尖符箓翻飞，两张符箓以一种刁钻的方向朝她袭来，叶翘的境界差一截，她没能躲过，身上被贴个正着，两张符箓就这么轻易地把她钉在原地。

苏浊心想，不过如此，明明就是个筑基期的弟子，结果偏偏弄得宋寒声草木皆兵。他刚一靠近叶翘，想拿走她的芥子袋，下一秒原本动弹不得的少女忽然抬头，朝他一脚猛地踹了过去。

符修被近身毫无还手之力，叶翘一脚就把苏浊的肋骨都给踢断了。他疼得脸色泛白，惊讶地望着叶翘，不明白她为什么能动。

叶翘没有半点儿要解释的意思，拿了两张与苏浊刚才扔出来的符一模一样的符箓，贴在他的身上，很快从芥子袋翻找出了苏浊的身份牌。

眼看她就要捏碎，苏浊脸色一白，几乎想也不想就喊了一声："二师

姐。"他试图打感情牌，唤起叶翘当初和他们在月清宗的记忆。

叶翘却不给他这个机会，动手捏碎苏浊的身份牌，和苏浊说再见。她这边刚解决完苏浊，沐重晞也打败了月清宗的剑修。在叶翘动手之前，这几个月清宗的亲传弟子就已经被叶清寒他们消耗了一波了，干涸的灵力根本不足以继续支撑下去，因此解决起来很顺利。

叶清寒看着周行云慢悠悠地和宋寒声玩起转圈圈来了，他嘴角抽搐，最终忍无可忍，拎起剑亲自上阵。本来想着能看看周行云的剑法，顺道自己能省省力气，结果他忘了，周行云是个能躺着绝不站着的。

面对周行云和叶清寒的围堵，宋寒声一个传送的法诀都没掐出来，便被一剑抵在喉结上。

叶清寒声音冷冷地问："自己捏，还是要我们帮你？"

确定了就算淘汰也能将排名稳在前三之后，宋寒声果断地捏碎了自己的身份牌。

月清宗对拿到第一没什么执念，这场比赛也足以证明他们月清宗了，即使淘汰，宋寒声的心情也还算可以，他终于一雪前耻了！

观众看得都狠狠地提了口气："终于结束了。"

"月清宗不愧是集太虚境符修的大宗，厉害。"

"好像还没结束。"

四个符修淘汰了三个，如今只剩下一个云鹊了。

在叶清寒和宋寒声打得正凶时，云鹊两宗的人谁都不想得罪，全程低头不说话，装作自己不在现场。这种行为把其他长老看得直蹙眉头，没有半点儿合作精神，云痕到底从哪里找来的弟子？

叶翘注意到了躲在一边的云鹊，她毫不犹豫地道："上。"

结果叶清寒主动化解了她的剑招，他手里长剑直指叶翘，他们问剑宗需要留一个符修带路，云鹊的性格温柔，不需要担心她会半路反水，是最合适的人选，至于长明宗的那些人，在月清宗的那三个人被淘汰后，自然也没用了。

"喂。利用完我们就反水，不太好吧？"沐重晞伸出手，笑眯眯地推开他的剑，一副格外嚣张的模样，"说好的联手呢？我们不是你的盟

第玖章——底牌　247

友吗?"

叶清寒语气冷淡地道:"你们蠢,怪得了谁?"长明宗的人向来如此,叶清寒不觉得反水有什么不对,在秘境里比拼的就是合作与战略。他话音刚落,金色的铁链形成阵法汇聚在半空,周围竖起一道无形的屏障。

四方阵,锁。

光芒大盛,熟悉的阵法让几个人微微睁大眼睛。

楚行之看到头顶的阵法,脱口而出道:"月清宗那群人玩不起,搞偷袭?"

小师妹看着脚下的阵法,蹙眉道:"可是,月清宗的符修不就剩一个了吗?"

那这个阵法谁布下的?

难不成明玄重回秘境啦?

叶清寒在这一刻突然意识到自己遗漏了什么,他猛地扭头,看到叶翘正笑眯眯地对准他们的方向,手心微微一转,手势比画的正是符修们布阵时的通用起手式,她慢悠悠地吐字:"你们蠢,怪得了谁?"

叶翘竟然是个符修?

叶清寒终于大彻大悟。为什么长明宗的人在明玄走后一点儿也不急?为什么一路上她反反复复地给自己洗脑,说明玄的符箓多么厉害?为什么她能有底气和自己谈合作?一切都是因为,她是个符修!叶清寒从来都坚信只要实力够强,什么阴谋诡计都是小把戏,然而现在,他沉默了。他默默地转过身,看着上方的阵法,面无表情地挥剑,发现一剑下去阵法根本纹丝不动。想也知道,连秦淮都能困住,更别提经历了一场恶战后灵力已经消耗得七七八八的他们了。

四方阵进不去,出不来,就是个比禁锢阵高级的 阵法。叶清寒倒要看看叶翘能拿他们怎么样,只要她敢进来,叶清寒有把握淘汰掉两个人。他冷静下来后,站在阵法中,盯着外面看。

叶翘根本不理会阵法里面的叶清寒,而是毫不留情地用夺笋使出灌满灵气的剑招,逼得云鹊急忙后退。

"二师姐。"云鹊感到有些委屈,不明白叶翘为什么要针对自己。她

看着叶翘没什么表情的模样，咬了咬嘴唇，指尖结阵，想给叶翘点颜色看看。

哪承想，在看到她结阵的那一刻，叶翘的眼睛都亮了。

正当云鹊感到奇怪时，发现叶翘竟然也跟着自己结了个一模一样的咒印出来。

上面的纹路，正是月清宗阵法的纹路。或许是第一次模仿别人，叶翘的动作略显生疏，但不消片刻，她便找到了手感，两个长得一样的咒印被打了出来。

"云鹊。你试过两个阵法叠加起来的威力吗？"叶翘晃了晃手里成型的阵法，微微一笑。

云鹊下意识地快步后退，瞳孔骤然紧缩。

两个阵法叠加？灵气挤压、碰撞带来的结果只有——爆炸，她的脑海中刚闪过这个念头，下一秒，两个一模一样的阵法叠加后发出一声巨响，顷刻间将原地轰出来个大坑。

云鹊跑得快，只是被波及，最惨的还是四方阵里面的问剑宗的亲传弟子，两个攻击阵法产生的威力差点将他们轰得连渣都不剩。

楚行之咳了两声，趴在地上好半响都起不来。

叶翘趁着问剑宗的几个人都被炸得起不来，扭头高声道："快来，捏碎他们的身份牌。"

几个师兄的动手能力很强，他们从芥子袋里把他们的身份牌翻出来，毫不犹豫地捏了个粉碎。伴随着问剑宗连续五个人出局，其他亲传弟子都惊了。

月清宗出局四个、问剑宗出局五个，这是前所未有的事情。

秦淮想不通，实力最强的问剑宗，能在第二场全军覆没？

这才第三天，到底发生了什么？

思妙言做出合理的猜测："月清宗和问剑宗同归于尽了？"他们丹修不掺和打打杀杀这种事，也并不清楚两宗之间到底发生了什么。

连出局后的苏浊和宋寒声看到这一幕，也感到震惊了："叶翘？"

在他们几个人的设想中，没了符修的威胁，叶清寒绝对不会放过长明宗，宋寒声都想好在叶翘他们出局后，嘲笑他们没脑子的话了，结果他们看到了什么？

符阵。

月清宗的阵，和云鹊布下的阵法，一模一样。

宋寒声的眸光微凝，他在这一刻隐约想起来，叶翘之前跟自己讨要过内门心法和符书，难道是那时候开始学的？云鹊和几个长老都以为叶翘是在月清宗时偷偷学会的，可宋寒声分明记得，很早之前在秘境里遇到叶翘的时候，她还是个半吊子。

半年时间，学会月清宗的阵法，这可能吗？他的神色微冷，望着留影石里长明宗的人所在的方向，他准备等这场大比结束后和师父商量商量关于叶翘的事情。

之前谁都没将长明宗放在眼里过，一个排名倒数第一的宗门，其他亲传弟子虽然资质都不错，可架不住他们新收的弟子是个筑基期啊。可现在情况完全不同了，就冲着叶翘能剑符双修这一点，不管她的资质怎么样，他们都要仔细商量一下接下来的对策。

"你竟然偷学我们宗门的阵法。"云鹊被呛得咳了一声，眼睛微微睁大，露出一副不可置信的表情。

偷师这种行为确实不道德，叶翘的理由很充分："我以前也是月清宗的内门弟子，学几个阵法怎么了？"打死她都不可能承认是半路跟着符箓书学会的。不然这可就是如假包换的偷师了。

云鹊被噎住片刻，打死她都不愿意相信处处不如自己的叶翘，十几年时间能学会月清宗的符箓，但眼前一幕也确实在告诉她，叶翘的阵法分明就是月清宗的阵法。

云鹊后退两步，仓皇地想要逃跑，下一秒沐重晞把剑抵在她的脖颈上，说道："你自己捏还是我帮你？"他一般不会去翻女孩子的芥子袋。

云鹊的眼眶骤然红了，眼看她又要哭，沐重晞牙般疼得抽了口气，一把扯过她的芥子袋："这么想被我亲手淘汰，是吧？满足你。"捏碎云鹊的身份牌后，他屁颠屁颠地跑到了叶翘身边，观察着被她炸出来的大坑。

两个阵法叠加导致的爆炸,绝对不可能炸出来这么大的坑,这明显就是有人提前挖好的。

沐重晞趴在大坑边上往里望了望:"我听说太虚境有个不靠谱的传言,说往洞里丢个自己讨厌的人的名字能诅咒人?真的假的,咱们要不丢个师父的名字试试?"

薛玙补充道:"赵长老也行。"

"云痕吧,我跟他有仇。"叶翘想了想开口道。

看着长明宗的人你一句我一句,赵长老的嘴角抽了抽。

四个人跳了下去后,发现周围都是泥土墙,黑漆漆的一片。叶翘燃了张御火符往里面走。

周行云打的头阵,他是真的不知道害怕为何物,快快不乐地往里面走。越往里路就越长,就在叶翘以为他们要走上一会儿时,前方突然冒起来了一束绿光。

沐重晞:"鬼?"

叶翘道:"我不信。"

"是妖兽。"周行云语气幽幽地道。

这种鬼地方还能有妖兽!叶翘眼睛亮了,她能感觉到这只妖兽的修为不高,也就筑基,眼看沐重晞拎着剑就要上了,她急忙开口:"别都打死!留下几个母的妖兽。"这还挺好的,本来他们长明宗现在是第二,还和月清宗差点妖兽数量,现在都不用专门去找了。

沐重晞的步子一顿,留下一个活口他能理解,留下母的是什么意思?

叶翘吩咐完后,看向薛玙:"你有催情丹吗?"既然有妖兽,那么这里就绝对不止这几只妖兽,她突然就想到了一个能吸引妖兽的法子。

"你是变态吗?"薛玙表示不理解。

叶翘面无表情地踢了他一脚:"你才是变态。我的意思是说,等到妖兽发情后,不就会有其他雄性妖兽闻着味道过来了吗?"这和狗发情是一个道理,而且太虚境的妖兽比狗都不讲道理。

薛玙思索了一下,好像确实可行,他以前怎么没想到用这种法子引妖兽呢?

"小师妹。"他举起手,有气无力地想做最后的挣扎,"我是个正经丹修。"他家那个老头儿子要是知道自己进入宗门之后都学会炼催情丹了,估计会气疯吧?

叶翘言简意赅地道:"一百万。"

"好了,我懂了。"薛玙将手中的丹炉变大,就地引气,活力满满地道,"我多炼点儿,有备无患。"

"有人知道他们的一百万是什么梗吗?"

"不知道,估计涉及什么长明宗的机密吧?"不然怎么一个个提起来都跟打了兴奋剂一样。

"我来科普一下:八大家薛家嫡系一脉以封建闻名。简单来讲,家族里都是群老古板。估计薛家的家主看到这一幕已经在外面疯狂骂街了。"

薛玙在炼丹,陷入癫狂中的妖兽被叶翘用捆妖绳给锁住了。为了确保万无一失,叶翘提前布下了阵法。催情丹的效果很好,吸引来的雄性妖兽也多。阵法坚持了五分钟后便散了,她轻轻"啧"了一声,干脆拎起夺笋与沐重晞迅速将这些拦路的妖兽给一次性解决了。

其间叶翘还尝试了一下怎么用《清风诀》的第二式,每次第二式都是刚摸到边缘,就不知道下一步该干吗了。

等他们俩合作解决完这里的妖兽后,薛玙摸出玉简,沉吟片刻:"还差三百个妖兽就能超过月清宗了。如果我们现在原路返回找到妖兽解决掉的话,这场的名次会更保险点。"

沐重晞:"但我们来都来了,进去看看呗。"他这个决定得到了所有人同意,至于周行云?他的意见不重要。

四个人继续往里面走,周围的墙壁都是用褐色的石头堆砌的,薛玙轻轻敲了两下:"这个地窟应该不是五宗修士打造的。"他虽然不是器修,好歹也出身八大家,能看出这种材料有点像是魔族那边地界的石头。

周行云:"这里有道门。"

石门被缓缓推开,入目的是一间封闭的有四面石壁的房间,周围刻画着一些让人看不懂的文字,像是某种咒印。以薛玙的经验来看,这种

东西还是别轻易碰的好，结果沐重晞和叶翘已经开始乱逛了。

薛玛愣了片刻："别乱碰，这种东西一看就很危险啊。"然而素来对什么都百无聊赖的周行云也伸出手，戳了戳上面对不齐的咒印，评价了一句："真丑。"

薛玛尝试劝阻了几次，发现根本阻止不了他们后，也选择了加入其中，四个人俨然把这个诡异的地方当成了自家的后花园。

场外的明玄看到这一幕嫉妒坏了："可恶。"他也想和叶翘一起进去玩。

宋寒声冷笑着道："真能作死。"

出局了两个宗，长明宗第一是稳了，他们哪里来的胆子敢跑到这么邪门的地方去的？

"我还以为猪在叫，原来是月清宗的大天才啊。"明玄听到他嘲讽的话语，朝他露出灿烂的笑容，"你们问剑宗和月清宗都一起在淘汰席排排坐了，还有心思关注我们呢？"

宋寒声愣住片刻："……你别太过分。"

楚行之的额角也跳了跳："真的没人和我一起去揍他吗？"

翟沉劝道："会扣积分，冷静点。"不是说明玄有心魔吗？他那模样哪里像是有心魔的架势，翟沉觉得和他待久了，自己都要有心魔了，他们长明宗的人说话都是一样气人！

场内的叶翘在逛了一圈后，从半空中发现了一张卷轴，是半打开的状态，打开后金色光芒浮动着星星点点的碎光。她问道："这是什么东西？"

周行云："有点像维持秘境开启的一种载体。"

大秘境百年开一次，会有些强大的灵器作为支撑维持着运行，打开秘境入口，而用来开启秘境的灵器，都是些好东西呢。

沐重晞："那我们拿了会怎么样？"

"没人试过。"周行云道。

薛玛："等会儿试试。"

四个人还在肆无忌惮地对话，身后突然传来一道粗重的带着几分沙哑的声音："小丫头。"

叶翘："鬼？"

沐重晞、薛玙异口同声地道："我不信。"

叶翘瞥了两个人一眼。可恶，竟然学她说话！

"严肃点儿。"周行云示意他们朝身后看过去，"给人家老头儿一点儿尊重。"

场外的修士：所以你那所谓的尊重就是一口一个老头儿吗？

老头儿其实已经忍了许久了，原本以为是群散修，结果看着这四个人跟土匪似的大摇大摆地闯了进来，还有身上穿着整齐划一的红色宗服，他便有了计较。应该是某个大宗门的亲传弟子，只是，现在太虚境的亲传弟子都已经变成这样了吗？

叶翘探头看了过去，见是个老头儿，穿得灰扑扑的，甚至有些枯瘦，像是一道影子，仿佛下下一秒就能消散般。她心里大致有了计较，语气天真地问："你出不来吗？"

他的心中一喜。小姑娘都心软得很，而且好骗，老者立马换上沧桑的表情："是啊！我已经在这里被困了好几十年了。"他老泪纵横地道，"没想到，终于让我等到了你。"

叶翘对他的演技不给予评价，悄悄往薛玙身后躲了躲，怕被那个老头儿看出自己五官扭曲的模样，示意三师兄去和他交涉。

薛玙眯了眯眼睛，基本上确认这个老头儿是个魔族，不动声色地问道："你想让我们怎么做？"

"放我出来。"他的声音带着几分迫切，"那个小姑娘是符修，对不对？按照我说的方法做就行，我出去后一定报答你们。"

叶翘："可是我只有筑基初期。"

老者梗住片刻，筑基？现在亲传弟子的门槛这么低了吗？还是说她是那种天赋高到能让五宗破例的天才？

或许是怀揣着叶翘是个天才的期望，老者打起精神，看着这四个人一个比一个纯良的模样，露出笑容："我教你怎么打开这种阵法，很简单的。"

叶翘看着他一副来了精神的模样，甚至手把手地给自己比画起来了阵法的起手式。她不动声色地观察了片刻，确定这些破阵方法自己从未见

过，但不妨碍她悄悄记了下来。外面这么多修士看着，学这种一看就邪门的东西出去免不了被一顿讨伐，但她私底下学没学，他们又怎么知道？

那老者见她学得认真，手里比画得也起劲儿了。他自打一百年前被那群亲传弟子合伙困住，就再也没见人来到这里，而今他就连最后一丝神魂都要散了。

魔族修炼的法子阴损，但凡一丝神魂不灭，就能夺舍，这对他而言并不难，只要能逃出去。

"学会了没？"他教得都累了，一脸期待地看着叶翘。

叶翘摇摇头："没学会，太难了。"她道，"要不您换个简单的？"

老者的面容扭曲了一瞬间，但很快他又露出笑容："好。"他忍。

心底却疯狂地咒骂起五宗的宗主们，哪个笨蛋找的亲传弟子？简直蠢笨如猪，他都演变了一百多种了，她竟然一样也没学会。

宋寒声见到这一幕，彻底放心了下来，那个老头儿比画的破阵方式都很简单，结果叶翘竟然一个都记不住，可见她根本不是半年内学会的，至于之前薛玙跟自己吹嘘什么他的师妹过目不忘之类的话早被他忘了。

老者："学会了吗？"

叶翘含糊地道："差不多。"她确实已经记得差不多了，于是看向那个老头儿，再次确认了一遍，"你真的出不来吗？"

老头儿连忙点头："是啊，小姑娘。你……"

叶翘扬起一抹灿烂的笑容，一把抓起空中飘浮的卷轴，拔腿就跑，只留下一句："既然你出不来，那我就放心了。"

四个人跑出去后，薛玙看了一眼半空："秘境要塌了。"

上古战场全靠这张卷轴支撑，卷轴被叶翘拿走后，秘境没了能量支撑，明显要提前关闭了。所幸五宗大比秘境会有长老守着，禁止其他散修入内，也就是说，遭殃的只有其他几宗的亲传弟子。

周行云听到这话，莫名有种尘埃落定的感觉。

秦淮惊呆了，他看着原本都睡在巢穴中的妖兽全部跑了出来，开始变得暴躁起来，秘境里的屏障都隐隐约约有提前裂开的架势。

段横刀:"秘境提前结束了?"这才第三天啊。

为什么啊?他不懂,到底出了什么意外竟然能让秘境提前结束?上一场大比,和叶翘一起下秘境都是待满五天的啊,这种情况太诡异了!秦淮作为首席弟子,话语权在他手中,出去还是继续留在秘境里全在他一念之间。秦淮最终看了一眼被拉开的排名,为了师弟们的安全,挥了挥手:"走。捏碎身份牌出局吧。"

月清宗稳居第一,四千三。

长明宗第二,四千。

成风宗第三,二千二。

根本没必要挣扎,秦淮看了一眼马上要关闭的秘境,在心底冷笑,计划赶不上变化,月清宗出局,按理说长明宗只要多待几天,拿到第一是板上钉钉的事情,恐怕叶翘都没想到秘境会提前关闭吧?他有些迫不及待地想看到长明宗的几个人的表情了。

伴随着成风宗五个人的身份牌被捏碎,碧水宗弟子的身份牌也应声而碎。显然都不打算挣扎了,这种情况下,赶紧出去才是最要紧的。

叶翘看着玉简上其他宗弟子全暗下来的名字,问道:"我们还差多少妖兽?"

薛玙回道:"三百。"

叶翘看着摇摇欲坠的秘境,折身回去,拿出来了夺笋:"那就凑够吧。"

四宗全部出局,如今万众瞩目的就是长明宗了,所有人都齐刷刷地趴在留影石上看。成风宗的长老忍不住呵斥了一声:"这群孩子还不赶紧出来。"竟然还敢继续留在秘境里。

沐重晞:"行啊。"

秘境没这么容易结束,叶翘好歹下过两次,时间完全够用,而且她还是想试试《清风诀》的第二式。

周行云看到这一幕,唇角都抿紧了,他一直都懒得管这些闲事,但现在情况不一样。他叹了口气,摸到腰间的剑,轻轻拍了下两个人的后背:"看好。"他手中的断尘剑出鞘,一瞬间剑光亮如白雪,剑光所到之处只余满地清寒。

周行云刻意放慢了速度，叶翘勉强捕捉到了他挥剑时的模样。

大道至简，清风明月。没有任何花俏的招式，两人看得有些发愣，当即毫不犹豫地学着他的模样摆出起手式。

下一秒周行云冷冷地打在沐重晞右手上："错了。再来。"

沐重晞大叫："大师兄，疼啊。"

叶翘没有说话，默默地调整好手势。

"不是。他们疯了？"在终于看明白这群人在做什么以后，段誉都傻眼了，在秘境快要塌了的时候还在领悟第二式剑招？谁教他们的？

问剑宗的长老评价道："初生牛犊不怕虎。"

剑道这方面的造诣，看天赋，他见过叶翘用剑，比起其他亲传弟子的游刃有余，叶翘倒显得有些不成章法，因此他推断这个孩子的根骨或许不太行。

叶翘深吸了一口气，蓄力挥出，在这之前她学过几次，剑诀画出来得过于抽象，如果没办法入定是无法看到真人演绎的，导致她只是模糊地摸到了第二式的边缘。

周行云的剑式在她的脑海中瞬间清晰了起来，她挥手一剑下去，剑风无声地划过，看似柔和却满满地都是杀意。第一式和第二式的差距大概就在于，第一式适合打架，第二式适合猎杀，如果用得好，完全能用来杀人，只不过现在只能用来杀杀妖兽了。

这个太虚境和她想象中的刀光剑影、腥风血雨还是有些区别的，亲传弟子都是宝贝、太虚境的未来，打归打闹归闹，一个都不能出事，毕竟都是各宗全力培养出来的天才。所以这群亲传弟子才一个比一个单纯天真。

三个人的速度很快，《清风诀》的第二式又类似于群攻，解决起妖兽来就更容易了。薛玛看着玉简上的排名，急忙道："够了够了，我们快走！"

场外已经鸦雀无声了，长老们都忍不住感叹，这一届的长明宗，还真是时时刻刻都能给人惊喜呢。别的宗门的亲传弟子见此情况早就跑得比狗还快了，叶翘胆子大得很，竟然敢折身回去凑够那三百只。

"秘境没这么快崩塌，这么大的地方呢，现在的亲传弟子就是缺点胆子。"碧水宗长老摸了摸胡子。老实说,他刚才都狠狠地提了口气,很久没看到过这么勇敢的亲传弟子了,竟然在即将关闭的秘境里学习剑招,最离谱的是还被他们给学会了。

叶翘和几个师兄被传出去的瞬间,一群人冲了上来把她给围住了,全都是些场外冲进来的修士,差点把她吓得拔腿就跑。

"叶翘出来了!"

"叶翘!"有人上前跟她疯狂地握手,"你就是剑符双修的亲传弟子,是吧?很高兴认识你。"

叶翘艰难地从人群里挤出来,打算和师兄们并排站到一起时,不远处的宗主席位上,问剑宗宗主气沉丹田的声音大到所有出来的亲传弟子们听得虎躯一震:"是谁?是谁把秘境弄塌的!"

第拾章 山河图

"叶翘！薛玥！沐重晞！还有周行云！你们四个都给我滚过来，赔钱！"问剑宗宗主的声音猛地从身后响起。

叶翘讪讪地道："您别生气啊。多大点事。"

"秘境是你们弄塌的吗？"他怎么可能不生气？要不是这个叶翘，他们问剑宗何至于沦落如此地步？

第二场大比的倒数第一！这是千年来都从没有过的事情。

秦饭饭只能被迫上前替他们辩解："那个秘境早晚都要关闭，这赔钱多伤和气。"

问剑宗宗主抬手，冷笑着打断他："打住，我和你们长明宗没有和气。秘境提前关闭你们知道有多危险吗？赔钱吧。"

最后收拾烂摊子的还是秦饭饭，他含泪将钱赔给了问剑宗，而另一边的叶翘已经被围成一团了。

"你什么时候学会的阵法？"宋寒声冲上前来质问道。

"几个月前学会的。"叶翘看着他急得脸红脖子粗的模样，语气都变得欢快许多,"以后请叫我低调的天才,还有,"她用手中夺笋戳开他,提醒道,"记得对第二场大比的第一说话客气点。"

楚行之立刻对此场景开始指指点点:"你看,把他们长明宗给得意的,我都说了,咱们可以联手,你偏要和我们对着干。"

明玄和叶翘庆祝般地鼓了下掌,也跟着加入了指指点点的行列:"楚行之,注意你们和第二场大比第一们说话的语气。"

各宗打道回府,叶翘也揣着怀里这个疑似价值不菲的灵器回到了院子里。她在和薛玙一起研究,而其他几个师兄对此似乎都不怎么感兴趣。

叶翘没见过这个东西,薛玙倒是有点了解。

"我以前从书中看到过,好像是叫山河图。"薛玙戳了戳,"你们可以查查灵器榜。"

"我记得没错的话,应该是排行第三呢。打开后,卷轴里铺展开的画面可以将敌人困入你自己曾经的记忆当中。"薛玙托着腮,"据说里面的场景可以达到以假乱真的地步。"

叶翘来精神了:"那我进去试试?我要是在里面迷失了,你就踹我一脚。"这种灵器自己不亲自上阵体验一番简直太可惜了。

薛玙比画了个手势:"没问题。"他刚启动手里的灵器,叶翘便感觉到一阵晕眩。很快,她睁开眼睛。入眼的是一盏白色台灯,她正坐在那儿无休止地改设计稿。

叶翘在看到幻象的第一秒,打了个激灵,立刻就醒了。

"你都看到了什么?"薛玙惊讶地挑眉,竟然在进去的一瞬间就清醒过来了?

叶翘心有余悸地道:"我看到了永远做不完工作的自己。"

薛玙疑惑地眨眨眼睛,听不懂,不过他也不是第一次听不懂小师妹说的话了。

"那再试试?"叶翘跃跃欲试地道,"可能是这个场景打造得不太好。"

薛玙点头同意了,他再次启动灵器。下一秒,叶翘睁开眼睛看到的是自己被领导训斥的一幕。她面无表情地抹了把脸,再次清醒了。

薛玙困惑地晃了晃山河图:"你都看到了什么?"两次都没能进入状态。

叶翘终于认清楚现实了,她沉重地叹了口气,将山河图压在桌子上:"算了,这东西还是有多远离我多远吧。"

薛玥的嘴角抽了抽,他只能先将山河图收好。这可是能勾起人记忆深处的回忆的灵器,按理说第一反应不应该是迷失在记忆深处吗?她怎么是这么一副避之唯恐不及的表情?

两个人测试了一下山河图的用处后,院子里已经热闹了起来。明玄和沐重晞在忙着烤肉,说是要庆祝他们在秘境中大获全胜。

宋寒声听到隔壁闹哄哄的动静,从符书上回过神来,蹙了蹙眉问:"隔壁院子在干什么?"

苏浊用他的鼻子用力闻了闻:"好像是在做饭?"

宋寒声不解地问道:"他们没有辟谷丹吗?"

苏浊声音低低地道:"听说是在庆祝。"

宋寒声想继续看符书,结果闻着烤肉的香味根本静不下心,索性坐了起来,说道:"我们去隔壁宗看看。"

苏浊其实是不太想面对叶翘的。每次面对那个曾经的二师姐,他的心情就说不出来的复杂,有一瞬间甚至在想,如果二师姐没有走的话,是不是一切都不一样了。虽然这个念头刚升起来就被他飞快地掐灭了,但不可否认,他确实这样幻想过。

两个人来的时候赶得挺巧,叶翘正坐在那里烤肉。听到动静,她抬头看了两个人一眼,吐出两个字:"交钱,想吃的话。"她怕他们听不懂,还补充了一句,"得先交钱。"

宋寒声没想到被她一眼就看出来了自己心底的念头,他想着来都来了,总不可能因为那点灵石而放弃,自己还丢不起这个人。他闻言脸色黑了黑,只能不情不愿地丢给她三块上品灵石,然后面无表情地坐下来一起跟着等。

面对这群不速之客,叶翘也没赶人,反正想吃就来交钱呗。

叶翘烤肉的速度还挺快,但她那几个师兄抢肉的速度也快,宋寒声看着被一扫而空的盘子,脸色又黑了。

五个人是换着轮流来烤的,一不留神就烤得有点多了。

宋寒声的盘子里已经堆积许多了。

叶翘打了个哈欠,看了一眼天色,见宋寒声还不走,她立刻不耐烦地开始赶人了:"都吃完了还不走啊?"

宋寒声也恼了:"你没看到我的盘子里还有吗?"

叶翘愣了一下:"哦。那你准备在这里吃完?"他吃得了吗?

宋寒声面无表情地看着她,声音猛地提高:"吃不了,我带走不行吗?"他看着叶翘愣住的模样,在心底冷笑,没想到吧,自己变聪明了,以后长明宗的人休想再坑他一块灵石。

看着宋寒声还真把一盘子烤肉全端走了,叶翘抱着胳膊,心情变得更复杂了。

明玄也呆了几秒钟:"他这是什么情况?"以前宋寒声还是在客栈里面非上房不住的首席弟子啊!

"宋寒声啊……"叶翘的语气变得有些沉重,"我发现这段时间,他真的变了很多。"

"噢。"薛玙表示了解,"变善良了?"

叶翘:"变得有点傻了。"看得出来,十几万块上品灵石对宋寒声的打击还是很大的。

叶翘没找过叶清寒要债,主要是剑修普遍很穷,宋寒声借一借钱还能凑齐,叶清寒估计把自己卖了都还不起,而把借条留着哪天还能要挟一下叶清寒。

秘境开启的时间不确定,他们难得放松了还没几天,秦饭饭便施施然地走了进来。他拍了拍手:"有个好消息,秘境还有两个月才会开启,你们可以放心休息了。"

叶翘立刻和薛玙拍了个手。

"我也要拍。"沐重晞也凑了过来击掌。

秦饭饭道:"还有个不好不坏的消息,就是有人委托任务给五大宗门,时限两个月,你们可能玩不了了。"

明玄直接回答道:"不接。什么任务能让五大宗门的亲传弟子出面?这一听就有诈。"

秦饭饭打断他的话:"奖励是混沌珠。"

天地启蒙的造化之珠,谁都想要,当即其他几宗毫不吝啬地派出了自家的亲传弟子。

"最近魔族动静闹得有些大,哪宗能解决魔族,珠子就归哪宗。"他拍了拍几个亲传弟子的肩膀,"努力吧!"

"谁委托的任务啊?"明玄果然不再啰唆。混沌珠啊,谁不想要?上面据说带着天道留下的某种机缘,虽然不知真假,但如果奖励是混沌珠,也难怪五宗都跃跃欲试的。

"云水城的城主委托的任务。"云水城是个小城,里面的修士修为基本都在筑基期徘徊,再加上散修居多,真有魔族作乱,完全找不出任何线索,"到时候你们尽量小心点,魔族那边来者不善。"

叶翘戳了下桌子上的茶盏,根本不想动,她好累哦,只想睡觉。

"你们四个去吧。"秦饭饭看了一眼趴着摆烂的叶翘,"你,留下。"

"为什么?"沐重晞第一个发出抗议的声音,"凭什么她能留下来?"

五宗这么多亲传弟子会去,成功的不可能是他们,叶翘这个能留下来休息的毫无疑问收获了其他四个人羡慕的眼神。

"她筑基,你们也筑基?"

明玄弱弱地举手:"我筑基巅峰。"

"你也去。"秦饭饭瞪了他一眼,"别找借口。正好跟着去历练历练。"这些孩子都是群温室里的娇花,不找机会让他们历练历练,以后单独出门怎么死的都不知道。

叶翘听到自己不用去,眼睛顿时亮了,立刻朝四个师兄比了个胜利的手势:"没关系,你们去吧,我会记得你们的。"

明玄:"真的没有人和我一起揍她吗?"

薛玙:"算了吧,你不用符箓应该揍不过她。"

明玄:"可恶。"

看着如丧考妣的四个人,秦饭饭还是安慰了两句的:"放心好了,叶翘也不可能闲着。我帮她找了个很好的符修,训练她的反应速度和对阵法的熟悉程度。"毕竟是太虚境难得一见的剑符双修,之前不知道也就算了,现在肯定是要将人赶去修炼,给她找个会画符的师父。

秦饭饭拍了拍手,宣布:"你们的小师叔就是个符修。我通知了他让他赶过来教你们师妹了。"

长明宗有四个峰,丹峰她去过一次,其他三个峰叶翘都没踏足过。严格意义上说,她有四个师叔,秦饭饭找来的应该是符峰的小师叔吧?

沐重晞:"哈?小师叔?"

叶翘是个后来者,自然对四个峰的师叔们没什么了解,她闻言也顶多诧异了一下,结果四个师兄反应似乎都挺大的。

"他怎么要来?"明玄喝了口水,"他不是天天睡觉吗?"一口一个他,没有一点儿尊重长辈的感觉。

秦饭饭言简意赅地道:"听说来了个剑符双修的弟子,谢初雪感到好奇,就亲自来了。"两道双修,这样的稀有程度,谁不想过来多看两眼?话音刚落,门就被推开了。

男人走了进来,揉着眼睛,看上去像是没睡醒的模样。瞥见沐重晞,他浅褐色的眼睛微微一亮:"你就是那个叶翘?"

叶翘凑近明玄,忍不住道:"……不是,他的眼神不好吗?"她这个名字,怎么听都不能是个男的吧?

谢初雪伸出手对着沐重晞又捏又掐,笑眯眯地道:"看上去很笨的样子,竟然能拿下大比第一?"

沐重晞的脸都被捏变形了,他叫了半天:"小、小师叔。"他艰难地从对方的魔爪中挣脱,毫不犹豫地指着叶翘,"她才是你要找的人。"

谢初雪松开手后,笑眯眯地道:"哎呀,我知道,刚才是逗你玩的。"

秦饭饭:"……闹够了没?"

谢初雪一直都是很离谱的人,如果不是突然多出来个符修需要请人来教,秦饭饭不可能会找这个师弟。他看向沐重晞等人,说道:"你们四个去云水城一趟,有危险就捏碎玉简通知我们,叶翘修为太差,就留下来吧。"

留下叶翘,秦饭饭觉得保险点,毕竟这个孩子太能折腾了,魔族那边可不是让她胡闹的地方。

叶翘倒是没意见，她也懒得去和什么魔族打交道，一听就很麻烦。

沐重晞被周行云无情地拖走了，他一脸不情不愿的表情。

明玄叮嘱道："小师叔这个人坏得很，你离他远点。"他其实一点儿不想回忆自己当初被这个小师叔坑害的生涯。

薛玙欲言又止："你，自己保重。"说完他也走了。

只留下叶翘一个人不太理解师兄们为什么都这么提醒她。

四个师兄走后，就只剩下秦饭饭和谢初雪两个人了，叶翘很怀疑上一代宗主取名的水平。她从院子里面出来，找了一处空地深吸了口气，做足了心理准备。

"来吧！早点儿弄完，早点儿回宗睡觉。"谢初雪打了个响指，不知道从哪里冒出来的阵法从中央开启，"准备好了哦。"他不知道什么时候已经提前将阵法布下了。繁复的图案放大，从脚下蔓延，叶翘眨眼的工夫就已经陷入阵法中了。在进入阵法的瞬间，各种接连不断的攻击朝她而来，有利剑，有魔气，法术攻击和物理攻击竟然都有。

叶翘被打了个措手不及，找不到破阵的方位。不谈境界，这个阵法远不是她能理解的，她全程只能被迫防守，但也没撑过一盏茶时间便被弹了出来。

谢初雪道："我看过一点儿关于你的留影石。你好像很喜欢打敌人个猝不及防。偶尔确实管用，但万一遇到比你反应快的，你全程就只有被压着打的份儿。"他垂眼，盯着叶翘看了一会儿，"所以……"

谢初雪的语气严肃了起来，叶翘也终于收起了对他不公正的评价。

"哈哈哈。"谢初雪轻笑出声，继续道，"所以我们来继续吧"

接下来的日子里，叶翘被阵法关了整整三天，在第四天的时候她才勉强找到阵眼。这次得亏她这位小师叔有点良心，没有再画攻击型的阵法，不然她可能撑不过三天就挂了。

"出来了？"谢初雪懒洋洋地睁大眼睛，"还挺快。"比他估计的要快一点。

叶翘出来后人都累得瘫成了一块大饼，下一秒，她人都没反应过来，就已经身处阵法中了。

叶翘会的许多阵法都是从书中学的，在秘境中也积累了一些经验，可她从没见过这么难缠的阵法，拖都能把人拖死。

谢初雪一开始训练的是她的反应速度，后来在她适应了速度后，又开始训练她的破阵速度了。幻阵也就算了，更多的是困阵。七天以后，她破阵的速度逐渐加快了些，只是人也被折腾得快没了。阵法中时不时有妖兽跳出来吓唬人，叶翘条件反射般地用夺笋把它们挥散，然后她悲惨地发现自己刚找到的阵眼下一秒就又转移了。

"小师叔。"叶翘从阵法里出来后，脸色发白，垂着脑袋，"明玄当年也是这样过来的吗？"

谢初雪点点头："是的。"符修和剑修的修炼方式不同，符修在修炼时虽然不会挨打，可却会被那层出不穷的阵法搞得头疼。叶翘的眼睛里逐渐连光都没了，她整个人趴在地上，宛如一条快要脱水的鱼。

谢初雪见状使劲儿地晃了晃她，把叶翘都给晃成了一根会晃动的面条。然后他仿佛看到了叶翘仰头，嘴里仿佛吐出一只会飘荡的小幽灵！不会吧？他眨了眨眼睛，困惑地歪头，这么不禁折腾吗？他记得明玄和薛玙以前生命力都挺顽强的啊。

秦饭饭过来的时候就看到他的师弟正拎着自己徒弟的衣领。

秦饭饭大怒，一拳头砸在谢初雪的脑袋上："你把我的徒弟怎么了？"

谢初雪："她没事。"

叶翘恍恍惚惚地回过神来。

"哈哈，我就说嘛，这不是没事吗？"谢初雪扬起笑容，顿时松开抓住她衣领的手。

叶翘啪叽一下再次掉在地上了，彻底被摔清醒了，她这会儿恍恍惚惚的。

"小师叔。"叶翘的语气十分虚弱，"有传送符吗？"她要去找大师兄他们，她这辈子都不想和阵法打交道了。

谢初雪眨眨眼睛："传送符，没有哦。不过你可以试试传送阵。"他笑眯眯地道，"传送阵虽然浪费时间了些，但一次能传好多人呢。"

"想学吗？我教你。"说着，谢初雪手中结印，速度快得让人眼花缭

乱，叶翘都没来得及开口阻止，下一秒脚下就出现了一道淡金色的阵法。

"快看。"他看着阵法里眼睛微微瞪圆的叶翘片刻消失得无影无踪，语气惊叹着道，"我的师侄不见了！"

秦饭饭眼睁睁地看着自己的弟子就这么不见了，一拳头将谢初雪砸到墙里面，怒气冲冲地大吼道："我家叶翘呢？"

"好像是被传送阵送走了。"谢初雪艰难地从墙里爬出来，然后跟没事人一样走了过来，声音轻快地道，"具体我也不知道会被传到哪儿去。"

要知道，传送阵传送的位置向来不固定，接下来就只能祝叶翘好运了。

一行人赶到云水城的时候五宗弟子全部碰了个头，但互相都懒得搭理。来这里的都是些修为高，而且能打的亲传弟子。秦淮握紧腰间的剑，在注意到叶翘没来后，他诡异地松了口气，想想也是，修为这么差，长明宗不可能放心让她出来。混沌珠谁都想要，都要凭本事拿到，几宗的人全程都没有任何交流，跟着引路的管家进了城主府。叶清寒率先问话："城中有魔族作乱？可有抓到的魔族？"

"没有。"云水城的城主是个大腹便便的男人，他轻轻叹息着道，"就是因为实在是没办法才会找上你们。"

五宗肯给面子来，无非是冲着混沌珠，他们深谙其中的道理，因此想也不想地承诺道："只要除掉城中的魔族，到时候混沌珠自然会奉上。"

叶清寒冷冷地点点头："好。"显然将混沌珠视为囊中之物了。

薛玙却微微蹙了蹙眉，总觉得哪里不对劲。

话分两头，叶翘经历了一阵天旋地转，等睁开眼睛后，发现自己正躺在一处空地上。这无疑让她松了口气，只要没被传送到危险的地方就好。

叶翘拍了拍袖子上的灰尘站了起来，啃德鸡被一起传了进来，它身上的一撮红毛太亮眼，叶翘直接把它放到了袖子底下，让它自己找地方窝好。

叶翘看了看天色，只见暮色四合。她都不清楚自己这是被送到了哪儿，为了保险起见，她先含了一颗闭气丹，又贴了一张隐身符，找了个安全的地方躲起来观察周围的情况。周围有巡逻的士兵，因为修为都不高，谁都没发现悄悄藏着的叶翘，她在最后一个士兵路过落单时，伸出手捂住他的嘴，迅速将人劈晕了过去。

叶翘将人打晕后，嘴里念叨了句"冒犯了"，把他的衣服给扒了后，换在了自己身上，毕竟现在她都不知道自己在哪里，她这身衣服还是太惹眼了些。换好衣服后，叶翘没敢乱动，找了个隐蔽的地方悄悄躲了起来，开始思考小师叔到底把自己传到哪里来了。

首先可以确定，这里不是她熟悉的地方，毕竟刚才那群人说了一堆她听不懂的语言。这个鬼地方一看就很危险，关键是她还语言不通，待在这儿怎么看都不安全，她已经在思考怎么逃跑了。

"你愣着干吗呢？想偷懒？"冷不丁地，一个人骂骂咧咧地猛地拍在叶翘的后背上。

得益于段长老的日常训练，叶翘不至于一下子被打趴在地上，她抬头撞上对方不耐烦的目光，目光掠过他，又看向了一群打扮相似的人，修为最高应该是在金丹期，目测应该有七八个。冷静下来的她在确定自己这个时候反抗、逃跑都毫无胜算后，立马转身，乖乖地走到了队伍后面。

叶翘筑基的修为不突出，但也不算太差，属于躲在后面丝毫不起眼的那种。几个人没再理会叶翘这个疑似偷懒的士兵，叽里呱啦地说了半天叶翘听不懂的话。她的学习能力强，至少在记忆方面没输过，他们嘴里重复出现过的词汇都被叶翘悄然记了下来。

叶翘跟在队伍后面，越观察越觉得这些人似乎有点像是传说中的……魔族啊？她的嘴角抽了抽，自己的运气倒霉得过分了吧？被传到魔族大本营，还不如把她传到棺材里呢，起码不会有什么危险。

"我们明天就去云水城，听说人都到齐了。"

"五宗的几个修士都在。"有个男人狞笑了两声，"这就让他们有来无回。"

前面的话叶翘连猜带蒙依稀明白了些，至于后面四个字她没听懂，不过应该不是什么好话。修士用的玉简能用来传送消息，目前自己这个处境，怎么看都不适合传消息。而且，听这些魔族的对话，似乎对其他几宗亲传弟子的动静了如指掌，恐怕沐重晞他们从一进入云水城就被盯上了。

正思考着的叶翘忽然又想到一种可能性。五宗那群亲传弟子，不会蠢到穿着宗服大摇大摆地去云水城吧！

好像也不是没可能。几个师兄走的时候也没见他们换衣服。换句话说，就是一群不知道天高地厚的亲传弟子大摇大摆地去了人家魔族所在的云水城，就差昭告天下"我们来了"了，这样也就难怪行踪被人家摸得透透的了。

叶翘默默地整理了一下衣服，她觉得吧，未来如果指望这群天真无邪的亲传弟子，这太虚境还是早点毁灭吧。

"我们要从哪儿开始找魔族？"沐重晞四处望了望，"感觉没什么奇怪的地方。"

来的不止有长明宗，其他宗也都派了人赶过来，都毫无例外地被奉为座上宾。说是前来调查，可半点线索都没有。

"如果小师妹在的话……"明玄托着腮，"她会怎么做呢？"

"别小师妹了。"沐重晞趴在桌子上，有气无力地嘟囔着，"小师妹又不在。"现在只能靠他们自己了。

云水城虽然是个小城，但人也不少，想要排查出魔族无异于大海捞针，几个人在城主的府邸里待了整整七天，半点线索都没有。

"其他宗那边有什么消息没？"沐重晞捅了捅旁边的人。

薛玘摇摇头："没有。"

周行云拨弄了一下桌子上垂着的流苏，语气淡淡地道："云水城一个小城池，真的会有混沌珠吗？"他一直都保持着怀疑的态度，但消息是五宗放出来的，似乎不会有假。

"可能是什么意外机缘拿到的吧。"明玄耸了耸肩，"总不能什么好东西都让五大宗八大家给拿走。"

薛玘："也不知道小师妹和小师叔相处得怎么样了。"估计这几天会很热闹的吧？他只能由衷地希望叶翘人没事。

身在曹营心在汉的叶翘正在尽可能快速地学习魔族的语言,以免到时候会露馅。啃德鸡缩在她的衣袖里面全程不敢动,它发现跟着这个主人是真的刺激啊,一觉睡醒地方都换了不说,竟然还跑魔族这边来了,还有,她什么时候学会的魔族语言?

这边的叶翘扬起灿烂的笑容,已经娴熟地和对方攀谈起来了。她虽然谁也不认识,但丝毫不心虚,而且还一副理直气壮的模样,不知道的还以为她和这些人真的很熟呢。

"咱们什么时候才到云水城?"

对方不耐烦地斜睨了叶翘一眼:"还有两天。"

"那我们不抓紧时间赶路吗?"

"你的问题怎么这么多?"那个魔族成员冷笑两声,"反正那些亲传弟子也到云水城了,抓住他们是迟早的事情,但为了保险起见,咱们魔界的圣女也会来这里,我们在这里先等圣女过来。"

叶翘:"圣女也要来?"她的语气带着恰到好处的惊讶,毕竟秦饭饭也没说魔族里面还有圣女这号人存在。全程对方提到的只有这个任务多么简单,只是有魔族作乱,将那些魔族解决掉就能拿到混沌珠,如果太危险,其他几宗也不可能放下心来让自己宗门的亲传弟子前去。

这五宗情报怕是哪里出问题了吧?

显然,叶翘那没见识的惊叹语气极大地满足了对方的虚荣心。那个魔族听罢,心情都好了几分:"等着就好,待到我们的圣女来了,到时一定能将五宗那群不知死活的亲传弟子一网打尽。"说完,那个魔族开始仰头长笑。

叶翘也不知道是反派都这样笑,还是说这是魔族的传统,她只能跟着一起笑。

得到了自己想要的信息后,叶翘等他们赶路时特意制造出点小动作,在确保没人会注意到自己的异常后,她才放心地回复了秦饭饭发来的消息。

秦饭饭还在着急地疯狂地询问她被传送阵传到哪儿去了,有没有危险。

叶翘见状低头迅速传出消息:说出来你可能不信,我到魔族大本营了。

秦饭饭冷静地抹了把脸,看着坐在地上的谢初雪,一脚踹了过去:"你

把我的徒弟弄哪儿去了?"

谢初雪飞快地躲开:"怎么了?不是她要传送符的吗?我还大方地给她画了个传送阵啊。"他扬了扬下巴,一副得意的模样。

秦饭饭一脚把他再次踹飞了,冷静片刻后,给叶翘发了消息:你那边什么情况?悠着点啊,别乱来,魔族的地盘儿可不是你能胡闹的地方。有机会脱身吗?到时候我安排人去接应你。

叶翘看了看周围的环境:暂时应该是跑不了。而且,她觉得不止自己跑不了了,可能其他几宗的亲传弟子也跑不了了,那个任务,怎么看怎么是陷阱。

叶翘没问秦饭饭能不能让几个师兄们回去,毕竟现在云水城估计已经被魔族的眼线给掌控了,一旦几个人弄出点什么动静,绝对会引起魔族的警惕,眼下按兵不动是最好的选择。

"你们见过圣女长什么样吗?"叶翘将玉简收起,扭头望向旁边的魔族,状若不经意地问道。

"没见过。"对方继续说道,"圣女哪里是我们能见的?"

叶翘:"哦。"就目前的局势来看,五宗的人明显不占优势。

叶翘静下心来,不动声色地继续套话。从这个魔兵的嘴里她大概知道了那个圣女到底是个什么样子的,原来她是个不爱说话的元婴期大佬,目标是一网打尽所有大宗门的亲传弟子。而对方两天后会来找他们汇合。

叶翘见过魔族,之前在秘境里就关着个老头儿,对方在魔族应该起码是个长老级别的人物,没有用她听不懂的鸟语,还能对答如流。托了那个老头儿的福,魔族的阵法和破阵法她都跟着学了不少,要让她用,她还真会两手。

叶翘慢悠悠地垂眼,忽然间便有了个胆大包天的想法。

叶翘的胆子向来大得很,在意识到自己跑到魔族的地盘后,她果断地将一个魔兵衣服扒了下来穿到自己身上,顺道想起来了之前秦饭饭说的任务。有什么比进入敌方大本营更能刺探军情的吗?显然没有,于是她心安理得地选择留了下来。

对于叶翘的选择，秦饭饭得知后觉得有点蒙，他其实是想让叶翘赶紧回来的，毕竟她才筑基，在魔界这么多金丹期魔修的包围下，不死也要脱层皮。

叶翘：那个任务我参加了，到时候记得给我奖励。

五宗情报网应该不至于废物到连这点最基本的消息都探查不到，叶翘猜测这肯定是有预谋的，想借机训练这些亲传弟子的警惕性。

秦饭饭沉默了下，回复道：有，完成任务的有额外奖励。

既然是历练，那就应该一视同仁，叶翘不掺和还好，但她现在都入侵人家魔族地盘了，显然是打算参加历练了。这些亲传弟子里面就叶翘的修为最差，再加上是个两道双修的天才，一开始他没想让她过去，结果呢，结果谢初雪这个成事不足的，竟然把她传走了！

罪魁祸首谢初雪托着腮，眨了眨眼："哎，你说，这次历练哪个亲传弟子能拿到第一？"

任务奖励其实是真的，只是他们私底下和其他四宗商量的是谁有本事在这场历练中拿到第一，混沌珠就归谁。至于怎么评判谁是第一，肯定是要看他们这些弟子在历练中谁的表现更突出。

秦饭饭沉默了片刻："我觉得可能是叶翘。"别问，问就是直觉。

这场历练，其他几个宗门的弟子还在原地打转的时候，叶翘都已经跑人家魔族大本营去了。

叶翘趁着这群魔族巡逻的工夫，以一副摸鱼的表情，状若不经意地给几个师兄传消息：你们能查一查魔族圣女的消息吗？尽快给我。

现如今她的隐身符只有两张，这种符箓还有时间限制，自己这个外来者一旦被魔族发现肯定小命难保，叶翘只能顺势扒了那个魔兵的衣服穿到自己身上。打不过就加入，叶翘不觉得自己的行为有什么问题。

明玄收到消息时愣了愣：圣女？魔族圣女也要过来？

不是说这次的任务没危险的吗？他疑惑地挠了挠头，接着便看到小师妹又传来了一个消息：魔族那边目测有七八个金丹期的魔族，你们悠着点吧，这次的任务挺危险的。

明玄好奇地问道：你怎么知道有七八个的？

现在叶翘不应该在和小师叔一起愉快地玩耍吗？

叶翘怕自己的小动作太多被人注意到，催促了句：我正在魔族那边，你们快去查关于魔族圣女的具体情况，越详细越好。

明玄一个踉跄，差点栽倒在地上。

魔族？

他没想到在他们一群人毫无头绪的时候，叶翘竟然都跑魔族那边去了。明玄微微压下嘴角抽搐的冲动：我们在城外找了好多人打探消息呢，结果还是查不到什么有用的线索。

他们四处打听半天，结果一点儿有用的消息都没有，明玄都想放弃了，这混沌珠不要也罢。

叶翘感到震惊了：你们难道就没人想到从城主府入手吗？

他们就没人想过，可能城中根本没什么问题，有问题的是云水城和魔族那边有牵扯吗？

这是宗门下达的任务，无论多么危险都是一定要完成的，一群温室的花儿不好好磨炼磨炼，太虚境指望他们只怕迟早要完蛋。被叶翘这么一提点，明玄马不停蹄地跑去找其他几个师兄，让他们一起过来帮忙调查魔族的事情，然后几个人发现这座城主府果然有问题。

首先，一个小城哪里来的混沌珠？其次，说是请他们来帮忙，也不见提供半点线索，每次问起来城主都是支支吾吾的态度。

四个人围坐在一起，讨论着："首先根据师妹提供的线索来看，他们有个元婴期的圣女。"

一个元婴期能打三个金丹后期，薛珂都忍不住苦笑起来，这个任务应该怎么完成？

沐重晞将脸压在桌子上，百无聊赖地道："可是如果魔族圣女是元婴期的话，这根本不是我们能接的任务吧？难道说五宗那边的消息有问题？他们的情报网都这么差的吗？"

明玄跷起二郎腿："说不定是历练。"

考验他们随机应变的能力，但那这种事还得看叶翘啊。他们顶多也就是查查消息，对于其他事情简直就是一头雾水，而在他们不知所措的时候，小师妹都已经跑人家魔族大本营去卧底了。

因为毫无线索，于是其他几宗的亲传弟子决定要凑在一起开个会。

宋寒声轻轻敲了敲桌子，正色道："我打算去魔界那边看看。"这样下去只会在原地打转，他们还不如铤而走险去魔界那边打探打探情况。

苏浊犹豫片刻："大师兄，我们还是不要乱跑了吧？"

宋寒声的修为在金丹后期，他自然有这个自信去搏一把。

混沌珠谁都想要，在一群亲传弟子里拿到珠子考验的自然也是各自的本事，宋寒声不想这么坐着干等。

淼淼抿了抿嘴唇："这样也行，你们还有谁要去魔族那边探查？"她问道，"宋寒声的建议也还行，不然这样原地打转只会更加浪费时间。"

最后只有宋寒声和叶清寒站了出来。

明玄看着这两个敢死队成员，挑了挑眉："你们真打算去？据我所知，金丹期的魔族修士有七八个，你们去了恐怕会被抓住吧？"就算宗门之间再不对付，明玄也不可能看着他们去送人头，因此尝试着劝了两句。

结果换来的是叶清寒不屑的目光："你们长明宗之所以次次大比倒数第一，就是因为胆小如鼠。"

沐重晞撸起袖子："你是不是想打架？"说话就说话，进行人身攻击就过分了吧？

叶清寒冷冷地将佩剑往身前一放："我怕你吗？"

薛玙见状急忙拉住了自家小师弟，露出一抹意味不明的笑容："算了算了，打架多伤和气，既然你们愿意去，那就去呗。"反正到时候别怪他们长明宗的人没提醒这两个莽夫。

"是啊。"明玄意味深长地道，"毕竟有人想找死，我们也不拦着。"

叶清寒神色愠怒："你想死吗？"

明玄微微一笑，故意恶心他，晃了晃手里的折扇："你真坏，竟然吓人家。"

叶清寒被恶心得不轻："滚。"这一届长明宗的弟子都有神经病吧？

薛玙看着明玄，忍不住扶额，望向两个小伙伴："我受不了了，你们谁去给他一脚，让他清醒清醒？"

"别闹了……"周行云幽幽地趴在桌子上。

叶翘在魔族那儿待了整整三天，因为修为低，也没人在意她，她几乎把这里里外外给摸得差不多了。魔族和太虚境的各宗门一样，阶级分明，上层的都神龙见首不见尾，底层的连见一面的资格都没有，让她感到惊讶的是，这里几个金丹期魔修，放在太虚境都是亲传弟子的料子，结果在魔族竟然只属于中层。

叶翘开着玉简随时和秦饭饭保持着联络。听到小徒弟的疑问，秦饭饭解释道："魔修和正统修士不同，他们走的是歪门邪道的路子，破境快，都是通过夺舍其他修士的修为。换句话说，这些人都虚得很，早晚自食恶果。"

叶翘露出若有所思的神色，话是这么说，但七八个金丹期的魔族也挺恐怖的了。

叶翘一边思索对策，一边打探其他几个魔族的口风。在确定这些人谁也没见过魔族高层后，叶翘垂下眼，既然这样的话，那她可就放心了。

"听说了吗？咱们大人刚才抓回来了两个太虚境的亲传弟子。"

几个魔族在聊天，听到聊天内容后，叶翘的心里咯噔了一下，脸上的神色不变，也凑过去状若不经意地加入聊天："抓到的谁？"别是她的那几个师兄啊。

"好像是问剑宗和月清宗的。"听说是这两个宗门的弟子后，叶翘顿时不急了。

秦饭饭听到动静，表情都凝固了片刻，竟然这么快就被抓住了？

"没救了。"谢初雪捧着茶盏，摇摇头，"指望这些亲传弟子，这个太虚境还是赶紧毁灭吧。"秦饭饭难得赞成地点了点头。

叶翘一直等到晚上才不紧不慢地站起来。她看了看自己这身衣服，随后大大咧咧地找到之前她观察了许久的一个魔族，轻轻拍了拍对方。

"嗨。兄弟。你有别的颜色的衣服借我穿穿吗？"她的语气和善极了。

那个魔族疑惑地眨了眨眼睛："你怎么知道我有别的颜色的衣服？"

废话,叶翘都观察这里的魔族整整三天了,这里所有人能探查到的消息她基本上都留意了一番。

"我是见你从芥子袋里拿出来的。"她一脸不好意思的表情,"我看你那身衣服比较好看,就想要一件来穿上试试。"魔族的衣服都是统一的,但眼前的魔族的芥子袋里的衣服却颜色不同。或许是为了凸显个性,他芥子袋里的黑色衣服在统一穿着灰色衣服的魔族里看上去格外显眼。

他得意扬扬地道:"算你有眼光。"这是他精心改良过的,魔族的灰色衣服都穿了十几年,他也是对服装有要求的,私底下穿了这件衣服好多次了,没想到终于有人眼光独到,看出来了他的特别。

叶翘连哄带骗地将他的黑色衣服给骗到手,趁着对方低头整理芥子袋的工夫,她直接来了个偷袭,将人打晕过去。她把那身衣服换上后,又细心整理了一番,原本脸上的笑容消失得无影无踪,迈开了步子,背着手一副六亲不认的模样。

秦饭饭听到动静都没敢吱声,他觉得这个徒弟又有坏主意了。

叶翘吃了颗隐藏修为的丹药,这会儿谁也看不出来她才筑基。

魔族的衣服都是一致的,统一的灰色,其他的魔族又没见过魔族高层,见叶翘穿得如此鹤立鸡群,都纷纷对视一眼,误以为叶翘是上面派下来监督他们的。

"你是?"一个魔兵搓了搓手,试探性地问了句。

叶翘的唇角勾着笑容,走到他们面前,她冷冷地"哼"了一声,态度恶劣极了:"圣女派我来查看你们抓来的两个亲传弟子,都愣着干吗?想死吗?"她的语气十分不耐烦,眸光冷漠。魔兵被踹了也不敢回嘴,只能赔着笑:"哦哦,原来是上面派来的大人,那两个亲传弟子就关在地牢里,我带你去看看。"

魔兵暗自嘀咕着,他怎么不知道圣女还派人过来了?他试探性地问:"不知道圣女是怎么说的?您又是哪位大人?"

这充满试探意味的话,让秦饭饭听得冷汗直冒。

叶翘却笑容愈发灿烂:"哦?你想知道我是谁?"她看了这么多年话本,早就悟出来了一个道理,演技尴尬没关系,遇到人冷笑就对了。

叶翘保持着阴晴不定的笑容，一身黑色衣服像是与夜色融为一体，在阴恻恻的气氛映衬下显得格外深不可测。

那个魔族的心里咯噔了一下，突然想起来了这些大人的脾气都不太好，尤其是在叶翘笑得还这么灿烂的情况下，生怕自己再多嘴下去，对方就要拧掉自己的脑袋了。

"不不不，不敢。"他急忙低头，"我这就给您带路。"

叶翘特意用头发遮挡住脸，怕自己的演技不到位，她一路上走过去看谁不顺眼就直接踹过去。那六亲不认的模样，更加让一群魔兵诚惶诚恐，坚信了她是上面派来的大人。

地牢里的魔族连看她的勇气都没有，全程低着头，小心翼翼的，而趁机作威作福的叶翘当然更不可能会心虚，背着手就往里面走。她漫不经心地问："抓来的是哪两宗弟子？准备怎么安排？"

"这些修士都重情义得很。"魔族开始狞笑着道，"那些大宗门的亲传弟子肯定会赶过来救人的，到时候我们一定能将他们一网打尽。"

"区区太虚境的亲传弟子。"魔族大笑，"假以时日，我们魔族必定一统太虚境。"

叶翘看着一个个大笑的魔族，觉得自己不笑会显得不合群，于是便也跟着发出了笑声："哈哈哈……"诡异阴险的笑声一前一后传出，把两个被捆住的五大宗门的亲传弟子吓得脸色都白了起来。

宋寒声和叶清寒对视一眼，只觉得他们俩今天怕是要命丧于此了，这些魔族，看起来都不是什么正常人啊！

叶翘走进地牢后，看到两个老熟人，她在心底轻轻地"啧"了一声，将声音压得很低："问剑宗和月清宗的？"她就说呢，是谁这么会作死，顶着被抓的风险也敢进来，如果是这两个人，那就解释得通了。

叶清寒对上她戏谑的目光，神色微绷，眼里满是冷意："三十年河东三十年河西，待到日后，我一定踏平你们魔界！"

叶翘差点没憋住笑出声来。

不愧是问剑宗亲传弟子第一人，都进大牢了还不忘放狠话，他也不看看现在是在谁的地盘。

"大胆。"一旁的魔兵当即踹了过去,"竟敢对大人无礼!"

叶清寒从来没受过这种羞辱,他咬了咬牙,声音猛地提高,眸光冷得刺骨:"要杀要剐随你便。我们正道弟子,绝不可能向你们低头。"

叶翘在心底啧啧了两声,还怪有骨气的。

宋寒声出声:"叶清寒……"他还是挺识时务的。

宋寒声是个能屈能伸的人,见叶清寒都这种时候了还不忘大放厥词,忍不住提醒道:"你不想活了别带上我行不行?"宋寒声的脸色都扭曲了一瞬间,他还不想死啊。

叶翘看戏看够了,瞥向几个围在这里的魔族,一巴掌拍了过去:"愣着干吗?都滚出去。"

那阴晴不定的模样让几个魔族忙不迭地跑了出去。等魔族都走光了后,叶翘随意找了个凳子坐了下来。

"你们来我们魔族的地界想干什么?"她踢了踢叶清寒,没想到都这个时候了,竟然还有两个送死的。

叶清寒冷笑着道:"自然是为了有朝一日,踏平你们这小小魔族!"

宋寒声:"你少说两句吧。"没看到那个魔族的脸色都扭曲了吗?

叶翘笑得脸上的表情差点儿没控制住,她饶有兴致地"哦"了一声:"也就是说,你们连我们魔族什么情况都没摸清楚就不知死活地过来了?"这届五大宗的亲传弟子都这么没脑子的吗?她一口一个我们魔族,仿佛真的将自己当成了这里的老大,那娴熟的样子让秦饭饭听了都觉得这个弟子在秘境里到底还是收敛了的,这次竟然直接在魔族的地盘上开始作威作福了。

叶清寒以为她在羞辱自己,于是面无表情,冷冷地望着她,不说话。

宋寒声的表情也变得更加不安了起来,他怎么都没想到自己会沦落到被魔族抓住,这种危险的境地让他的心不安地狂跳。

叶清寒蹙了蹙眉,唇角抿得越来越紧,他不知道为什么,总觉得这个声音……好熟悉?但又不记得从哪里听到过。

叶翘看着两个人都不吭声,都警惕地望着自己,仿佛她是什么妖魔鬼怪,她笑得更开心了。这两个人的表情都挺精彩的,显然将自己脑补成了什么洪水猛兽了。

宋寒声看着这个魔族高层跟疯了一样笑得前仰后合的,下定决心继续忍气吞声。

叶清寒虽然不怕她,但也觉得这个魔族不正常得很。修为看不出来深浅,头发半遮着眉眼,猖狂的笑声像极了变态。

叶翘欣赏够了两个人精彩的表情后,平静地将腿放了下来,把那头凌乱的长发微微撩开,露出让他们格外熟悉的眉眼,乐不可支地问道:"嗨,想我了没?"

"怎么样?"叶翘对上两个人的目光,拍拍手笑了,"惊不惊喜?意不意外?刺不刺激?"

第拾壹章 遁地符

远在云水城的几个亲传弟子还在开着没有意义的会议。

"先查清楚云水城到底和魔族有没有牵扯吧。"秦淮抱着剑,"别到时候弄错方向。"

沐重晞提出建议:"这个好办,我和楚行之冲进去将城主揍一顿,套进麻袋里,质问他居心何在。"

"我们是正道弟子,不是土匪啊。"思妙言听着都觉得无语。

"你这样大张旗鼓地进去,是个人都知道有问题好吗?"就算是个小城,但金丹期的修士好东西也有不少,真的打草惊蛇对他们也不利。

明玄听着他们没有意义的讨论,忍不住打了个哈欠,他能预感自己快要突破了。好不容易放个假,还要和他们一起调查这种事,而且这种消息都不用他们来确认,以五宗那群老家伙死精死精的性格,只怕早就查得一清二楚了。

一个小城还轮不到五宗的长老们出手,但和魔族勾结也不是什么小问题,只能将问题抛给他们,让这些亲传弟子出面解决。

"走吧。"明玄伸了个懒腰,"去找其他人商量商量,提前布局。"讨论到现在,基本上确定了这个城主府真的与魔族有勾结,那还是提前做好准备,别到时候真的被他们搞个瓮中捉鳖。

另一边,长老们也在私下保持联络,好歹是第一次放亲传弟子们出门,解决的事情还不算小,个个都宛如那放心不下的老父亲,忧心忡忡地保持着联络,时刻注意着那些弟子的情况。

"你们那边什么情况了?"成风宗的长老问道。

问剑宗的宗主支支吾吾半晌才艰难地说出:"叶清寒被关进魔族地牢了。"他也是刚知道自家那个天生剑骨的弟子竟然勇敢到夜探魔族营地的。

云痕也已经不想说话了,毕竟他那个最得意的大弟子也一起进去了。

这种情况下,大哥别说二哥了。

秦饭饭沉默了一下:"我家那徒弟还行。她刚刚和你们的亲传弟子打了个招呼。你们想听听动静吗?"

玉简通信没有断过,于是其他四宗的宗主清晰地听到了叶翘熟悉的声音:"惊不惊喜?意不意外?刺不刺激?"这一连串话,当即让所有人都沉默下来了。

叶清寒、宋寒声震惊得差一点儿就要大喊见鬼了。

在魔族这儿看到叶翘这张脸,简直比听到鬼故事还吓人。叶翘却没有半点自觉,反而往他们面前凑了凑,笑嘻嘻地道:"我看看,这不是叶清寒和宋寒声吗?怎么几天不见,被抓了?你们俩干脆别叫什么亲传弟子了,以后就叫莽夫组合吧。"她这番话说得完全是真心实意的。

"你怎么进来的?"叶清寒的脸色都变了。

宋寒声一想到刚才叶翘作威作福的模样,就更郁闷了。

怎么?同样是为了完成任务,叶翘的任务和他们不一样吗?凭什么他们就是被俘虏,叶翘则是混入敌营当老大?

叶翘给了两个人一个很大的惊吓后,也没磨叽,给他们迅速解开了绳子。她的伪装说到底太低级了些,而且身份不够高大上,很容易被拆穿。

她准备救下两个人后将这里闹个天翻地覆后一起来个大逃亡。

叶清寒和宋寒声不知为何,都有一种不太妙的预感。尤其是两个人还都经历过被叶翘坑钱的事,两个人对视一眼,觉得她是黄鼠狼给鸡拜年——没安好心!

"放心好了,我会安全地带你们出去的。"叶翘一副自信的模样,"相信我啦。那么现在,我们开始逃亡吧。"她说完,一马当先就往外跑。

其他两个人没跟上节奏,宋寒声甚至不解地问道:"为什么要跑?那些魔族不是听你的话吗?"

"那是我骗他们的。只是随便找了件颜色不一样的衣服往身上一套,随便说几句话,暂时糊弄过去的,估计很快就会被发现。别问了,快跑。"

于是三个人开始了大逃亡。

魔族那边果然也意识到了不对的地方,圣女有下属吗?没有吧!他们族的圣女都性格冷淡,平日里独来独往,连人都联系不上,而且对方根本不会关心抓没抓到五大宗的亲传弟子这种事,更别提找人来看了。

"快去地牢。"有反应快的魔族赶紧跑了过去。

一打开牢房的门,果不其然,两个五大宗的亲传弟子早已跑得无影无踪了。他们这才意识到自己被骗了。

宋寒声作为一个符修,跟不上两个人的速度,喘着粗气,忍不住大声喊道:"你不是说带我们出去的吗?"

叶翘理直气壮地道:"我是说带你们出去,又没说现在。"

果然宁可相信世界上有鬼,都不能信叶翘这张嘴,亏他还对叶翘抱有几分信心。

五宗的宗主们听着几个人的对话,忍不住在心里嘀咕着:不是,你们没意识到,两个金丹后期指望一个筑基修士带你们逃出生天这件事有多荒谬吗?

宋寒声的额头直冒冷汗,听着外面喊打喊杀的声音,他舔了舔干涩的嘴唇:"我还有几张传送符。但成功逃跑的概率不大。"这里的金丹期魔修太多了,用传送符就意味着气息会暴露,而且魔族在发现他们几个人逃跑后,就已经用阵法切断了他们与外界的联系,换句话说,即使有

传送符他们也根本跑不出魔界的范围。

叶翘从芥子袋里掏出一张符:"我有遁地符。"

"传送符都没用,你的遁地符也同样出不去。"宋寒声翻了个白眼,全然没有刚开始被关在地牢里唯唯诺诺的模样。

叶翘挑眉:"谁说我要出去的?"她懒得理会这两个人,"你们自己藏好,别后面还要我再来捞人。到时候用传音符联系。"说完,叶翘捏碎遁地符,就当着两人的面跑了。

叶清寒和宋寒声对视一眼,都在对方的眼里看到了无语,应该怎么评价叶翘这个人的荒唐程度呢?

永远不按常理出牌,那急匆匆的模样,谁也猜不透她下一步要去做什么。

遁地符一放也很容易泄露气息,魔族很快就察觉到灵气的波动。
"有动静!"
"气息好像是在女浴室?"
"快去看看。"

叶翘从女浴室里钻了出来,四处望了望,随后偷完衣服就跑。她观察这个魔族地区很久了,将地形也给摸了个七七八八,靠一张遁地符顺利地进入了女浴室。叶翘把脑袋钻了出来,顺势将一套旧衣服给偷拿走了,为了表达歉意,还放了十几块上品灵石。

叶翘一边在心底疯狂地道歉,一边默念魔族美女原谅我。

魔族那边鸡飞狗跳,宋寒声也战战兢兢地找了个地方藏身。他不像叶清寒是个生死看淡的人,他们符修都惜命得很,就喜欢躲在人群后面甩符箓,找个没人注意到的地方悄悄布阵就更好了。眼看叶清寒这个棒槌想冲出去和他们决一死战,宋寒声死死地勒住他的脖子:"你想死别带上我!"他当初到底多想不开才会和叶清寒一起来的,叶清寒还没叶翘靠谱!

在外面搜寻叶翘踪迹的时候,宋寒声这边同样不好过。时间仿佛都被一点点拉长了,空气凝固住一般,魔兵们的气息无孔不入,仿佛下一秒就会破门而入。

宋寒声慌得不行,手都在微微发抖,他害怕被外面那群魔族发现,为此既恐慌又紧张。两种情绪交织下,让他心跳如雷,呼吸都屏住了。

"我回来了。"叶翘用遁地符钻出来的时候,把两个人给吓得打了一个激灵。虽然知道她向来神出鬼没的,没有任何心理准备的二人组还是没忍住后退了一下。

叶翘从地上露出个脑袋,再次出现在两个人面前时衣服都已经换了,原本还是魔兵服装,现在换成了女装。

叶清寒愣了一下,声音冷冷地道:"你哪儿来的衣服?"他真的想问问,叶翘这随时随地能就地取材的本事到底哪里来的?

叶翘:"从女浴室偷的。"

宋寒声的眼睛睁大:"你变态啊。"

"你才变态。"叶翘在魔界这么多天不是白混的,她从芥子袋里扒拉了一下,摸到了几天前趁着其他魔兵洗澡时候顺来的两身衣服,扔给了他们两个,说道,"穿上,一会儿跟我走。"

宋寒声愕然地问道:"你想干吗?"

"你们不想出去吗?我带你们出去。"叶翘头也不回地将身上的衣服整理好,"我之前就打探过那个圣女的具体消息。本来以为她这两天会到的,结果据说是因为这边的饭太难吃,她暂时不过来了。"

叶翘一开始只是有个想法,但没打算铤而走险,可现在容不得她犹豫了:"我如果速度快一点,完全能赶在前面给他们来个瓮中捉鳖。"

魔族是打算联合云水城的人,给五宗亲传弟子来个包饺子,围起来一网打尽,这种时候比得就是谁更快了。

宋寒声吐出两个字:"厉害。"这个时候除了佩服,他还能说什么吗?

现在她已经不是叶翘了,而是所有人的希望。

宋寒声这个人能屈能伸,在确认了谁是金大腿以后,他果断地选择跟着叶翘走。

叶清寒面无表情地问道:"你确定?"

叶翘挑眉:"什么你啊我啊的?注意和圣女说话的语气。"不是,短短几天时间,你适应身份适应得这么快吗?

叶清寒和宋寒声最终不情不愿地将衣服给换好了，这种时候他们只能相信叶翘了。与此同时，叶翘将自己学到的魔族语言教给了两个人，并嘱咐他们到时候有魔族问话就按照她说的去做。三个人换了衣服后，叶翘特意找了个面纱将脸给挡住，随后指尖掐诀，比画的手势让人有些看不懂。

宋寒声蹙了蹙眉。

她在干什么？

叶翘布阵的速度有些慢，在魔族破门而入时，她的动作略微一顿，随后她便将手背到后面，继续着未完成的咒印。

魔族为首的男人推门而入，以为会看到几个抱头鼠窜、大惊失色的五大宗门的亲传弟子，结果没想到意外地撞见两个穿着他们魔族的衣服，修为探不出深浅的男人。剩下一个少女戴着面纱，歪了歪头，看向他们，神色格外空洞，有些瘆人。

叶翘的演技不行，但没关系，人的瞳仁不聚焦时看人的目光最惊悚，再搭配着不透光的屋子，恐怖的气氛渲染得很到位。

"你们是谁？"为首的男人声音沙哑难听，嘴角扯出古怪的弧度。如果对方给出的答案让他不满意，下一秒他们可能就要身首异处了。显然在经历了欺骗之后，他们变聪明了。据说放走那两个亲传弟子的人，修为才筑基！之所以看不出来修为深浅是因为狡猾的人类修士有一种丹药能隐蔽修为。

叶翘加快手中的动作，同时目光不紧不慢地看向两个人。

叶清寒和宋寒声秒懂了她的意思。

他们的心都在颤抖。

老实说，他们俩商量好来夜探魔族也纯粹只是想探查一下情况而已，没像叶翘这样胆子大到敢进人家的大本营啊。

宋寒声深吸了一口气，嘴角勾起一抹不屑的冷笑，环视周围一圈后，金丹后期的威压一放，使得刚才神色阴冷的男人表情僵了一下，神色收敛了许多。

叶清寒也放出了威压，因为是第一次与人同流合污，他的语气略微有些僵硬:"连你们的圣女都不认识了?"

叶翘却对他满意极了。

叶清寒就是那种看谁都是自带睥睨的神色,语气冷淡又言简意赅,一瞬间感觉就上来了。

两个金丹后期都能拿来当小弟,这下,筑基初期的叶翘一下子便成了所有魔族眼里最深不可测的元婴期圣女。

"……圣女?"魔族男人感到迟疑了。

"您什么时候回来的?"

算算时间,圣女好像也确实是这几天要来。

有魔族成员悄声道:"老大,可是我分明记得,昨天咱们抓回来的两个亲传弟子也是金丹后期。"

魔族男人直接给了下属一记耳光,不屑地说:"蠢货,你以为那几个人傻吗?都跑了还会大摇大摆地回来?这是正常人能干出来的事情吗?"

偷听的秦饭饭也暗自叹息道,确实,谁会想到叶翘在耍了所有魔兵后,又带着宋寒声和叶清寒一起大摇大摆地回来了呢?

男人敛了敛心神,望着叶翘:"我们可要离开这里?出发去云水城?"

看着这些人都在催促着自己离开,叶翘不动声色地观察着自己布下的阵法,快出去的时候,她的步子突然顿住了:"等等,出魔界的路怎么走?"

这话一说出来,气氛凝固了片刻。

"圣女大人。"男人眯了眯眼睛,神色愈发阴晴不定,"您难道忘了该怎么走了吗?"

叶翘脸上的神色更淡定了:"哦,我知道,刚才是骗你的。"

男人脸上的疑窦更甚,他愈发觉得她的身份有问题。

秦饭饭的心都跟着悬了起来。

一旁的谢初雪眨眨眼睛却开始大声道:"她竟然照抄我的话!"

秦饭饭一巴掌把他拍到桌子底下:"闭嘴。"

宋寒声皱了皱眉,他不是叶清寒那种没什么头脑的剑修,能感觉到叶翘在拖延时间。不然没道理在这里磨磨蹭蹭的,而且比起说是露馅,叶翘的这种做法更像是故意引起对方怀疑。

正当他暗自思忖时，叶翘背对着那些魔修站着，下一秒一道罡风朝她冷不丁地飞了过来。以迅雷不及掩耳之势，快到所有人都没反应过来就已经到她身前了。

宋寒声大骇，却也阻止不了，他们修的都是灵气，一旦出手就会暴露。罡风直逼面门，叶翘站在那里一动不动，很快，魔气撞上无形的屏障，消弭在空气中。

虚惊一场。

宋寒声被吓得差点虚脱，以为要被发现了。

叶翘知道魔族都是一群喜欢背地里暗算别人的人，因此提前便防了一手。符修除了那些难搞的上古阵法，其他阵法没有境界限制，只是需要提前布局，她刚才磨磨蹭蹭地拖延了半天时间，为的就是有人偷袭时，布下的阵法能挡住这一下攻击，就一下，便能彻底坐实她魔族的身份。毕竟叶翘之前在秘境中跟那个老头儿学的，确实是魔族阵法。

果不其然，在周围阵法启动的瞬间，除了唯一一个符修宋寒声察觉到了是阵法，其他对此阵法一窍不通的魔族都想当然地以为是他们的圣女修为太过高深，一动不动便能让攻击消弭。不愧是他们的圣女！日后他们魔族一统太虚境，指日可待！

出手偷袭的男人确实是存着试探之意，他松了口气的同时，急忙低头请罪，诚惶诚恐地道："失礼了，圣女大人。"

叶翘环视了一圈被震慑住的魔族们，在确保这些人都已经相信自己的身份后，她放心了，也笑着道："你知道吗？我平生最恨别人试探我。"这句话让在场的魔族一愣。

紧接着叶翘一记重拳，狠狠地砸在刚才偷袭自己的魔族脸上。

把那个偷袭自己的人揍了一拳后，神清气爽的叶翘带着身后的魔族们大摇大摆地走出去了。

宋寒声的心悬着一直没放下来过，他早就注意到了叶翘的动静，只是没想到，她竟然在布阵，她会阵法……

不。

宋寒声记得她在秘境里何止会布阵，还趁机阴了叶清寒他们一次，问题是她怎么会的魔族的阵法？他看得清清楚楚，叶翘用的阵法既不是长明宗的，也不是月清宗的。

叶翘当然知道他十分困惑，但她没工夫解释。

叶清寒和宋寒声大概是因为心虚，全程都阴着张脸，跟在她后面一言不发。

"你们都叫什么？"叶翘问道。

刚才被她打了一拳的魔族讪笑着道："我叫阿大。"

名字起得挺敷衍的。叶翘记下来后，微微一笑："哦。我们出去见见其他人。"说完这句话，她敏锐地察觉到了身边魔族人的情绪都高昂了起来，仿佛迫不及待地已经要走出魔界，踏平云水城了。

叶翘没浪费他们的情绪，也趁机说了几句毫无意义的话："等我出去就让那些不知死活的亲传弟子知道谁才是太虚境的主人。"

叶清寒的心情很复杂，很难想象叶翘是用什么心情说出这种话来的，她已经到了诋毁自己都诋毁得毫无压力的地步了吗？

叶翘带着两个人大摇大摆地出去转悠了一圈，不得不说，身份够高，也就意味着更轻松。这会儿别说观察她的人了，许多魔族连抬头的勇气都没有，足以见得魔族身份差异的巨大。她没敢问魔族有多少金丹期的魔修，只能不动声色地自己观察。

叶翘看到一个打铁的魔族，又是个金丹期，她差点羡慕得流泪。现在突破金丹期都这么容易了吗？还是说魔族破境就是比修士快？她现在改行还能行吗？

"你叫什么？"叶翘压下情绪，问低头打铁的魔族。

对方有些无措地看了看叶翘，满脸憨笑："没、没有名字。"

叶翘也发现了，魔族的名字要么是个编号，要么干脆直接没有。

"哦。既然你这么会打铁，"她拍了拍那个勤勤恳恳地打铁铸剑的魔族，愉快地道，"那你就叫老铁吧。"

叶翘逛了一圈下来，其他人只当她是心血来潮，而实际上叶翘是在认认真真地认人。把魔族全召集过来看动静太大，难保不会被其他上层的魔族知道，叶翘只能自己辛苦点，四处晃悠了。

叶清寒和宋寒声全程拉着个脸。

叶翘随口吐槽道："你们俩就好像那个没头脑和不高兴。"

晚上为了能商量一下逃出魔族营地的大计，叶清寒示意叶翘赶紧将周围那些藏在暗处的魔族支走，叶翘便随意拉住那个叫阿大的魔族，低语了几句："你把藏在暗处的那些人都给叫走。"

"……圣女？"阿大惊了惊，"怎么了？"

叶翘："打扰到我们了。"她说着指了指叶清寒和宋寒声。

将所有暗处藏着的魔族支走后，叶翘往地上一躺，露出一副生无可恋的模样。躺了片刻，闻到了饭香，她立刻坐了起来，往嘴里塞了个包子。宋寒声想阻止都没来得及。

叶翘的脸色绿了："好难吃的饭。"突然就能理解圣女为什么不回家了，要是天天吃这玩意儿，换作是她也不回家。

宋寒声观察着外面，他的神识很宽，很容易就能打探到魔族结界的位置，当初叶清寒能进来也全靠他。

叶翘："好饿啊。"早知道多带点儿馒头了。

叶翘之前就和所有金丹期的魔族都见了一面，算一算数量，一共二十个金丹期魔修，挺恐怖的一个数字了。

"如果没有叶翘的话，他们联合云水城的人，将咱们五宗的人包围，我们能活下来的概率有多少？"宋寒声做了下推算，不忘征求其他两个人的意见。

叶清寒声音冷冷地道："我只相信邪不胜正！"

宋寒声："算了。"

"我查了查整个云水城金丹期的修士不超过十个人，暗地里不知道具体有多少，但如果打起来不难解决。就是不知道魔族那边请来了多少帮手。"明玄又想起来了小师妹说过，魔族那边有七八个金丹期的魔修，据说那只是她猜测的，暗地里应该不止这些人，只能祈祷在魔族的小师妹人没事。

第拾壹章——◆——遁地符　289

最终苏浊开口道："这样吧，符修跟我来，先在外面提前布阵。一部分亲传弟子负责打掩护，别被他们发现。我们先逐个击破，免得打起来的时候被包饺子。"

"总不能整个云水城的修士都是和魔族有勾结的吧？"段横刀将脸压在桌子上，百无聊赖地道，"这么大的地方，总不会没一个好人吧？"

"那都有谁是好人？你去查？"苏浊没好气地道。

事到如今，都差不多明白了，什么混沌珠，那分明就是长老们给的考验，那自然是谁的表现好，混沌珠就归谁了。这个时候谁都不愿意风头被抢，都铆足了劲想表现自己。

段横刀理直气壮地道："到时候打起来不就知道谁是坏人了吗？你骂我干吗？"他也很努力地在配合他们做陷阱了好吧，本来器修就少，他和沈紫微忙前忙后半天，还要被苏浊骂。

"这几个孩子的思路是对的。"有长老干咳了一声，失笑，起码知道了不能打草惊蛇，而是一个个处理。如果没有叶翘的话，这群亲传弟子的表现已经让他们感到很惊喜了，毕竟按照他们之前的猜想，这些弟子会一窝蜂地冲进去把云水城的城主给痛扁一顿，然后被魔族修士们来个瓮中捉鳖，落得集体被俘的结局。

"算了，听听叶翘那边的计划吧。"秦饭饭都没什么兴趣了，这些傻孩子哟。没有叶翘他们以后出门该怎么活啊？

远在魔族大本营的叶翘因为饭太难吃，睡不着觉。为了避免夜长梦多，早日给那些魔族来个包饺子计划，叶翘便早早地和那些魔族说次日启程前往云水城。

叶翘睡不着，另外两人更不可能睡着。毕竟这是魔族的大本营，谁像她一样心大到还能睡觉？她看向其他两个人，说道："你们都睡不着吧，兄弟们？"

宋寒声："你想干吗？"他正在喝着水，沉思着下一步计划。毫无疑问，跟着叶翘是一件很危险的事情，可她也是唯一一个能在魔族地盘上混得如鱼得水的人，宋寒声只能希望她稳一点。

叶翘："我穷得睡不着。"

叶翘继续道："魔族应该挺有钱的吧？"既然明天就要走了，而她的身份都让人深信不疑了，那为什么不趁机去魔族内部看看呢？

叶清寒："你想干吗？"

宋寒声咽下嘴里的一口水，目光惊恐地看着她。

叶翘："要来一场刺激的冒险吗？"既然追求刺激，那当然是要刺激到底了。

宋寒声艰难地吞了下口水："不行的，我告诉你，魔族的灵石和我们不通用。"他横看竖看都觉得叶翘是一副被饿疯了的模样，夜探魔族内部？她不怕被当场揭穿吗？她永远想一出是一出。两个人现在能逃出去全靠叶翘，见她要出去找死，宋寒声还不能说什么，他更生气了，最后却也只能陪着叶翘一起出去。

魔族的宝库位于地下三层，周围没有人看守，很快叶翘便发现了上面有禁制，难怪没人看守。

宋寒声蹙了蹙眉："是魔族那边的禁制。但我有点印象。"他轻轻摸了摸，望向叶翘，"你记得吗？"

"秘境那个老头儿？"叶翘点点头。

宋寒声道："我见过他推演过一个类似的禁咒，我可以试试能不能打开。"他的修为在金丹后期，能用灵力支撑起来。

叶翘才筑基，这会儿肯定轮不到她来表演。

"那你来。"她自觉地后退，将位置让给宋寒声。别说，这大概是他们三个人最和谐的时候了。

而那边的秦饭饭刚联系上叶翘，便听到了这三个亲传弟子商量的声音。什么禁咒？什么探险？

你们又在干什么？

宋寒声多少有些尴尬地咳了一声，如实回答："我推演可能需要点时间，那个老头儿演示的阵法太多了。"

宋寒声不觉得有什么难以启齿的，也不看看那个老头儿的速度多快啊，而且魔族阵法对他而言是另一种体系，能大致记下来已经很厉害了。

叶翘闻言默默地瞥了他一眼："照你这样说，我上我也行。"她只是

第拾壹章 ——◆—— 一道地符

灵气不够而已，但灵气不够可以丹药来凑啊。薛玥给她的，再加上她大比前自己炼的，打开个禁制虽然浪费时间了些，但也不至于磨磨蹭蹭地等宋寒声推演。

宋寒声被气得又做了一次深呼吸："你一天不说话会死是吗？"这个叶翘一天不用语言伤害人，她就难受是吧？

叶清寒抱着剑同样不语。

宋寒声的脸都给气青了。

叶翘耸了耸肩，如实道："没有，就是单纯地觉得，你的速度太慢了。"

宋寒声的天赋确实也蛮高的，他毕竟不是和叶翘一样被那个老头儿面对面地教学，而是隔着个留影石观看，能大致记下来，甚至能花点时间推演出来，也是少有的天才。难怪能做首席，只是现在这种情况，等他推演出来天都亮了，哪里还有时间偷宝物？

宋寒声："那你来？"

"好啊。"他说得随意，叶翘答应得就更随意了。

叶清寒看不下去了，他声音冷冷地道："你们俩是来这里玩的吗？"这里是魔族宝库，不是他们宗门长老的小金库，被抓到是要进大牢的。

叶翘终于没有再继续说下去，而是做出了点实际行动。她伸出指尖比了个手势，黑色咒印一个个飘了出来。她嘴里咬着丹药的瓶口，专心致志地重复着之前老头儿的手势，只是秘境里那个老头儿速度太快，相比之下她的动作慢了许多。灵气不够就干脆咬着瓶口仰头吞个回灵丹，然后继续枯燥无味的结咒环节。能看得出来，她是第一次用，动作迟缓。

咒印看起来都差不多，很难从中分辨出具体区别，尤其是在密密麻麻一群小字的情况下，饶是宋寒声都不敢说自己能全部记住。看到这一幕时，他原本要说的话全给吞回肚子里去了。

须臾，伴随着咔嚓一声，禁制锁链落下，叶翘紧绷着的肌肉终于松了下来，慢吞吞地收回结印的手，体内的灵气全部一扫而空，被累得毫无形象地直接坐地上了，连吞了好几颗丹药。对上宋寒声来不及

收回的复杂目光,她站起身,拍了拍衣服,微微一笑:"都说了,我上我也行。"

宋寒声的眼睛略微眯圆了片刻,他不敢相信眼前这一幕。

"叶翘,你能做到过目不忘?"宋寒声下意识地便开始质问,他又记起来了当初叶翘找自己借心法的时候了。如果对方真的能做到过目不忘,合着最后的小丑竟然是他自己?

宋寒声问完,结果发现叶翘看都不看自己一眼,直接掠过他打开大门走进了宝库。

宋寒声只能认清楚局势,现在不是质问叶翘的时候。他勉强压下惊骇,决定回宗后要再针对叶翘开个会。

太虚境的法器分等级,不过三个人现在都是半吊子,对法器没什么研究,自然是逮到什么拿什么了。宝库里面丹药、功法,甚至连心法都有。功法这一类叶翘都没敢碰,她可不想真的当魔族。于是只能专挑法器往芥子袋里面放。

"为什么咱们宗门没有这么多法器?"叶翘迄今为止仅有的法器夺笋和捆妖绳还是靠自己的努力得来的。哦,狼毫笔是明玄和沐重晞两个师兄送给她的,总结下来就是,要啥啥没有,全靠师兄接济。

"没有器修。"叶清寒只能这么回答她,这是事实,他的语气十分冷淡,"你可以去成风宗买,就是贵。"好点的法器都很贵,不好的法器又没有买来的必要,于是器修炼出来的法器就更贵了,叶翘决定以后对段横刀放尊重些。

大宗门的法器也少,相比之下魔族就肆无忌惮了。他们烧杀掠夺,抢来了各种法器,可他们不懂欣赏,抢回来就丢得到处都是,琳琅满目的。

叶翘扫过去眼睛都晃花了。

"罗盘。"宋寒声晃了晃手里选择的法器,"布阵用的。"阵法需要提前布置,有罗盘的话会节省很多时间。他拿了罗盘后又挑了个保命用的防御型法器。

叶清寒选了最趁手的剑,他没有本命剑,打起来的时候手里的剑很容易断,但问剑宗的资源也比较匮乏,剑断了后要很多天才能有新的剑,这会儿他肯定是铆足劲多拿点剑。

叶翘也发现了几个挺有意思的法器,因为时间紧迫,没时间仔细研究,只能把自己看着顺眼的全往芥子袋里塞。

宋寒声看了眼皮子都忍不住抽了一下,到底他们是魔族,还是你是魔族?拿别人东西还真不客气!在搜刮得差不多后,三个人也没继续留恋,叶翘掐诀将禁制给重新安了回去,其间她又灌了不少丹药。

叶清寒表面上无动于衷,心底有些羡慕,长明宗竟然有这么多丹药的吗?她竟然直接当糖豆吃了。

宋寒声看着她掐诀的速度,也有些入神。他的记性虽然谈不上过目不忘,但也不差,他在心里将叶翘打出来的咒印默默地记住,然后突然就有感而发:"叶翘。"她转头觉得困惑之际,宋寒声问道,"如果当初师父留下你,你会来当我的师妹吗?"

叶翘顿了顿,看向他,回答得很简短:"不会。"她自打下山那日,就再没打算回头,"而且那只是你的假设。"叶翘打断他的臆想,"云痕不会留下一个中品灵根、炼气期的弟子,你也不会在乎一个天赋平平的内门师妹。"

宋寒声不说话了,她说得没错,直到现在,他才把叶翘真正放在眼里。可太虚境不就是这样吗?只有够特殊才会被记住。

"你的记性很好。"他道,"如果你想表现自己的话,不至于这么多年在月清宗默默无闻吧?如果你早一点显露出天赋……"宋寒声觉得月清宗也不是那种会无视天才的宗门。

叶翘耸了耸肩:"别,你们只是得不到觉得不甘心而已。干吗?"她说着,还嘚瑟了两句,"突然发现我比你的那个天才师妹要厉害?后悔了?"

宋寒声的唇角微敛,情绪毫无起伏:"我只是好奇。"好奇如果师父留下她,事情会不会变得不一样。

叶翘道:"别想了。"她懒洋洋地打了个哈欠,扬了扬下巴,"我可是

你们月清宗这辈子得不到的弟子。"

三个人几乎是满载而归。叶翘因为消耗太多,实在太累,干脆倒头就睡。

"云水城那边传来消息,说有两个金丹期的弟子被抓,剩下的我们的人还在外面不敢进去。"好歹也是大宗门的亲传弟子,虽然都愚蠢了些,但本事还是有的。

魔族们简单地开了个会议,决定加快速度给他们来个围城,突如其来决定要抓亲传弟子助助兴也是上面的大人下的命令,据说是对这一届亲传弟子们的大比相当感兴趣,于是放出消息,坐等这些人上钩。

"没想到他们还有点智商,看出来了是阴谋。"阿大微微狞笑了两声,"可惜他们没想到,我们的圣女已经突破元婴期了吧?"

叶翘保持着面无表情的模样,神色显得格外冷淡。

"我们走。"她到底还是怕那个圣女提前回来,便挥了挥手,语气淡淡地道,"我这就带领你们踏平五宗。"

碧水宗宗主:"哎,这孩子的叛逆期过了吗?"

秦饭饭思索了一下叶翘的年纪:"还没吧。"才十五岁呢,叛逆些很正常。

现在五宗宗主的脑袋全往玉简上面凑,都想听听魔族那边到底要做什么。毫无疑问,叶翘成了全场的焦点。

云痕在听到自家弟子问出"如果师父当初留下你,你会来做我的师妹吗"这句话时,脸色青了又红。即使隔着玉简都能感觉到几个老匹夫私底下的嘲笑声。

宋寒声这句话问得,不就是在打他的脸吗?不就是相当于在说,如果云痕当初没有做得这么绝,她是不是就会留在月清宗了,更让他丢人的还在后面,叶翘竟然轻飘飘地来了句"不会"。

秦饭饭当时就笑了,意味深长地道:"好好守着你的宝贝云鹊,我们家叶翘不稀罕你们宗。"

云痕再次陷入沉默,他内心也知道当初的做法有些不妥,但叶翘不

第拾壹章 ——◆—— 遁地符　　295

过是他捡来的,一棵草药而已,有必要下山吗?在他看来,如果弟子都像叶翘这样叛逆,那他还不能给点教训了吗?

五宗都是这样惩罚弟子的,云痕不觉得自己有什么错,又不是所有人都像秦饭饭那样实施放养式的教育!

第二天一大早,魔族便全部整装,启程前往云中城。魔族比五宗还要有钱一点,从他们的排场就能看出来。

"我们这儿还有妖兽,都是驯服过的。"

"如果圣女不满意,还有飞舟。"

叶翘当然是选择坐飞舟了。有叶清寒和宋寒声帮她打掩护,叶翘终于得空和明玄他们联系上了,这会儿玉简里传来的消息已经多到爆炸了,全都是在关心地询问她是否还好。

叶翘有些感动,她确实没事,但一会儿她的师兄们就该有事了。

明玄问:你那边的情况,还好吗?

叶翘:挺好的。何止挺好,她这会儿正带着魔族大军准备踏平你们五宗呢。

你方便回来吗?明玄还是放心不下:我让大师兄去找你?

叶翘:别。她怕周行云还没靠近就被抓,这里金丹期魔修实在是太多了,叶翘没告诉明玄自己已经装成圣女了,毕竟这些人的演技都挺差的,万一没绷住,给她来个笑场就完了。她只能提醒道:魔族那边的金丹期魔修在二十人左右,云水城的情况我不知道,你们提前做好准备吧。

二十个金丹期魔修?

明玄突然站了起来,赶忙跑出去找另外几个亲传弟子开会。他甚至没问叶翘怎么知道的,以小师妹的社交和学习能力其实也并不需要过多担心,现在明玄最该担心的应该是他们自己。

"小师妹说魔族那边金丹期魔修有二十个。"

"要不我们赶紧跑吧?"沐重晞哀号着,反正拿到混沌珠的也不一定是他们,何苦呢?他们已经不是过去明知不可为而为之的人了,受小师妹影响,在明知打不过的情况下,长明宗的几个人只想离开。

"再等等。"薛玛镇定地道,"长老既然有把握让我们接这个任务,那肯定会保证我们的安全。"但到时候苦头肯定是要吃的,毕竟落到魔族手里哪里还能有好啊?最后还是明玄和段横刀商量了片刻,让自家的大师兄们一起去探查下魔族那边的虚实。

"我这里有隐匿气息的丹药,你们到时候只需远远地探查一下他们的实力即可。"

叶清寒这么久没消息,十有八九是被抓了,既然如此,那他们就更要小心点了。

周行云和秦淮被迫合作,去刺探敌情了,这对周行云来说还挺刺激的。吞了隐蔽丹后他便和秦淮一前一后观察着往云中城靠近的魔族,只一眼他便感受到了十几个金丹期魔修以及两个金丹后期魔修的实力。

至于那个感受不到的……

周行云眯了眯眼睛,目光若有所思地落在那个打扮看上去神神秘秘的少女身上。

元婴期吗?

据说魔族的圣女就是元婴期魔修,只是没想到魔族下这么大血本,就为了抓他们?

因为魔族来得太突然,所有人都没什么准备。周行云悄悄掐了个剑诀,想过去给这个圣女一剑,试探一下她的实力。

叶翘不知为何,感到有些冷。她不知道,那是来自大师兄的跃跃欲试。

幸亏周行云被还有点理智的秦淮给拦下了:"如果五宗的消息没错的话,那个圣女可是突破元婴期了,你别硬来。"被阻止的周行云遗憾地看了一眼叶翘的方向,不情不愿地收剑,只能先灰溜溜地回去,将消息带给师弟们。

魔族的实力都这么可怕了吗?这么多金丹后期的魔修,而他们如今能打的只剩下秦淮和周行云了,这哪里是历练,这是想要他们的命啊。

"打不过。"思妙言撑着额头,"如果宋寒声在的话,我们不至于这么被动。但他和叶清寒一起失踪了。"

那就没办法了,只能靠他们自己,说到底两个人的失踪弄得他们实力大减，想要完成任务根本就是没希望的，除非有奇迹发生。

"不如这样。"薛玙沉吟片刻，"……我去试试那个圣女的实力。"他晃了晃手里的卷轴，"我有山河图。"

周行云见此，也不阻止，山河图能在灵器榜排第三自然不是徒有虚名的，只要在特定的范围内使用，持有者可以将任何想要困住的人困在幻境当中，不管是消耗敌人还是用来试探对方的实力都是个好东西。

周行云总觉得那个圣女的装扮有些眼熟，所以才跃跃欲试地想一剑削过去，看看她是人是鬼。要不是秦淮拦着他，他这会儿都可能看清楚对方的庐山真面目了。

薛玙既然想去试探，那就去吧，周行云也难得有些好奇元婴期魔修的实力到底怎么样。他用指尖把卷轴打开，澎湃的灵力从中解除，眼前的场景宛如画卷被铺开，一点点添色，变得逐渐真实，好熟悉的一幕啊！

叶翘看到熟悉的场景，深吸了一口气，脸都垮了下来："又来。"

明玄看着不到一分钟就落下的山河图，也深感不可置信地戳了戳他："你们拿回来的灵器是有多没用？这真的是山河图吗？"

薛玙觉得这一幕有些熟悉，他咬了咬腮帮子，反驳道："你怎么不说是那个圣女实力太强？山河图在她的手里走不过一招？"当初小师妹一秒钟就走出幻境给的他打击太大了，后来薛玙又找其他人试了试，都没有像叶翘那样迅速。

沐重晞："照你这么说，她应该不止元婴前期吧？"能这么快出幻境，简直就是碾压式的修为。几个人都被吓到了，纷纷抽了口冷气。短短一个照面，亲传弟子们还没接触就已经感受到了来自魔族那边的强大的神秘力量与深深的恶意。

"不是。"周行云看着神色惊恐，被吓到的师弟们，"……你们真的不觉得哪里不对吗？"

"对了，云鹊呢？"明玄拍了拍脑袋，突然想起来他们遗漏了个人。现在所有人都在开会，除了失踪的叶清寒和宋寒声，好像一直没怎么看到过云鹊。

"呀！"淼淼的眼睛微眯大，都不知道说什么好，"她又不见了？"

思妙言的声音淡淡的："我之前看到她和一个男人走得很近，对方的修为在我之上。"她的修为在金丹中期左右，在她之上的只有金丹后期，思妙言想去找云鹊都要掂量掂量有没有危险。

沐重晞情不自禁地瞥向苏浊："你师妹身边的男人好多哦。"

苏浊的脸色也青了片刻，他勉强解释道："小师妹只是年纪小。"

明玄的白眼都快翻到天上去了："啊！对对对，我们一群符修累死累活地布阵，她跑去花前月下了，我们活该呗。"忙活半天要是奖励还给了月清宗那边，明玄都觉得自己能被气死，可奖励怎么分是长老们的事情。

明玄觉得这个任务不出意外的话奖励是要给到月清宗的了，不谈失踪的云鹊，符修的作用确实更大些。再联想到那个修为在元婴期的魔族圣女，长明宗的几个人就更蔫了，谁都不想努力了，全趴在桌子上唉声叹气的，这拿什么赢吗？完全没希望。

"我还是觉得不太对。那几个逃走的亲传弟子也没什么动静，你不觉得圣女他们出现得太凑巧了吗？"

阿大摇着头，神色深沉："我刚才感觉到有灵气的波动。"另一边叶翘刚将山河图的幻境破掉，她破掉的那一刻，突然觉得用来巩固一下魔族们的信任也挺好，于是碎掉的前一秒，叶翘特意将灵气泄露了一丝。

"圣女，刚才发生了什么？"阿大的神色也紧张了起来，他连忙问叶翘。

叶翘扬了扬下巴，面无表情："刚才有人试图用山河图困住我。"

饶是魔族对法器没什么研究也听说过灵器榜上排名第三的山河图，据说现在已经落在长明宗手里了。这种难缠的幻器，饶是元婴期的大能也会短暂地迷失一段时间，结果他们的圣女竟然在这么短的时间内便破掉了幻境？

叶翘看着目光变得愈发尊重的魔族，对他们的反应也满意极了。

对，就是这样，反复给他们洗脑，他们的圣女无所不能，这样打起来的时候才最方便自己浑水摸鱼。

叶清寒听不懂这些人在聊什么，但他觉得叶翘这个人挺可怕的。

"云水城传来消息,说有个碧水宗的亲传弟子自投罗网。"顿了顿,魔族继续汇报,"他们的城主恰好也想见一见您。"

见还是不见?叶清寒下意识地朝叶翘摇摇头,那个城主见过他和宋寒声,虽然现在他们都戴上了面具,但当初在城主府这么长时间可是抬头不见低头见,难保不会被发现身份。

叶翘对他的眼神视若无睹:"见。"她朝宋寒声招了招手,声音压低,"你一会儿进去后就布阵,隔音阵会吧?我们正好可以来个瓮中捉鳖。"

宋寒声虽然不满她那指挥的态度,但这几天下来,两个人已经习惯听从叶翘的安排了。

去见云水城城主的时候,叶翘特意将所有的魔族轰了出去。她和那些亲传弟子不在同一个地方,自然也没见过云水城的城主长什么样。

来的是个中年男人,叶翘眯了眯眼睛,打量着对方的同时也示意宋寒声快点将阵法布好。

"你抓到了碧水宗的亲传弟子?"圣女的脸上戴着面具,看不清楚神色,城主不由得吞了吞口水,急忙表态:"是的,圣女大人。他们应该意识到了什么,已经暗自警惕起我们了。我的建议是趁着他们的外援没有过来,我们立刻派人打他们个措手不及。"

叶清寒:"建议得真好。"他差点按捺不住,一剑劈了这个老东西。

城主立刻将目光看向叶清寒,随后神色微微变了一下:"我是不是在哪儿见过你?"他见过叶清寒他们啊,即使戴上了面具,也依稀能感觉到熟悉,声音听着就更熟悉了。

众所周知,小说男主声音都是清冷得宛如碎玉般有识别度,叶清寒作为男主自然也有着这样的声音。

城主下一秒便想起来了自己在哪儿听到过,他的声音猛地提高:"你是问剑宗的亲传弟子!"

叶清寒反应比他快,当场把剑横在他的脖子上,城主顿时就像被掐住脖子的鸡,一句话都说不出来了。

"你也是五宗的亲传弟子?"他看向叶翘,后知后觉地问道。可是他没见过叶翘,难道说是兵分两路?一边用那些愚蠢的亲传弟子来迷惑他

们，另一边派亲传弟子去魔族当间谍？还混成了圣女？

叶翘看着城主一副自觉找到真相的模样，也不否认，只是保持着高深莫测的微笑："你觉得五宗不清楚你们的计划？"

"弃暗投明还来得及，你认为呢？"她露出一抹温柔的笑容，仿佛能包容所有人，化身圣母拯救世界，"我能混进来，自然是因为五宗给了足够的信息。那你们所有的计划也是在我们的眼皮子底下进行的，现在后悔还来得及。"

完了，又是一个被忽悠了的，他们知道什么计划啊，就是因为不知道发生了什么，又不好亲自下场，才让那群傻孩子过来的。当然也考虑过这些弟子的安全问题，他们有在暗中安排保护的人，只是谁能想到半路上出了叶翘这个变数，把他们的计划全弄乱了？最终长老们一致决定按兵不动，看看叶翘想怎么做。

城主梗着脖子："魔尊大人说，事成后会给我想要的东西。你们太虚境五大宗门和八大世家一家独大，所有好处都被你们占了，你们当然不懂我们小城池的悲哀。"

叶翘嗤之以鼻："吹牛谁不会？你把碧水宗的那个亲传弟子放掉。"叶翘的声音毫无起伏，"到时候我会跟宗主说说，网开一面的。"

碧水宗都是女孩子，叶翘对女孩子还是带着善意的。如果被抓的是她那几个师兄，那肯定就没关系了，他们皮糙肉厚的，多捆几天没什么。

宋寒声露出不可置信的表情："我们当时被捆的时候你怎么半夜才来？"

叶翘见他一副埋怨的模样，挑了挑眉，理直气壮地道："你又不是女孩子！我们有仇，别和我套近乎。"

宋寒声更生气了。

城主不说话，明显是动摇了。

"魔族显然不会在意你们的生死。"叶翘继续微笑着往下说，"但你如果听我的，把碧水宗的人放了，我会保证不牵连那些无辜的人。"与魔族勾结在太虚境可是大逆不道的事情，如果计划成功也就罢了，但如果失败，他一家老小绝对逃不过那些长老的报复。

叶翘这话说得半真半假，五宗绝对是知道点什么，但不多，不过没关系，不妨碍她把五宗说得像什么都清楚的模样，这足够把云水城城主吓坏了。

"好……"他挣扎了许久，才声音颤抖着开口，"我答应配合你。"其实如果他不同意配合她，要和魔族同流合污，那大不了就简单粗暴地将他打晕捆起来，城主来之前为了避免露馅，叶翘就已经让宋寒声提前布下隔音阵，就算城主叫破喉咙都不会有人听到的。

不得不说，三个人现如今的作风很像魔族，直接大摇大摆地登堂入室，对想制服的人软硬兼施，不达目的就将其打晕捆起来。

问剑宗的宗主太心痛了："我就说，不能和叶翘一起待太久吧！"

"别的不说。"秦饭饭笑着道，"你就说有没有效果吧？"

问剑宗宗主当即哼哼两声不说话了，效果当然是有的，而且还是立竿见影的那种。